KB130883

카페의 소소한 일기

가배도록 2

珈琲道錄

이호걸 에세이

도서출판 청어

가배도록 2 珈琲道錄 - 카페의 소소한 일기

이호걸 지음

발행처 · 도서출판 청어
발행인 · 이영철
영 업 · 이동호
홍 보 · 최윤영
기 획 · 천성래 | 이용희
편 집 · 방세화 | 이서윤
디자인 · 김바라 | 서경아
제작부장 · 공병한
인 쇄 · 두리터

등 록 · 1999년 5월 3일
(제321-3210000251001999000063호)

1판 1쇄 인쇄 · 2015년 7월 1일
1판 1쇄 발행 · 2015년 7월 10일

주소 · 서울 서초구 효령로55길 45-8
대표전화 · 586-0477
팩시밀리 · 586-0478

홈페이지 · www.chungeobook.com
E-mail · ppi20@hanmail.net
ISBN · 979-11-86484-19-7 (04810)
979-11-85482-82-8 (세트)

이 도서의 국립중앙도서관 출판시도서목록(CIP)은 서지정보유통지원시스템 홈페이지(http://seoji.nl.go.kr)와 국가자료공동목록시스템(http://www.nl.go.kr/kolisnet)에서 이용하실 수 있습니다.(CIP제어번호: CIP2015014224)

가배도록 2

珈琲道錄

커피로

카페 소강도

珈琲道錄

祝 카페 鳥瞰圖 開業

四百歲前壬亂時 사백여 년 전 임란 때

此所定着避亂處 이곳에 피난처로 터 잡을 땐

倭兵不知深奧地 왜병도 모르고 지난 산골 오지였었지

流轉歲月山變街 세월은 흘러 산이 거리로 변했구나

齋室擁衛宗山麓 재실을 부축한 앞뒤 종산 기슭에

業號爲稱鳥瞰圖 그 이름 이르기를 조감도라 지었으니

飛鳥欲休安息處 날짐승도 쉬고픈 아담한 카페 쉼터

衆人樂訪展無窮 뭇사람이 즐겨 찾아 무궁발전 있으리라

甲午仲秋 直長公宗中 顧問 學彥 撰

문중 어른께 받은 축시다. 청주 한씨 내력을 조금 더 알게 되었다.

머리말

도살장에 끌려가는 소처럼 하늘 본다. 예전은 뚜벅뚜벅 걸어서 가는 시대였다면 요즘은 네발 달린 동태에 그간 무겁게 불은 몸뚱어리 실어 간다. 가는 것도 스피드한 세계에 있다. 솔직히 말하자면 네발 달린 동태도 옛날 말이다. 삐딱하게 누운 'ㄱ' 자, 그러니까 낫 같은 받침돌 하나 꾹 누르면 날아간다. 그렇게 세상 등지며 날아가는 것이지만 어쩌면 이 세상과 소통하고 싶은 미련이 그간 불은 몸만큼만이라,

참 웃기고 부끄럽고 또 뿌듯하기도 하며 다시 부끄럽고 웃기는 얘기다.

1권과 같이 사행소곡을 그날 운 따라 다소 넣기도 했다. 투박한 글 솜씨지만 '커피 예찬' 이라는 시제로 몇 편 쓰기도 했다. 이 시기에 고문을 좋아해서 문체의 영향도 영 없지는 않을 것이다. 훗날 다시 수정할 일이 있겠는가마는 쓸 당시에는 순수 마음이라 그저 놓아둔다.

바다 같은 커피 시장이다. 짠 내 폭폭 풍기며 절여 있다. 몹시 어려운 시기는 지났지만 매사 어려운 것은 사실이다. 커피 시장을 더 자세히 알고자 하시는 이는 큰 도움 되리라 보며 또 간접적으로 커피를 보고자 하는 분께도 적지 않게 재미를 안겨줄 것이다.

작은 鳥瞰圖에서

鵲巢 씀

Contents

검은 소에 흰 뿔이 돋아나 있다

鵲巢日記 15年 01月 01日

몸은 굳어 가지만 마음은 풀렸고, 맛은 짜졌지만 혀는 부드러워졌다. 발품은 넓어졌지만 머리는 좁은 골목길 같으며, 하늘은 변함없지만 좁은 골목길에는 쓰레기만 쌓인 것 같다. 손가락은 빠르지만 쓰기는 악필이며 손에 쥔 것은 많으나 힘은 더 없어졌다. 올 한 해 순항을 바라며 내심 저 붉은 태양 바라보며 두 손 모아 간곡히 빈다. 하루 출발한다.

새해라 변한 것은 없다. 늘 습관대로 움직였다. 제시간에 일어나서 가야 할 곳이 있어 좋다. 사동에서 일이다. 개장하고 청소 마치고 커피 한 잔 마실 때였다. 배 선생께서 새해 인사 주신다. 새해 해 뜨는 모습 보셨냐며 말씀 주시는데 생각지도 못한 일이자 뜬금없는 말씀에 조금 당황했다. 답변이라고는 끄무레한 날씨라 보지 못했다고 했다. 창밖을 보니 실지로 날씨도 끄무레했다. 두 시간가량 앉아 책 읽었는데 손님 한 분 두 분 오시는 모습 보고 나왔다.

압량, 서 부장과 점심을 함께 먹었다. 중국집 짬뽕밥 시켜서 먹었다. 세 시간가랑 함께 있었는데 유튜브에 나오는 다큐프라임 방송을 두 편 보았다. 진화에 관한 다큐멘터리였다. 신을 믿느냐 다윈을 믿느냐에 관한 것으로 신도 다윈도 아닌 지적 설계론이란 용어를 알게 되었다. 그러니까 신이 의도로 세상을 만들었다는 창조론과는 구별되는데 이는 신만 배제한 것이지 신과 같은 어느 존재가 만들었다는 것은 분명하게 얘기한다. 결국, 지적 설계론은 종교 관념이 묻은 창조론과는 다른 의미가 있다. 나는 진화론을 믿는다.

시지, 우드테일러스 카페에 다녀왔다. 커피가 떨어졌다고 문자 받았다. 어제 받았는데 오후라서 가지 못했다. 커피 챙겨서 카페에 갔다. 새해에 카페 문 여시고 열심히 일하시는 모습 본다. 호! 이곳에 강 선생과 남편 보았다. 함께 앉아 새해 인사 나누며 있으니 주인장께서 직접 고구마 쪄서 만든 고구마 라테 한 잔 주신다. 걸쭉하고 구수하고 차진 고구마 페이스트, 그 위에 살짝 얹은 볶은 깨는 장식인가! 맛본다. 고소함이 밀려드는데 올 한 해, 고소하며 차지며 걸쭉하고 구수하게 하루 삶 이어나가길 기도한다.

압량에서 콩 볶았다. 케냐와 안티구아다. 경주에서 오신 손님과 어느 연인께서도 커피를 사가져 가셨다. 더치도 필요해서 커피 볶았다. 경주에서 오신 손님께서 커피 몇 봉 사셨는데 전에 주신 책, 너무 잘 읽었다며 인사 주시기에 너무 놀라웠다. 마케팅 차원에서 이곳 압량을 운영하는 것이지만 여러 고객께 책과 각종 홍보물을 드리다 보니 기억이 나지 않아 조금은 실례가 되었지만, 고마운 인사에 다른 책을 또 선물 드렸더니 책을 전문으로 내시느냐며 얘기하신다. 좀 쑥스러웠다.

압량 마감하고 사동 마감 볼 때까지 있었다. 마침 들른 시간이 손님 많이 몰리는 시간이라 갑작스럽게 주차정리 요원으로 한동안 바깥에 서 있었다. 찬바람이 몹시 불었는데 귀가 얼얼했다. 오시는 손님께 인사하며 안으로 모셨다. 둘째가 얼떨결에 설거지를 도왔으며 맏이가 손님께서 떠나신 자리를 깨끗이 치우기도 했다. 개점 이래 최대의 매출을 올렸다.

鵲巢日記 15年 01月 02日

아침 이른 시간 밀양에 간다. 엊저녁에 문자 왔다. 기계 버튼이 먹지 않는다는 문자였다. 연말·연초 많이 바쁠 텐데 걱정되었다. 사동 개장하고 바로 밀양 갔다. 버튼이 먹지 않는다는 것은 PCB 말고는 없다. 벌써 PCB가 나갔나 하며 생각하고 압량에 머문 서 부장 생각한다. 아직 PCB 수리하기에는 너무 이른 나이다. 아침 주고받은 새해 인사를 생각했다.

한 며칠 보지 않으면 사람의 얼굴은 잊어버린다. 한 며칠 소식 끊으면 서먹해지고 한 며칠 밥 같이 먹지 않으면 남이 된다. 그러니 인사가 참 중요하다. 내가 하루 풀어나가는 일은 한계가 있다. 사람의 일은 급한 일과 중요한 일 그리고 해야 하는 일이 있다. 언제나 부딪는 것은 급한 일이다. 중요한 일은 서로 싸우더라도 마주 보고 밥 먹고 함께하는 일만큼 더 중요한 것은 없지 싶다. 마음은 아니 좋아도 빨리 잊고 새로운 일을 찾을 수 있는 삶만큼 중요한 것은 없다.

분점 사장님께 여러 선생님께 새해 인사 문자 올렸다.

밀양은 PCB를 새것으로 바꿨다. 에스프레소 양도 새로 맞췄다. 연말에 바빴다는 사모님의 말씀을 들으며 커피 한 잔 마셨다. 밀양시가 앞으로 더 좋아질 거라는 기대감이 보였다. 그러니까 밀양시, 나노 산업단지가 조성될 거라는 정부의 발표가 있었던 후 부동산시세도 그렇지만 앞으로 민간소비경기가 나아지지 않을까 하는 기대심리다. 가게 근처로 땅값을 물었는데 어느 도시든 지방은 비슷한 시세인 것 같다. 그러고 보니 이런 생각이 든다. 서울하고 지방, 두 개의 체제만 있는 건 아닌가 하는 생각 말이다. 지방은 어느 도시든 부동산 시세가 비슷하다는 것과 서울은 어디든 시세가 높을 것 같다는 생각 말이다.

커피 배송은 옥산, 옥곡 거쳐 청도에 다녀왔다. 청도에서 경산 들어오는 길, 출판사 방 팀장과 전화했다. 책을 여러 번 내니 제목도 여럿이라 거저 하나로 통일하자고 했다. 그러니까 제목을 하나 정해서 연집으로 내는 것도 괜찮겠다는 생각을 했다. 일 년에 딱 두 권만 내는 것이다. 카페 기록물은 있어야겠다는 게 나의 생각이다. 힘들고 어렵더라도 책만큼은 나를 지켜줄 것이라는 믿음은 여태껏 한 번도 저버린 일은 없다.

집에 어머님께 전화 드렸더니 그간 소식을 전하신다. 뒷집 아는 동생 어머님이 죽었구나! 옆집 가 있지, 모모 씨가 죽었어! 모모 씨 누구예요? 가 있잖아! 뭣이고! 가 아버지, 아! 네 어머니, 압니다. 모모 씨 아버님은 못 뵈었는지 꽤 되었지만, 뒷집 아는 동생 어머님은 얼마 전에 뵌 것 같았는데 돌아가셨다니 인생 오래 사는 것 같아도 오래 사는 것이 아니다.

검은 소에 흰 뿔이 돋아나 있다
지우고 닦아보고 선명한 것은
강가 잡초뿐이라 굶을 수 없는
얼룩소 한 마리가 뿔 깎고 있다

사동에서 일이다. 앉아 책 읽고 있었는데 전에 백천에서 만나 뵌 분이었다. 가까이 오시어 인사 주셨다. 일면식 있었다만 이름 모른다. 회사 대표님과 함께 오시어 대표께도 인사드렸다. 이름 모른다. 소프트웨어 개발한다고 했다. 책 좋아하신다고 해서 책 드렸다. 사인했다. 여종구 님과 임익기 사장님이셨다. 악수했다. 카페 마감이 끝났는데도 앉아 있었다. 이 층 올라가 마감했다고 인사드렸다. 오랫동안 앉았다가 가셨는데 가실 때 다음 다음 주 토요일 음악회 있으니 꼭 오시라 했다. 오시겠다고 했다.

鵲巢日記 15年 01月 03日

새해 첫 주말을 맞이했다. 커피문화강좌 첫 시간, 새로 오신 고객이 두 분이셨다. 강좌의 내용을 설명했다. 베토벤에 관한 이야기를 했다. 베토벤 1770~1827은 200년 전의 사람이다. 그 당시로 보면 그렇게 짧은 삶도 아니다. 하지만 베토벤은 커피를 참 좋아했던 예술가 중 한 명이다. 아침이면 늘 한 잔의 커피를 내림으로써 하루가 시작된다. 베토벤이 남겨놓은 예술창작품은 아마도 인류가 살아 있는 한 들어야 할 것이다. 그래서 예술은 길다.

현대인은 어떠한가! 아직도 원두커피를 모르는 분이 있으며 즐기는 방법을 모르시는 분도 꽤 있다. 현대문명을 안고 사는 우리는 커피가 단지 우리의 농산물이 아니라는 것에 조금 생소할 따름이지 커피는 우리의 생활에 밀접하게 연관되어 있다. 세계 물동량 2위 커피, 1위는 석유다. 석유와 공통점은 까만색, 하나는 산업경제를 윤활하게 하고 하나는 인간의 두뇌를 윤택하게 한다. 창작세계에 있는 많은 예술가는 커피를 좋아하지 않는 사람이 없다. 그만큼 커피는 우리의 뇌를 원활하게 하며 생각을 깊게 한다. 생각은 철학의 원천이며 실천의 근간이다. 유익이든 무익이든 결실의 이파리는 모두 생각에서 나오니 커피 한 잔은 우리에게 많은 것을 안겨다 준다. 그러니까 한 잔의 커피는 과연 악마의 열매다. 악마의 열매를 먹고 능력자가 된 고무고무 인간 루피가 왜 사랑스러울까! 세계 단 유일의 해적왕이 되는 게 꿈인 루피, 루피는 오늘도 계속 항해 중이다. 꿈이 있는 자 커피를 즐겨라!

가족과 함께 외식했다. 늘 가던, 중국집이었다. 먹을 때는 잘 몰랐으나 먹고 나니 배부르다. 짜장면과 탕수육과 짬뽕, 볶음밥이었다. 요즘 맏이는 머리에 이상하게 염색했다. 그렇게 눈에 띄는 색깔이 아니라서 그나마 볼만하다. 남색도 아닌 것이 진청색도 아닌 것이 이상야릇하게 염색했다. 둘째가 점점 의젓하게 크는 모습에 내심 뿌듯하다.

모든 것은 반복이다. 모든 것은 그 반복 속에 살을 붙이는 거고 모든 것은 그 반복 속에 뼈대를 굳건히 한다. 커피 배송을 다녀왔다. 카페 무우봐라! 시내에 있다. 대구 시내를 통과해야 한다. 통과하는 그 길에는 백화점이 두 개나 있다. 차가 어찌나 밀리는지! 가다가 그만 차를 돌릴까 하며 여러 번 생각했다. 그러니까 안 밀리는 시간을 택해야 했었는데 굳이 오늘 이 시간을 가는 것은 뭘까! 아! 정말 짜증이다. 차 안에서 마이클잭슨이 왔다가 가고 소찬휘가 왔다가 갔다. 지누션이 왔다가 그만 공중파로 돌렸다. 차는 여전히 밀렸다가 한 보 잰걸음이었다가 신호등을 몇 번 보았는지 지겹도록 이 길을 간다. 현장 도착 호! 주인장은 없고 어머님이 계셨다. 미소 지으며 반긴다. 에스프레소 커피 건네며 다시 경산으로 왔다.

압량에 머물 때다. 책을 읽고 있었는데 남자 손님 한 분 오시었다. 아메리카노 한 잔 주문이었다. 나이는 나와 비슷한 것 같다. 아메리카노 뽑으며 한마디 했다. 가게 안을 죽 둘러보시기에 처음 오시느냐고 물었더니 자주 들른다며 말씀 주신다. 그러고 보니 안면이 있다. 아! 이런 생각이 들었다. 나는 모르는 분인데 고객은 나를 알 수도 있겠다는 생각이 들었다. 책을 읽어서 나를 꽤 알고 있으리라! 복잡한 머리에 고객 100명의 이름을 외워 넣어두는 것도 괜찮겠다는 생각을 했다. 커피는 언제나 첫 잔이며 첫 손님 맞듯 상냥하게 애틋하게 부드럽게 반갑게 맞으며 커피를 내드려야 한다. 그냥 가시려다가 유턴해서 들렀다고 했다.

사업하는 사람은 사업장이 놀이터다. 놀이터를 떠나 행동하면 사업은 기운다. 밥을 먹고 일을 하고 잠자는 것도 놀이터라야 한다. 춘추전국시대 한비자는 이렇게 말했다. 나라는 군주의 수레이다. 그래서 말하기를, '군자는 온종일 가도 수레를 떠나지 않는다' 고 했다. 그러니까 군주가 수레를 떠나면 수레의 임자는 바뀌겠다. 얼마 전에 개업했던 모 카페 신 사장님이 생각이 났다. 몇십억 들여 만든 카페였다. 돈은 안 되지만 많은 사람을 만나니 천태만상 인간 세상 본다고 했다. 그저 스쳤다가 지나도 인연이라고 했다. 카페, 나의 카페에 머물다가 가는 손님, 인연도 보통 인연이 아니다. 세상은 직접 보는 것도 있지만, 거울을 통해서 보는 방법도 있다.

鵲巢日記 15年 01月 04日

이른 시간에 사동 조감도 개장했다. 오전 아홉 시 삼십 분 1, 2층 바닥을 쓸고 닦았다. 요즘은 단체손님이 많아 긴 탁자가 필요하다는 것을 느낀다. 가족

단위의 단체손님이 많아서 아이들 손님도 꽤 된다. 청소해 보면 아이들이 흘린 여러 가지 쓰레기가 많다. 먹다 흘린 과자 부스러기가 바닥뿐만 아니라 자리 곳곳 구석에 있음을 본다. 생각지 못한 곳에도 부스러기는 있어 살펴가며 청소한다.

청소 마치고 커피 한잔했다. 예지와 배 선생과 함께했다. 어쩌다가 영화 이야기가 나왔다. 같은 영화라도 사람마다 보는 시각이 다르다. 작품이 좋은 영화는 자주 보게 된다. 나는 〈역린〉과 〈은교〉에 관한 영화를 이야기했다. 커피 한 잔 마시며 이러한 이야기도 했다. 그러니까 아침에 읽었던 책의 내용이었다. 『한비자』에 들어있는 글이다. 한비자 '유노喩老' 에 '욕심을 부려 얻으려 하지 않으며, 얻기 어려운 재화를 귀하게 여기지 않는다.' 고 했다. 유노는 노자를 비유한다는 뜻이다. 재앙은 모두 욕심에서 나온다고 했다. 얻지도 못한 괜한 욕심에 몸과 마음을 잃는 경우가 많다. 카페 영업이 나아지지 않는다고 해서 고민할 필요는 없다. 내가 할 수 있는 역량은 무엇이고, 그 역량을 최대한 발휘할 수 있는 나의 본분이 중요하다. 그러니까 일을 중요시 여겨야 하며 그 속에 행복을 느껴야 한다. 나를 지킬 수 있는 것은 아주 사소한 것이다. 오랫동안 일할 수 있는 여건을 만드는 것도 자신에게 달려있다.

오늘은 압량에서 일했다. 서 부장은 본부에서 세금 관련 업무를 보았다. 서 부장은 틈틈이 부가세 관련 자료를 들고 오며 가며 했다. 점심을 햄버거로 함께 먹기도 했다.

온종일 조용하다가 퇴근 시간쯤에 손님 몇 분 커피를 찾았다. 어제 오신 손님, 직업을 알게 되었다. 남자분이었는데 조폐창에 다닌다고 했다. 그래서 한마디 했다. 아이구 이거 돈은 많이 만져보겠습니다, 했더니 별로 안 만진다고 한다. 월급 꽤 세겠습니다, 했더니 별로 안 많다고 한다. 그러면 뭐로 사나! 하며 생각했다. 커피 한 잔 사드시며 오며 가며 즐기는 마음이다. 한때는 단골손님이셨는데 안면이 있다. 사동에 다녀오셨다고 인사 주시기에 조금 난감했다. 목사라 하셨는데 곧 교회를 여시겠다고 한다. 카라멜 마끼아또 한 잔 주문 받았다.

압량, 여덟 시쯤에 마감했다. 집에서 쉴까 하며 들어갔다. 저녁도 가볍게 먹었다. 호! 시마을 동인 형님께서 오셨다. 안 씨도 함께 오셨다. 사동에 한 시간 내로 오시겠다고 하니 얼른 또 여장 꾸린다. 몇 달 만에 뵈었지만, 어제 뵈었던 것처럼 반가웠다. 시와 등단과 문단 그리고 도서문화에 관한 이야기도 있었으며 사업과 카페 일에 관한 이야기도 있었다. 시詩가 요즘 독자들에게 외면을 당하는 이유에 관해서 말씀을 주셨다. 그러니까 요즘 시인들이 쓰는 시詩가 독자들에게 공감대를 형성하지 못한 점에 꽤 아쉬움을 표한다. 나는 속으로 이런 생각을 했다. 문단이나 시인이나 제각기 철옹성을 쌓았는지도 모르겠다. 그야말로 어느 분야 어느 계층 어느 일자리 어느 것이든 제 나름의 성곽을 쌓은 시대 춘추전국시대다. 자기만의 개성으로 제 목소리만 크게 지르는 시대, 그중 꾸준히 밭을 갈구며 씨앗을 뿌리는 진정한 농부야말로 이 시대에 사는 농부라 나는 생각한다.

鵲巢日記 15年 01月 05日

압량은 경계만 풀고 사동은 오 선생이 열었다. 이른 아침 본점에서 로스팅 교육을 했다. 모두 10회 강좌로 오늘 첫날이다. 로스팅 즉 배전을 말한다. 콩 볶는 것으로 배전의 단계와 배전의 역사를 이야기하며 사업적 자세를 이야기 했다. 학생은 나이는 어리지만, 해외에 여러 번 다닌 경험이 있다. 지금은 경산에서 카페를 한다. 약 오십여 평 되는 카페다. 커피를 하려니 직접 콩 볶아야 함을 느꼈다. 앞으로 로스팅 기계를 사고자 한다. 열풍식과 직화식과 반직화식에 관한 기계의 장단점을 얘기했다. 맛으로 보면 이론상 완벽하다는 열풍식 즉 전기 로스터기가 주종이며 불에 가까이서 볶는 숯불 배전이나 수망 로스터기가 있는가 하면 국내 유일의 로스터기 업체, 태환에서 발명·개발한 태환자동화기기도 있음이다. 뽐으로 보면 당연 태환자동화기기 만큼 좋은 것도 없다. 그래서 업자들은 대체로 비싸지만 태환기기를 선호한다.

학생의 질문이 있었다. 산패酸敗에 관한 질문이었다. 우선 산패의 정의를 보자. 산패란 술이나 지방류 따위의 유기물이 공기 속의 산소, 빛, 열, 세균, 효소 따위의 작용으로 가수 분해되거나 산화되어 지방산을 비롯한 여러 가지 산화물을 만드는 현상. 맛과 색이 변하고 불쾌한 냄새가 난다. 산패의 속도는 원두, 볶은 콩, 분쇄, 추출로 역으로 빠른 셈이다. 그러니까 추출한 커피가 가장 빠르며 원두가 그나마 늦다. 원두도 산패된다는 것은 엄연한 사실이다. 묵은 쌀보다 햅쌀을 찾는 이유는 햅쌀이 더 신선하기 때문이다.

볶은 콩 산패가 덜 되기 위해서는 커피 담는 포장지 또한 중요하다. 일반 봉투로 담는 것이 아니라 아로마 밸브를 부착한 커피 봉투라야 좋다. 아로마 밸브는 안의 공기는 바깥으로 빼주고 바깥 공기는 안으로 들어갈 수 없게 한다. 어떤 업자는 아예 밸브가 없는 봉투를 사용하기도 한다. 그러면 안의 가스가 팽창해서 커피 봉투가 빵빵한 모양을 한다. 그렇다고 그 커피가 산패된 것은 아니다. 볶음 정도에 따라 산패가 다르기도 한데 강하게 볶은 것은 아무래도 약하게 볶은 것보다는 빠르다고 볼 수 있다. 그래서 볶음 정도를 풀-시티 이하로 하는 것이 좋다. 물론 드립용은 모두 풀-시티 이하로 해야 어느 정도 맛을 볼 수 있음인데 이것은 산패 때문에 그렇게 볶는 것은 아니다. 이렇게 볶은 것은 대체로 신맛이 많이 나며 이 맛을 즐기는 고객이 많은 것도 사실이다.

커피 맛을 이야기하다가 커피의 네 가지 맛과 속성을 이야기했으며 신맛과 쓴맛을 이야기하다가 커피 품종을 이야기하기도 했다. 한 나무가 크기 위해서는 주위의 영양분이 필요하다. 나와 이해관계가 두터워야 일도 복되게 만들 수 있음인데 찾아주시는 고객 한 분 한 분 정성을 다하면 분명 좋은 일이 있음을 확신했다. 큰 느티나무도 제 홀로 풍파를 겪으며 제 땅을 다진다. 큰일도 아주 작은 일부터 시작한다. 천천히 꼼꼼히 해나가면 된다.

오후, 교육생 병수가 운영한 카페에 갔다. 상호는 '오션커피' 였다. 병수는 배 탄 적 있다. 해양고등학교 졸업하고 항해사로 취업했다. 커피집을 하고 싶었는데 상호가 마땅하게 떠오르는 것이 없었다. 마침 바다의 경험도 있고 해서 오션이라고 했다. 로고도 배의 키다. 그러니까 자동차로 말하자면 핸들이다. 나는 이런 생각이 들었다. 원피스다. 아! 정말 바다는 넓고 항해사 또한 많다. 내가 목표한 길을 두고 우리는 함께 저 바다를 가로지르며 나아간다. 통나무 얹혀 바다에 동동 떠다니는 몽키 D 루피, 루피의 시작은 통나무 하나였다. 목숨 간당거리며 바다에 떠다녔다. 많은 역경을 이겨내며 자신의 배를 키운다. 언제 어느새 큰 배를 타고 가는 항해를 본다. 우리는 모두 몽키 D 루피*다.

한학촌에 다녀왔다. 모 대학교 기계를 손보았다. 오후, 본점에서는 오 선생이 모 중학교 학생 교육했다. 압량은 아침에 잠깐 문을 열었다가 오후 내내 문 닫을 수밖에 없었다.

사동 마감할 때였다. 점장께서 시재가 맞지 않아 보고한다. 적은 금액이지만 맞지 않는 것은 분명했다. 아침에 오 선생이 어제의 마감서를 잘못 읽었다. 전화로 확인했다. 아무것도 아닌 것 같아도 보고하는 점장 믿음이 간다. 자정쯤 문 닫고 나오는데 눈이 아닌 비가 내린다. 겨울비다. 추적추적 내린다. 눈이 아니라서 얼마나 다행인지 모르겠다.

---

* 몽키 D 루피: 일본 만화 및 애니메이션 '원피스(ONE PIECE)'에 나오는 등장인물이다. 해적왕이라는 꿈을 가지고 있으며, 현상금은 3억 베리(2년 후에 4억 베리로 오른다), 총 현상금 8억 50베리의 밀짚모자 해적단을 이끄는 선장이다. 가족 관계는 아버지는 혁명군 몽키 D. 드래곤, 할아버지는 해군 중장 몽키 D. 거프, 형은 흰수염 해적단 2번대 대장 포트거스 D. 에이스이다.

자정 넘어 생닭을 정리하며 닭볶음 한다. 둘째 녀석이 옆에 붙어 묻는다. 아빠 닭볶음 할 줄 아세요? 그러니 그저 모르는데 하며 대답했더니 휴대전화기 들고 바로 검색 들어간다. 채소는 무엇이 필요하고 양념은 어떻게 해서 넣어야 하며 물은 얼마나 넣어야 함을 이른다. 막무가내 생닭을 이리저리 정리하며 냄비에 텁석 넣었는데 둘째 덕에 그나마 신경을 덜 쓰게 되었다. 요리는 잘 되었는지는 모른다. 내일 아침에 먹을 것이다.

鵲巢日記 15年 01月 06日

외롭고 고단하고 힘들고 쓸쓸하다.

사동, 정의와 배 선생께서 출근했다. 정의는 아침을 집에서 먹지 못해 김밥을 챙겨왔다. 허겁지겁 먹는 모습에 애처로웠다. 예전 대학 졸업하고 자취하며 출근했던 기억이 났다. 직장에서 퇴근하며 라면 먹는 날은 그나마 일찍 들어온 날이었다. 그 다음 날 아침, 라면 국물 데워 마시고 출근한 기억이 있다. 거의 밥이라고는 회사에서 나오는 중식이 전부였는데 서성로 돼지국밥집에서 밥 먹을 때가 가장 좋았다.

아침에 청소할 때 느낀 것이다. 나는 비와 쓰레받기 들고 청소하는 것이 편하다. 그러고는 밀대로 한 번 바닥을 닦는다. 젊은이는 진공청소기 들고 씩씩 민다. 나도 그 진공청소기가 있기에 한 번 사용해 본 적 있다. 오히려 힘이 더 든다. 눈에 보이지 않는 쓰레기를 빨아 당기기에 힘이 더 들었다. 편한 것을 추구하는 세대다 보니 기계문명만 더 발달한 것 같다. 빠르고 간편한 것이 좋은 것 같아도 오히려 거추장스럽고 효율성이 떨어지는 것도 있다.

오전, 로스팅 교육을 오 선생이 지도했다. 나는 밀양에 커피 주문받은 것을 챙겨서 간다. 에르모사다. 마침 애들 방학이라서 맏이와 둘째 데리고 함께 간다. 여기서는 한 시간 거리다. 청도 나들목 통과해서 밀양으로 들어간다. 우리나라는 어디를 가도 산과 천이 많다. 가면서 이런 생각을 했다. 지금 타는 이 도로는 고가도로다. 이 고가도로가 밑바닥 세계를 들여다볼 수 있는 유리 같은 소재로 되었다면 어떨까 하는 생각을 했다. 터널을 뚫고 지나며 지대가 높은 이 도로가 고가도로라는 것을 얼핏 느꼈는데 조금 아찔했기 때문이다.

현관문 옆 창가에 앉았다. 두 아들은 제각각의 좋아하는 스파게티를, 나는 피자 한 판 주문했다. 오늘은 날씨가 꽤 맑다. 하늘이 높고 푸르며 햇볕도 나름으로는 짱짱해서 마치 봄 날씨 같은 기분이다. 바깥 길 건너 부동산 집 3층 건물이 보이고 저 건물 바로 뒤는 천이 흐른다. 바깥에 심어놓은 단풍나무를 본다. 단풍나무 한 그루 참하게 심어놓았다. 이것도 가격은 꽤 하겠지! 지난번, 창원에 갔을 때다. 주남저수지 '커피 여행' 에 갔을 때 일이다. 사장님께서 한 말씀 주신 것이 생각이 났다. 바깥에 대가 제법 굵은 단풍나무 한 그루 있었는데 뜬금없이 나에게 물었다. 저 단풍나무가 얼마쯤 할 것 같소? 나뭇값이 비싸면 한 백여만 원쯤 하겠지 싶어 그 정도로 불렀더니만, 아니다. 천만 원이다. 나무를 심은 게 아니라 아예 돈을 갖다 심어 놓았네.

상현이가 와서 앉는다. 이런저런 얘기 한다. 아이들 모습에 재미가 있는 모양이다. 제 부모 똑 닮은 것이 이리 앉아 있으니 한편으로는 신기하다. 아침 배 선생과 정의와 커피 한 잔 마시며 나눈 얘기다. 집에 딸이 있는데 방학이라 아르바이트한다며 전단 돌렸다고 했다. 천 장은 할당받은 양이지만 350장 돌리고 지쳤다. 한 장에 30원이었다. 그러니까 금액으로 보면 얼마 되지 않지만 젊은 아이가 하기에는 어려운 일이다. 일이 얼마나 힘 드는지 깨닫는다. 나는 갑자기 이런 생각이 들었다. 전단 한 장 돌리는 데 30원이다. 옛 사서 그러니까 고전 한 권이 오륙백여 쪽 되니 책 한 권 읽는데 아르바이트 비용으로 주면 어떤가! 고전에 나오는 여러 가지 이야기는 우리가 사는 사회에 인륜과 도덕을 일깨워 줄 것 같다. 책도 중요하지만, 몸으로 겪는 사회생활은 더 많은 것을 일깨우는 것도 사실이다. 책과 경험은 젓가락이다.

본점, 조감도 모두 최저 매출이다. 오늘은 몸이 꽤 처진다. 피곤하다. 편두통까지 있어 몸이 많이 불편했다.

鵲巢日記 15年 01月 07日

아침, 사동에 긴 탁자 두 개가 들어왔다. 원목으로 만든 탁자다. 길이가 2m, 두께가 무려 10cm 넘는다. 그러니까 두꺼운 탁자다. 나뭇값만 오십사만 원 들었다. 목수께서는 자잿값만 오십사만 원 들었다고 하는데 그러면 수공비는 얼마냐고 물으려다가 아예 통장번호를 알려달라고 했다. 그러니까 오십사만 원 부쳐드리겠다고 했다. 늘 거래하는 집이다. 아메리카노 한 잔 대접했다. 소재가 통나무라서 꽤 할 것 같았다.

봉고 스타렉스와 쏘렌토 승용으로 모 중학교 학생 7명을 태워 본점에 데려다 주었다. 방학 기간에 커피 교육을 받고자 하는 학생이 모두 15명인데 이번 주 7명 다음 주 8명을 지도해야 한다. 모두 오 선생이 맡기로 했다. 갑자기 오 선생 일이 많아졌다. 오전에는 로스팅 교육을 하니 오후 바리스타 교육까지 합치면 온종일 교육하다가 시간 다 보내게 되었다.

오후 사동에 잠시 머물 때였다. 가구공장 사장과 목수로 보이는 인부 2명이 다녀갔다. 소파 몇몇 하자가 있어 AS 넣은 적 있는데 손보려고 왔다가 손님이 있어 수리하지 못했다. 내일 아침 일찍 오실 수 없느냐고 얘기했더니 오히려 그게 낫겠다며 차 돌려서 갔다. 소재가 나무로 만든 소파는 보기는 좋다. 따뜻한 감이 들고 왠지 부드러워서 좋기는 한데 목재 이음새마다 하자가 많아서 얼마 쓸 수가 없다. 처음부터 철제로 하는 것인데 그래도 내부공간미 고려해서 한다는 것이 역시, 목제는 아니었다. 본점은 5년 전 만든 철제가구가 아직도 건재한 것 보면 목제는 약하다.

압량 머물 때였는데 『커피향 노트』 너무 고맙게 잘 읽었다며 대추 진액을 종이가방에 담아 오신 분 있었다. 원두커피 한 봉 사가져 가셨는데 대추즙까지 주시니 너무 고마웠다.

아직 새해 인사를 못 올린 곳이 있었다. 사동에서 주문을 받았다. 먼저 인사를 드려야 하는데 늘 일에 쫓겨 다니다가 또 잊는다. 요즘 무슨 급한 일 생기고 나면 어떤 계획이나 다른 일은 까마득히 잊어버리는 경우가 잦다. 운전도 어데 멀리 다녀오기라도 하면 몸이 왜 그리 피곤한지 자리에 앉아 있으면 꾸벅꾸벅 졸기 바쁘다. 식사를 거르면 덜 피곤하지만 기력이 없고, 그렇다고 끼니마다 챙겨 먹으면 몸이 피곤하다.

『한비자』 책을 다 읽었다. 법가 사상을 주장한 대표자다. 그의 유세에 관한 내용은 어쩌면 말더듬이었던 그의 탁월한 문장력을 보여주는 것인데도 불구하고 진시황제에게 죽임을 당했다. 한비자는 순자의 문하에서 학문을 배웠다. 동문수학했던 이사의 모함으로 진시황제로부터 사약을 받았다. 진시황은 한비자에 관한 책을 읽고 감동하여 '아아! 과인이 이 사람을 만나 함께 이야기를 나눌 수 있다면 죽어도 여한이 없겠구나!' 라고 했는데 이미 그가 죽고 난 뒤였다.

사동에 머물 때였는데 바bar에 올려놓은 나의 책 모두를 사시려는 고객 한 분을 만나 뵈었다. 50대로 보이는 주부였다. 아들만 셋이었는데 모두 음악을 한다고 했다. 성함이 김미숙 선생이었다. 시와 시평집은 글에 관한 내용이라서 재미있을지 모르겠다며 사인했다. 나의 책 『커피향 노트』 한 권 더 드렸다.

鵲巢日記 15年 01月 08日

가구 공장 사람이 다녀갔다. 위층 모든 소파는 다시 손을 보았다. 나무의 이음새 부분은 목공용 접착제를 바르고 타카못을 쳤다. 연세 꽤 많으신 분이었다. 얼핏 보아도 칠순은 족히 넘으신 어른이었다. 보조자로 오신 분은 아내인 듯했다. 그러니까 할머니, 할아버지가 오신 셈이다. 일 다 마쳤을 때가 오전 10시경이었다. 가실 때 따끈한 커피 한 잔 대접했다.

가구를 손보고 있을 때 보험회사 다니는 이 씨가 왔다. 전에 조감도 개업식 때 축가를 부른 적 있다. 집에 어머님, 아버님 건강문제로 잠깐 왔는데 배 선생과 예지랑 모두 함께 커피 한잔했다. 배 선생도 보험회사 다닌 적 있어 두 분 사이 대화가 되었다.

청도 아주머니라 하시던 이 씨로부터 전화가 왔다. 전에 토요문화강좌를 들으셨던 분인데 영대 기숙사 쪽 남매지 연못가에 집을 한 채 사셨다고 했다.

그 집은 지금은 비었다고 하셨는데 후에 이 집을 철거하고 카페 하면 어떻겠느냐며 물으신다. 한번 방문해서 이 집을 보아달라는 전화였다. 마침 사동에 있었던 일도 끝났기에 바로 들르겠다고 했다.

들러서 집터 평수를 물어보았다. 127평이다. 남매지 연못이 바로 앞이며 집 앞에 소방도로가 난다며 도시계획선을 보여준다. 이야기를 천천히 들어보니 직접 카페 할 생각은 없는 듯했다. 그러니까 이 땅은 투자 목적으로 샀다. 영대 정문에서 해 지는 쪽은 모두 농지인데 이 땅도 풀려서 '청년문화 창의지구' 가 형성된다고 하니 앞으로 이 부근 땅값이 제법 뛸 것 같다.

집터를 보고 남매지를 보고 때가 이르니 여 앞이 잘 나가는 국밥집이라 국밥 한 그릇 하고 가라며 보채었다. 국밥 한 그릇 할 때 청도 아주머니라 하시던 이 씨께서 한 말씀 주신다. 장사는 이와 같아야 하는데 말이지! 한다. 그러니까 밥 한 공기, 국 한 그릇, 깍두기 한 종지와 까만 김 가루가 전부인 밥상, 거기다가 줄지어 들어오고 나가며 바쁜 국밥집 풍경을 본다. 카페는 한 테이블 앉으면 차가 네 대 몇 시간씩 머물다 가면 외관은 아주 좋아 보이는 것도 사실이다.

점심 한 그릇 먹고 여 앞이 분점이라 들렀다. 분점에 들러 아메리카노 한 잔씩 마신다. 마시며 이런 생각을 했다. 나는 카페를 하며 커피를 가르치고 카페를 열고 지도하니 커피로 인한 인맥 또한 많이 아는 것도 사실이라 이 땅을 보였으리라! 투자 목적으로 보면 부동산만큼 더 큰 매력은 없을 것이다. 땅은 누구나 필요한 것이다. 땅에 무엇을 짓고 무엇을 하든 실수요자에게 달렸다. 땅 구매력으로 보면 이곳은 나쁘지 않다. 남매지와 대학교와 고등학교가 있으니 더할 나위 없이 좋다.

오후 B 업체 이 씨께서 본점에 다녀갔다. 커피가 필요해서 오신 거다. 주문 넣은 생두가 절실히 필요하다며 요구했다. 솔직히 한 백bag, 금액으로 보면 약 70여만 원이다. 내가 받을 금액은 삼백여만 원이지만 그 커피 한 백 받기도 어렵다. 그만큼 어렵다는 얘기만 한다. 어려운 가운데 일에 관한 개발과 투자는 끊임없이 하시니 참으로 진정한 기업가다. 조금만 더 기다려달라는데 아마도 생두가 들어오기에는 만무하다.

『손자병법』 읽는다. 중국 고전을 읽을 때마다 느끼는 것이다. 사마천의 『사기』가 은연중에 중요함을 느꼈다. 책의 군데군데 사마천이 쓴 얘기도 더러 나온다. 손자라는 명칭은 사마천에 의해 처음 불린 이름이다. 그러니까 춘추 말기, 제나라 사람 손무가 쓴 13편의 병법을 오나라 왕 합려에게 바쳐 장군이 되었는데 이 손무라는 사람이 손자다. 손자라는 사람이 한 명 더 있다. 전국시대 손빈이다. 손빈 또한 병법을 썼다. 손빈은 위나라 사람인데 동문수학했던 방연의 모략에 양 무릎뼈가 제거되었다. 뒤에 제나라 장군 전기의 도움으로 제나라로 달아나 그의 막료가 되었다.

사동 마감보고 점장과 정의와 대화를 나누었다. 정의는 쉬는 동안 부산에 다녀왔다. 유명한 카페 몇 군데 다녀온 이야기를 들었다. 그래서 정의에게 한 마디 했다. 정의야 우리 카페가 부족한 것이 있으면 무엇이고 더 바라는 게 있다면 무엇이 있을까? 드립커피 전문성을 갖추기 위해서 더 다양한 커피를 추구했으면 했다. 그러니까 스페셜 커피 몇 종류는 있었으면 하는 얘기다. 두 번째는 기계의 필요성을 얘기했다. 지금은 에스프레소 기기 한 대로 충족하지만 바쁠 때는 한 대 더 필요했으면 한다는 얘기다. 기계는 그것뿐만 아니라 블렌드도 마찬가지다. 지금은 한 대지만 괜찮으면 두 대 더 있었으면 하는 얘기를 한다. 점장께 물었다. 가게 운영에 관해서 불편한 것이나 요구사항이 있는지 물었더니 커피 리필에 관한 얘기를 한다. 리필은 안 되지만 필요하다면 드립을 해 드릴 수 있음을 알려드린다. 주문 들어오면 해 드리지만, 손님은 이해심이 부족하다는 얘기였다. 손님께 더 공손히 하며 안 좋은 소리 듣더라도 나의 직업관만 바르면 상처받을 이유는 없다.

본점에 들어와 오 선생과 대화를 나누었다. 올여름에 대한 준비로 메뉴의 변화가 있는지 물었다. 눈꽃빙수에 관한 재료와 값에 관한 얘기다. 직원이 더 필요하다고 했다.

鵲巢日記 15年 01月 09日

아침 사동 개점하고 점장과 예지에게 앞으로 영업을 얘기했다. 첫째, 모든 메뉴는 리필하지 않는다. 둘째, 핸드드립을 주문하시는 분께는 리필한다. 셋째, 휘핑 추가는 서비스한다. 넷째, 아이스크림(하겐다스) 추가는 삼천 원으로 한다.

세무 일 맡아 하는 사무실에 다녀왔다. 예전보다 아주 일찍 간 셈이다. 부가세 신고기간에 가거나 지나서 갈 때가 종종이었는데 올해는 일찍 서둘렀다. 늘 늦게 온다며 얘기하는 세무서 직원의 말이 신경 쓰였다. 아직 덜 받은 자료도 있는데 가져오는 대로 처리해야겠다.

세탁소 가는 길이었다. 개똥이 분명했다. 발통에 뭉그러진 개똥 보았다. 도장처럼 쿡쿡 규칙적으로 길에 찍혀 있었다. 꼭 내 삶이 개똥 같았다. 길에 찍어놓은 듯 다른 사람에 피해는 없었는지 말이다. 더 깨끗하게 삶을 살아라! 이 자연은 개로 하여금 분명하게 보여주는 듯 읽었다. 어떤 때는 모든 것이 부끄럽기만 한다. 천만다행은 이곳이 내 고향이 아니라서 어쩌면 고개 들고 다니는지도 모르겠다.

영천 분점에 다녀왔다. 점장께서 신메뉴 얘기한다. 오늘 직접 들르게 된 것은 기계가 원인이라 불러서 오게 되었지만 아무래도 그저 부른 것 같다. 기계는 아무 이상이 없다. 하지만 분점 바로 앞, 그러니까 길 건너면 커피집 하나가 생겼다. 이 커피집에서 도보로 밑으로 조금만 내려가면 대기업체가 운영하는 엔 모모 씨 커피집 있다. 이 집도 며칠 전에 생긴 커피집이다.

압량 6시 문 열다. 카페 앉아 책 보았다. 『손자병법』 한 문장 옮겨놓는다. '가을 터럭을 드는 데는 많은 힘을 쓰지 않고, 해와 달을 보는 데는 밝은 눈을 쓰지 않으며, 우레와 벽력을 듣는 데에는 밝은 귀를 쓰지 않는다.' 손자병법을 쓴 손자도 도가와 법가의 영향을 받았다. 전쟁도 기분 내키는 대로 하는 것이 아니라 계획이 있어야 한다는 말은 중요하다. 될 수 있으면 전쟁은 하지 않는 것이 좋다. 마지못해 할 수밖에 없으면 계計가 있어야 한다고 손자는 말한다. 어쩌면 사회생활은 전쟁이다. 누구와 전쟁을 벌이는가! 업종 간, 국가, 이웃, 가족, 아니면 친구 모두 아니다. 내 마음이다. 마음을 잘 다스리는 것 말고는 그 어떤 전쟁도 없다. 그러니까 나를 이기는 것이 최고의 싸움이다. 그것도 평생을 두고 벌이는 끊임없는 전투다. 그저 가을 터럭을 들듯이 해와 달을 보듯이 우레와 벽력을 듣는 듯 일관성을 갖춘 마음뿐이며 그것이 몸으로 우러나오는 일뿐이다. 하지만 나는 너무 오랫동안 커피 일을 했나 보다. 계획보다는 경기에 얽혀 파도 타듯 가고 있으니 말이다.

예전, 부산 모 점장으로 계셨던 분 잠깐 오시었다. 그전에 문자를 했다. 아르바이트 한번 해 보셨으면 해서 문자를 넣었다. 요즘 압량을 자주 문 닫으니 압량만 문제가 아니라 본점까지 영향이 오는 것 같았다. 정오에서 다섯 시까지 일해 보셨으면 해서 말씀드리니 생각해보겠다고 한다.

매출도 없는 압량을 마감하고 아이들 데리러 다녀오다가 처형이 전화한다. 곰국 끓여놓았으니 가져가란다. 나는 처형을 대할 때는 늘 생뚱맞다. 아주 미안했다. 한 솥 끓였는데 어찌나 고마운지 무엇으로 보답하나! 이 겨울 변변치 않은 밥상이었다. 오로지 김치 하나만 놓고 먹는 밥상이다. 이미 기는 온전히 빠졌다. 결과는 분명 원인이 있다. 만신창이가 되고 나서 깨닫는 것이 인간이다. 가족 모두를 전쟁터에 보낸 듯 이미 가정은 걸레가 되었다. 먹는 일을 생각 안 한 지 오래다. 죽음이 두렵지 않은 게다. 옆에서 지켜보는 것도 애처로운 게 분명하다. 신세다. 더는 큰 도전은 안 하겠다고 마음먹는다.

세무서 일이다. 복식부기로 전환하라는 세무직원의 말에 한마디로 일축했다. 더는 분점을 내거나 본부 매출 오르는 일은 없다며 대답했다. 연 매출 또한 복식부기로 전환할 만큼 높지 않을 거라며 강조했다. 경기로 보아서도 시민의 소비경향이나 사회 여러 가지 경황을 보아서도 커피전문점은 정점이다. 그저 일로서 일만이 일이니까 하는 직업관만이 전부다. 이제는 마음 비워야 한다.

사동은 오 선생이 마감했다. 메뉴로 빵을 더 구워놓아야 했다. 나는 본점을 마감했다. 본점은 올해 들어 최저 매출이다. 그렇다고 사동마저 크게 나은 것도 없다. 암담한 블랙홀 빠져들듯 어두운 밤 그림자 밟으며 간다.

鵲巢日記 15年 01月 10日

토요 커피문화강좌를 열었다. 새로 오신 분, 세 분이다. 강좌의 목적과 진행과정을 소개했다. 요즘 고전을 좋아해서 그중 『손자병법』을 소개하며 커피 일을 이야기했다. 그러니까 손자는 어느 때 어느 나라 사람이며 누구에 의해 손자라는 존칭을 얻게 되었으며 손자가 13편의 병술을 지어 어느 왕에게 바쳤는지 그중 제일은 무엇이며 왜 그런지를 이야기했다. 이 책의 가장 으뜸은 계計다. 계획 없는 일은 백 번 해도 좋은 결과를 얻지 못함은 손자가 얘기한

병술과도 같다. 21c는 전쟁하지 않는다. 하지만 경제로 인한 발 빠른 움직임은 분명 보이지 않는 자본전쟁이다. 모든 것을 생각하며 모든 것을 실행한다. 무엇을 생각해야 하며 그 모든 것은 무엇인가?

한학촌에 다녀왔다. 커피 배송이다. 탁 트인 공간을 보며 커피 한 잔 마셨다. 사동 분점에 다녀왔다. 점장께서 계셨다. 분점 바로 앞에 내부공사를 새로이 하는가보다. 공사가 들어간 지 한 달째라고 했다. 점장과 어느 분점에 관한 얘기를 했는데 커피와 달리 '타르트'를 여쭤 보았다. 타르트tarte는 프랑스어다. 일종의 파이인데 밀가루로 된 반죽을 얇게 구워서 그 위에 달콤한 찐 과일이나 날 과일을 얹은 메뉴다. 상표 이미지를 바꾸고 나서 매출이 더 오른다는 말을 들었다. 투자비를 얼마나 빨리 회수하느냐가 관건이다. 새로운 것을 추구하는 사람의 입맛을 얼마나 지속시킬 수 있을 것인가? 그러고 보면 그저 한 가지 메뉴로 오랫동안 고수하며 가는 상표를 만드는 것이 중요할 것 같다. 커피와 교육, 커피와 문화만이 커피를 오래 할 수 있는 유일의 방법이다.

진량 분점에 다녀왔다. 커피가 필요했다. 조용한 주말을 본다. 신메뉴 교육에 관한 이야기를 했다. 여름을 위한 팥빙수다. 상표 '설빙'으로 인해 눈꽃빙수가 급속도로 인기가 많았다. 이제는 뒤따라 커피전문점도 설빙을 하게 되었다. 말하자면 설빙은 옛날 빙수를 복고한 메뉴다. 얼음 가는 방식은 같으나 얼음 종류가 다르다. 일반가게가 설빙기계를 들여놓기에는 부담이라 빙삭기를 사서 많이 하지만 빙삭기 또한 가격이 만만치 않다. 유행에 따르거나 맞춰가야 하는 현실이다.

둘째가 스키장에 다녀왔다. 아주 피곤한 기색이다. 몸을 가눌 수 없을 정도로 뒤척인다. 어느 집은 부모님과 함께 가지만 우리 집 아이는 태권도장에 따라 움직인다. 부모로서 어찌 보면 무관심일 수 있다. 부부가 일에 매여 있으니 가족이 모두 함께 어디 간다는 것은 생각조차 못 해보았다. 그나마 태권도장에서 어디든 데리고 다니니 어찌 보면 죄스러움을 줄인 것이다. 이것은 부모 생각이다. 아이의 마음은 또 다를 것이다.

사동에 머물 때였다. 정문기획 사장님도 교수님도 오래간만에 오시었다. 커피 한잔했다. 기획사 사장님은 요즘 시내 한 곳에 커피 강의를 듣는다. 강의 내용을 가끔 들려주시는데 관심이 간다. 시간이 맞으면 한번 가보고 싶을 정도로 이야기가 재밌다. 강의를 잘한다는 것은 그만큼 박식하다는 것이다. 그러고 보니 정오에 동원이랑 대화가 생각난다. 나도 모르게 이런 말을 했다. 내가 무엇을 이야기한다는 것은 빙산의 일각이다. 그러니까 아는 것은 보이지 않는 물 밑 빙산이며 내가 표현할 수 있는 것은 물에 뜬 빙산일지도 모른다. 그만큼 무엇을 표현한다는 것은 박식하지 않으면 말할 수 없음을 이야기했다. 책을 읽을수록 시간이 갈수록 지식의 양에 더 갈구하지만, 몸은 따라주지 않는다.

鵲巢日記 15年 01月 11日

『손자병법』을 모두 읽었다. 김원중 선생께서 번역한 책이다. 『노자』를 읽는다. 김원중 선생께서 옮긴 것이다. 노자에 관해서는 남회근 선생의 『노자타설』로 만난 적 있다.

노자老子는 주나라의 장서를 관리하던 사관으로 알려져 있다. 사마천의 사기에 의하면 초나라 사람으로 성은 '이씨李氏, 이름은 이耳, 시호는 담이다.' 라고 적고 있다. 이 성씨에 관해서 많은 학자들이 의문을 제기한다. 왜냐하면, 춘추전국시대의 제자백가들이 모두 자신의 성 뒤에 '자子' 를 붙였기 때문이다. 공자, 장자, 순자, 묵자 등 어떤 학자는 노자의 성명이 노담老聃이라고 주장한다.

노자의 '도덕경' 이라는 명칭은 『노자』 상편 1장 '도가도, 비상도 道可道, 非常道' 의 '도' 와 하편 1장인 '상덕부덕 上德不德' 의 '덕' 이 합쳐져 이루어진 것이다. 노자의 문장으로 추측컨대 선비계층에서 중인中人 정도에 속한 지식인으로 보인다. 사마천은 노자가 책을 상하 편으로 만들었고, 각 편에 도와 덕을 붙였으며 5,000여 글자라고 분명히 기록했다. 노자의 글자 수는 실제 5,200여 자다.

온종일 책만 읽었다. 오전에 사동에서 책을 보았으며 오후, 집에서 잠깐 쉴까 했는데 본점에 일이 있었다. 본점에서 책을 읽었다. 6시 이후, 서 부장 마감보고 책을 읽었다. 압량 마감하고 사동에 잠깐 다녀왔다. 집에서 오래간만에 저녁을 먹었다. 아이들 책 읽기와 독후감 쓰게 하였다. 본점에서 책을 읽었다.

鵲巢日記 15年 01月 12日

어떤 맛도 없는 게 참된 맛이다
그러니까 물맛은 맛의 최고다
물처럼 물과 같이 행동한다면
근심과 걱정 따로 담지 않는다

한씨 문중 총무님께 전화 드렸다. 12월 세금계산서가 빠진 것 같아서 부탁했다. 출판사 팀장과 통화했다. 책 출간에 관한 내용인데 앞으로 1년에 두 권만 쓰겠다고 했다. 그러니까 1월과 7월이 되겠다. 전에 정문에서 낼 때도 그렇게 했는데 다시 예전으로 돌아온 셈이다. 카페 일지, 책 제목은 '카페의 소소한 일기' 로 부제목으로 하고 '가배도록珈琲道錄' 으로 하겠다. '소소하다' 의 뜻은 작고 대수롭지 않은 일을 말한다. 그러니까 일기는 개인의 사생활이며 하루 있었던 일을 정리한 기록물에 불과하다. '가배도록' 이란 가배는 커피의 음역어다. 부수 자가 임금 왕王 자가 있고 입 구口 자가 있다. 전자는 일본식 표기방법이고 후자는 중국식 표기방법이다. 나는 전자를 택했다. 커피는 중국보다는 일본에서 건너온 게 역사적으로 보아도 맞지 싶어 그렇게 했다. 도록이라는 말은 걸은 길을 기록하다는 뜻이 있지만 여기서 도道가 들어감으로써 제목이 약간 무거워지는 것도 사실이다. 왜냐하면, 노자의 도가 사상이 묻어 있음이다. 일기라는 것은 하루 생활을 성찰한 것이다. 일종의 덕에 가까우나 도라 해도 되겠다는 것이 나의 억지주장이다. 그러니까 노자가 말하는 도는 자연이며 만물이다. 그 결과 생겨난 것이 덕이다. 도는 모든 것은 안으며 모든 것을 낳는다. 우리는 어머님으로부터 이 세상에 나왔지만, 다시 어머님께 돌아간다. 어머님은 나를 낳은 자연이다. 물론 노자의 말이다. 도道는 내가 걸어가는 길이지만 어찌 보면 그렇게 걸어가라는 미리 계획된 일일지도 모르겠다. 그래서 지나간 하루를 생각한다. 생각한 하루를 기록한다. 그래서 도록이다.

판형은 늘 하던 대로 하자고 했다. 글이 많아서 별다른 디자인 없이 글을 잇되 월별로 끊어서 새로 시작하자고 했다. 양이 얼마나 될 것 같으냐고 물으니 『구두는 장미』와 비슷하거나 조금 넘을 것 같다고 했다. 다른 것은 이 선생님과 별도로 대화를 나누라 한다. 별도의 의미를 확인차 묻는다. 안다고 했다.

본점, 로스팅(배전) 교육을 잠시 지켜보았다. 요즘 김 씨(로스팅 교육자)는 로스팅에 흠뻑 매료된 것 같다. 지난 주말에 압량에 들러 로스팅 기계에 관해서 묻기도 했다. 중고 기계와 새 기계의 차이를 물어보고 갔다. 중고 기계를 하겠다고 한다. 커피를 해 보면 기계의 필요성을 그렇게 못 느낀다. 하지만 막상 알고 나면 기계가 얼마나 중요한지 깨닫는다. 커피를 처음 시작하는 이는 그렇게 기계의 필요성을 못 느낀다. 하지만 커피를 진심으로 대하며 일한 사람은 로스팅 기계가 점점 필요하다는 것을 느낀다. 로스팅하지 않으면 라면을 먹는 건지 밥을 먹는 건지 모르고 먹는 것과 같다.

오후, 본점에서는 중학생 아이들 커피 교육 있었다. 오 선생께서 수고했다. 봉고차와 승용차로 학생들 태워다 주고 바래다주었다. 압량에 카페 일 보았다. 서 부장은 커피 배송 일 했다.

저녁, 압량에 있을 때다. 지나는 남자 손님이었다. 아메리카노 한 잔 요구를 했다. 여기서 커피를 직접 볶느냐며 묻는다. 직접 볶는다고 했더니 왠지 맛이 있을 것 같다며 얘기한다. 그래서 전시해놓은 볶은 커피를 보여드렸다. 자주 뵈었으면 하고 인사했다.

오 선생은 사동에 일이 있나 보다. 코스트코에서 각종 물건을 사서 사동으로 바로 갔다. 오 선생 보며 이런 생각이 났다. 바퀴의 중앙은 조금 움직이지만, 바퀴의 가장자리는 크고 빠르게 움직여야 한다. 규모가 크든 작든 카페만 몇 개 운영하니 그 뒷바라지가 얼마나 많을까! 작은 몸으로 열 몫을 하니 보면 미안하다. 일은 늘 불안하고 앞은 알 수 없으니 그나마 바쁜 일상은 행복한 것이라 위안 삼는다.

본점 마감하고 자정이 넘도록 아이와 책을 읽었다. 맏이가 읽었던 것은

『삼국지』였다. 읽은 것을 얘기하라 했더니 유비가 제갈량을 얻음에 있었던 이야기를 한다. 그리고 손권과 유비의 연합작전으로 조조를 물리친 이야기를 한다. 그러니까 '적벽대전'을 이야기하는 것이다. 유비와 손권이 적벽대전에서 조조를 크게 이겼던 이유를 아느냐고 물었더니 조조는 수군이 약하다는 말만 한다. 그래서 한마디 했다. 조조를 크게 이겼던 것은 물에 약한 조조의 군대가 그것을 보완하려다가 배를 합친 것인데 오히려 이것은 상대의 강점이었다. 화력전에서는 오히려 큰 약점이므로 유비와 손권의 연합작전이 승리한 이유다.

鵲巢日記 15年 01月 13日

장 사장 오래간만에 뵈었다. 사동 개점하려니 문이 열려 있었다. 사무실에서 견적서 작성한다. 커피 한잔하며 압량 건에 관해서 얘기했다. 직원 출근한 모습 보고 바로 나왔다.

본점, 로스팅과 드립교육 보았다. 오늘은 만데링 볶았다. 교육생이 내려주는 커피 한 잔 맛보며 오 선생과 강 선생, 이미 교육받은 이 씨와 함께 보았다. 각자 나름의 커피를 내렸다. 드립에 관한 이야기를 서로 주고받으며 맛을 평가했다. 분도에 따라 맛도 보아야 하지만 오늘은 그저 추출만 했다. 각자 드립한 커피를 맛보기도 했다. 드립은 일종의 보여주는 추출방식이기 때문에 바리스타의 커피 다루는 솜씨가 탁월해야 한다. 탁월한 것은 커피를 많이 아는 것뿐만 아니라 고객과의 대화가 되어야 한다. 보여주는 예술이기에 추출도 신중해야 한다. 즉 떨어뜨리는 물방울의 속도와 물방울의 굵기, 그 물방울로 커피를 지심 밟듯 잘근잘근 밟아야 한다. 꼭 아기의 쟁쟁 걸음으로 조심스럽게 한다. 커피를 한껏 내리는 것이 아니라 어느 정도 양이 되면 중단해야 하며 내린 커피에 물을 희석해서 마신다. 그렇다고 희석하는 물에 비해 너무 적게 내리면 물맛에 부드러워 커피 맛을 잃을 수 있고 너무 많이 내리면 무겁고 탁해서 커피 맛을 느끼기에 별로 좋지 않다. 불가피한 사항이면 추출은 비교적 많은 것보다는 오히려 적은 게 낫다.

중학생 아이를 태워 본점에 갈 때였다. 한 아이는 벌써 분 바르며 거울 보기 바쁘다. 모양새는 분명 중학생인데 얼굴은 20대 아가씨다. 옆에 아저씨 운전이나 친구들 보기에 거리낌 없이 바쁘다. 분 바르기 바쁘다. 이제 중학생인데, 얘네들 사춘기 접어들었나 보다. 한 아이는 친구랑 하는 얘기에 욕설도 난무하고 옆에 아저씨 운전이나 다른 얘들에 거리낌 없이 주고받는다. 이제 중학생인데, 말이다.

오후, 아이들 본점에 태워다 주고 압량에 잠시 머물 때였다. 아무래도 이쪽 사람은 아닌 듯하다. 주부였다. 커피 교육에 관해서 많이 여쭤보고 갔다. 본점을 소개하며 주말강좌에 꼭 오시라 했다. 가실 때 커피 한 잔 사가져 갔다. 호! 단골손님이다. 투싼을 타는 어느 주부였는데 블루마운틴 더치 한 병, 라테 한 잔 사가져 갔다. 저쪽 조감도 안 계시고 어째 여기 나와 계십니까? 하며 묻는다. 그저 답변 드리기 뭐해서 싱긋이 미소로 대답했다. 오후, 바깥 날씨가 많이 풀린 것 같아서 문을 활짝 열어놓았더니 손님 몇몇 들르셨다. 압량은 늘 고민이다. 광고, 홍보용으로 이만한 카페는 없을 것이다. 하지만 일이 바쁘기라도 하면 문을 닫아야 하는 실정이다. 그렇다고 사람을 써서 운영한다는 것은 맞지 않았다. 커피는 커피다. 그 이상도 그 이하도 아니다. 앉아 있으면 많은 생각을 한다. 압량을 문 닫으면 본점까지 영향이 오기 때문이다. 인건비에 맞지 않은 매출이라 나와 있을 수밖에 없는 실정이다.

사동에서 잠깐 직원과 대화했다. 내일 월급날이라 월급에 관한 이야기와 카페 운영에 문제점이나 건의 사항을 들었다. 그중 예지가 말한, 드립 메뉴판을 약간 조정할 필요성을 제기했는데 듣고 보니 맞는 말이다. 손님께서 얘기한 것으로 드립의 각각 맛을 조금이나마 부연설명을 해놓았으면 하는 바람이다.

압량에 머물 때였다. 서울서 귀한 손님 오시었다. 성악가 출신 황 사장이다. 별다른 얘기는 없었으나 그저 안면 보고 새해 인사다. 글과 커피에 관한 이야기를 했다. 어디까지나 대박론에 가까운 이야기였으나 대붕이 된다는 것은 가히 불가능한 것이다. 그저 하늘 보고 난다는 것만도 행복이다. 땅에 처박지 않으면 행운이다. 그저 고개 숙이며 조신하게 살아야 한다.

오늘도 사동은 오 선생이 마감하며 본점에서 직원근무 일과급여를 계산했다. 오전 1시쯤 문자가 왔다. 본부는 오전 2시쯤 마감했다.

鵲巢日記 15年 01月 14日

본점에서 드립교육을 보았다. 오늘은 교육생 김 씨가 볶은 수프리모 맛을 보았는데 신맛이 너무 나는 것이다. 볶음 정도를 보니 '하이' 급이었다. 신맛을 특히나 좋아하다 보니 한 잔 맛보며 한마디 했다. 호! 이제는 커피 맛이 듭니다. 예전에는 그렇게 커피를 무의식적으로 찾지는 않았다. 요즘은 아침에 커피 한 잔 마시지 않으면 휑하다. 그러니까 옆에 있던 이 씨가 한마디 한다. 몸이 허하니 커피 맛이 당겨지는 겁니다. 맞다. 40 중반이면 적은 나이는 아니다. 허할 때도 되었다.

커피 한 잔 마시고 본부에 와서 직원들 월급을 확인했다. 아르바이트로 일하는 사람 합치면 모두 9명이다. 올해부터 최저 임금이 조금 올랐다. 5,580원이다. 그러니까 작년에 비하면 7.1%가 오른 것이다. 경기는 좋지 않아도 최저 임금을 올리는 이유는 경제 활성화의 한 방편으로 소비지향을 목적으로 한다는 소식을 언젠가 들은 바 있다. 임금이 오르면 가게 파는 모든 자재와 서비스 가격 또한 올라야 한다. 소비되지 않는 이 경기에 가격을 올린다는 것은 어찌 보면 어불성설語不成說이다. 이번 달 월급부터 모두 인상했다. 직원들 통장에 월급을 산정해서 넣고 보니 사업이 뭔지 생각하게 한다. 언제나 살얼음판이다. 늘 걷는 이 얼음판도 만성이 되었다. 올해는 더욱 안 좋을 거라는 전문가의 말과 점점 경쟁적인 사회와 더 많이 밀려드는 업체에 생존은 무엇인가? 하며 생각한다. 쓰러지지 않기 위해 막무가내 용 쓰며 가는 사십 리 오르막길이다. 주위 사람에게는 그저 운영은 된다고 했지만, 이것도 우스운 말이다.

5년 전, 본점 지으며 빌어다가 쓴 신용보증기금 자금이 이번 달 만기다. 은행에서 전화가 왔다. 모두 상환하라는 얘기다. 신용보증기금에 들러 자금을 더 쓸 수 없는지 상담하니 각종 서류를 준비해오라는 쪽지 한 장 준다. 동사무소에 들러 서류를 준비하고 주거래은행에 들러 서류를, 세무서에 들러 서류를 준비하니 두 시간 후딱 간다. 각종 서류를 챙겨서 이리저리 다니니 이런 생각이 든다. 일은 만들어서 하는 것이다. 일이란 별다른 게 아니다. 가만히 앉아 있으면 뭐하나! 돈 잘 빌리는 게 기업 하는 것 아닌가 하는 생각 들었다. 남회근 선생 말씀이 생각났다. 기업이 왜 기업인지! 절벽에 발끝으로 서 있는 것이 기업이다.

오후, 사동에 잠깐 있었다. 시마을 수류 선생님과 향일화 선생님께서 오셨다. 대경지회(시마을 대구, 경북지회) 여러 선생님과 함께하는 모임과 행사에 관한 이야기였다. 전에 본점에서 뵈었기는 해도 여기 조감도에는 처음 오신지라 위층도 올라가 보았다.

사동 직원과 조회가 있었다. 바리스타 예우에 관한 내용과 월급명세를 자세히 이야기했다. 하루, 거의 카페에서 산다고 해도 지나친 말은 아닐 거다. 서로서로 위하며 가족으로서 내 할 일을 더 잘해 나갔으면 하는 말을 했다. 경기와 소비위축으로 바깥 사정은 별 좋지 않다. 대표로서 분명 대우하니 여러분도 대표와 이 카페를 이용하시는 고객을 위해서 열심히 일해 달라며 부탁했다.

본점, 직원과도 조회가 있었다. 본부의 어려움을 얘기했다. 서로가 열심히 각자의 위치에서 최선을 다해달라는 부탁이다.

압량은 오늘 몇 시간 문 닫을 수밖에 없었다. 저녁에 잠시 나와 책 읽었다. 김원중 선생께서 옮긴 『노자』 읽었다. 노자를 읽으면 나 자신이 정말 하찮고 부끄럽다는 느낌만 든다. 노자 상편 도경 끝장이다. 37장 이런 말이 있다. '부욕이정不欲以靜, 천하장자정天下將自定' 욕심 부리지 않고 고요하게 있으면 천하가 저절로 안정될 것이다. 군자가 되려면 욕심 부리지 말고 고요하게 있으라는 말이다. 그러니까 마음을 비우라는 말이다. 그러면 모든 것이 안정된다는 말이다. 김원중 선생께서는 이렇게 옮겼다. '성인이 되려면 먼저 마음을 비워야 하며, 어떤 일을 해도 절대 겉으로 드러나게 해서는 안 된다.' 욕망에 사로잡혀 자기 과시를 하거나 억지로 꾸며보려는 과욕을 경계하라는 충고다.

출판사에서 전화가 왔다. 머리말을 이번 주까지 해 주었으면 한다.

밤늦도록 책 읽었다. 『노자』 모두 읽었다. 도덕경의 마지막 장은 이 책의 마무리이자 노자 당부의 말이다. 옮겨 적어본다. '믿음직스러운 말은 아름답지 않고, 번지르르한 말은 믿음직스럽지 않다. 선한 사람은 말을 잘하지 못하고, 말을 잘하는 사람은 선하지 않다. 지혜로운 사람은 박식하지 않고, 박식한 사람은 지혜롭지 않다. 성인은 쌓아두지 않고, 이미 다른 사람을 위함으로써 자신이 더욱더 갖게 되고, 이미 다른 사람에게 주었는데도 자신은 더욱더 많아지게 된다. 하늘의 도는 이롭게 해주면서도 해를 끼치지 않고 성인의 도는 일을 하면서도 다투지 않는다.' *

하루를 생각하면 했던 말이 지나간다. 말을 하고도 후회가 되는 일이며 하지 않아도 후회다. 말하지 않고 하루를 보낼 수는 없다. 될 수 있으면 많은 말은 삼가야겠다. 말은 채우기도滿足 하지만 말이 말을 채우기도(잠그다) 한다. 그러니까 말이 족쇄 같아서 나를 묶는다. 말은 이래나 저래나 손해다. 나이가 들면 혼자가 편하고 더 외로워지니 혼자서 시간을 이용하는 방법을 알아야 한다.

鵲巢日記 15年 01月 15日

맑고 깊은 하늘이 이리 넓어라
넓은 저 하늘에 흰 구름 한쪽 없으니
앉아 오만상 그려보는 양떼구름
피었다가 지고 지면 또 피어나는

---

* 『노자』, 289p: 信言不美, 美言不信 善者不辯, 辯者不善 知者不博, 博者不知 成人不積, 旣以偉人, 己愈有, 旣以與人, 己愈多. 天之道, 利而不害, 成人之道, 爲而不爭.

며칠째 사동은 문만 열어 놓고 나오기 바쁘다. 신용보증재단에 제출할 서류를 준비하느라 이리저리 뛰어다녔다. 오 선생과 함께 신용보증재단에 다녀왔다. 기존에 받은 대출금 상환을 1년 더 늦추기로 했다.

중학생 커피 교육 있었다. 오 선생께서 지도했다. 압량은 오전 서 부장, 오후에 직접 나와 일 보았다. 몇몇 손님 오시었는데 모두 처음 오신 분이다. 남자분 셋이 오셨는데 그중 한 분은 본점 강 선생의 남편과 너무 닮아서 실수했다. 가만 보니 아니다. 그 손님이 바로 가시고 나니 어느 주부가 들렀다. 루왁을 선물 받았다고 했다. 이 커피를 어떻게 마시려나 고민 끝에 커피 교육 문의로 오시어 핸드밀과 커피 용품을 사가져 갔다. 손님 가시고 나니 어느 여대생쯤 보인다. 녹차라테와 아메리카노 주문이다. 잠깐 바빴다. 본점에서 교육받는 중학생 아이들을 태워다 줄 수 없어 강 선생께 부탁했다.

압량 마감할 때였다. 모 대학 이 선생께서 오시었다. 정말 오래간만에 오신 게다. 선생 덕분에 요즘 고전에 폭 파묻혀 산다고 얘기했더니 웃으신다. 요즘 읽는 책에 관한 이야기와 올해의 운세에 관한 이야기를 했다. 양의 해, 운세를 크게 믿는 것은 아니나 묵은 때 있으면 깨끗이 씻고 밝은 내일을 바라보아야겠다. 손자병법에서도 제일 먼저 얘기하는 것이 계計다. 전체는 작은 하루가 모여서 이루어지니 그 하루를 쌓다 보면 1년 좋은 한 해 만들 수 있으리라!

우리가 고전을 좋아하는 것은 나이에 비해 이르다. 예전, 삼십 대에는 이러한 책이 눈에 들지도 않았는데 이상하게도 책이 눈에 들어오며 읽으면 머리가 확 깬다. 옛것이 모두 새롭게 보인다. 책을 읽으면서도 카페 생각뿐이다. 겉을 중시하는 사람은 점점 보는 눈은 지루해질 것이다. 새로운 카페는 늘 등장할 것이며 메뉴 또한 진화될 것이다. 카페 운영은 현재의 경영도 급급하다. 미래를 위한 안목과 그에 대한 준비가 있어야 한다. 하지만 경기는 받쳐주지 않는다. 오래된 것이 진정한 멋이라는 것을 만들지 못하면 카페는 어렵다. 일기는 난중이며 어쩌면 돌파구가 될 수 있다. 돌파구가 없더라도 최소한 버티는 힘은 부여한다.

아이들 데리고 사동에 잠시 들렀다. 오 선생께서 만든 눈꽃빙수 맛보았다. 시중에 파는 팥이 아니라 집에서 정성 들여 해놓은 팥으로 만들었다. 아! 이가 아프고 턱이 아팠다. 한마디 했다. 아무리 빙수 맛을 모르는 사람이 먹더라도 이건 아니라며 얘기했더니 인상 돌아간다. 요즘 들어 메뉴에 너무 신경 쓰다 보니 이것저것 실험으로 많이 해 본다. 메뉴가 새로운 것이 나오면 시음으로 항상 먼저 맛본다. 앞으로 눈꽃빙수가 어떻게 바뀔지 내심 고대가 된다.

鵲巢日記 15年 01月 16日

맏이가 학교 가는 날이라 아침 일찍 길 나선다. 그전에 본점과 압량 개점해 놓고 간다. 키가 이제는 나보다 더 크다. 근래, 맏이와 둘째 녀석과 '사천성'

이라는 게임을 같이 하고부터 부쩍 가까워졌다. 전에는 말이 적었으나 요즘은 필요할 때면 한마디씩 한다.

오전 아홉 시 십 분, 사동 개점하고 책 읽었다. 춘추전국시대 제자백가 중 한 사람인 '장자'를 읽었다. 노자와 더불어 도가 사상을 이루었으며 노장학이라 일컫기도 한다. 『장자』는 다른 책에서 틈틈이 읽기는 하였지만, 완역본을 읽는 건 이번이 처음이다. 장자의 이름은 주周이고 몽(蒙, 지금의 河南省 商丘 북쪽) 나라 사람이다. 그의 학설은 노자를 근본으로 하며 저서는 10여만 자에 이른다. 대부분 다른 일에 빗대어 얘기하는 우언寓言으로 이루어져 있다. 사동에서 모닝커피 한잔했다.

압량에 더치 담는 공병이 없다고 문자가 왔다. 본부에 들러 급히 챙겨다 주었다. 세무서에 들렀다. 신용보증재단에 필요한 서류와 은행에 필요한 각종 서류가 필요했다. 1층 민원실이 발 디딜 틈 없을 정도로 사람이 많다. 서류를 떼는 데 무려 한 시간이나 걸렸다. 이런 일 생각하면 아예 돈을 쓰지 말거나 쓰면 얼른 갚아야 함이다. 오후 2시쯤 은행과 신용보증재단에 왕래했다. 이름과 상호를 몇 번이나 적었다.

오늘은 교육받는 중학생들을 태울 수 있었다. 세무서 나와서 태워 본점 들어갔으며 은행에서 곧장 본점으로 가 태워, 학교에 데려다 주었다. 아이들은 천진난만하다. 휴대전화로 영화를 검색하여 보기도 하며 운전하는 아저씨, 차에 장착된 내비에 울려 나오는 전화 목소리를 귀담아 듣기도 한다. 오늘로서 중학생 교육은 끝마쳤다.

곧장 사동에 갔다. 영업상황을 잠시 지켜보며 내일 가질 음악회 생각했다.

카페에 한 번 오셨던 분이었다. 색소폰 연주하신다던 분께 연락했다. 시간이 괜찮으면 내일 만나 뵐 수 있으려나 했지만, 다음 기회에 보자고 한다. 무척 연주를 해 보고 싶은 분이었다.

카페 하려면 위치가 좋아야 한다. 아무리 이름난 커피집이라도 찾기 어려우면 손님은 피한다. 위치가 제아무리 좋아도 앉을 자리가 없으면 카페는 외롭다. 특별한 장소가 아니고서는 커피 판매가 어렵다. 특별한 장소는 역이나 병원에 작은 부스로 낸 카페다. 구석에 자리 잡은 본점도 대로변에 위치한 작은 카페도 손님이 찾기에는 맞지 않다. 오늘 장 사장께서 압량에 관해 몇 가지 물어보기도 했다. 형편만 괜찮으면 앉아 있고 싶지만, 그렇다고 누구에게 넘기고 싶은 마음도 없다. 폐弊다.

일기는 문장 만드는 연습을 하기에는 가장 좋은 공부다. 나는 매번 쓰지만, 문어체와 구어체 사이에 늘 헷갈린다. 써놓고 보면 조사가 맞지 않은 곳도 있고 좀 길게 써놓고 보면 문장이 아니다. 하지만 이러한 글을 쓰면서 하루를 정리하는 거라 기분은 꽤 좋다. 어느새 바깥은 거짓말처럼 눈발 날린다. 오후 내내 끄무레한 날씨였다. 비나 눈이 오지 않을까 하며 생각하다가 눈이 아니었으면 했는데, 바람 소리 몰며 타며 휘휘 날린다. 깊은 밤의 세계에 차 몰며 간다.

鵲巢日記 15年 01月 17日

커피문화강좌 가질 때였다. 어느 학생 질문 있었다. "선생님 각국 산지별 맛의 특징은 어떻습니까?" 다른 학생도 모두 시선이 모였다. 우선 커피 맛의 종류를 설명했다. 단맛, 신맛, 쓴맛, 떫은맛이 있는데 커피의 식물학적 종류에 따라 맛이 다를 수 있으며 배전에 따라 다를 수 있다. 학생이 궁금하게 여기는 것은 산지별 맛의 특징이다. 대륙 간 토양이 각기 조금씩 다르다 보니 같은 품종이라도 맛이 다를 수 있으며 그 나라 풍토에 따라 맛의 특징이 분명 있음을 이야기했다. 그러니까 에티오피아 콩과 콜롬비아 콩은 구별된다. 물론 콩도 구별이 될 수 있을 정도다. 나는 이러한 맛을 이야기하다가 머릿속에는 언뜻 장자가 생각이 났다. 맞는다고 여기는 자가 듣는다면 맞고 맞지 않는다고 여기는 자가 듣는다면 또 그렇지 않은 것이 된다. 개인의 맛의 취향은 각기 다르니 그 맛을 일일이 이야기하는 것도 우스운 일이 된다. 그저 일반적인 맛을 약간 설명했다.

오후, 한학촌, 진량, 계양, 역에 다녀왔다. 모두 커피가 필요했다.

본부에서 책 읽었다. 전에 초청했던 국악인이다. 그때 연주가 좋아서 한 번 더 초청했는데 연주시간을 물어보기 위해 전화했다. 한 시간쯤 연주하기를 원했지만, 공연비가 적어서 음악인을 많이 쓸 수 없음을 이야기한다. 전처럼 연주시간이 되거나 아니면 조금 더 짧을 수 있음을 이야기한다. 카페 대표로서 이런 생각이 들었다. 정말 다양한 사람을 알아야겠다는 것과 프로에 가까운 예술인에게는 분명한 대가 지급은 있어야 한다. 놀이마당은 연주하는 본인도 즐거워야 한다. 그 즐거움은 응당한 대가가 있기 때문이다.

오후 7시 조금 지나서 음악회를 시작했다. 올해의 첫 음악회다. 카페에서 공연하는 이 음악회를 많이 사랑해 주십사 인사했다. 오신 분들은 대부분은 아는 분이었으며 모르는 분도 꽤 됐다. 솔직히 나는 모르는 분이 많았으면 하고 기대했다. 왜냐하면, 모르는 분이 많을수록 이 음악회가 외부에 많이 알려지게 된 것이기 때문이다. 오늘은 예전 작은 조감도 단골이셨던 김 사장님과 사모님, 그리고 대학친구인 윤철이네가 왔다. 아주 반가웠다. 거기다가 우드테일러스 카페 사장님과 사모님도 오시어 반가웠다.

내가 국악을 좋아해서 그런지는 모르겠다. 오늘 연주 또한 깊은 감명을 받았다. 곡 내용은 모르겠으나 드라마에 나오는 OST로 귀에 익은 듯했다. 우리의 음악, 우리의 소리는 마음속 깊이 울리는 게 있다. 모르겠다. 내가 한 많아서 그런 것인지 한 많은 민족이라 그런지 소리가 잔잔하게 마음 울렸다.

오동나무가 앉았다
한 해 열두 달
명줄 쥐어뜯는
칼날 위

열 개의 달
허공 깁다가 이내 삭는다

국악인 김 씨께 물었다. 병창竝唱이 무어냐고 물었는데 가야금이나 거문고 타면서 자신이 그 곡조에 맞춰 노래 부르는 것이라 한다. 여대생이었다. 곱게 입은 한복에 가야금 타는 것도 멋있었지만 그 가야금에 부르는 창은 가히 일품이었다. 뭐라고 해야 하나! 앉은 자세로 관객을 바라보는 것은 마치 연못을 보듯 했고 한 곡조 뜯는 창은 팔각정을 생각하게 했다. 조선시대 어느 귀빈각에 앉은 듯 좋았는데 맑은 청주 한 사발이면 딱 그 시대다. 역시 국악은 초청해서 들어도 후회가 되지 않는다.

鵲巢日記 15年 01月 18日

아무래도 설에 못 갈 것 같아 부모님 뵈러 갔다. 아이들과 아내와 함께 다녀왔다. 명절 때마다 도로가 막히는 것 생각하면 오늘은 시원하다. 촌에 아버님만 집에 계셨다. 어머님은 동생 집에 가 계셨는데 동생 집 들러 어머님 모셨다. 동생 집에서 나올 때였다. 소싯적 친구가 경영하는 가게에 잠시 들렀다. 보석방 운영한다. 너무 오래간만에 보았다. 이제는 꽤 늙었다. 실은, 할 말은 많으나 그저 얼굴 보며 사는 얘기 가볍게 나누다가 급히 나왔다. 어디 가느냐고 묻기에 밥 먹으러 간다고 하니 좋은 식당 소개한다.

중국집에서 점심 다 같이 했다. 어머님은 자주 동생 집에 가신다. 편해서 자주 가시지만, 몸이 불편하다. 아버지께서 가끔 태워 드리는가 보다. 동생 집에 있었던 일도 말씀하시고 지병에 편찮은 발도 보여주신다. 걸음 하실 때 마음 꽤 아팠다. 이제는 지팡이 없으면 멀리 못 나가신다고 했다. 식사 마치고 동네 잠시 둘러보았다. 어릴 때에는 이곳저곳 그렇게 크게 보였던 동네가 정말 작다. 친구들은 고향에 대부분 살지만, 또 외지에 나간 친구들도 고향에 와서 살고 싶어 하지만 나는 고향이 싫다. 그렇다고 지금 사는 이 동네가 좋은 것도 아니다. 어디를 가도 싫은 곳도 없으며 그렇다고 좋은 곳도 없는 것 같다. 내가 머무는 곳에서 어디를 가면 마음만 꽤 불편하다.

휴일인데도 커피 주문 문자가 뜬다.

커피 챙겨서 분점에 다녀왔다. 점장은 안 계시고 아르바이트 있었다. 커피만 내려놓고 왔다. 어느 집은 꼭 토요일 아니면 일요일 주문이다.

압량에서 『장자』 읽었다. 솔직히 번역서라 그런지 아니면 독해 부족인지 이해하기 어려웠다. 사동에서 장자를 젖혀두고 『논어』 읽었다. 공자께서 하신 말이다. '군자는 먹음에 배부름을 추구하지 않고, 거처함에 편안함을 추구하지 않으며, 일을 처리함에 신속하고 말하는 데는 신중하며, 도가 있는 곳에

나아가 스스로를 바로잡는다. 그렇다면 배우기를 좋아한다고 말할 수 있다.'
반면에 나는 나이 사십 중반에 먹는 것은 시원찮고 잠은 부족하고 쌓아 놓은 일은 많고 매일 적고 싶으니 군자는 아니더라도 나를 바로잡으며 배우기를 청한다.

11시 30분 조금 지나 사동 마감했다. 날씨가 많이 풀린 듯했다. 본부에서 2시쯤 마감했다. 비 온다.

바깥은 비 내린다
벌써 어깨 굳는다
눈썰매 탈 일은 없어도
이 빗물이면은 좋겠다

鵲巢日記 15年 01月 19日

정문에서 문자가 왔다. 쿠폰 찍으려고 하니 본보기가 맞는지 와서 보라는 확인문자였다. 압량에서 커피 두 잔 뽑아 들렀다. 사장님께서는 몇 달 전부터 대구 모 카페에서 커피 관련 교육을 받는다. 거기서 가져온 커피인 것 같다.

한 잔 맛보기로 준다. 게이샤다. 사장님은 게이샤 커피*인지 아리차 커피인지 모른다. 그저 특별한 커피인 것만 알고 있다. 향이 특이해서 젊은 사람이나 기존의 커피에 질린 분께는 충분히 산뜻한 입맛을 주는 것도 사실이다. 한두 잔이면 충분하다. 자주 마시면 오히려 더 질린다. 향 커피에 극찬을 하셨다. 그러고 보면 우리나라 사람은 향에 민감하고 반응 또한 빠르다. 우리가 늘 갖는 이국의 향에 말이다. 김치 냄새나 된장 냄새는 어떨까. 나는 오히려 커피 냄새보다 이 김치 냄새나 된장 냄새에 더 민감하다. 먹고 사는 일인데 먹는 것에 늘 신경 쓰면서도 먹지 못하니 구수한 밥 냄새와 더불어 더 좋은 냄새가 있을까!*

오전, 우드 테일러스 카페 사장님과 사모님께서 오셨다. 부가세 신고에 관해서 궁금한 게 있었다. 세무서에서 받은 쪽지에 가볍게 적어 드렸다. 간이과세라 세금을 내지 않는다는 말씀드렸다. 처음 오셨을 때는 기장에 관해서 부

---

* 게이샤 커피: 게이샤는 에스메랄다(아시엔다라 에스메랄다 게이샤, Hacienda La Esmeralda Geisha) 에디오피아가 원산지다. 특별한 아라비카 나무 품종을 파나마에 있는 한 농장의 산비탈 지대에 이식해서 재배한 커피로 제조된다. 생두의 모양과 특히 추출된 커피의 맛이 매우 독특하고 유일무이한 것으로 정평이 나 있다. 커피 자체가 매우 희귀하기 때문에 그렇게 가치가 있는 것뿐이라고 냉소적으로 말하는 사람도 있겠지만, 대다수 커피 전문가들은, 적어도 최고급 스페셜티 커피를 다루는 사람들이라면 에스메랄다의 맛이 다른 아라비카 품종과 그냥 다르기만 한 것이 아니라 더 좋다고 주장할 것이다. 외국에서도 1파운드에 100달러가 넘는 소매가로 팔리는 최고급 커피다.

  –『커피, 만인을 위한 철학』, 스콧F. 파커, 마이클W. 오스틴 저

* 오늘 읽은 내용이다. 공부 삼아 적어 놓는다.

  공자께서 말씀하셨다. "선비가 도에 뜻을 두면서, 허름한 옷과 나쁜 음식을 부끄러워한다면 더불어 논의할 만한 가치가 없다."

  子曰 "士志於道, 而恥惡衣惡食者, 未足與議也."

담되셨던 것 같다. 이것저것 물어보시기에 친절히 답했다. 본부장님 커피 한 잔 살게요? 하시기에 얼른 본점으로 가 케냐 커피 한 잔 마셨다. 고르곤졸라 피자 한 판 주문하셨는데 점심이었다.

은행에서 전화가 왔다. 대출금 연장에 관한 서류작성을 했으면 하는 전화였다. 얼른 다녀오기는 했지만 다녀오고 나서 한 시간 좀 지났을까! 또 전화가 왔다. 부가세 신고에 관한 자료 증빙인데 14년도 상반기는 끊으면 나올 수 있을 거라며 그것도 부탁한다. 나는 속으로 또 서류를 준비해야 하나! 구시렁거리기도 했는데 겉으로 말은 친절히 끊어 드리겠다고 했다. 지금은 일하고 있어 갈 수 없으니 내일 아침 일찍 세무서에 다녀오겠다고 했다.

오후 압량에 있었다. 하도 문을 많이 닫아서 그런지 손님은 없다. 하지만 가끔 띄엄띄엄 오시는 분 있었는데 모두 처음 오신 분이었다. 모두 문 열었나 싶어 안을 기웃거리다가 문을 열었는데 문마저 무거워 억지 힘쓰는 모습에 문 열어드리니 오히려 더 놀라신다. 두 시에서 다섯 시까지 있었는데 모두 3명 왔다.

조그마한 반찬 통에 든
닭강정
한 젓가락 집는다
참 우주는 넓다

사동 마감보고 정의와 함께 퇴근한다. 정의는 오늘 일진이 별로 좋지 않은가 보다. 아침에 물 담는 디스펜스기를 깨뜨렸다고 얘기한다. 조금은 상심인 듯 목소리에 힘이 없다. 괜한 신경 쓰지 마라! 정의야 이미 지나간 일 후회하면 뭐하겠니! 그냥 잊으라고 한마디 했다.*

본점 마감보고 나올 때였다. 성택이 한마디 한다. 볶은 콩 사러 오신 손님이다. 아주 예뻤다고 얘기한다. 드립 한 잔 서비스 해드렸다고 했다. 그러니까 바깥에서 식사하시려다가 카페에 머물다 가셨다고 했다. 웃으면서 한마디 했다. 친절하게만 하시게!

鵲巢日記 15年 01月 20日

아침 은행에 잠깐 다녀왔다. 사동에서 직접 드립을 했다. 케냐 커피다. 두 잔 내려 담아서 차에 싣는다. 은행에서 대출 관련 서류에 금액을 적고 사인했다. 아까 내린 커피 한 잔 드렸다. 대부계 일하는 직원은 젊다. 아직 커피 맛을

---

* 논어에 있는 말이다. 오늘 읽었던 내용이라 그저 공부 삼아 적어본다. 애공이 재아에게 사社(토지를 관장하는 신을 제사 지내는 곳)로 쓸 나무에 대해서 물었다. 재아가 대답했다. "하후씨는 소나무를 썼고, 은나라 사람은 잣나무를 썼으며, 주나라 사람은 밤나무를 썼으니 백성들로 하여금 전율케 하려는 뜻이라고 합니다."
공자께서 이 말을 듣고(재아를 꾸짖으며) 말씀하셨다.
"이루어진 일은 해명하지 않고, 끝마친 일은 따지지 않으며, 이미 지나간 일은 추궁하지 않는다."

알기에는 조금 이른 듯하다. 아주 잠깐이었지만 출신 학교와 직급 그리고 여기 일하는 친구가 있다며 대화를 주고받았다. 예전에 비하면 은행 업무가 그렇게 엄숙한 분위기는 아닌 듯하다. 직원들 얼굴이 모두 밝았다.

아침, 문자를 받았는데 기분이 꽤 좋았다. 『구두는 장미』를 읽은 어느 독자다. '어제까지 선생님의 구두는 장미라는 책을 읽었습니다. 왜 시라는 것을 여태껏 읽어 볼 생각을 안 했을까요! 지금이라도 알게 된 것에 감사합니다.' 전에 『커피향 노트』를 읽은 독자였다. 지금 광주에 사는데 어느 커피집에서 아르바이트한다. 나의 꿈이 확실한 젊은 분이었다.

본점에서 책 읽었다. 『장자』를 읽는데 이런 느낌이 들었다. 중국 고전을 읽으니 사마천의 『사기』가 얼마나 중요한 책인가 깨닫는다. 지금 사놓은 『열자』, 『논어』를 읽고 나면 꼭 사마천의 사기에 관한 책을 읽겠다고 다부지게 마음먹는다.

점심을 먹지 못했다. 오후 다섯 시 저녁을 먹으려고 집에 잠깐 들어갔지만, 밥솥에 밥이 없다. 전에 사다 놓은 '햇반' 있어 그것 데워서 먹었다. 엊저녁에 해놓았던 두부와 어묵을 넣은 김치찌개 놓고 먹었다. 그래도 한 숟가락 뜰 수 있음에 행복하다. 한 숟가락 제구 뜨는데 공자께서 하신 말씀이 생각났다. '거친 밥을 먹고 차가운 물 마시며, 팔 굽혀 그것을 베개로 삼으면 즐거움도 그 속에 있다. 의롭지 못하면서 잘살고 귀하게 되는 것은 나에게는 뜬구름만 같은 것이다.' *

오늘 바깥 일이 많지 않아서 서 부장은 압량에 머물게 했다. 청도 커피 주문이 있어 직접 다녀왔다. 오후 서울 청어출판사에서 보낸 우편물 받았는데 곧 출간할 책 교정용이다. 본점에서 약 3시간 가까이 앉아 내가 쓴 글을 읽고 몇몇 수정했다.

부가세 신고기간이라 그런지 안과 밖이 모두 조용하다. 압량에 서 부장은 오늘 단 3명의 손님만 있었다고 보고한다.

지난주 가졌던 음악회 공연비를 송금했다. '세빠' 에서 전화가 왔는데 가게 근처, 그러니까 10m도 안 되는 거리에 카페가 또 생긴다며 이야기한다. 한 지역에만 카페가 많이 생기는 것이 아니라 어느 동네 어느 곳 할 것 없이 카페가 많은 것이 걱정이다. 이는 커피 시장이 더 커지는 것도 사실이지만 기존의 커피 업을 하는 사람에게는 경쟁을 부추기며 오히려 삶의 희망을 더 잃게 할 수도 있다. 국악이 카페에서 이리 인기 좋을지는 몰랐다며 한마디 한다. 물론 카페 오신 손님의 반응도 좋았지만, 이 음악회를 주최하는 대표가 국악에 흠뻑 빠졌음이다. 슬프고 애달프고 아리며 그 뜨끈한 정 같은 것이 뿜어 오르는데 아! 모르겠다. 들어보지 못한 사람은 모를 일이다. 다음 음악회 가질 공연에 관해서 이야기 나누고 싶었지만 여러 가지 일로 못했다. 언제 한번 가게 들르겠다고 했다.

* 논어(論語): 子曰 "飯疏食, 飯水, 曲肱而枕之, 樂亦在其中矣, 不義而富且貴, 於我如浮雲."(자왈 "반소식, 반수, 곡굉이침지, 악역재기중의, 부의이부차귀, 어아여부운.")

鵲巢日記 15年 01月 21日

책을 그렇게 읽으셔도 이해력이 없으십니까? 까만 구두는 아무런 답변이나 어떤 항변도 없이 지난 발자취만 들여다보았다. 그렇다고 무슨 의미를 읽으려고 본 것은 아니었다. 시선 처리가 어려웠고 동굴에 남겨놓은 불씨만 생각했다. 누가 저 불을 피웠단 말인가? 그 순간 까만 구두는 이런 생각 했다. 그대는(神 또는 전능하신 하느님) 참으로 위대하다. 각본 없는 세상인 것 같아도 이 세상은 돌아가고 있으니!

아침 먹지 못했다. 배고팠다. 사동에서 커피 한잔하려다가 마음이 불편해서 본점으로 다시 차를 돌렸다. 따끈한 커피 한 잔 달라고 강 선생께 부탁했다. 하! 커피 한 잔, 속 따끈하게 푼다. 세무서에서 전화가 왔다. 부가세 신고에 관한 세금고지다. 모두 합하여 약 7백여만 원이 나왔다. 돈 앞에는 모두 현명해지기 마련이다. 아무것도 생각나지 않았다. 그저 까마득한 세금고지에 망연자실하게 앉아 있었는데 청송에서 한 통의 전화를 받았다. 4년 전 커피 교육을 받고 창업했던 명재다. "본부장님 기계 중간에 물 나오는 곳 있죠, 거기서 물이 똑똑 떨어져요." 노즐 뭉치가 나갔구먼! "수리 오실 수 있나요?" 네, 본부에 부품 확인해서 전화 드리겠습니다.

마침 부품이 있었다. 여기서 청송까지는 두 시간 반 거리다. 부품을 챙겨서 1시에 출발했다. 청송까지는 영천으로 해서 청송에서 돌아올 때는 중앙고속도로 타며 왔다. 가는 길 오는 길 그렇게 따분하지는 않았다. 오로지 아침 점심 먹지 못해 속만 아리고 따끔거렸다. 하지만 내내 운전하며 피곤함은 덜했다. 영천 지날 때는 비가 내렸으며 청송에 도착할 때는 맑았으며 다시 돌아오는 길은 내내 비 내렸다. 머릿속에는 오로지 세금과 바깥의 영화필름처럼 돌아가는 풍경뿐이었다. 구불구불한 산 능선 지나며 바라보는 산과 계곡 허허벌판 농경지 지나며 바라보는 농가의 모습은 늘 바라보던 도시의 따분함을 씻고도 남는다. 최저임금제 상승과 세금, 고용과 관리문제, 교육과 마케팅, 이 모두가 국가라는 틀 안에서 이룬다. 웃지 않을 수 없는 일이지만 모든 것은 긍정적으로 바라보아야 한다. 국가에 충성하고 부모에 효도하며 웃어른께 공경함은 인륜이며 도덕이다. 그 속에 내가 있다.

근검절약해야 한다. 다른 방법은 없다. 지출을 줄이고 영업을 더 노력해야 한다. 나만 하는 것도 어려운 일이다. 조직이 커지니 조직원 모두가 함께 움직여야 한다. 가만히 있으면 판매는커녕 아무것도 이룰 수 없다. 그렇다고 사기 충전할 교육을 한다는 것은 일명 잔소리에 불과하다. 사랑이 무엇인가? 내가 처음 알았을 때 그대의 이름을 처음으로 불렀을 때 그때는 단지 아는 것이다. 알고 나면 관심원에 들어가고 관심원에 있으면 가족이다. 가족은 최소의 사회다. 사회에 봉사하는 마음이 없다면 이 세상 살아가기 힘들다. 아무것도 변명할 이유도 없고 그렇다고 불만이나 불평을 제기할 이유도 없다. 나는 아주 작은 개인이기에 이 한목숨 부지하며 살아갈 수 있는 이 사회의 공덕을 누리고 있기 때문이다.

이제는 그 누구와도 말하려 하지 말며 주어진 일에 단지 일을 사랑하자.

명재는 옆에서 지켜보고 있었다. 노즐 뭉치를 분해하는 것을 아주 신기하게 보았다. 이곳은 청송에서는 그래도 번화가다. 3일 벌어서 한 달 세가 나오면 괜찮은 곳이다. 장사의 불문율이다. 덧붙여 적는다면 5일 벌어서 세가 나오지 않으면 업을 고려해야 하며 10일 벌어서 세가 나오지 않으면 문 닫아야 맞다. 고장 난 부품을 교체하고 정상가동 되는 것을 지켜보았다. 그리고 한 십 분 머물렀을까! 다시 경산으로 가기 위해 차에 오른다. 안동 지나갈 때였다. 오후 4시 30분쯤이다. 비가 다시 내리기 시작했다. 차에 오를 때 명재는 바깥에 나와서 인사했다. 그 생각이 자꾸 나는 것이다. 본부장님 운전 조심해서 가셔요. 수리비 받아도 마음 편치 않았다. 응당한 대가이므로 받아도 내 돈이 아니기에 편치 않았다. 세금을 줄일 수는 없다. 세금을 줄일 방법은 사업체를 없애거나 팔아야 한다.

자공이 물었다.

"여기에 아름다운 옥이 있다면 궤에 넣어 보관하시겠습니까? 좋은 상인을 구하여 파시겠습니까?"

공자께서 말씀하셨다.

"그것을 팔아야지! 그것을 팔아야지! 나는 상인을 기다릴 것이다."

子貢曰 "有美玉於斯, 韞匵而藏諸, 求善賈而沽諸." 子曰 "沽之哉. 沽之哉. 我待賈者也." 자공왈 "유미옥어사, 온독이장제, 구선가이고제." 자왈 "고지재. 고지재. 아대가자야."

鵲巢日記 15年 01月 22日

생두 수입상께 전화했다. 아리차와 게이샤 커피 단가가 얼마 하는지 백bag으로 사면 얼마까지 가능한지 물었다. 사장님께서는 아리차는 만천 원이며 게이샤는 13만7천5백 원이라고 했다. 게이샤는 직접 수입하는 것도 아니라서 어디 알아보고 전화주신 거였다. 전화하시며 한 말씀 더 붙인다. 생두 kg당 가격이 너무 터무니없어 다시 알아보고 전화 주겠다고 했다. 게이샤 1킬로가 13만 원 이상 호가하면 블루마운틴보다 더 비싼 가격이 된다. 이거는 커피가 아니라 금을 담아 놓은 것이다.

기장을 맡긴 세무서에 다녀왔다. 마침 세무사께서 계시어 이런저런 상담을 했다. 사업체가 몇 개 되다 보니 세무신고와 세금이 늘 고민이었다. 본점과 본부는 그렇다 치더라도 압량은 세금이 과분할 정도로 많다. 그러니까 일반 과세자는 세금을 약 200만 원 가까이 내야 하지만, 간이 과세자라면 세금을 내지 않게 된다. 하루 10만 원이 아니라 5만 원도 못 파는 가게다. 그렇다고 이 가게를 폐업하지 못한 이유는 이곳은 대 도롯가라 그나마 광고효과를 볼 수 있게 큰 간판의 역할로 운영하기 때문이다. 세무사께서 하신 말씀이 생각났다. 국가에서는 그래도 뭔가가 있기 때문에 세금을 매기는 것이 아니겠습니까?

그간 커피 교육이었다. 경산만큼은 이름을 제대로 알려 커피의 진 모습을 보여드리기 위한 우리의 몸짓 같은 것이었다. 이제는 교육 방향도 바꿔야 함을 느꼈다. 커피는 이미 양적으로 이 좁은 도시에 너무 많이 들어와 있기 때문이다. 그러면 어떻게 해야 하나? 사업체 명의를 바꾸거나 아니면 폐업밖에는 없는 것이 된다. 소득이 높거나 판매가 많아서 내는 세금이라면 아무런 불만이나 불평을 제기하지 않는다. 매출 대비 각종 비용이 많은 것은 사업체에 문제가 있는 것은 분명한 것이다. 수익 대비 비용이 많다면 고려해보아야 할 사항이지 끌고 갈 사항은 아니다. 세금을 안 내는 것과 절세는 엄연히 다르다. 사업체를 너무 오랫동안 끌면 소급해서 적용하는 세목稅目도 더러 나오게 된다. 그러니까 사업체가 커지니 각종 세무 기장에 들어가야 할 항목에 적절한 기장이 맞지 않아서 나오는 실수도 있기 마련이다. 그래서 사업하시는 분들이 사업체를 한 번씩 폐업하는 이유도 거기에 있는 것 같다. 왜냐하면, 사업은 늘 위험을 안는다. 사업이 긍정적으로 성장을 기하면 지난날 그 어떤 실수도 아무렇지 않게 덮을 수 있는가 하면 혹여나 부정적으로 기울기라도 하면 지난날 실수는 치명적이다. 물을 온전히 담은 그릇이 아니라 물 담은 그릇을 싣고 가는 수레가 사업이다. 사업주는 언제나 그 수레를 끄는 사람이다. 마치 열두 가닥 썩은 새끼줄로 맨, 한 해의 수레를 끌듯 해야 한다. 하지만 그 어떤 것도 명백한 기장과 떳떳한 일이야말로 그 무엇도 대신할 수는 없다.

두 시간쯤 앉아 있었을까! 바깥은 겨울비 내린다. 모자 쓴 손님이 들어오신다. 더치라테 한 잔 주세요. 네, 쿠폰을 찾으시며 바bar 안쪽으로 건넨다. 보니까, 전에 쿠폰 찾으시다가 못 찾고 이름만 불러 주시고 가신 손님이었다. 그래서 임시로 새 쿠폰에 도장 찍고 이름도 새로 적었다. 손님 가시고 나서 못 찾으신 쿠폰을 찾아 유리테이프로 곁들어 붙여 놓았는데 손님께 말씀을 드렸더니 싱긋이 웃으시며 한마디 한다. 오전에 오니까 불이 꺼져 있더라고요. 네, 일하는 직원이 그만두어서 잠시 문을 못 열었어요. 이제 새로 오신 분 있어요. 했더니 웃으시며 나간다.

별말은 없다. 그저 주문받은 것과 커피 만드는 것 그리고 몇 마디 주고받는 이 말 한마디에 왠지 기분이 좋다. 또 언젠가는 지금 가신 손님은 오실 것이다. 쿠폰은 아무것도 아닌 것 같아도 마치 출석부처럼 느껴지기도 하고 아직 나 살아 있소 하며 무언의 대답을 건네는 것 같아서 그렇다. 그것은 역으로 나 또한 살아 있고 이 카페가 아직도 건재함을 보여드리는 것이 된다.

출판사 청어에서 보낸 교정용 원고를 다 읽었다. 오타 수정을 몇 군데 했다. 어떤 부분은 중복된 것이 있어 지웠으며 어느 부분은 전화가 필요해서 명기해 놓았다. 본점장, 성택 군이 내린 커피가 마음을 가다듬는 데 큰 도움이 되었다. 본점 들렀을 때였다. 늘 보면 무뚝뚝한 얼굴이다. 오늘은 미소 띤 얼굴로 본부장님 커피 한 잔 해 드릴까요? 하며 묻는 것이었다. 나는 솔직히 애가 귀찮을까 싶어 그저 얼굴만 보고 가려다가 커피 한 잔 해준다는 데 마다할 내가 아니다. 그래 한 잔 해주시게! 했더니 뭐로 해 드릴까요? 하며 묻는다. 만델링, 케냐, 예가체프, 안티구아 등 죽 부른다. 가만, 그래 만델링이 좋겠어! 한 잔 내리는 모습이 가히 일품이었지만 똑똑 떨어뜨리는 혼이 이제는 안에서 바깥으로 풍겨 나와 하얀 허공에 까만 왕관을 수놓았다.

사동, 본점은 오 선생께서 마감 보았으며 본부와 압량은 직접 보았다. 압량 마감 보고 아이들 데리러 갔다가 집에서 함께 책 읽었다. 저녁을 모두 일찍 먹어서 맏이가 라면이나 국수 해달라는 부탁에 어제는 국수 먹었으니 오늘은 라면 먹자는 둘째의 말에 라면 끓였다. 구수한 라면 국물을 마실 수 있었다.

鵲巢日記 15年 01月 23日

사동에서 커피를 내렸다. 케냐다. 이른 아침, 보통 때라면 개장하고 직원과 함께 청소하고 난 후, 배 선생이나 아니면 점장께서 내려준 커피를 한 잔 마셨을 것이다. 매장 안에는 아무도 없다. 포터에 물을 담고 끓인다. 창밖에 새로 지은 사동 고등학교 건물이 또렷하게 보인다. 아마! 올해부터는 학생을 받는다지. 다카히로 주전자에 뜨거운 물을 담고 분쇄기에 커피를 넣어 갈며 분쇄한 커피를 종이필터에다가 한 옴큼 움켜잡고 서버 위에다가 올려놓는다. 조심스럽게 물방울 한 방울 한 방울 떨어뜨린다. 커피 향이 코끝 닿는다. 케냐? 케냐면 까만 얼굴에 하얀 분 바르며 새의 깃을 머리에 단 추장이 떠오른다. 추장을 생각한 것은 얼마 전에 개업한 카페, '케냐'의 로고다. 전에 조감도에서 창업상담을 가졌던 분이다. 개업하고 나서 한 번 찾아뵙고 인사드린 적 있다. 이 집 로고 참 예쁘다. 예뻐서 머리에 떠오른다. 어느새 한 잔의 커피를 내렸다. 한 모금 마신다. 역시 케냐는 다르다. 아침 카페인이 쏙 빠진 허름한 카페 인人 속에 다시 하얗게 원기를 불어넣는다.

부가세 신고기간이라 그런지는 모르겠다. 소비가 많이 위축된 것만은 틀림없다. 아니 벌써 '설' 대목 타는 것인가! 바깥에 유통시장도 안의 소비도 뜸하다. 오늘은 진량과 병원만 커피 주문뿐이었다. 날씨는 여전히 춥지만, 예전만큼은 아니지만 그렇게 하늘이 차갑다거나 땡땡한 얼음장 보듯 하지는 않았다. 뭔가 봄이 움트는 느낌이 들었다.

오 선생은 압량에 다녀왔다. 가게 분위기를 쇄신하기 위해 메뉴판을 바꿔야 했다. 이곳은 비수기와 방학기간이 겹쳐 매출은 전혀 없다고 보는 것이 맞다. 그렇다고 당장 문 닫을 것이 아니면 이상을 가져야 한다. 개학과 앞으로 다가올 미래를 위해서라도 준비해야 한다. 바깥에 내세울 광고판을 제작해야겠다며 서로 의논을 가졌다. 당분간은 아메리카노 행사 가격으로 2,000원으로 정하자는 얘기도 나왔다. 그렇게 하기로 했다.

그간 불필요했던 전자레인지를 들어내었다. 종이컵과 뚜껑 놓아두는 바구니를 새로 샀다. 손님께서 넣어둔 쿠폰 상자가 있다. 그 상자를 놓아두는 상 바bar 위도 새로이 정리했다. 그러니까 더치커피 뽑는 기구를 우측 끝까지 붙여 예전에 지저분했던 소쿠리를 없앴으며 좌측 주문받는 상 바bar는 냅킨과 빨대만 놓을 수 있게 정리하였다. 손님께서 쉽게 집을 수 있도록 명함은 메뉴판 바로 앞에 놓아두었다. 내가 쓴 책은 모두 한곳에 수북이 쌓아두고 그 위에 커피 그라인더(핸드밀) 올려놓아 공간미를 자아냈다.

공자께서 하신 말씀이다. '사람이 멀리 생각하지 않으면 반드시 가까운 곳에 근심이 있다.' * 현실은 암담하기 그지없다. 불안한 세계에 빠지면 헤어 나올 수 없다. 먼 곳을 바라보지 못하면 희망은 없으며 희망이 없으면 당장 일할 의욕이 상실된다. 걸어 다닐 수 있으면 젊은 것이고 젊음이 있다면 꿈을 저버리면 안 된다. 계획하고 실천하고 실행해서 결과를 지켜보며 다시 수정해서 바로잡아 나가야 한다. 압량은 예전처럼 다시 돌아올 것이다.

1월 하순 난롯가 앉아 있으면
허벅지 후끈해서 도로 물리니
물리고 나면 바짝 오그라든다
붉은 열 꽃 쐬면서 한 달 또 한 달

사동은 소파가 새로 들어왔다. 모두 10개다. 소파는 고정자산이니 장부에 적을 차변의 세목이 생각나고 지급해야 할 금액이 생각나고 차감할 부가세액을 생각하니 그만큼 세액징수에 현안인 국가와 세무공무원에 어쩌면 신경 바짝 쓰였다. 오 선생께서 자리를 배치하였다. 테이블에 맞게 방금 들어온 의자를 적절하게 곳곳 넣었다.

사동에 머물 때였다. 『논어』 모두 읽었다. 공자께서 하신 말씀 중 하나를 적고 오늘 일기를 마친다. '군자는 능력이 없는 것을 근심하며 다른 사람이

---

* 子曰 "人無遠慮, 心有近憂."

자신을 알아주지 않는 것을 근심하지 않는다.' * 커피는 배우기 쉽다. 그러니까 볶고 뽑고 추출하며 라테 아트까지 배우면 누구나 할 수 있다. 하지만 경영의 비결과 삶의 지혜는 단지 배워서만 되는 것이 아니다. 경험과 경륜이 있어야 한다. 경험과 경륜은 곧 능력의 바탕이 된다. 하루는 값진 경험이며 나를 다스리는 경륜이다. 그 하루를 잘 닦아야 한다.

鵲巢日記 15年 01月 24日

불안한 사람을 보면 불안하다. 타지에 사는 사람은 언제나 보아도 뭔가 안정되어 있지 않은 느낌이다. 나 또한 불안한 마음을 다른 사람에게 그렇게 보였을지도 모른다. 잠깐 점장을 보았다. 점장은 창원이 고향이다. 다른 사람이 볼 때는 모르겠지만, 점장을 대할 때면 왜 그리 불안해 보이는 것일까! 어딘가 모르는 강박관념 같은 것도 보인다. 그가 안정을 찾을 때는 가게에 많은 손님이 찾아오시거나 일이 많을 때다. 아침 청소할 때다. 점장께서 한마디 한다. 본부장님 요즘 어딘지는 모르겠는데요. 투***** 어느 점에 아메리카노 610원에 판매한다고 합니다. 그러니까 장 사장께서 한마디 한다. 600원이면 600원이지 10원은 뭐지!

---

* 子曰 "君子病無能焉, 不病人之不己知也."

나는 이런 생각이 들었다. 이것도 카드가 되나!

장 사장 잠깐 뵈었다. 요즘 영주에 일이 있어 자주 못 들르는 것 같다. 영주 모 대학이라고 했다. 내부공사 일이 있어 거기 자주 왕래한다고 했다. 그렇게 돈 되는 일이 아니라며 강조하기까지 한다. 커피 한 잔 내려 함께 마셨다. 요즘 사회 돌아가는 이야기를 나누었는데 정부의 세수에 관한 일과 서민의 소비경기 위축에 관한 이야기를 나누었다.

장 사장과 커피 마실 때였다. 요즘 식사를 자주 거른다고 했다. 어제도 밥 한 끼 먹었는데 낮에 식사한 것이 전부였다고 한다. 그도 40 중반을 걷는다. 아침 이렇게 커피 한 잔 마시는 것이 잠시 잠깐의 낙이라고 했다. 그의 말처럼 어쩌면 나도 잠깐의 여유다. 시원한 국 국물 마시듯이 커피 한 잔은 그렇게 다가온다. 입이 심심해서 예지 잠깐 불렀다. 어제 마감 볼 때였다. 테이블 위에 배 선생께서 먹다 남은 과자가 보여 혹시 좀 남은 것 있으면 갖다 달라고 했다. 그러니 빙수 사발에다가 소복이 담아서 내온다. 예지는 이제 스물하고 더 보태면 한두 해다. 예의도 바르지만, 말이 적고 하는 일 또한 불평 없이 잘한다.

과자를 턱 내놓았을 때 잠깐 고모할머니가 생각났다. 아주 어릴 때였다. 고모할머니는 서울 분이셨는데 아주 촌 골짜기나 다름없는 칠곡 숭오리에 잠시 머문 적 있었다. 저녁이면 홍두깨 밀어서 칼국수를 해주셨는데 어찌나 맛있었던지 대접에 한 그릇은 족히 먹었다.

배 선생은 집에 남편께서 큰 마트를 운영하신다. 배 선생께서는 과자를 늘 가져오신다. 가져오시는 그 과자들은 한결같이 맛이 있다. 나는 가끔 하나씩 집어 먹어보는데 입에 착 감기는 것이었다. 아침에 구수한 커피라도 몇 잔 마시면 그것도 잘 내키지 않아 과자를 곁들여 마시면 커피 맛이 한결 나아서 예지더러 좀 가져달라고 했다. 하나 집는다. 호! 맛있다.

본점에서 커피문화강좌를 가졌다. 오늘도 어느 교육생께서 질문 있었다. 디카페인 커피에 관한 내용이었다. 디카페인 커피는 제가 알기에는 스위스에서 처음으로 가공해서 나온 걸로 압니다. 생두를 스팀에 한 번 쬐어서 가공처리 합니다. 그러니까 카페인은 물에 잘 녹는 성분이라서 생두를 물에 담가 놓기만 해도 일정량은 물에 녹기 때문에 이를 더 전문적으로 가공처리 한 겁니다. 하지만 그렇게 전문으로 가공해도 어느 정도는 카페인이 남아 있지요. 제가 아는 어느 교수님께서도 디카페인 커피를 가져다주시어 직접 볶아 드린 바 있는데 카페인이 혹 검출되는지 확인차 실험한 적 있습니다. 결과는 의외였죠. 보통 커피보다는 많지는 않았지만, 어느 정도는 나오더라고요. 카페인은 무색입니다. 모양이 바늘처럼 생겼지요. 솔직히 커피를 마시면 잠이 오지 않는 분을 위해 나온 커피지만 가공된 커피를 마시면 어쩐지 맛이 좀 떨어지는 건 사실입니다. 어느 나라 어느 커피와 관계없이 디카페인 커피는 맛이 모두 비슷합니다.

또 한 분 질문이 있었다. 라테 아트를 배우려면 보통 며칠 걸리는지요? 최소 교육과정은 십 일 정도 걸립니다. 물론 교육비를 받고자 그 일정을 맞춘 것은 아닙니다. 어떤 분은 5일을 해 보았지만 미흡해서 더 연장해서 교육한 적 있습니다. 10일 해도 완벽하지는 않습니다. 그저 자세가 조금 더 나을 뿐이지 아트의 수준은 아닙니다. 아마도 배워서 현업에 몇 년 종사하면 더 낫지 않을까요. 자전거도 처음 탈 때는 어렵지만, 자꾸 타다 보면 아무렇지 않게 잘 타게 되지요. 라테 아트도 마찬가지입니다.

오후, 역에 시지 어느 교회에 분점 삼풍에 다녀왔다. 모두 커피가 필요해서 배송 다녀왔다. 배송 일 마쳤을 때 오후 5시쯤 되었는데 사동에 갔다. 이 시간이면 2부 교대시간이라서 직원 모두를 볼 수 있기 때문이다. 바bar에는 퇴근하려는 점장과 예지가 있었다. 점장께 드립 한 잔을 청했다. 그리고 잠시 모두 보자며 이야기했다. 그러니까 한 10분쯤 지나서 모두 자리에 앉았다.

이렇게 여러분께 보자고 한 것은 다름이 아니라! 설 대목이 다가오고 있어요. 안 그래도 이번 주 한 주일 지내보니 매출에 조금 변화가 있었습니다. 아무래도 대목 타는 것 같습니다. 우리 바bar는 다른 집에 비해서 조금 길쭉합니다. 저 안쪽에서 설거지하고 있으면 손님이 오시는지 가시는지 모르고 지나칠 때가 종종 있습니다. 언제나 인사만큼은 더 친절히 했으면 해서 부탁합니다. 다른 곳은 벌써 대목 타니 매출이 많이 줄었더군요. 우리 카페도 예외는 아닙니다. 이럴수록 더 친절히 해야겠지요. 그러니까 배 선생께서 한 말씀 주신다. 음! 맞아요. 대목 타는지 요즘 유통이 매출이 준 듯해요. 그래서 한마디 붙였다. 아! 거기도 매출이 조금 줄었나요. 네, 그래서 행사 들어가서 괜찮은 것 같아요.

돌 속 허수아비를 모두 지웠네
허수의 똥만 채워 보기로 했네

들판에 홀로 서서 바람과 새를
모두 안은 희망을 혼자 보겠네

7시 잠깐 귀가했다. 찌개를 만들었다. 누가 사놓은 건지는 모르지만, 압착 비닐 뜯기지 않은 두부가 두 개나 냉장고에서 자고 있다. 그것을 끄집어내어 프라이팬에다가 덖었다. 덖은 두부를 냄비에 담고 김치를 조금 썰어 넣고 대파도 하나 씻어 넣어 지진다. 그저께, 아들 라면 끓이며 남겨놓은 스프도 하나 넣는다. 별다른 장이 필요가 없다. 스프면 적당히 맛이 밴다. 어느새 찌개는 완성이다. 밥 한 그릇 오래간만에 여유를 가지며 먹었다.

본점에 머물며 하루를 읽는다. 본점장 성택 군이 블루마운틴 커피를 내려준다. 입에 착 감기는 것이 온전한 커피나무가 뿌리째 넘어온 듯했다. 커피 한 모금 마시는 것이지만 참으로 물맛 아닌가! 어찌 보면 물은 커피라는 옷을 입은 것이지만 싫은 내색 한 번 없이 입은 것이다. 까만 옷 입은 선녀가 어느 추한 곳 가리지 않고 마치 구름 타듯 그렇게 내려오는 것이었다. 하나씩 뿌려놓은 그의 발자취를 더듬고 있었으니 말이다.

鵲巢日記 15年 01月 25日

사동을 개장하고 위층에서 마을을 내려다보았다. 휴대전화기가 울린다. 동생이다. 아주 오랜만이라 무슨 일이 있나 싶어 걱정 반 반가움 반, 그렇게 전화를 받았다. 안 그래도 우리 집 아이들이 고모 집에 간다며 어제 나서기는 했지만 별다른 일이 생겼나 하는 마음도 들었다. 전화 받으니 그저 인사였다. 동생은 몇 년 전에 공인중개사 자격증을 취득했다. 부동산 중개사무실에서 몇 달 일한 경험도 있다. 그리고 몇 달 아니 몇 년쯤 지나 난데없이 작년에 "오빠 나, 부동산중개 사무실 차렸어." 하는 거였다. 마냥 어리다고만 보았지 올해 40 넘겼다. 이번 달 큰 것 한 건 했어! 오빠. 그래 얼마짜린데 하며 물었더니만 몇 장 돼, 한다. 돈 벌었다니 내 돈은 아니지만, 기분은 꽤 좋았다. 혼자서 혼자 힘으로 혼자의 능력으로 이룬 성취다. 정말 대단하고 장했다. 상가가 돈 된다며 한마디 한다. 그 외 아파트 매매 건과 다른 잔잔한 일까지 하면 한 달 제법 일했다. 그러며 오빠 하는 일 묻는다. 참! 어떻게 답변하기도 뭐하지만, 괜찮다며 이야기만 했다. 오빠 요즘 커피하고 싶은 사람이 왜 그리 많아? 약간의 감탄 어린 말을 남긴다. 그렇지, 커피전문점이 이리 많이 생겨도 중요한 것은 하고 싶은 사람은 더 많다는 것이다. 그만두는 사람은 있어도 점포 닫는 경우는 없는 것도 신기하다.

오전, 압량에서 콩 볶았다. 볶아놓은 콩이 얼마 없어 볶게 되었다. 옆에는 성당이다. 나 많은 아무개 사모님께서 휴일 성당 오셨다가 지나가시기에 바깥 문 열고 인사드렸다. 잠깐 들어오시어 차 한 잔 마셨다. 올해 연세가 일흔 다섯이다. 잔병도 없으시고 안색도 꽤 맑다. 언제나 젊은 사람과 이리 대화 나누어도 자세 또한 흐트러짐 없다. 여러 가지 말씀을 해주고 가신다. 그간 여행 다녀온 이야기를 해주셨다. 미국이며 이탈리아며 하와이, 일본, 중국 다녀오신 이야기였다. 여행 다녀오신 것도 나이 쉰다섯 넘어서야 나갈 수 있었다고 한다. 그전까지만 해도 레스토랑 운영하며 일에 바쁘셨다고 했다. 할머니는 꽤 성공한 삶을 사셨다. 두 아들 모두 사회에 건전한 장부로 딸 하나는 해외 교수로 나가 활동하시니 말이다. 오시면 집안일 틈틈이 이야기 해주신다. 가실 때 방금 볶은 커피를 조금 갈아서 담아 드렸다.

본점에 와서 책 읽었다. 『장자』를 읽다가 전에 읽었던 『노자』를 다시 한 번 읽었다. 도가사상으로 이야기하자면 내 쓰는 글은 한낱 쓸데없는 글이다. 많은 말은 불필요함을 극구 강조하는 노자다. '개는 잘 짖는다고 해서 좋은 개로 인정받는 것이 아니고, 사람이 말을 잘한다고 해서 현명하다고 인정되는 것이 아니다.' 하지만, 글은 씀으로써 중심이 된다. 모르겠다. 나는 그렇게 느낀다. 무위자연으로 돌아가지 못한 상황이라면 배워야 한다. 배움은 단지 읽어서 되는 것만이 아니다. 깨달으며 증명할 수 있어야 한다. 중심은 변화의 한가운데다. 중심에 서면 모든 것을 바라본다. 모든 것을 바라본다는 것은 미지의 세계 한 치 앞을 잘 보기 위함이다.

독서에 넋 놓고 있는데 점심 드시라며 이야기한다. 강 선생께서 곰국을 해오셨다. 동원이도 함께 있어 같이 먹었다. 동원이가 사가져 온 라면도 있다.

거기다가 반찬 김장김치까지 진수성찬이 따로 없다. 김치 한 젓가락 집을 때 아까 압량에서 뵈었던 사모님 생각이 났다. 미국 텍사스 어느 사막 지나 호텔에 묵은 적 있었는데 '김치가 있더라니깐' 하시던 말씀이 스친다. 아! 씹을 때 아삭거리는 기분, 역시 김치 없으면 뭔가 허전한 밥상이 아니던가! 정말 맛난 오찬이었다.

강 선생과 동원이랑 커피 한잔했다. 동원이가 내린 블루마운틴 드립 한 잔 마셨다. 동원이는 아메리카노 한 잔 마신다. 동원이는 올해는 꼭 창업하겠다고 했다. 마침 집에 건물이 있는데 지금은 세입자가 있지만, 여러 가지 이유로 나가게 되었다고 했다. 그간 커피 교육받은 것도 또 이렇게 실습하게 된 것도 계획이 있었다. 커피 한 잔 마시며 동원이에게 묻는다. 그래 동원아 상호는 어떻게 하기로 했니? 제이스 커피 컴퍼니 에스프레소J's coffee company espresso로 지었습니다만 아직 미정입니다. 동원이는 젊으니 영어가 제법 어울린다. 나중에 내부공사 들어갈 때 조언을 구하겠다고 했다.

커피 한 잔 마실 때 이런 생각이 들었다. 젊음 사람일수록 드립보다는 아메리카노를 더 선호한 것 같다. 아무래도 부드러운 것보다는 기름기 착 도는 커피가 입맛에 더 당길 것이다. 하루는 사동에 조회를 할 때였다. 언제나 나이 많은 배 선생이나 나는 드립이고 젊은이는 모두 아메리카노였다.

압량에 머물 때였다. 둘째가 햄버거와 콜라를 사가져 왔다. 여기 오기 전에 전화가 왔다. 아빠 저녁 먹었어요? 그래서 아니 하며 대답했는데 야가 아무래도 밥이 없으니 밥을 하려나 보다 하며 생각했다. 압량 무거운 문을 열고 들어올 때 무척 놀라웠다.

사동에 머물 때였다. 역 점장께서 오셨다. 코레일 유통에서 배정받은 점포가 영업기한이 다 되었다. 다시 재입찰을 받아야 할 상황이다. 입찰조건과 여러 가지 구비서류를 듣게 되었다. 점점 날이 갈수록 입찰조건도 까다롭고 매출 신장에 관한 회사의 방침도 강화되었다. 아무래도 역 점장께서 며칠 고민했을 것이다. 품목선정도 거기에 맞는 내부공사도 모두 신경 안 쓸 수는 없는 처지다.

퇴근할 때였다. 라디오에서 나오는 말이다. 연말정산에 관한 직장인의 세금 문제와 자영업자의 세금에 관한 이야기였다. 직장인은 소득이 100% 다 드러나니 세금 100%가 나간다. 자영업자의 소득은 매출을 그대로 신고하지는 않는다고 했다. 물론 여러 가지로 맞는 말이다. 하지만 사업은 여러 가지 위험을 안고 있다. 경쟁과 매출부진과 소비변화 그러니까 유행과 패턴은 바뀌어 가고 있으니 그에 대한 불안을 생각하면 온전한 사업체를 이끌어 가는 사람은 몇몇 없을 것이다. 실지로 규모의 경제를 실현하거나 특별한 돌파구를 찾지 못하는 사업체는 폐업의 길로 간다. 산업구조가 취약한 것도 문제다. 커피전문점만 이리 많을까! 도대체 내 하는 일에 얼마만큼을 팔아야 종주국인 주나라를 섬길 수 있을까! 군주께서 내려주신 사회복지제도에 우리는 또 얼마만큼 믿고 따르며 맞춰나가야 하는가! 하루도 버티기 힘든 나날에 맞지 않는 현실경제에 마치 바짝 마른 우물만 들여다보며 뜨는 달을 보겠다고 목 놓아 뚫어지게 바라보는 격이다.

鵲巢日記 15年 01月 26日

사동, 희뿌연 안갯속이다. 흐릿한 하늘 본다. 밤새 비가 내렸다. 시멘트 포장한 마당이 촉촉이 젖었다. 문 열어놓고 생각에 잠겼다. 호주머니에 손을 넣고 뒷마당을 거닐며 생각했다. 어제 다녀갔던 역 점장의 얘기와 세무서 직원과의 대화를 생각했다. 그래 경제가 어려우면 얼마나 어려운가! 나는 아직 대출 여유 자금이 그래도 조금 남아 있지 않은가! 부도 난 상황도 아니며 그렇다고 크나큰 적자 보아가며 운영하는 것도 아니잖은가! 긍정적인 생각을 하자.

배 선생과 예지가 출근했다. 예지는 에스프레소 기계 준비작업 한다. 스팀기 틀며 조였다가 물도 한 번 내렸다가 한다. 배 선생께서는 영업장 청소를 한다. 배 선생께서 청소 시작할 때 함께 청소했다. 1층 바닥을 쓸고 닦는다. 이제는 추위가 다 지나갔으면 했다. 밀대로 바닥 닦는다. 대목 타지 않는 영업이었으면 좋겠다. 밀대로 바닥 닦는다. 빚이 많으면 얼마나 많아! 그래 조금씩 갚을 수 있는 매출이면은 얼마나 좋아! 밀대로 바닥 닦는다. 아이가 건강하게 학교 다니며 충분히 공부하게끔 학비만이라도……. 밀대로 바닥 닦는다. 모두 욕심이다.

본점에 들렀다. 실습 받으시는 이 씨가 오셨으며 전에 함께 일했던 인열이가 와 있었다. 인열이는 커피 그만두고 밀양에서 수입 과자를 다룬다. 한 번씩 커피가 필요하거나 옛 생각이 그리울 때면 찾아오는가보다. 실습 받으시는 이 씨의 말이다. 봉급자로서 한 달 사는 이야기다. 마이너스 통장에 관한 이야기였다. 저번에 대기업 다니던 친구가 가게 왔을 때 하던 이야기가 생각났다. 4인 가족 혼자 벌어서는 살 수 없다고 했는데 똑같은 말을 했다. 우리나라 중산층 가정이 빠듯한 생활에 아니 자금 달리는 가계경영을 한다. 이러한 상황에 어떻게 커피집을 여유로 다닐 수 있을까!

마침 점심때라서 강 선생께서 준비해 온 식사를 다 같이 먹었다. 점심 잘 거르는 나로서는 감사할 일이다. 고마웠다.

점심 먹을 때 일이다. 이 씨께서 한마디 했다. 제사*에 관한 이야기였다. 집에는 제사를 지내지는 않지만, 명절 때면 온 가족이 함께 먹을 수 있는 음식을 한다고 했다. 강 선생께서도 제사 지낼 때면 음식을 정성스럽게 장만한다고 했다. 그러니까 결코 시장에서 음식 사서 지내지는 않는다고 했다. 없으면 없는 대로 지내지 사지는 않는다고 했다. 가슴이 뜨끔거렸다. 예전, 어릴 적 아버지 제사 지내는 모습이 떠오르고 그 전에 음식 장만했던 생각이 났다.

---

* 공자께서 말씀하셨다.
"예가 아니면 보지 말고, 예가 아니면 듣지 말며, 예가 아니면 말하지 말고, 예가 아니면 움직이지 말거라."
중궁이 인(仁)에 대해 여쭈었다. 공자께서 말씀하셨다.
"문을 나서면 귀중한 손님을 뵙듯이 하고, 백성을 부릴 때는 큰 제사를 받들듯이(신중히) 하여라. 자기가 하고자 하지 않는 바를 다른 사람에게 베풀지 말아야 한다. (이렇게 하면) 경대부의 집에서 원망하는 사람이 없고, (대신들의) 집에서도 원망하는 사람이 없을 것이다."
–『논어』, 공자, 김원중 옮김, 216~217p
鵲巢 日 공자는 예에 관해서 이렇게 중시 여겼다. 세상이 공자시대 때 비하면 초스피드 시대다. 세상 더욱 좁아졌다. 이 좁은 공간에 총알처럼 가는 시간이라지만 무엇이 중요한 것인지 새삼 느끼게 하는 문장이 아닐 수 없다. 노자는 무위자연에 도를 이야기했지만, 옛 성인의 지혜에 따를 수 없는 현대인으로서 다만 정신만은 여유를 가져야겠다.

결혼 초에는 그래도 정성스럽게 음식을 장만했으나 언제부턴가 소홀하게 되었다. 재작년에는 생활이 바쁘니 음식 사서 지내다가 작년에는 과일 몇 개, 탕과 물만 떠놓고 지냈다. 설 다가오니, 말이 나왔다.

아무래도 나는 죽어서도 대우받기는 어렵게 되었다.

서 부장 배송 일 잠깐 들여다보았다. 시내 모 병원과 카페 무봐라와 정평, 사동에 다녀와야 했다. 진량은 직접 다녀왔다. 진량 점장께서 계시어 커피 한 잔 청해 마셨다. 케냐 드립이었다. 볶음 정도가 조금 강한 듯 맛은 부드러웠으나 뒷맛은 메케하다. 본점 영업상황을 이야기해 주었다. 지난주 목요일이다. 자리가 없을 정도로 손님 꽉 찼었는데 그때는 일이 재미있었다고 했다. 일주일 영업하면 이렇게 자리가 없을 정도로 꽉 차는 경우가 몇 번은 있어야 한다.

조감도에 잠깐 들렀다. 배 선생께서 와플을 구워내고 있었는데 어찌나 노르스름한지 맛나 보였다. 싱긋이 미소하시며 인사한다. 사람은 일할 때가 가장 즐거운 법이다.

병원 분점에 다녀왔다. 제과제빵에 관해서 알아보기 위해 들렀지만, 점장님께서는 계시지 않았다. 이제 갓 결혼한 점장님의 따님 모 씨께서 있었는데 에스프레소 한 잔 청해 마셨다. 제빵에 관해 친절히 답해주어 고마웠다. 역 점장께서 며칠 전에 다녀갔다고 했다.

압량에 머물 때였다. 며칠 전부터 옛 부산점장으로 계셨던 오 씨께서 오시어 보아주고 있다. 그간 몇 주 동안 서 부장과 함께 본 가게였다. 청소한다고 해도 그리 깨끗하지 않았는데 오 씨께서 오시고부터는 가게가 한결 나아졌다. 오늘 오 씨가 사가져 온 아주 조그마한 라디오가 있다. 너무 작아서 이리저리 만져보고 튼다. 가게에 앉아 라디오 들으니 그것도 새롭다.

정오쯤이었는데 서 부장이 문자가 왔다. 본부장님 아주머니* 오시면 본부로 걸어갈까요? 아주머니란 말에 혼자 웃었다. 거래처에 다니면 아주머니라는 말을 나는 잘 쓰지 않는다. 그저 사장님이나 사모님으로 호칭하지만 서 부장은 그것이 더 불편하다. 순우리말로 이 아주머니라는 말은 오히려 존칭에 가까운데 말이다.

주문한 책이 오지 않았다. 배송날짜로 보면 오늘 와야 하는데 밤늦게까지 기다려도 오지 않았다. 사마천의 『사기』를 평한 책 두 권과 『명심보감』을 주문했다.

鵲巢日記 15年 01月 27日

오늘 날씨 꽤 맑았다. 아침에 햇빛을 보았는데 아주 오랜만에 본 듯했다.

---

* 鵲巢 日 아주머니는 나보다 손윗사람의 아내나 결혼한 여자를 예사롭게 이르거나 존칭하는 말로 쓴다. 어원은 아자미다. 자는 ㅈ 자 밑에 아래 아(.)로 한다. 1447년 용비어천가에 처음 사용되었으며 앚+어미의 합성어로 보인다. 그러니까 웃 어미로서 나보다는 높은 사람임은 틀림없다.

점장과 정의가 출근하는 모습 보고 바로 나올 수밖에 없었다. 은행 볼일을 보아야 했다. 압량에서 아메리카노 네 잔 뽑아 담아 갔다. 은행, 마침 전무님께서 계시어 약간의 립 서비스(말치레)하다, "전무님 보고 싶어 왔다"며 인사드리니 반긴다. 은행 나갈 때 예쁘게 포장한 정종 한 병 주신다. 그저 오며 가며 인사에 이렇게 정붙여 주시니 정말 감사하다. 그래서 인사가 중요하다. 은행에 입금 업무와 설에 쓸 잔돈용으로 신권을 좀 챙겨 주십사 창고에 일하는 직원께 부탁했다.

청도에 다녀왔다. 운문사 앞에 자리 잡은 '카페가비'다. 가비는 13년 늦여름에 창업했다. 그 당시 주인장께서는 커피에 대한 열정이 대단했다. 여러 상담 끝에 커피 교육받게 되었다. 그 교육의 결과, 지금 하시는 영업에 큰 도움이 되었다.

오늘은 세금관계 일로 오게 되었다. 근래 들여놓은 생두 과테말라 안티구아에 관해 이야기 나누었다. 그러니까 다른 커피에 비해 신선하다는 뜻으로 들었다. 몇 번 볶았는데 맛이 괜찮았다는 평을 주신다. 볶음 정도를 어떻게 해야 하는지 물으셨다. 그러니까 콩의 표면이 가장 팽창했을 때가 가장 좋다고 말씀드렸다. 시티에서 풀시티 사이가 좋다. 너무 볶으면 뒷맛이 메케하게 닿을 것이며 산패酸敗 또한 빠를 것이다. 너무 약하면 풋내가 나니 볶을 때 주의를 가져야 한다.

점장께서는 손님의 입맛에 관해 이야기했다. 여기는 운문사 앞이라 스님도 꽤 오시는데 커피 아시는 분이 많다고 했다. 점장은 커피를 직접 볶다 보니 커피에 대한 설명을 자연스럽게 했을 것이다. 어찌 보면 그것이 더 믿음을 주었을 것이다. 물론 그 영업의 결과로 다시 찾아주시는 손님 대할 때면 기분뿐만 아니라 커피 일의 보람까지 느낄 수 있음이다.

사람은 근본적으로 마음을 선하게 가져야 한다. 그렇지 않으면 악한 마음이 언제나 자리 잡고 있어 그릇된 길로 가기 쉽다. 그릇된 길로 가게 되면 일관성을 잃게 되며 일관성 잃으면 내 하는 일 모두 원칙을 잃게 된다. 원칙이 없는 일의 결과는 해도 보람이 없고 의미도 없어 결국 그만두게 된다. 직업이면 하는 일에 의미를 심어야 오래간다.

출판사, 팀장과 통화했다. 출간 내용이 전부다. 표지는 어떻게 하며 색상은 어떻고 오타수정은 어떻게 했는데 등등 최종적으로 중요한 말 한마디가 남았다. "무슨 말씀을 드려야 하는지 아시죠!" 그러니까 인쇄비다. 어려운 경기에 책을 낸다는 것은 다른 사람의 생각에는 맞지 않을지도 모르겠다. 책을 쓰고 내는 나의 입장도 무척 생각하게 한다. 이 일은 봉사다. 커피를 생각하는 사람에게, 커피를 사랑하는 사람이거나 관심 두는 분께 혹여나 읽힐 것을 생각한다. 한 번 지나간 경험이 빼곡히 들어가 있지만, 이 모든 것은 쓰는 사람의 바른 자세로 가기 위함이다. 그 전에 잘못된 자세로 인해 쓰는 것이 아니다. 깨닫고 또 깨닫고 깨달으며 가야 한다. 먹고 사는 일에 큰 지장이 없으면 진정한 선비로서 써야 한다. 어렵지만 출간에 동의했다.

사마천은 헛된 죽음을 경멸했다. 그런 죽음은 소 아홉 마리 중에서 털 하나를 뽑는 것과 다름없을 정도로 비하했다. 그렇다고 나의 글이 사마천의 글만 큰 가치가 있어 이런 비유를 든 것은 아니다. 죽음이 값지려면 생은 더 값진 경험의 질로 점철되어야 한다. 가만히 있으면 경험은 오지 않는다. 그 모든 삶의 희망은 아주 작은 불씨에서 시작된다. 읽어야 길이 있고 길이 있으면 걷는 자의 경험이라 그 속에는 여러 감정 어린 것이 있어 삶을 더 돈독히 한다. 일기는 나의 문학에 원석이다. 쓰는 데 게을리해서는 안 된다.

진량에 다시 다녀왔다. 에스프레소 기기에 소리가 난다고 해서 들렀다. 가만 들어보니 압이 과하면 한 번씩 새 나오기도 한다. 정상이었다. 여기서 압량에 자주 오시는 고객 한 분 만나서 반가웠다. 날 따뜻해서 손님이 꽤 오시었나 보다. 점장의 얼굴이 밝았다.

점심시간쯤 강 선생께서 문자가 왔다. '국수 드시러 오세요.' 외근 중이라서 갈 수 없었는데 삶아 건져놓으시면 일 마치고 가겠다고 했다. 본점에 들른 시간이 4시였다. 서 부장도 마침 함께 들어오게 되었는데 본점에 가, 같이 먹었다. 본점 바bar에는 실습 받으시는 빈 씨, 장 씨께서 오셔 주방 안이 조금은 북적거렸다.

압량에 머물 때다. 전에 토요문화강좌 때 알게 된 모 초등학교 선생께서 오시었다. 볶음 커피와 핸드밀이 선물용으로 필요하다고 했다. 그 선생은 다섯 평도 안 되는 이 조그마한 카페가 아주 마음에 든다. 이곳만 들르면 천장과 기계, 앞에 놓인 컴퓨터를 유심히 바라본다. 커피를 좋아하지만 커피와 더불어 이 작은 공간이 더 좋다. 시간만 괜찮으면 커피 한 잔 마시고 싶은데 바깥에 기다리는 사람이 있어 가야 한다고 했다. 어두컴컴한 밤길 도로다. 낮에 비하면 해 떨어졌으니 어느새 바깥 공기는 싸늘하다 못해 춥다. 압량 마감하며.

사동에 왔다. 오 선생 생일이라며 배 선생께서 족발 한 상차림 해주셨다. 그 덕에 약간 맛을 보다. 사동은 오 선생께 맡기고 본점 오다.

1, 2층 트인 공간 밑에 탁등 아래 책 펼쳐놓고 읽다. 오가는 손님이 있었으며, 본점장 성택 군이 내린 드립이 있었으며 사마천의 사기 몽염*과 몽의의 죽음을 두고 써 내려간 김 영수 선생의 논평이 있었다.

유언이라는 게 있다. 죽으면서 남기는 한마디 말이다. 지난 삶을 어떻게 그 짧은 순간에 정리하며 말할 수 있을까! 몽염의 죽기 전 말 한마디는 후세의 비난이 되었으니 말이다.

---

* 鵲巢 日 만리장성의 전신인 장성을 쌓은 인물, 역대 집안이 장군 출신이다. 그러니까 조부(몽오), 아버지 몽무 역시 장군이었다. 집안의 명성과 후광에 힘입어 진시황제 때 장군이 되었으며 그의 명성 또한 크게 떨쳤다. 1,800리에 달하는 도로망 건설을 시도했으나 완성하지는 못했다. 그의 동생 몽의는 역시 진시황으로부터 형님 못지않은 총애를 받았다. 그의 형제는 진시황제 때의 안팎의 중요 관료였다. 하지만 진시황제의 사후, 환관 조고와 승상 이사의 모함에 의해 죽음을 면치 못한다.
중요한 것은 몽염의 마지막 죽을 때 남긴 유언이다. 백성을 위한 말 한마디가 아니라 정치에 대한 한탄의 목소리였다.

鵲巢日記 15年 01月 28日

날씨 꽤 맑다. 사동 개장하며 1층 바닥을 쓸고 닦았다. 10시쯤 점장과 박 실장이 출근했다. 자리에 앉아 책을 읽고 있었는데 포스업계에 일하는 처남이 오셨다가 가셨다. 여 밑에 절이 있다. 그곳에 시스템 설치 일로 잠시 들렀다고 했다. 대구 분점 한 군데에 전화했다. 가맹점 철회에 관한 내용이 주목적이었는데 전화 받지 않아서 다시 하니 전화 받았다. 그간 거래에 섭섭함을 토로한다. 피차 똑같은 일이나 결재가 되지 않는 상황에서 본부를 이끈다는 것은 어려운 일이다. 점장께서 그만두겠다고 직접 얘기한 거라 그렇게 받아들였다. 공자의 말씀이 생각이 났다. 글은 말을 다 표현할 수 없으며 말은 그 뜻을 다 표현할 수 없다고 했다. 그저 점장의 언성 높은 말을 잠시 들어야 했다. 분점의 애환을 듣지 않은 것도 아니며 본부에 앉아 있기만 한 것도 아니다. 현장에 들를 일 있으면 매번 들렀으며 점장의 어려운 이야기를 매번 들었다. 어느 분점은 갈 때마다 점장을 뵙지 못한 곳도 있으니 어쩔 수 없는 일이다. 점장의 말씀을 다 듣고 일의 실마리를 차근차근 얘기했다. 본점에 들르겠다고 했다.

월드컵대로 끝 난 카페 조감도
앉았다가 바라본 세상사 모두
오며가며 지나는 자동차 같네

신호등처럼 서서 깜빡 거리네

처남과의 대화였다. 요즘 대구 다른 브랜드는 어떻게 사업을 진행해 나가는지 물었다. 특별히 다른 곳의 대표를 만나거나 만나서 차를 마시는 일이 없으니 어떻게 돌아가는지 궁금했다. 처남은 포스관련 업무를 해서 이곳저곳 안 다녀본 곳이 잘 없을 정도다. 대구 S 브랜드, D 브랜드에 관한 이야기를 자세히는 아니지만 대충 흘려주신다. 그러니까 체인점 위주로 하는 사업은 요즘 경기에 어렵다. 기존에 체인점도 하나둘씩 떨어져 나간다. 나는 그 이유가 커피 배전에 있다고 본다. 어느 커피집에 관계없이 커피 로스팅 기계는 이제는 필수다. 자가 배전 커피로 가게에 쓰는 것뿐만 아니라 나의 고객께 직접 판매하는 매장으로 돌아선다. 구태여 비싼 커피를 그것도 유통을 한 번 거쳐서 받기에는 경쟁력에 맞지 않다. 자기만의 철학으로 상품을 다루는 것은 더욱 애사심이 일 뿐 아니라 상품 지식과 전달까지 자부심이 드는 것은 두말할 필요가 없다.

분점, 이 사장님과의 대화였다. 분점 관리를 제대로 해 주셨습니까? 영업이 잘 되면 모두 내가 잘한 탓이고 영업이 안 되면 모두 남 탓이다. 이것은 잘못된 생각이다. 일의 결과는 모두 원인이 있다. 그 원인은 모두 나에게 있다. 나를 먼저 깨닫고 남을 생각해야 한다. 관리를 제대로 하는 것은 어떤 것을 말하는 것인가! 그러면 그 관리에 제대로 응하기는 해 보았던가! 모두 비용이 드는 문제고 그 비용에 일정액만큼 고객을 위해 한 번이라도 써보고 말하는 것인가! 체인의 이점은 무엇인가? 공동브랜드 공동마케팅으로 시장에 인지도를 높여서 다른 상품에 구별하는 일체의 모든 행위다. 신규는 누가 그 상표를 알아주고 커피를 사 드시는가 말이다. 전체 시장의 인지도를 높이기 위해서 본점에서는 매주 토요일 문화강좌를 가져 커피를 알리며 지역시장뿐만 아니라 우리나라 전체시장에 소리 없는 목소리를 내고 있다. 상표 가치가 매년 오르지만, 그 가치의 대가를 모르고 자부심마저 잃으니 어찌 일을 할 수 있을까! 믿음이 깨지면 모든 것은 다시 원점이다. 새로 시작해야 한다. 어려운 경기에 손을 잡아도 앞을 헤쳐나가기 어렵지만 믿음이 없는 파트너는 오히려 더 힘들게 한다.

공자께서 하신 말씀이다. 옛것을 익혀 새로운 것을 안다면 스승이 될 자격이 있다고 했다. 한 시장의 점장으로서 앞서 나가려면 그 시장의 분석도 오히려 본부장보다 더 빠를 것이며 어떻게 해 나가야 할 것인지는 그 시장의 점장이 분명히 더 잘 알고 있음이다. 본점에서 내려준 방침과 그 시장에 맞는 아이템을 만들며 직접 고객을 주도해 나가야 한다. 어찌 뜨는 숟가락에 밥까지 얹어 줄 수 있을까! 각자 일선에서 최선을 다하는 것만이 최대의 시너지를 얻을 수 있음이다.

압량에 머물 때였다. 본점장 성택 군이 회 초밥 도시락을 사 들고 왔다. 야가 웬 도시락을 다 사 들고 오나 했다. 알고 보니까 오늘 아침 출근을 늦게 해서 조금 미안한 듯 이야기한다. 초밥 먹어본 지가 꽤 되지 싶다. 예전 조 부장이 갑자기 생각이 났다. 그에게는 정시 출근이라는 것은 아주 생소한 단어다. 함께 일하면서도 늘 즐거웠다. 전쟁터에 나가는데 막사에서 늦잠 자고 있으니 말이다. 그러니까 그는 늘 꿈이 많았다. 저것이 사자인지 고양인지 분간이 안 가는 거다. 우리는 모두 가젤이기 때문이다. 우리는 모두 사자다. 우리는 모두 하이에나이기에 늦잠 자는 사람은 늦잠 자야 하고 일찍 일어나는 사람은 달려야 한다. 이래나 저래나! 결국 저녁이면 집에 들어와 있다. 정말이지 집을 모르면 그건 인간이 아니다. 그에게 문책하지 않았다.

돌 위에 얹은 돌이 뜨겁게 닿네
눈 내리는 단상에 먹은 주춧돌
흩어졌다가 뭉친 회반죽 같은
제 틀 짜며 비틀며 다시 돌 보며

그와 늘 얘기하다 보면 돌로 귀결된다. 그는 돌을 잘 다룬다. 그러니까 돌을 마치 공깃돌 다루듯이 한다. 어떤 돌은 사전 들여다보듯이 하는데 그의 얘기를 듣다 보면 내가 돌이 된 듯했다. 나는 이제 돌이 싫다고 했다. 그는 그런 얘기는 하지 마라 한다. 돌은 잔이다. 오해되지 싶어 덧붙여 놓는다.

鵲巢日記 15年 01月 29日

압량 조감도 카페, 분위기 쇄신했다. 로스터기를 들어내어 남매지에 자리 잡은 카페 오션에 설치했다. 그러니까 빈자리만큼 공간의 여유가 생겼다. 앞으로는 본점에서 볶은 커피를 가져다 놓아야 한다. 경기만 괜찮다면 로스터기를 놓아두고 싶지만, 똑같은 기계를 몇 대씩 가진 것은 부담이다. 중고 필요하신 분 있어 이 기회를 놓치고 싶지는 않았다.

가게 앞에 에어간판을 설치했다. 당분간 아메리카노 이천 원에 팔 것이다. 물론 현금결제 한에서만 시행하며 카드는 포스에 정한 금액으로 판매한다. 고객의 반응이 괜찮다면 계속 이을 것이다.

날씨가 꽤 끄무레하더니만 오후부터 빗방울이 한두 방울씩 보이기 시작했다. 천만다행한 것은 이곳 경산은 눈이 아니라 비가 온다는 것이다. 다른 지역에는 특히 강원도에는 눈이 내리는 일이 많아 자영업자는 어떻게 사나 하는 생각 들 때가 많다.

사동 분점에 다녀왔다. 커피 배송이었다. 마침 점장께서 기계 청소 부탁하시기에 샤워 망을 이미 소독한 것으로 교체해 드렸다. 서 부장도 물론 할 수 있는 일이나 직접 교체하며 일의 요령을 상세히 설명했다. 하나는 직접 갈며 또 하나는 서 부장이 교체했다.

점장과는 지인 와 계시어 별달리 말씀을 못 나누었다. 오후 늦게 전화가 왔다. 아까 아는 손님이라서 대접을 못해 죄송하다는 말씀이었다. 늦게나마 이렇게 또 전화해 주시니 도로 감사했다. 여기서 사동 조감도에 잠시 들러 영업 상황을 지켜보았다. 사동 조감도는 사동 분점에서 바라보면 꽤 멀다. 사동 분점의 영업에는 크게 영향이 가거나 하지는 않는다. 실질적으로 사동 조감도 개점과 더불어 분점의 매출에 영향을 준 것은 없다. 사동을 가로지르는 월드컵대로 연장선이 커피 소비계층을 분리해놓는다. 그러니까 여기는 경산 분도 많이 찾으시나 대구 사람이 많다. 바깥은 비가 내리고 있었다. 그렇게 많이 오는 것은 아니다. 사람이 우산 없이도 걸을 수 있을 정도의 양이다. 가게에는 손님이 띄엄띄엄 오시어 주방은 적당히 바빠 보인다. 서 부장과 함께 자리 앉아 드립 커피 한 잔 마시며 잠시 쉬었다. 영업상황을 보는 것도 본부장의 일이다. 어떻게 돌아가는지 확인해야 한다. 그저 어떤 변화를 꾀하기 위해서 보는 것이 아니라 분위기다. 그러니까 고객의 오가시는 반응과 어떤 메뉴를 선택하시는지 한 시간에 몇 명이 오시는지 등 분위기를 보는 것이다. 서 부장과 함께 앉아 어떤 대화를 주고받거나 하지는 않았다. 그 사이 구미에 사는 친구가 전화가 왔는데 구미 분위기를 전했다.

오후 6시 압량 가기 전이다. 저녁을 먹기 위해 집에 잠깐 들렀다. 맏이가 집에 있다. 둘째는 개학해서 학교에 있거나 체육관에 있을 시간이다. 맏이는 아침에도 점심때에도 오후 이 늦은 시간에도 집에 있으니 보기에 좋지가 않았다. 책 보는 것도 아니라서 더욱 보기에 좋지 않았다. 책을 읽을 때마다 사람의 인성 교육이 얼마나 중요한지 깨닫지만, 정녕 아들을 가르치기에는 너무 어렵다. 책을 읽고 깨닫는 만큼 깊이가 생기니 더 어려워 보이는 거다. 어린아이가 고전을 읽는다고 깨달을 나이도 아니며 고전을 좋아할 나이도 아니다. 요즘 고전을 읽다 보니 이런 생각이 들었다.

문경지교라는 말뜻을 알게 되었다. 사마천의 사기, '염파, 인상여 열전'에 나오는 말로 서로를 위해서라면 목이 잘린다 해도 후회하지 않을 정도의 사이다. 사기는 춘추전국시대의 시대상을 읽어볼 수 있어 참 좋은 책이다. 나라와 나라 사이, 나라와 신하와의 관계, 신하와 신하 등 어느 것 하나라도 미묘한 관계에 어찌하면 살아남을 수 있을 것인가에 대한 인간의 오묘한 감정을 다 실어놓았다고 해도 과언은 아니지 싶다. 그러니까 인상여는 조나라의 신하다. 그때 당시 진나라는 아주 강했는데 진나라 군주가 화씨벽(일종의 옥)을 너무 탐내자 사신으로 갔다가 유연한 말솜씨로 나라와 옥까지 모두 구하게 되어 재상에 오른다. 하지만 당시 조나라의 중요 직책을 맡은 염파라는 장군은 인상여의 초고속 승진에 탐탁지 않았다. 더구나 그는 미천한 하인 출신이라 더욱 속상한 일이었다. 그래서 염파는 언제 인상여를 보면 욕보이고 말겠다고 떠들며 다녔는데 오히려 인상여는 염파를 피해 다녔다. 그러자 인상여의 하인이 왜 피해 다니느냐고 묻자, '지금 진나라가 강하다. 진나라가 우리 조나라를 범하지 못한 이유는 나(인상여)와 염파, 즉 두 호랑이가 버티고 있으니 못 덤비는 게 아닌가! 지금 우리 둘이 싸운다면 나라가 어찌 되겠느냐.' 고 했다. 이 말이 흘러 염파에게 닿았다. 염파는 회초리를 들고 인상여를 찾아와 조아린다. 그래서 두 사람은 목을 내놓아도 아끼지 않는 친구 사이가 되었다는 말이다.

관포지교라는 말도 있다. 이 말은 흔히 아는 말이라 지면이 아까워 따로 적지는 않겠다. 그래도 간단히 적자면 사마천의 사기에 나오는 말로 관중과 포숙아의 관계를 두고 하는 말이다. 이 말도 절친한 친구 사이를 뜻한다.

방금 수상한 사람이 다녀갔다. 여기 카페 맞아요? 넌지시 묻고는 그냥 썩 가버린다. 그러고는 바깥에 내놓은 에어간판을 한 번 둘러보고 간다. 가격 낮췄다고 해서 손님이 오는 것도 아니지만, 주위 카페의 장께 신경 쓰이게 했는지도 모르겠다. 모자 쓰고 들어와서는 좀 삐딱한 어투로 내뱉은 말에 심상치 않았다.

에어간판은 지금 커피 내린 가격으로 125잔이다. 병사로 말하자면 소총이나 다름없지만 저리 비싼 소총은 없을 것이다. 밤에 내놓기에는 석연치 않다.

팔공산에서 전화가 왔다. 기계 밑바닥에 물이 샌다며 사진을 여러 장 보내왔다. 이리저리 보아도 정상으로 보인다. 전에도 몇 번 고장이 나서 들르기도 했지만 기계에 대해서 너무 민감하다. 장비 가격이 높고 수리가 어려우니 조심스러운 것은 좋으나 너무 조심스럽다 보니 오히려 폐가 되는 수도 있다. 전에 밀양이었다. 말끔히 청소하다가 그만 물이 pcb에 밀려 들어가는 바람에 수리비용이 적지 않게 들어간 사례도 있었다. 통화상담이 끝난 뒤 경쟁업체인 외국 브랜드, 모모 카페 개업했느냐고 문자 드리니 개업했다고 한다. 문제는 개업한 카페 뒤, 새로 짓는 건물이 더 있었는데 그것도 카페다. 이 카페가 개업하고 나면 문제가 많이 다를 거라며 문자 주신다. 점장님들이 민감해질 수밖에 없다.

鵲巢日記 15年 01月 30日

지식은 책을 읽어 얻을 수 있다. 하지만 삶의 지혜는 읽어서 될 일이 아니다. 그러니까 지식은 반드시 갖춰야 할 덕목이며 그것을 바탕으로 세상의 변화를 바르게 읽을 수 있는 처세야말로 지혜다. 그 지식도 읽어서만 얻을 수 있는 것도 아니다. 아침, 본점에서 강 선생께서 내려준 드립 한 잔 마시며 어제 읽었던 '문경지교'에 관한 얘기를 해 드리려니 갑자기 생각나지 않았다. 목을 내놓아도 아깝지 않은 친구 사이라는 내용이지만 그 배후에 깔린 사마천의 사기 '염파, 인상여 열전'의 내용 말이다. 읽고 쓰고 또 외워서 다시 읽으며 내 것으로 만들어야 한다. 공부는 이래서 재밌다.

포항에 다녀왔다. 방학인 아들 준이를 데리고 갔다. 집에 있어도 빈둥빈둥하기만 하지 특별히 하는 일 없어 보여 데려갔다. 마침 점심 챙겨 먹으려는 아이를 얼른 옷 입혀 간다. 롯데리아에 간편식을 사서 차에서 먹으며 갔다. 여기서 포항까지는 한 시간이면 내려갈 수 있다. 그간 거래하면서도 잘 내려가지는 않았지만, 이번에 부가세에 관한 일과 커피, 그리고 근황을 여쭙고자 내려갔다. 모든 업자가 안 어려운 사람이 없다. 매출부진은 어느 곳이든 마찬가지다. 카페 앙쌍떼가 자리 잡은 곳은 포항에서도 번화가지만 밤이면 다니는 차도 잘 없거니와 사람마저 발길 뚝 끊으니 한산하기 그지없다며 하소연하신다. 카페 개업한 지 5년 넘었다. 그때는 준이가 초등학교 다닐 때였지만 지금 훌쩍 큰 아이를 보시고 세월 무상이라 사장님께서 얘기하신다. 5년이 금방이었다. 그러면 또 5년은 금방 간다. 2020년이 곧 있으면 현실이 된다. 나이도 50줄 들어서고 몸은 더욱 무기력해질 것이지만 일은 산더미처럼 쌓아지기를 바라지는 않는다.

토사구팽兎死狗烹이라는 말이 있다. 원래는 교토사狡兎死, 주구팽走狗烹이다. 교활한 토끼가 죽으니 사냥개는 삶는다는 뜻이 있다. 그러니까 정치용어로 많이 쓰이는 사자성어다. 토끼를 잡았으니 개는 필요가 없다. 정치만 그럴까! 사업세계도 어느 곳도 사람이 몸담은 곳은 어디든 이 사자성어는 잘 어울릴 만하다. 그러니까 사업도 오래 하니 교활하기만 한다. 나도 토끼가 될 수 있으며 개가 될 수도 있음이다. 모르겠다. 이해관계가 복잡하고 여유가 없으니 이런 생각이 들었다.

21c는 경제가 사상과 이념을 앞선다. 솔직히 말하자면 아직도 먹고 사는데 급급하다 보니 사회보다는 경제를 먼저 바라본다. 지금은 국가도 거대 조직이며 개인도 거대 조직이나 마찬가지다. 그러니까 나는 그저 거대조직에 한 일원이지 더도 덜도 아니다. 일 열심히 하고 세금 충실히 내고 사회에 윤활유 같은 필요한 존재로 바르게 서야 함을 조직은 더 요구하고 있다. 참 어찌 보면 서글픈 얘기다. 스스로 만든 일에 주어진 임무에 책임감에 무게를 저버릴 수 없으니 말이다. 하루가 참 무겁다.

포항에서 영천으로 갔다. 군부대다. 에스프레소 기기가 작동이 안 된다며 전화가 왔었다. 그리고 한 십 분 지났을까, 전원을 모르고 꺼놓았는데 다시 켜기는 켰다고 했다. 그래도 모르니 들러달라고 한다. 안 들르면 서운할 것이고 들르면 시간과 몸이 축난다. 지나는 길, 들러서 본다. 간단히 기계를 청소하며 압은 잘 나오는지 전에 서 부장이 부품 끼워놓은 것은 잘 됐는지 확인한다. 왜냐하면 고무 가스켓을 갈아 끼우는데 송곳으로 찔러 끄집어내도 어려운 일을 맨손으로 후벼 파고 있었기 때문이다. 몇 시간 끙끙대었다. 어디 송곳 빌려 하라고 이르기는 했지만, 그 뒤로 확인하지 않았다. 아무 이상 없다. 차를 돌려 다시 임당으로 왔다.

오늘은 날이 참 좋다. 따뜻하기만 하면 봄이다 싶을 정도로 날 좋다. 본부에 들어와 지난번 들여놓은 종이컵과 아이스 컵 대금을 송금했다. 출판사에도 일부 송금했다. 출판사는 송금하기까지 고민이 많았다. 적지 않은 돈이라 망설였는데 이것은 나에 대한 투자다. 아까 적은 토사구팽이라는 말이 있듯이 폭 삶긴 개는 되지 말아야겠다는 것이 나의 가치관이다. 시간은 누구도 거역할 수 없는 진리다. 시간을 다루는 기술은 시간에 있는 것이 아니라 그 시간을 타는 사람에 있다. 분명히 좋은 날 있을 것이다.

그 외 한성에서 전화가 왔다. 주차선 그은 것과 철제 기구 옮긴 것에 대한 확인 전화였다. 혹시 잊을까 봐 전화했다고 했다. 하기야 잊을 수 있으랴! 그은 주차선은 매일 보고 있으니. 솔직히 철제 기구 옮긴 것은 잊었다. 그 외 잊은 것이 또 있다. 스테인리스강을 얹은 것도 얘기하시기에 가슴이 뜨끔거렸다. 장 사장께 안부 전화 넣었다. 월말마감을 했다. 내일 시마을 태울 김태운 선생님께서 오시겠다고 전화 주셨다. 저녁 늦게 배 선생 남편께서 오시어 인사했다. 피자와 삶은 초란 주시어 감사히 먹었다. 오늘은 이곳저곳 어느 곳 할 것 없이 조용했다.

본점 마감 보는 본점장 성택 군 잠시 보았는데 화색이 좋아 보여 한마디 했다. 요즘 안색이 아주 좋구나! 했더니 “집 나와 사니 잠을 충분히 잘 수 있어 그럴 겁니다.” 하며 대답한다. 그래서 한마디 더 했다. “잠 많이 자면 미인이 된다더니만, 피부가 참 좋아.” 그러니까 엊저녁에는 삼겹살 먹었다고 했다. 가게 나오며 둘이 걷는다. 성택아 오늘은 매출이 얼마지? 부끄러울 정도로 적습니다. 괜찮아, 오늘 수고 많이 했네. 잠 잘 자게.

鵲巢日記 15年 01月 31日

오전, 커피 토요문화강좌를 가졌다. 새로 오신 분이 꽤 있었다. 사동에서 수석 다루시는 아주머니다. 커피에 대한 여러 말씀을 해주셨다. 그러니까 커피를 다루고 싶었으나 하지 못한 이야기와 아저씨는 수석도 다루시지만, 악기도 꽤 잘 다루신다고 했다. 언제 사동 음악회 가질 때 꼭 오셨으면 하고 부탁했다. 연주뿐만 아니라 하시는 일 또한 광고 삼아 얘기하셔도 좋다고 했다.

정오, 시마을 김 ○○선생님께서 경산에 오셨다. 마침 역에 가져다 드려야 할 커피가 있었다. 역으로 간다. 선생님 만나 뵙고 사동 조감도에서 커피 한잔했다.

사동에 머물 때였는데 강 교수님도 오시어 그간 커피 연구를 보여주셨다.

커피에 대한 여러 이야기 해주셨는데 로부스타 커피가 역시 아라비카보다 카페인 수치가 높다는 것과 신맛을 좌우하는 일종의 산인데 그것도 높다는 것이다.

아마 교육 받으신 지 4년 되었지 싶다. 황 사장님 다녀가셨다. 압량 조감도에서 커피 교육을 받았다. 로스팅과 드립 그리고 라테 수업을 들으셨다. 연배로 보면 나보다는 한 옥타브 위다. 커피와 에스프레소 기계 부품이 필요해서 오시었다. 점심 한 끼 하자고 했다. 가까운 보신탕집 있으니 먹고 해요. 같이 갑시다. 본부장님.

어찌나 보채시는지 같이 가게 되었다. 그러니까 조감도에서 꽤 가까운 집이다. 전에도 교육 마치고 한 번 온 기억이 있다. 임당에 오실 때마다 이 집을 빠뜨리지 않고 온다. 방석 집이다. 메뉴판 보았는데 왼쪽은 개고기, 오른쪽은 염소고기다. 뭐 드실래요? 네 염소탕이 좋겠습니다. 어 아줌마 여기 염소탕 두 개하고 수육 한 접시 내주소. 소주도 한 병하고,

한참 뒤, 수육이 먼저 나왔다. 소주 한 잔 따라드렸다. 나는 수육을 한 젓가락씩 집으며 고기 맛을 음미했다(음 맛있었다). 사장님은 생각보다 많이 드시지 못한다. 그저 한 젓가락 집더니만 그만 젓가락 내려놓으신다. 나는 혹시 입맛에 맞지 않으시나 했다. 역시 무언가 맞지 않으셨다. 가게 커피 파는 이야기를 반주로 나누었다. 아! 본부장님 나는 거 라테 아트가 왜 그리 안 나오지요. 요래 요래하면 되는 거 아인교(손을 올려 우유 담은 피처를 마치 붓듯이 흔든다)! 하! 하! 하! 나는 그저 약간의 미소 반, 웃음 반으로 화답했다. 고기 한 젓가락 집

었다.

탕이 나왔다. 호! 정말 따끈한 게 이것만 한 것은 없지 싶다. 우거지와 토란줄기가 듬뿍 들어간 것에 고기까지 넉넉히 담으니 속 데우는 데 그만이었다. 역시 사장님께서는 그저 한 숟가락 뜨시더니만 그만 놓는다. 좀 드십시오, 했더니 뭐 입맛에 좀 그러시며 소주만 한 잔 마신다. 한 말씀 하신다. 자주 가는 주유소가 있어요. 이쁜 아지매가 있는데 요즘 자주 가 봅니다. 본부장님 나이 때는 깨가 쏟아질 때요. 우린 각방 씁니다. 오히려 그게 편하고 집사람도 그렇게 지내기를 원합니다. 호! 사장님 우리도 마찬가지입니다. 잠은 같이 자지만 이제는 글을 무척 좋아해서요. 몸에 기라는 것은 없습니다. 나는 탕을 마저 먹다가 그릇째 들고 남은 국물을 후루룩 마셨다. 다시 본점으로 간다.

사장님은 차에 아주 관심이셨다. 우리 집사람 차는 그랜전데 핸들 잡으면 발통 네 개를 다 잡고 있는 듯해요. 이거는 (웃으시며) 간새이라! 간새이. 나는 이런 생각이 들었다. 그랜저보다는 지금 타시는 베라크루즈가 더 좋은 차가 아닌가 하는 생각 들었다. 핸들이 더 부드러우니 말이다. 본점에서 사장님과 함께 본점장 성택 군이 내린 드립을 한 잔 마셨다. 호! 이건 커피 맛이 아주 달라요. 네 사장님 드립인데 감칠맛 나지예. 한 십여 분간 앉아 커피 얘기를 나누었다. 네 아무튼 또 봅시다. 자리에 일어선다.

몇 군데 커피 배송 다녀왔다. 아까 시마을 선생님 뵙고 카페에 모셔놓고는 제대로 대접은커녕 거래처나 아는 모 사장님 전화 받고 본점으로 시지로 병원으로 다니기 바빴다. 그리고 오후, 서울서 내려오신 선생님과 경산 모 선생님과 자리를 마련했다며 어느 선생님께서 전화 주신다. 주문받은 일을 처리하고 곧장 가본다. 서상동 어느 방석 집이다. 기와집이었는데 주차장도 집 대문 바깥에 너르기만 했다. 아직 손님은 별로 없어 보여 쉽게 차를 주차했다. 차를 세워두고 나무문짝을 밀며 들어갔다. 어느 모 선생님의 목소리가 알아볼 수 있을 정도로 크게 들렸는데 그쪽으로 다가가 댓돌에 신발을 벗고 미닫이문 열며 들어갔다. 호! 모두 다섯 분의 선생님께서 죄다 일어나시어 인사했다. 몇 분 선생님은 오늘 처음 뵈었지만 역시 글을 쓰신 분이라 안색이 모두 동안이나 다름없었다. 이미 소주 몇 병에 맥주도 한두 병은 비워져 있었다. 나는 앉아 거저 선생님들의 오고 가는 말씀만 들었다. 모두 시에 관한 이야기다. 내가 전화해서 모 선생님께서도 오시었는데 오랫동안 함께 앉아 있지 못해 죄송했다.

압량 마감하고 사동에 머물 때였다. 아까 뵈었던 선생님들 모두 오시었다. 드립커피 한 잔 마셨다. 글 쓰시는 분이라 모두 내공만큼 여유와 풍자와 익살과 해학이 넘쳐나는 자리였다. 동심 가득한 밤을 놓고 조금씩 시간을 마셨다. 포크로 자정을 찍으며 마저 남은 자리 한 방울까지 비웠다. 정말 반갑고 아쉬운 밤이었다.

따끈한 드립 한 잔 정성껏 담네

鵲巢日記 15年 02月 01日

아침 사동 개장하고 배 선생과 박 실장과 커피 한잔했다. 창밖은 날씨가 꽤 맑았다. 저 아래 내려다보면 차 지나는 모습이 보이고 사동 고등학교가 훤히 볼 수 있을 정도다. 창밖을 보며 "따뜻한 봄이 이제는 오겠지." 했다. 그러니까 박 실장이 4일이면 입춘이라고 한다. 아! 그렇구나! 벌써 입춘이라니. 배 선생께서는 집에 따님이 제주도 여행 갔다는 말씀을 하시고 박 실장은 역시나 바리스타에 관심이었다. 우리는 대화를 나누다 보면 무엇이 관심사고 무엇을 중시하는지 알게 된다. 그러니까 배 선생은 딸이 무척 걱정되며 안전하게 다녀오기를 바라는 것이리라! 박 실장은 학교 과대표가 바리스타 대회 WCE, WCCK에 나간 이야기와 유능한 바리스타의 행보 그러니까 어느 커피집 점장을 맡아 일했는데 급여를 받지 못한 이야기를 했다.

바리스타가 커피 업계에 두각을 나타내려면 대회에 우승 말고는 빠른 길이 없어 보인다. 이 협회라는 것은 어찌 보면 우습다. 커피 일하는 업계의 장들이 모여 협회가 이루어졌음인데 이것도 춘추전국시대만큼 얽히고설켜 많기도 하지만 통합과 통일이 안 되는 것도 사실이다. 경제적 입김 센 곳이 따로 있으며 언제나 기회를 차지하는 것도 따로 있음이다. 어떻게 줄 잘 서기라도 하면 출세의 길도 빠르다. 그래서 젊은이는 중소업체에서 어느 정도 라테 아트 기술을 가져도 더 현명한 길이 있으면 나서기를 서슴지 않는다. 나의 힘을 키우고 인맥을 넓히기 위해서는 어쩔 수 없는 일이다. 그래서 한마디 했다. 세상 사는 힘을 기르기 위해서는 문무의 힘을 잘 겸비하시게 했다. 라테 아트와 현장 경험은 가지니 글도 많이 읽으시고 세상을 향해 나의 의지를 조리 있게 표현할 수 있는 문장력도 키워보게, 했다.

이런 조언을 하면서도 약간 미안한 감도 있었다. 더 의욕을 가진 대표를 만났더라면 대회에 나갈 수 있을 것이며 세상 더 넓고 높은 곳을 지향할 텐데 말이다. 모든 것은 경제적 이해관계가 맞물려 돌아간다. 뒷면에는 모두 자본시장이며 어떻게 하면 더 많은 자본을 챙기느냐는 게임이다. 기계, 커피, 유통, 교육, 문화 등 여러 가지가 있다. 물론 이는 기회를 잡을 수 없는 어떤 약자의 항변 같은 것은 아니다. 세상 이목을 받는다는 것은 한마디로 그 업계의 독보적 상표가 출현하는 것이며 새로운 믿음으로 소비를 낳기 때문이다. 어떤 길이든 직업에 대한 나만의 철학은 반드시 있어야 하며 나를 믿고 오신 고객을 향해 어떤 문화를 만들어 갈 것인가는 있어야겠다.

본점에서 커피 볶았다. 블루마운틴 커피를 들여놓고 압량에 시판용으로 갖추지 못했다. 더치를 내려야 하며 판매용도 있어야 한다. 다른 커피에 비해 똑같은 용량이라도 블루마운틴만 이만 원을 받는다. 물론 생두 값이 비싼 게 이유다. 이번에 새로 제작한 봉투가 있어 거기다가 담는다. 강 선생께 이번에 제작한 커피 봉투가 어떠냐고 묻는다. 그러니까 강 선생께서 한마디 한다. “봉투가 그게 뭐예요? 하트가 유치하잖아요.” 이번에 제작한 봉투에는 나의 시, 그중 제일 짧은 시를 디자인해서 넣었다. '달 품는 우주, 하트다, 열 개 눈동자의 보금자리며 달 품는 우주다' 3행으로 글자 크기를 좌우 맞춰 하다 보니 어느 글은 크며 어느 글은 작다. 그러니까 '하트다' 가 제일 크게 나온 셈이다. 나는 아무렇지 않게 여겼다. M 봉투라서, 처음에 커피 담는 것도 끄집어 쓰는 것도 오히려 민자 봉투보다 더 불편하다는 것이다(지퍼백이라서 이 봉투로 했다만).

시판용 커피를 다 담아놓고 조금 남은 커피를 이 봉투에 담아 밀봉하며 옆에 있던 동원이게 건넸다. 동원아 커피 한 잔 내려 보게, 맛 한번 보자! 했더니 옆에서 강 선생 말을 줄곧 듣고 있었던 동원이다. 거기 보조라도 하듯 봉투 벌리며 숟가락을 마치 좁은 입구에 쑤셔 넣듯 힘 쓰이게끔 보이게 한다. 그래서 한마디 했다. 야! 동원아 너 연기로 나가도 성공하겠다며 얘기했더니 모두 웃는다. 근데 드립을 하는데 물이 잘 빠지지 않는다. 가만 보니 아까 더치 내리며 맞춰놓은 분도에 그냥 간 것이다. 처음부터 자세 잡으며 신중하리만큼 집중하는 모습은 세상 모든 철학을 짊어진 듯했다. 근데 커피가 침체되더니만 드립의 진행이 되지 않았다. 밑동에 물 빠지나 확인한다. 똑똑 한참 있다가 다시 똑똑 거린다. 싱긋이 웃는다. 깔때기 들어내며 물 희석한다. 테이크아웃용 컵에 따른다. 한 모금 마신다. 호! 그런대로 맛있다.

시지 우드테일러스 카페에 다녀왔다. 맞은편 경쟁업체는 문 닫혔다. 아마도 휴일이라 쉬는 것 같아 보였다. 카페 주위로 주차할 곳 없어 카페 입구에

댈 수밖에 없었다. 커피 전달하며 얼른 인사드리고 가야겠다고 생각했다. 사장님께서 직접 나오신다. 커피를 받으시며 차라도 한잔하시고 가세요, 인사 주신다. 사모님께서 자몽주스를 급히 만들어 주신다. 늘 커피만 마시다가 주스 한 잔 마시니 색다른 맛이었다. 입안 톡톡 터뜨리는 자몽의 씨앗들 그러니까 새콤달콤한 음료와 입안 굴러다니는 듯 몽글몽글한 맛이 이 주스는 특징이다. 훈훈한 카페 모습에 덩달아 훈훈했다.

사동, 2층에서 책 읽어보기에는 처음이지 싶다. 역시 1층보다는 2층이 훈훈하다. 따뜻했다. 김영수 선생께서 지은 『사마천 인간의 길을 묻다』 읽다.

일모도원日暮途遠이라는 고사성어가 있다. '해는 지고 갈 길이 멀다' 는 뜻이다. 춘추전국시대의 초나라인 '오자서' 라는 사람이 있다. 내정의 변고를 피해(이 변고로 가족 중 유일하게 살아남았다) 오나라로 몸을 피했다. 그 뒤 오나라를 부국강병으로 키운 다음 초나라에 복수한다. 이미 초나라에는 당시 평왕은 죽고 없지만, 그의 무덤을 파, 시체를 꺼내놓고 300번의 채찍질 했다고 한다. 이 속에서 나온 말이다.

오자서는 이미 복수할 상대자는 죽고 없지만 옛 무덤을 파서 끝내는 원을 풀었다. 그러니까 오자서가 옛 친구 신포서에게 했던 말이었다.

커피 길, 해는 짧고 뜻은 이루기 어렵다. 일단지난日短志難, 말이 되는지는 모르겠다. 하루 걸음이지만 밑 빠진 독에 물을 붓듯 뜻을 채우기에는 너무 어렵다. 버는 것보다 쓰는 것이 많고 쓰지 않으면 벌 수 없으니 사마천께 길을 묻는다.

鵲巢日記 15年 02月 02日

아침저녁으로 쌀쌀했지만 낮은 그렇게 춥지는 않았다. 온종일 사마천의 사기만 떠올랐는데 펼쳐 읽다가 잠시 접어두고 또 펼쳐서 읽으며 일을 했다. 책을 읽으면 어떤 책이 좋은 책인지 알게 되며 좋은 책을 만나면 좋은 사람을 만난 것처럼 온종일 포근하다. 『사기』는 이천여 년 전에 쓴 글이지만 아직도 많이 읽히며 저자의 숨소리로 살아서 우리에게 많은 것을 일깨운다. 두꺼운 책이지만 결코 두꺼운 책처럼 지루하지는 않았다.

사동 조감도에 쓸 드립 메뉴 북을 새로 만들었다. 오 선생께서 며칠 밤샘 작업하여 만들었다. 그간 이미 해놓은 메뉴 북이 큰 카페에 놓기에는 너무 앙증맞다는 말을 많이 들었다. 거기다가 드립 맛을 조금 더 알려주었으면 하는 것과 생산지와 로스팅 포인트를 가볍게 적어 달라는 고객의 부탁이 여러 있었다.

오후, 커피를 새로이 시작할 분이다. 아직 학생이다. 커피 이론을 함께 배우게 되었다. 카페리코 소개와 마케팅에 관한 주제로 한 시간가량 강의했다.

압량, 오 선생께서 정리한 메뉴 북을 읽어보았다. 문장이 서툴고 읽기에 부드럽지 않아서 다시 수정했다. 수정한 문장을 사진 찍어 보냈다만 쓸 수는 없었다. 이미 메뉴 북을 다 만들었다고 했다. 고객 반응도 괜찮다는 문자가 왔다. 커피 파는 주인장이 괜찮고 고객이 좋으면 됐다. 굳이 옳은 문장, 서툰 문장이 있을까!

따끈한 드립 한 잔 정성껏 담네
오는 손 가시는 손 조용한 방에
끓는 물 두 손 모아 마음에 담네
후끈한 온정일랑 피어난 김에

사동은 오 선생이 마감했다. 경기는 좋지 않으나 동네 주차할 곳은 없다. 아이들 데려갔다가 돌아오면 주차할 곳이 없어 동네 몇 번 돌기도 한다. 밤늦게 자정쯤 돌아오면 오히려 빈자리가 많은 동네다. 젊은 사람이 많이 살아서 그런지 깊은 밤에는 빈자리가 더러 보일 때도 있다.

저녁은 아이들과 라면을 먹었다. 전에 애들이 사가져 온 감자면이라는 게 있는데 엊저녁에 배고파서 하나 끓여 먹은 적 있다. 맛도 괜찮고 면발도 좋아서 그 라면을 끓이려니 없다. 둘째보고 마트에 사가져 오라 했더니 없었다. 할 수 없이 삼양라면 끓였다. 모두 맛있게 먹었다.

참고

카페 조감도 드립 메뉴 북

케냐Kenya AA

지역: 아프리카

배전도: 중배전CITY ROAST

특징: 열대과일 향의 산미가 느껴지며, 독특한 감칠맛과 감미로운 향으로 바디감 좋고 질 좋은 커피다. 케냐는 고급 아라비카 생두 시장의 활력소라고 할 수 있다. 최고등급의 케냐 커피는 케냐 정부의 적극적인 커피 산업 육성으로 생산한 커피다. 즉 커피 사업 인프라와 품질관리 및 관련 연구 활동은 그 수준이 매우 높다. 세계적으로 인정받는 최고의 아라비카 커피로 커피리스트에 안 빠지고 등장하는 커피가 바로 케냐 더블에이다. 여기서 더블에이AA는 생두의 크기, 모양, 밀도의 등급을 의미한다. 평가등급에서 가장 큰 생두인 AA가 많은 유분을 포함하고 있는 것으로 알려졌다. 이 유분이 특유의 기름지고, 강한 향미를 준다. 맛의 균형이 잘 잡혀 배전에 따라 맛이 구별되며 강 배전된 커피는 톡 쏘는 듯한 커피 맛을 느끼게 한다.

에티오피아 예가체프 G1

지역: 아프리카

배전도: 중배전CITY ROAST

특징: 군고구마 같은 부드러운 향과 차 마시는 듯한 신맛으로 여성들이 즐겨 마시는 커피다. 에티오피아는 아라비카 커피의 원산지로 하라, 시다모, 리무 등의 지방에서 주로 커피를 생산한다. 남부의 시다모 지역에서 나오는 수세 건조식 커피로는 예가체프가 가장 유명한 제품이다. 이 커피는 고산지대에서 재배된다.

마라와카 블루마운틴(유기농 커피)

지역: 파푸아뉴기니(아시아)

배전도: 중배전CITY ROAST

특징: 중후하다. 풍부한 향과 상큼한 단맛에 조화가 있다. 세계 최고의 청정지역 마라와카MARAWAKA에서 생산한다. 파푸아뉴기니 커피 산업의 중심지, 동부 하일랜드에 위치한 고로카GOROKA에서 선교사 단체들이 운영하는 경비행기를 타고 약 1시간 20여 분 비행을 해야 도착할 수 있다. 외부문명이 끊어진 곳, 이곳이 마라와카다. 마라와카 현 원주민을 동반하지 않고 그냥 가기에는 위험하다. 이 마라와카 지역은 WHO가 인정한 세계 최고의 청정지역 중 한 곳으로, 파푸아뉴기니 내 해발 1,600~3,000m의 고도에서 자메이카

블루마운틴 커피 종(티피카 종)을 주 생산한다. 오세아니아를 비롯하여 유럽에서 매우 주목을 받고 있다.

인도네시아 만데링 G1

지역: 인도네시아(아시아)

배전도: 중배전CITY ROAST

특징: 무거운 바디감, 고소함과 특유의 흙내, 남성적인 향미가 있다. 인도네시아 수마트라 섬의 서쪽 고산지대에서 재배되는 만데링 커피는 아시아 진주라고 불릴 정도로 아시아 최고의 원두 중의 하나로 평가받고 있다. 인도네시아 커피는 일반적으로 크렉이 많고, 크기가 균일하지 않으며 고유의 옥색으로 육안으로 보기에 저급 생두로 비칠 수 있다. 해발 900~1,800m에서 재배되며 결점 두 수가 11개 이하인 Grade 1 등급이다.

콜롬비아 수프리모 후알라

지역: 콜롬비아

배전도: 중배전CITY ROAST

특징: 마일드 커피의 대명사로 바디감 좋고 향긋하다. 부드러운 산미는 남성적인 품격으로 다가온다. 콜롬비아는 비옥한 화산재 토양과 적절한 기후

및 강수량을 갖추고 있는 안데스 산맥의 산기슭, 언덕에 자리하고 있다. 브라질에 이어 세계 2위의 커피 생산국이다. 커피는 크기에 따라 분류하며, 그중 수프리모는 외관이 가장 크고 좋은 커피다.

과테말라 안티구아 SHB

지역: 과테말라(중앙아메리카)

배전도: 중배전CITY ROAST

특징: 스모크 향이 난다. 입안 머금는 순간 묵직하며 진한 커피 맛을 느낄 수 있다. 과테말라의 화산 등이 모여 있는 고산지역의 골짜기에 있으며, 스모크 향과 불쾌하지 않은 원두 맛이 일품이다. 안티구아 SHB는 과테말라 생산지역 중 가장 낮은 강수량으로 생두의 밀도가 높다. 이로 인해 벨벳 같은 느낌을 주는 풍부한 바디와 톡 쏘는 듯한 강한 향을 지니고 있다.

스타리카 따라주 SHB

지역: 코스타리카(중앙아메리카)

배전도: 중배전CITY ROAST

특징: 상큼하다. 산뜻하며 부드럽다. 마른 풀 향이 느껴지는 군더더기 없이 깔끔한 커피다. 코스타리카는 나라는 작지만, 커피 재배의 최적 조건인 고

산지대와 화산토가 잘 발달 되어 있는 곳으로 세계 9위의 커피 재배국이다. 커피 산업계에서 국가지원 시스템이 가장 좋다. 인스턴트 커피의 재료가 되는 로부스타 종을 키우는 것이 불법이 될 정도로 철저한 품질관리를 한다.

鵲巢日記 15年 02月 03日

햇볕 따뜻하게 내리쬐는 사동이다. 날씨는 춥지만, 곧 봄이 올 것만 같다. 사람이 봄을 기대하는 것 꽃이 피고 열매를 맺기까지 그런 일련의 마음이 나에게도 있었으면 한다. 하지만 씨앗을 뿌리지 않았는데 어찌 봄을 기대하는가! 싹을 틔우든 못 틔우든 그 싹이 너무 일러 오르다가 추위에 그만 얼든 갖은 풍파에 꺾여 더는 못 자라도 씨앗은 뿌려야 한다. 그래서 창업도 어려운 것이지만 그것을 지키는 것은 더 어려운 것이다.

따뜻한 봄이 오고 꽃이 피고 적당한 바람도 불어서 맑은 하늘 보는 날이 많았으면 좋겠다.

본점, 여 인근에 버섯농장으로 크게 성공하신 사장님 오시었다. 커피가 필요했다. 강 선생께서 전화 주실 때 사동에 있었는데 급히 달려오기는 했지만, 뜻밖에도 본점 머물러 커피 한잔하시고 계시었다. 나도 커피 한잔했다. 오늘따라 케냐가 입에 착 붙는다. 사장님께서는 버섯재배농장을 지역사회뿐만 아니라 대외적으로 상표이미지를 확고히 심고자 많은 고심을 했다. 지금은 아예 버섯 식단을 만들어 오히려 버섯 요리로 더 가까이 가고자 부단히 노력하신다. 많은 자금을 투자해서 식당을 지으셨고 고객의 입맛에 맞게 몇 가지 선을 보였다. 그리고 고급 커피를 지향하기 위해 에스프레소 기계를 넣었다. 그럴 뿐만 아니라 더치커피를 만드는 방법도 알고자 본점에서 간단히 지침 받으시기도 했다.

찾으시는 손님과 손님의 소개 소개로 찾으시는 손님이 제법 된다. 하지만 함께 일할 가족이 늘 달린다. 바리스타가 필요하다며 추천해주었으면 했다.

"이 사장님, 오전 10시에서 오후 5시까지 커피 일할 사람 좀 부탁합니다." 하시니, 바bar에 더치커피 내리려 준비하는 강 선생께서 한마디 한다. "제가 근무하는 시간인데요." 했다. "그럼 미라 씨가 오면 되겠네." 했다. 옆에 앉아 커피 한 잔 마시며 뜨끔거렸다. (나는 아무런 말없이) 커피 한 잔 마셨다. "이 사장님 일할 사람 추천 부탁합니다." (강 선생은 등 돌려 설거지했다. 대화를 계속 나누었다.) "네 사장님 이미 교육받으신 분, 몇 분 계십니다. 제가 알아보겠습니다." "우리는 찾아오시는 손님 소개로 오시는 분이 꽤 많습니다. 지금은 날씨가 추워서 많이 움직이지는 않지만 날 풀리면 많이 찾으실 듯합니다. 그러면 회의도 할 수 있는 공간도 마련되어 있으니 단체손님도 받을 수 있고요, 이 층은 그런 장소로 좋아요." "네 알아보겠습니다." 사장님께서는 그 외 팥빙수에 관한 얘기도 하시었고 관련 기계도 여쭤보고는 버섯농장으로 가시었다.

오후, 커피 주문이 몇 군데 있었지만 모두 서 부장이 다녀왔다. 커피 교육 시간이 어중간하게 잡혀 있으니 별달리 움직일 수는 없었다. 교육에 앞서 압량에 잠깐 다녀왔다. 압량에는 오 씨께서 일한다. 아까, 서 부장과 교대하면서 잠깐 들러 달라는 말씀도 있었다. 하지만 별달리 큰일 있어 부른 것 아니라는 것도 알고 있었지만 들렀다. 압량에서 에스프레소 한잔했다. 오 씨께서 한마디 한다. "내我 일할 때는 보통 일이 아니었는데 카페 일이 그저 무덤덤하네요." 그러니까 영업이 안 되는 상황을 보고 하신 말이다. 부산에 있을 때도 그렇게 영업이 잘 되는 것은 아니었다. 하지만 하루가 애가 탄 것은 사실이었지만 이곳은 남의 일이지만 걱정되는지 이것저것 물으신다. 바깥은 차만 씽씽 다닌다. 어느새 3시 다 되었다.

커피 일을 두고 일관성과 상호성, 권위, 심리, 희소성을 얘기했다. 모두 사업적인 내용이다. 강의는 한 번 듣고 뒤돌아서면 잊어버리기 쉽다. 1부 강의가 끝났을 때 질문 있는지 물었다. 필자의 책 『커피향 노트』를 조금 읽어 보았다고 했다. 흡족한 안색이었지만 질문 하나 있었다. "여기서 배워 나간 사람이 많은지 또 성공한 사람은 얼마나 있는지?" 어제 얘기했다만 다시 똑같은 말을 하기에는 석연치 않았다. 지금껏 700여 명 이상 커피 배워 갔다. 그간 유명한 카페도 많이 나왔다. 부산에 '카페 ***', 포항 '커피 ***', 경산 '카페 **', 대전 '칼디* **' 등 커피를 배워서 스승보다 더 많은 분점을 낸 곳도 있으며 규모나 자본에서 전국 단연 1위의 카페(창원 커피**)도 나왔다. 하지만 이상하게도 교육은 자꾸 할수록 부끄러워지는 것도 사실이다. 알고 모르는 것은 별 차이 나지 않기 때문이다. 종이 한 장의 안과 밖의 거리도 안 된다. 그러니까 거기서 거기다.

창업하고 일을 추진하는 것은 남다른 용기와 무모한 전투 같은 것이 있어야겠다. 누구나 할 수 있는 일이지만 누구나 반듯하게 서는 것은 아니다. 아까도 군중심리에 관해서 이야기했지만, 카페는 사람이 오는 것이고 소비문화를 만들어 가는 것이니 카페 장으로 바른 힘을 가지지 않으면 안 된다. 요즘은 커피만 파는 것이 아니라 커피에 담은 철학을 파는 곳도 많이 생겼다. 그러니까 지식을 판다. 앞으로는 이 카페가 더 많아질 것이다. 사회가 더 복잡다단하고 소외감은 더 높아만 간다. 직업은 더 복잡해지겠지만, 단순화되는 것도 사실이라 사람은 여유와 시간이 많은 것도 사실이다. 커피 한 잔에 철학을 파는 가게를 보았다. 인생은 결코 돈만이 전부가 아니라는 것을 언제부터 알게 되었다. 그렇다고 돈을 벌지 못해서 이런 생각을 한 것은 아니다. 엮으면 엮을수록 복잡한 것이 사회라 정신적 피로도 많아 이런 생각하게 된 것인지도 모르겠다. 아무튼, 커피 세계를 천천히 걸어봅시다.

2부 교육했다. 커피 어원과 기원에 관한 이야기다. 기원은 책(커피향 노트)에 있기에 읽으면 되는 거라, 기원을 바탕으로 뿌리를 이야기했다. 뿌리 깊은 나무는 바람에 흔들리지 않는다는 말도 있듯이 나의 일에 뿌리를 만들어야 한다. 그 뿌리는 믿음이다. 칼디가 커피를 먹고 안 죽었듯이 나의 커피에 믿음을 부여하는 제반적인 경영과 경제활동이 뒤따라야 할 것이다. 커피의 어원은 우리말 비유로 설명했다. 그러니까 서울은 서라벌에서 변천됐다. 가을이란 단어도 마찬가지다(변천의 과정을 거쳤다). 커피도 에티오피아 카파라는 동네에서 발견되어 아라비아 반도 거쳐 유럽 여러 나라와 영국에 이르게 되어 커피라는 명칭을 얻게 된 것이다. 언어는 30년에 한 번씩 변천되어 간다. 지금 아이들이 쓰는 단어는 웃어른이 모른다. 커피도 예전에는 다른 말이었다.

오후 4시, 이상 교육 마칩니다.

압량을 거쳐 사동에 머물렀다. 김영수 선생께서 지은 『사마천, 인간의 길을 묻다』 679리에 달하는 대장정을 마쳤다. 마지막으로 사마천이 쓴 의미 있는 말을 하나 남기며 오늘 일기를 마감한다.

'재산이 없는 사람은 힘써 생활하고, 조금 있는 사람은 지혜를 써서 더 불리고, 많은 사람은 시기를 노려가며 이익을 더 얻으려 한다. 이것이 삶의 진리다.' * 이 글을 쓰는 필자 또한 재산 없이 일을 시작했다. 하루가 노동이었다. 지금의 일은 젊을 때만큼의 노동은 없으나 재산이 없는 것은 마찬가지다. 하지만 자산을 운용하는 방법을 알아 삶의 지혜로 삶을 엮는다. 많은 돈을 부러워하지 않는 것은 아니나, 쉽게 돈을 벌고 싶지는 않다. 하루가 힘들어도 나만의 철학을 갖고 쌓아나가야겠다. 사기를 쓴 사마천께 존경의 예를 올리며 이 글을 평한 김영수 선생께도 고마움을 지면으로나마 흔적을 남긴다.

* 『사마천 인간의 길을 묻다』 김영수, 651p

鵲巢日記 15年 02月 04日

압량, 정오 때였다. 키 큰 남자 손님이었는데 코스타리카 드립 주문이 있어 두 잔 내렸다. 한때 오 씨는 부산에 점장으로 있었지만 불과 몇 개월 사이에 문을 닫았다. 그간 커피를 잊어 자신감이 없었다. 내가 잠깐 왔을 때 주문받은 게 있어 보자마자 '본부장님 드립 두 잔 내리세요' 하는 거다. 손님은 커피를 아주 좋아하는가 보다. 손님께서 잘 볼 수 있도록 바bar 앞에다가 놓고 드립했다. 손님께서 한마디 한다. '아, 저 주전자로 내리기 힘들던데' 나는 물을 마저 내리면서 속으로 이런 생각했다. 그렇다면 커피를 내려 보았다는 얘기다. 이 주전자를 사용해 본 적도 있고, 비싼 주전자인데 어떻게 갖추었을까? 어떤 계기로, 등등, 여러 가지 생각이 지나갔다. 손님께서 볶은 커피 어떻게 하느냐고 물으신다. 모두 15,000원에 판매하지만, 블루마운틴은 양이 180g으로 다른 커피에 비해 조금 적다고 했다. 가격은 같다. 블루마운틴으로 한 봉 달라고 했다.

바bar에 서면 손님과 대화를 나누어야 한다. 그 대화는 모두 커피여야 한다. 우리는 커피를 하는 것이지 손님과 데이트를 하는 것이 아니다. 커피라는 주제 하나로 올바른 얘기가 나갈 정도면 커피에 대한 일반상식을 많이 갖춰야 한다. 그러니까 커피를 알지 못하면 손님을 지도할 수 있는 능력이 없다. 커피 일을 하면 커피를 공부해야 한다는 것은 당연하다. 가만히 서서 아무런 대화 없이 오시고 가시는 손님을 대한다면 그 손님은 아마도 이 카페를 다시 찾지는 않을 것이다.

본부, 서 부장은 오늘 컨디션이 별 좋지가 않은가 보다. 아침에 출근할 때 문자가 왔다. '헉, 본부장님 죄송한데요. 제가 오늘 열쇠를 못 들고 왔어요. ㅠ' 사동에 있었는데 직원 출근하는 모습만 보며 얼른 나올 수밖에 없었다. 오후, 한의대는 직접 배송을 다녀왔다. 나머지 몇몇 군데는 서 부장이 다녀왔는데 교육 마치고 자리 앉아 하루 마감할 때였다. 서 부장 '본부장님 죄송한데요. 실수했습니다.' 전표 날짜가 모두 1월로 출력됐다. 전표를 보자마자 조금 놀라기는 했지만, 각 점장께 문자를 보냈다. '점장님 죄송합니다. 전표 날짜가 1월로 되어 있습니다. 2월로 고쳐주셔요. 죄송합니다.' 그러니까 몇 군데는 문자 답변이 왔다. 괜찮다는 문자와 새로 끊어달라는 문자를 받았다.

오후, 커피 교육했다. 커피 경영에 상호, 로고, 레터링, 슬로건, 사업설명을 바탕으로 여러 가지 조언을 드렸다. 커피 세계 전파 과정과 우리나라 역사에 관해서, 그 뒤로 이었다. 이론은 커피 영업과는 직접적인 영향은 없지만, 커피 일을 하면 밑바탕으로 알고는 있어야 한다. 다만 내가 하는 일이라면 커피가 어떤 것인지는 알아야 찾으시는 손님께 바르게 이야기할 수는 있겠다. 본부 일을 마감하고 압량에 간다.

서 부장께 부탁한다. 드립 한 잔 내려 보시게. 커피를 먼저 분쇄기에 넣고 간다. 그래서 한마디 했다. 커피는 모든 작업이 끝나고 제일 마지막에 가는 거야. 지금 분쇄하면 향이 이미 날아가잖아. 아마도 퇴근을 의식했지 싶다. 요즘 무언가 정신 놓고 다니는 듯 그렇게 보인다. 자리에 앉아 커피 한 모금 마신다. 킬리만자로 커피다. 아프리카 흙내가 곧은 도로망 타고 곧장 내려간다. 향이 밀려온다. 아마, 사마천이 나를 보고 있다면 엄지손가락 하나 올렸을 것이다. 사기를 쓴 양반이지만 커피는 못 마셨을 테니 말이다. 나는 또 한 잔의 커피를 손에 담았다. 녹색 꺼풀 속에는 줄로 꿴 이야기들로 꽉 찬, 묵직한 한 권의 커피다. 커피 한 잔 마시면서 경운기 정도의 엔진을 제네시스 용량으로 숨 가쁘게 읽으며 부드럽게 운행한다. 마치 요철 없는 도로를 달리듯 오로지 공기와 산과 물을 마음껏 들여다보듯 아주 자연스러운 일주 같은 것이다.

커피는 상상의 세계로 나를 안내한다. 철학자 데카르트가 말했던가! 나는 생각한다. 그러므로 존재한다. 컴퓨터 앞에 앉은 본부장은 이렇게 말한다. 나는 음미한다. 그러므로 젖는다. 손가락은 굳으면 되는 일이 없다. 촉촉이 젖은 거미처럼 가느다란 실낱같은 세상 한번 걸어가 보자. 그러니까 커피는 나에게는 양성이며 남자다. 커피를 마실 때면 나는 음성이며 여자가 된다. 모든 것을 낳을 수 있는 요람이 되고 싶으니까!

아마 사마천은 컴퓨터 앞에 앉은 필자를 보고 이렇게 말하겠지! 야 너만 마시지 말고 나도 한 잔 줘. 그리고 나와 대화를 나누겠지. 나는 사마천께 이런 질문을 했을 거다. 한나라 황제 무제께 커피 한 잔 따라드렸다면 어떻게 되었을까 말이다. 그러니까 황제의 다혈질적인 명령은 내리지는 않았을지도 모른다. 최소한 사마천 자네에게 남자의 기능을 지우는 궁형은 내리지는 않았을 거란 얘기다. 또 어찌 보면 49세에 이 벌을 받았지만, 불알은 쓸 만큼 쓰지는 않았을까! 남성 호르몬이 40세 넘으면 급격히 떨어지니 세울 수 없는 자존심 같은 것은 아예 잊을 수 있으니 말이다. 사기편찬에 큰 도움이 되었으리라는 것은 분명하다. 이렇든 저렇든 한 무제께 커피 한 잔 대접만 톡톡히 했더라면

흉노정벌에 나선 이릉 장군을 아껴 보살펴주었을 뿐만 아니라 자신의 무덤 만드는 데 더 신경 썼을 텐데 말이다.

압량

여느 가정과 다름없이 돈 문제는 가정의 현실이다. 사업과 가정을 함께 꾸려 나가야 하는 처지에서 하루 쓰는 돈은 부담 갖지 않을 수 없다. 나만 아낀다고 되는 것이 아니다. 온 가족의 협조가 없으면 빚은 갚기 어렵다. '카페인' 죽죽 긋는 소리가 내 전화기에 뜰 때마다 불안하다. 세상 살기 싫은 것은 어느 가장인들 다 마찬가지일 것이다.

'카페인' 한 번 그을 때마다 아이디어가 창출된다면, '카페인' 한 번 그을 때마다 머리숱이 붙는 것이 아니라 도로 빠진다면, '카페인' 한 번 그을 때마다 마음 편히 쉴 수 있다면, 암만 생각해도 그날은 절대 오지 않는다. 카페에 앉아 커피 한 잔 마시면 '카페인' 긋는 소리 안 나길 바랄 뿐이다.

鵲巢日記 15年 02月 05日

브라질 상파울루에서 가까운 바다를 바라보며 있는 것 같았다. 파도소리 같은 어딘가 흘러나오는 이국적 음악에Don' t give up, Don' t give up 심취하고 있는 것인가! 아니면 푸른 바닷물 같은 커피에 폭 빠져 있는 것인가! 사동, 언덕에 서서 곧 있으면 개학하는 학교를 바라보며 박쥐를 마시고 있었다. 그러니까 박쥐 같은 커피를 마시고 있는 것이다. 박쥐는 초음파 동물이다. 초음파란 공기 진동이다. 소리는 공기 진동으로 인해 우리가 들을 수 있다. 인간은 1초에 20~20,000회의 진동수를 들을 수 있다고 한다. 만약 20,000회 이상의 진동수라면 인간은 그 소리를 들을 수 없다. 이 소리의 범위를 초음파라고 한다. 박쥐는 초음파로 사물을 분간한다. 눈으로 사물을 보는 것이 아니라 소리로 사물의 형태를 잡는다. 시인 김광균 선생께서 '어느 먼 여인의 옷 벗는 소리' 라고 했던 그 눈마저 박쥐는 읽어낸다. 흐릿한 날씨에 눈 내릴 것만 같았다. 마치 박쥐가 내 몸 구석구석 훑고 지나듯 모닝커피 한 잔 마셨다. 좁은 관로를 뚫고 들어가 까맣기만 한 우주에 요소마다 곳곳 빛을 발하며 박쥐는 난다. 이미 몸 속 깊이 들어간 박쥐는 새로운 우주에 새로운 행성에 정착했을지도 모를 일이다. 내가 본 세상은 박쥐가 한 꺼풀 벗겨낸 우주다. 세상 거꾸로 매달려 있는 기분, 커피 한 잔 마시며 저 아래 바라본다.

정오, 커피 볶았다. 케냐, 예가체프, 블루마운틴 볶았다. 압량에 쓸 커피가 없어 볶는다. 나는 이 세 종류 커피 중 단연 케냐를 가장 선호한다. 산미가 가장 뚜렷하며 질감이 다른 어떤 커피보다 앞선다. 산미란 커피에 들어가 있는 산의 함량을 말한다. 산미가 뚜렷하다고 해서 많은 것은 아니다. 너무 많으면 신맛만 나기 때문이다. 물론 로스팅 포인트 따라 신맛을 더 낼 수도 있고 덜 낼 수도 있으나 기본적으로 커피 속성에 따라 다르다. 그러니까 여기서 내가 말하는 신맛은 '톡 쏘는 어떤 맛이 나면서 산뜻한 신맛' 을 얘기한다. 케냐는 그것이 확연히 표현될 정도다. 질감이란 커피의 밀도라고 보면 좋은데 커피 마실 때 느끼는 촉감이나 점도로 얘기하면 될까! 뭐 나는 커피를 분간하는 커핑cupping 업자가 아니다 보니까 자세히 설명하기에는 곤란하다. 아무튼, 많이 볶으면 그 질감이 무겁게 다가오는 것은 분명하다. 왜냐하면, 커피 표면에 묻어나오는 기름기가 많기 때문인데 이는 커피 단백질이라 입안 머금는 순간 약간 묵직하게 다가오기 때문이다. 그러니까 깔끔한 맛을 원한다면 너무 볶으면 좋지 않다. 예가체프는 향이 독특해서 좋다. 이것저것 다 따져보아도 블루마운틴(여기서 말하는 블루마운틴은 자메이카산 아니라, 마라와카산이다)은 특별한 맛보기에는 앞의 두 커피에 비해 뚜렷하게 차이가 나는 것은 없다. 하지만 이 커피가 비싸게 팔리는 것은 아무래도 생두의 이름값도 한몫하는 게 아니겠는가! 진짜 블루마운틴(자메이카산)은 거의 금값이나 마찬가지니 말이다. 케냐, 예가체프, 블루마운틴 커피를 볶았다.

압량, 커피 판매액은 극히 작다. 그러나 심상치 않다. 띄엄띄엄 오시는 손님 있다. 정신없이 책 읽다가도 무거운 녹색 문 밀고 들어오시는 손님 대하면 깜짝 놀란다. 모두 아메리카노다. 덩치 제법 된다. 어떤 남자 손님이었다. 얼굴로 보아서는 나보다는 조금 젊어 보이는 것 같았는데 포타필터에 분쇄한 커피를 담고 탬핑을 했다. 앞에 선 손님께서 한마디 한다. "탬핑 갖고 노시는 모습이 예사롭지 않습니다." 한다. 그래서 싱긋이 웃었다. 한마디 했다. "커피 하셨는가 봅니다." 했더니 "네 한 오 년 했지요. 만만치 않아요." 한다. 그래서 한마디 더 붙였다. 호! 한 오 년 하셨으면 오래 하신 겁니다. 다들 한 이 년쯤 하면 적당히 다른 길 가지요, 했다. 손님 다음에 자주 오십시오 했다. 그러니까 다른 어느 곳 들러보아도 이곳만한 커피 없습디다 한다. 나는 속으로 이런 생각 했다. 물론 가격도 그렇거니와 가격대비 이렇게 싼 커피를 맛볼 수 있는데 있을까! 아무튼, 손님께서는 커피 한 잔 마시며 흐뭇한 표정으로 다시 길 나선다.

맞아, 한 오 년 하면 오래 하신 거다. 이 년 정도 하면 다른 길 나서지만, 요즘은 마땅히 다른 길 간다는 것도 막연한 세상이 되어버렸다. 그러니까 할 일이 없다. 오 년 동안 수양을 한 거다. 마치 깊은 산에 들어가 도 닦듯이 인간의 오만상 그려보며 그 함수관계를 떠올리며 그리고 나를 조명했을 것이다. 카페인의 힘은 아까도 박쥐를 들어 이야기했듯이 우주만물을 보듯 무한하다. 공중부양은 아니지만, 공중부양하듯 구석기시대에 있는 것은 아니나 돌도끼를 들고 있듯 프랑스 대혁명의 군중은 아니나 그 군중을 모는 것이 이 카페인이다. 아! 대구대 이 선생 오셨다. 저쪽 카페 조감도 다녀오시었다고 인사 주신다. 근데, 오늘은 바쁘신가 보다. 볶은 원두 몇 봉 달라고 하신다. 나는 정신없이 몇 봉 죽 담았다. 따끈한 커피도 한 잔씩 드렸다. 함께 오신 선생도 계시었다. 물론 글 쓰시는 분이고, 글을 전문적으로 공부하시는 분이라 남달랐다. 여 선생이었다. 다음에 또 오시어 인사 주시길 바라는 마음으로 마음을 전했다. 홀더 꽉 끼워서,

우리는 누구에게나 커피 한잔하자고 쉽게 말할 수 있다. 하지만 누구나가 아니라 내 마음에 담은 나와 그 뜨거운 커피를 한 잔 마실 수 있는 사람은 있을까! 그러니까 여유, 진정한 여유를 갖고 카페에 앉아 그 뜨거운 아메리카노 한 잔 놓고 정말 쉽게 식지 않은 상태로 마냥 오 분을 앉아 천천히 마실 수 있는 여유, 마치 다섯 시간 앉은 느낌으로 아메리카노 한 잔 마시며 나를 생각

해 보는 것 말이다. 우리는 점점 식어 들어가는 열정으로 나를 대하고 있는 것은 아닌가! 그러니까 진정한 나를 속이는 것 말이다. 다시 뜨거워지고 싶다. 머그잔에 오래 담을 수 있는 까만 커피 한 잔으로 영원히 식지 않은 누구에게나 따뜻하게 와 닿은 깊은 사랑으로 머물고 싶다.

여보시오! 그 참 그냥 읽지 마시고 전화해 주소! 커피 한잔합시다. 본부장님 요즘 많이 외로움 타시는가 본데 인생 뭐 별것 없소! 한잔하면 또 새카맣게 떠오를 것이오.

鵲巢日記 15年 02月 06日

우리가 카페에 가는 이유는 무엇일까? 단지 커피가 맛있어서, 아니면 친구를 만나기 위해, 아니면 멋있는 바리스타 보기 위해서 가는가? 하여튼, 사람들은 이런저런 이유로 카페에 간다. 지금도 한창 카페 붐이 일고 있지만 그러니까 사그라지는 추세는 아닌 것은 분명하다. 조용한 카페를 일부러 찾아서 다니는 분이 있는가 하면 사람이 북적거리는 카페만 가는 분도 있다. 흔히 전자보다는 후자를 더 많이 선택하는 것도 어쩌면 사람 심리다. 사람이 많이 모이는 카페는 별달리 내부 공간미가 필요 없는 듯하다. 카페에 모이는 사람이 곧 공간미를 형성하기 때문이다. 그러므로 사람은 혼자 살 수는 없는가 보다.

그래서 사람들은 다른 사람들과 함께 있기를 원한다. 카페가 필요해서 할 일이 있어 가는 것도 사실이지만 다른 사람과 함께 있기를 우리는 원하는 것이다. 그러면 이왕 차린 카페 어떻게 하면 잘 운영할 수 있을까?

이쪽 테이블에 앉은 손님과 저쪽 테이블에 앉은 손님은 서로 모른다. 하지만 카페에 함께 있다. 모두가 함께 즐길 수 있으며 시선을 모두 한곳에 집중하며 서로를 교감하는 장소로 만드는 것이 중요하다. 아무리 작은 동네라도 재능이 많은 예술가가 분명히 있다. 굳이 유명인 초청해서 비싼 출연료를 지급해 가며 그들의 재능을 볼 것까지는 없다. 물론 유명인의 작품이 못하거나 시대에 낙후되어 그런 것은 아님을 독자는 잘 알 것이다. 카페운영은 커피만 팔아서 한다는 것은 인건비 충당도 어렵다. 거기다가 각종 행사까지 도맡아 한다면 하고 싶은 카페를 몇 달 운영도 못해 문 닫아야 할 것이다. 카페 장으로서 오시는 손님을 대하며 손님의 취향과 재능을 읽는 재치가 있어야 한다. 그러니까 지역 문화는 별다른 것은 없다. 함께 모여서 고객의 작품과 공유할 수 있는 생각의 무대를 만듦으로써 곧 문화가 된다. 생각의 무대에서 욕구의 꿈을 일구며 유머와 희망을 찾을 수 있으면 그것보다 밝은 내일은 없을 것이다. 희망은 삶의 꽃이다. 우리 모두 그 꽃을 카페에서 피워보자. 따끈한 커피 한 잔 마시면서 말이다.

창의적 사고는 그저 생기는 게 아니다. 수많은 생각과 그 생각을 실천하는 과정에 어쩌다가 파생되어 이루어진다. 실천은 어찌 보면 수많은 모방으로 이루어진다. 내가 생각한 것이라고 해도 어딘가 또 누군가가 했던 일이다. 앞선 세대에서 했던 일일 수도 있다.

압량, 서 부장 커피 한 잔 내려 보시게. 바깥에 오가는 차를 보고 있었다. 오늘 다녀온 진량과 청도를 생각하며 있었다. 어디든 적극적인 마음이 없으면 일은 겉치레다. 관심이 없는 거다. 그렇다고 나쁘다는 얘기가 아니다. 나의 손에 잘 맞지 않아서 그럴 수도 있으며 내 관심 분야가 따로 있어 마음이 덜 가는 것도 있다. 똑같은 젊은이라도 다 같은 젊은이는 아닌 것 같다. 어떤 이는 같은 일을 하더라도 파고드는 사람이 있는가 하면 어떤 이는 상황판단이 바르게 서지 못하는 이도 있다. 나이가 많은 사람은 일에 오히려 젊은이보다 더 교묘히 처리한다. 그러니까 능수능란하다. 어려운 일이라도 임기응변으로 대처할 수 있는 능력이 있다. 젊은 사람은 1이면 1이어야 하기에 융통성은 잘 발휘하지 못한다. 안 그러는 젊은이도 많지만 비교적 그렇다는 것이다. 조직의 일원으로 부드럽게 짜 맞출 수 있는 조직원이면 경영인은 그만큼 걱정이 덜어질 것이다. 서 부장은 커피 한 잔 책상 위 올려놓는다. 한 모금 마신다. 서 부장, 이 커피 제목이 뭐지? 예가체프인데요. 그래서 한마디 했다. 근데, 전혀 예가체프 맛이 안 나는 것 같아! 좀 진하게 내려서. 하지만 전혀 진하지 않았다. 커피 담을 때 내가 잘못 담았나! 하는 생각이 들 정도였다. 한 잔의 커피를 내리더라도 정성을 다해야 한다. 정성을 다하면 모든 일에 습관이 달라지고 습관이 바뀌면 세상이 이내 밝아진다. 세상이 밝으면 세상을 변화시킬 수 있다.

커피 공장, 윤 과장 왔다. 경기 좋지 않은 것은 어느 업체든 마찬가지다. 사장께서 새로운 모험을 시작하려고 하시나 보다. 윤 과장께서 에스프레소 기계에 관해 자꾸 묻기에 자초지종을 물었더니 사장님 자택에서 가까운 주택가에 점포 하나 얻어 커피집 한다는 것이다. 나는 극구 말렸다. 오히려 커피집 내면 더 망하는 일이라 하지 말라 했다. 임대료가 보증금 오천에 월 이백오십이다. 평수는 이십 평이다. 이 불황에 월 임대료 맞추는 것도 불가능한 일이다. 오히려 그 금액이면 공장에 커피 농장을 만드는 것이 더 낫겠다며 얘기했다. 커피나무를 온실에 키울 수 있는 건물을 짓고 그 나무를 볼 수 있게끔 체험학습이나 커피로 인한 볼거리를 제공하는 것이 오히려 더 낫지 않겠느냐며 이야기했다. 커피 공장은 다른 사람이 없는 이점이 있다. 너른 공장 부지와 충분히 자연을 볼 수 있는 위치조건까지 갖추었다. 물론 커피나무를 키우는 것도 어려운 일이나 견학으로 가까운 제주도 몇 번 다녀오는 것도 괜찮지 않을까! 왜냐하면 커피 온실 재배는 이미 우리나라에도 시작했으니 말이다. 커피집은 남들이 모두 관심 두는 일이라 또 현 시장에 어디든 너무 많이 들어와 있는 것도 문제라 일을 잘 해나가기에는 아무래도 어렵다.

소크라테스 카페

소크라테스 카페가 있다. 제목에서 알 수 있듯이 철학적 생각을 하며 질의 응답의 토론하는 카페다. 소크라테스의 유명한 일화도 있듯이 '나를 아는 과정' 에 이르는 끊임없는 질문으로 삶을 성찰하게끔 한다. 물론 카페 장은 그만한 신임을 얻은 자라야 하며 토론을 벌일 수 있는 능력의 소유자라야 한다. 소크라테스적 철학으로 미리 삶을 조명함으로써 세상 바라보게끔 한다. 사람들은 자신이 관련되거나 자신을 자극하는 문제들을 곰곰이 생각하면서 마음을 움직인다. 그러니까 당신이 그렇게 생각하는 이유를 말해보라? 왜 그런지 말해보라? 이 질문에 답을 구하며 진리를 깨닫고 삶을 바라본다.

어이 당신? 카페 왜 하고 싶은 거요? 돈 벌려고 아니면 쉬고 싶어서 그것도 아니면 직업으로써 바른 삶을 갈구하고자 하고 싶은 거요. 그러면 돈 벌려고 한다고 대답했다고 치자. 장소는 보아놓은 데가 있소? 그러면 어떤 장소가 지목될 것이다. 그 장소가 괜찮은지 손님은 얼마나 올 것 같은지? 다른 요건은 또 무엇이 있는지? 끊임없는 질문을 통해서 답을 구하는 것이다. 물론 그 외 답변도 마찬가지다. 쉬고 싶다거나 직업으로써 바른 삶을 갈구하고자 하고 싶은 것도 소크라테스 카페에 들러 물을 수 있다면 그 물음에 응당 합당한 대답을 시원스레 들려줄 수 있는 카페라면 그 카페는 소크라테스 카페다.

鵲巢日記 15年 02月 07日

커피문화강좌를 가졌다. 오늘은 라테 아트 수업이다. 그 전에 수업에 관한 이야기와 카페 소개를 했다. 가벼운 소개인 것 같아도 청취자는 심도 있게 듣는다. 교육생 눈빛이 모두 밝았다. 카페 성장 과정을 얘기해 나가다 보면 모두가 초롱초롱하다. 작은 카페지만 신화를 일구어낸 것 아닌가! 카페 소개 마치고 질의응답 시간을 가졌는데 한 학생이 묻는다. "선생님 왜 이렇게 구석에다가 가게 여셨나요. 구석에 열어도 영업은 되는지, 어떻게 사업을 해 왔는지." 그래서 답변 드렸다. "한마디로 말하자면 돈 때문입니다." 그러니까 자금이 없었다. 물론 돈이 많았으면 찾기 쉬운 길목에 자리 잡았을 것이다.

그렇다고 여기에 가게를 개업했다고 해서 후회한 적은 한 번도 없다. 사업은 여기에 맞게끔 합당하게 해나가면 된다. 그러니까 본점은 본점의 위치로 여기에 맞는 사업을 해왔다. 아마, 경산 시민보다 외지 손님이 더 많이 찾아왔을 거다. 『커피향 노트』 내고 나서 문의전화와 찾는 고객이 많았다. 어제도 구미에서 어느 독자께서 전화가 왔다. "웅진***인데요, 선생님 강의를 듣고 싶습니다." 강의 초빙 제의였다. 그래서 다음 주에 가기로 했다. 또 한 분 질문이 있었다. "선생님, 우리 집 남편은 음악을 꽤 잘합니다. 모든 악기를 잘 다룰 수 있지요. 선생님께서 카페 상담을 해주실 수 있는지요." 다이아몬드 얘기를 빌어 학생께 말씀 드렸다. 어제도 커피 공장에 오신 윤 과장 얘기도 잠깐 했었지만, 정말 소중한 나의 재능이 있고도 우리는 모르고 지나칠 때 있습니다. 언제든지 오시어 커피 한 잔 사주시면 카페 상담해드릴 수 있습니다.

저는 나이 26살에 처음으로 커피를 대했지요. 결혼생활보다 앞섭니다. 어쩌다가 스타벅스 하워드 슐츠가 지은 책 한 권이 카페에 관심 끌게 했지요. 그게 십이 년 전이었습니다. 여러분, 여러분 보시기에는 지금이 카페가 제일 많은 것 같지요(모두 관심 있게 바라본다). 아닙니다. 십여 년 전에도 카페는 많았습니다. 제가 느끼기에는 지금보다 더 많았으면 많았지 덜하지는 않을 겁니다. 우리나라는 어느 시대든 카페가 안 많았던 시절도 없었습니다. 그러니까 고종황제께서 처음으로 커피를 마셔본 이래로 말입니다. 우리나라 최초의 카페는 손탁여인이 열었던 '손탁다방' 이 있었습니다. 그때가 1902년이었죠. 유럽은 1652년 영국 런던에서 처음으로 카페를 열었는데 커피값이 1페니라 일명 페니 대학교라고 했습니다. 카페 주인장은 터키인 유대인이었는데 '제이

콥스' 라는 분이 열었습니다. 그러니까 250년 정도 시간 차가 나네요. 30년대 시인 이상이 카페를 했던 시기도 카페는 엄청나게 많았습니다. 70년대는 또 어떻습니까? 다방 천국이었습니다. 물론 다들 카페를 하고 싶은 분도 꽤 되실 줄 압니다. 카페 하면 모두 예술가적이고 뭔가 창의적이면서도 문화적일 것 같은 냄새가 납니다. 유럽은 그렇게 출발했습니다. 카페면 정치를 논하거나 예술을 논하거나 사회를 얘기했으니까요. 요즘은 어떻습니까? 카페 하면 화장실이나 와이파이부터 찾지요. 시대변화라 어쩔 수 없지만, 한번 하고 싶은 카페 어떻게 이끌지 고심해 볼 만합니다. 오늘은 라테 아트 수업입니다.

수업 끝나는 대로 상담 있었다. 모두 세 분이었다. 한 분은 50대 전기 일하시는 남자분과 아마도 환갑은 족히 넘으신 어르신 한 분, 30대로 보이는 어느 주부였다. 그러니까 50대 전기 사장님은 집에 가게가 있다. 이 가게를 커피집으로 바꾸고 싶다고 했다. 대체로 커피집 하고 싶은 사람의 공통점은 각박한 사회에 너무 고달파서 약간은 사회 도피적 경향이 더러 보인다. 실은 커피집은 자신이 하는 일보다 더 어려우면 어렵지 쉬운 일은 아님에도 불구하고 막연한 커피 생각은 현실 이상이다. 현금장사라서 또 시간이 많을 것 같아서 한번 해보고 싶다고 했다. 현금장사면 단 몇천 원에서 몇만 원이 고작이며 시간은 참 많은 게 사실이다. 그저 사장님께서 하신 말씀을 줄곧 들었다. 아마도 시간이 답해줄 거라 더는 말을 아꼈다. 나이 많으신 어르신 한 분은 음악을 꽤 좋아하신다. 수석 전문가이시기도 하고 전통차를 다루시기도 한다. 주말 교육 들으시는 사모님 소개로 오시게 되었다. 다음 주 카페 조감도 음악회에 꼭 오셨으면 하고 인사했다. 아코디언과 하모니카 그 외 일부 악기를 다루신다. 카페에 음악을 들려주십사 정중히 부탁했다. 30대 어느 주부께서는 도자기를 한다. 얼마 전에 가게를 새롭게 꾸미기 시작했다. 도자기와 더불어 생활 찻집 겸 커피를 손님께 대접하고자 오시게 되었다. 잠시 대화를 나누었는데 너무 많은 것을 얘기한 것 같다. 사소한 생활에 관한 것도 들었기 때문이다.

주말이라 가족과 더불어 시간을 보냈다. 밀양 상현이가 운영하는 에레모사에 갔다. 새롭게 단장했다는 소식을 며칠 전에 들었다. 한 번 찾아가 보아야 하기에 온 가족을 데리고 길 나선다. 2시 조금 넘어서 출발했기에 3시쯤 도착할 수 있었다. 밀양 표충사 앞 에레모사, 외관은 바뀐 데가 없었다. 안에 들어간다. 바bar 위치나 주방은 바뀐 곳이 없다. 예전 그대로다. 하지만 손님께서 앉으실 객실은 전에는 터놓은 공간이었다면 지금은 칸칸 가림막으로 가볍게 내부공간미 갖췄다. 고풍스럽다고 해야 하나, 그러니까 내가 마치 17세기나 18세기 프랑스 궁전에 들어와 있는 듯한 느낌, 나무궤짝도 어디 골동품상에서 가져왔는지 시간이 묻은 데다가 그 위 은그릇이나 은주전자들, 그리고 벽면의 그림들 촛대라든가 항아리는 고전적 스타일을 우려내고도 남는다. 무엇보다 기가 막힌 건 어느 사대부 대문 문짝을 떼어왔는지 문고리째 달린 데다가 경첩까지 드러나 보인 채로 그것을 반듯한 탁자로 꾸몄다는 것이다. 비교적 많은 손님이 앉을 수 있는 단칸방에다가 놓았다. 우리는 거기에 앉아 각종 스파게티를 주문했다. 이렇게 새롭게 꾸미는 데만 약 두 장은 썼다고 한다.

밀양에서 고속도로 타며 대구로 급히 달려왔다. 시지 마시로와 병원에 커피 주문 있었다. 수성 나들목으로 빠져나와 곧장 갔다. 차를 우려 마실 수 있는 용기인데 3개 급히 달라는 거였다. 가족은 모두 차 안에 있었다. 가게 들르니 사장님께서 직접 나오시어 접대하신다. 금방 물건 내려드리고 가려고 하는데 인사차 주신 말씀으로 붙잡는다. 사장 "저 위에 뭐지요." 그러니까 카페 조감도 보며 하신 말씀이다. 그래서 인사차 답변 드렸다. "네 직영점입니다. 작년 어느 문중에 사업설명으로 이루게 되었습니다." 사장님께서는 궁금한 게 많으신지 꼬짓꼬짓 물으신다. 그래 건물 짓는 데 얼마며, 투자비와 땅은, 그러니까 땅은 샀는지 등 물으신다. 그냥 미소 짓다가 나왔다. 이왕 궁금하면 더 궁금하면 찾아오시겠지 하는 마음으로 나왔다. 병원에 들렀다. 얼마 전에 결혼한 점장님 따님 내외가 함께 있다. 병원에 들어서자마자 인사했다. 새신랑께 한마디 했다. "아이고 얼굴이 더 젊어지셨습니다. 혹시 따로 관리하시는 건 아니죠. 정말 멋있어졌어요." 웃으시며 안 그렇다며 억지 주장한다. 커피와 다른 부자재 내려놓는다. 용무 다 보고 가려는데 인사 주신다. 아주 친절히 "안녕히 가셔요. 고맙습니다." 왠지 나도 모르게 기분 좋았다. 왜 이런 말도 있지 않은가! 칭찬은 고래도 춤추게 한다는 그 생각이 났다.

중국의 역사관을 조금 알게 되었다. 진시황릉은 아직 발굴하지 않은 것으로 알고 있다. 문화재 보호 차원이다. 유물을 훼손하지 않고 발굴하기엔 아직 기술과 인력이 충분하지 않다는 판단이다. 사마천 『사기』에 따르면 진시황은 지독한 일 중독이라 했다. 하루에 해야 할 일의 양을 정해놓고 그 일을 못 마치면 잠도 자지 않았다고 한다. 13세에 황제에 즉위하여 49세에 세상을 떠났다. 38세 기원전 221년, 전국을 통일했으며 전국 시대 7국이 모두 다르게 써

왔던 문자를 통일하고 제각각이었던 도량형도 통일했다. 그 외에 진시황의 업적은 꽤 많다. 햇수로는 37년 정도 재위했다.

사동, 일찍 마감하려고 했으나 모처럼 오신 옆집 오릿집 사장님 모임인가 보다. 눈치껏 기다렸다가 자정쯤 어쩔 수 없이 마감이라 말씀드리니 함께 오신 여러 선생님도 짐 꾸렸다. 점장은 곧장 창원으로 가야 한다고 했다. 집안에 일이 있어 급히 내려가야 한다고 했다.

鵲巢日記 15年 02月 08日

사동 개장한 후, 한동안 카페에 있었다. 청송에서 카페 영업하는 명재가 왔다. 어머님도 함께 오시었다. 경산에 결혼식 있어 잠깐 들러 인사 주시고 가셨다. 명재가 운영하는 '카페거기' 는 청송에서도 카페 위치가 나름으로 좋아 영업이 제법 괜찮다. 하지만 명재는 그만두려고 한다. 아직 젊기도 하지만 여러 가지 배울 게 있어 카페 그만두고 싶다고 했다. 아무래도 청송은 촌이라 무슨 기회를 잡기에도 부족해서 시내로 나오고 싶은 의욕이다. 카페 영업으로 보면 평수 대비 경산 그 어떤 카페보다도 좋지만 젊음을 대신할 순 없다. 어머님 고향이 경산이시라 겸사겸사 자주 오시는가 보다.

정의와 예지와 함께 조회했다. 어제는 예지 생일이라고 했다. 어제는 쉬었나 보다. 알면서도 그냥 넘기는 것도 대표로서 예의는 아니라 꽃다발 한 묶음 선물했다. 하루가 지나기는 했지만, 생일축하 노래도 정의와 함께 불러 주었다. 예지가 무척 기뻐하는 모습 보니 내 기분도 좋았다.

오늘은 꽤 맑고 화창하지만 바람이 너무 심하게 분다. 압량, 에어간판을 도저히 바깥에 내어 둘 수 없었다. 바람이 너무 세게 불어 휘청거렸는데 위험해 보였다.

본점, 강 선생과 동원이랑 커피 한잔했다. 강 선생께서 드립 한 잔 해주었는데 케냐였다. 맛이 좋아 동원이에게 한 잔 더 부탁했다. 케냐는 날 맑으나 흐리거나 비가 오거나 어느 때든 잘 맞는 것인가! 박하사탕 하나 깨문 것처럼 입안 환했다. 동원이랑 어찌 이야기하다 보니 남녀관계에 관해 말이 나왔다. 요지는 상대에 대한 호감이 주 얘기였다. 몇 해 전에 커피 배워나간 어느 젊은이를 빌어 얘기했다. 요즘 젊은이의 결혼관과 황혼으로 갈수록 증가하는 이혼율, 세태의 성문화에 관한 얘기였다. 그러니까 결혼은 자꾸 줄어드는 것 같다. 남자가 바라보는 여자의 관념과 여자가 바라보는 남자의 관념은 차이가 있다. 물론 남녀관계를 떠나 중요한 것은 나와 다른 사람과의 관계다. 내가 바로 서는 것이 중요하니 일과 공부를 바르게 해야 한다. 내가 능력이 없으면 다른 사람과의 관계에서도 비굴해질 수밖에 없는 것이고 나의 값어치는 떨어진다. 가게 열면 어떻게 하면 손님 오시게 할 수 있을까? 고민해야 한다. 결국, 창업이고 바리스타의 일이니 커피만 커피가 전부가 아니라는 것을 깨칠 때 있을 것이다. 고대국가에서는 말 잘 타는 기마병이 대세를 이끌며 제국을 건설했다. 현대를 사는 우리는 내 능력 다지는 데 말도 중요함을 얘기했다. 어떻게 보면 우리가 사용하는 이 언어구사능력이 사회생활에 미치는 영향이 적지 않다. 어떤 말을 사용하느냐에 거미줄이 달라진다. 큰돈 버는 것이 아니라 경영이다. 전에도 이야기했듯이 관리다. 나를 관리할 수 있어야 한다.

본점에 몇 시간 앉아 있었다. 강 선생께서 국수를 삶았는가 보다. 동원이가 함께 먹자고 얘기한다. 주방으로 걸어가면서 시인 백석이 생각났다. 국수를 참 좋아했던 시인이었다. 시인 백석은 겨울에 이 「국수」라는 시를 지었다. 백석의 구수한 평북 사투리가 생각나고 그의 시집 『사슴』이 생각났다. 그는 첫 시집 『사슴』에 「여우난골족」, 「노루」, 「가즈랑 집」 등 모두 서른 세 편의 시를 수록했다. 1936년 1월 100부 한정판 자비로 간행했다. 훗날 시인 신경림은 『사슴』을 읽고 '10권의 장편소설을 읽은 것보다 감동이 더 컸다' 고 술회했다. 지금도 다수 시인은 『사슴』을 한국 현대시 100년사에 가장 큰 영향을 끼친 시집으로 꼽는다. 한마디로 백석 시는 북방언어의 보고다. 얼마 전에 그의 시집 초판본 『사슴』이 7,000만 원에 팔렸다고 한다. 아! 이 반가운 것은 무엇인가? 히스무레하고 부드럽고 수수하고 슴슴한 것은 무엇인가? 다진 김치와 초고추장과 마늘 넉넉한 이 비빔국수는 무엇이란 말인가! 한 그릇 참하게 먹었다.

입 닦고 잠시 앉았는데 우드테일러스 카페 사장님, 사모님 오시었다. 일요일이라 두 분 이곳저곳 카페 산책 겸 나오셨다. 월드컵대로 끝자락에 붙은 카페도 가보시고 죽 지나 조감도도 잠시 들여다보고 주차장에 차가 많아 이리로 곧장 오신 거다. 카페 일 여러 가지 애로점을 서로 얘기 나누었다. 카페가 많은 것도 사실이지만 지금은 소비문화가 많이 바뀐 것도 사실이다. 예전에는 술 한잔하며 얘기 나누었던 남자들의 생활문화가 카페로 오게 된 것이다. 더욱이 담배까지 어느 업소든 규제를 놓으니 놀이문화가 바뀌어도 많이 바뀌었다. 단체손님이 오시기라도 하면 주방일은 바빠서 정신없는 데다가 손님이 띄엄띄엄 꾸준히 오는 게 아니라 한차례 몰리거나 아예 없거나 해서 일하기 꽤 힘들다. 어느 카페든 다 마찬가지다. 바빠도 커피값은 단지 커피값이라 그저 일로 일이라서 그 이상은 누릴 게 없으니 이 일로 만족한다. 사장님께서는 조감도 음악회에 관한 말씀을 주시었고 나는 그에 대한 답변을 드렸다. 이번 주 시간 나시면 꼭 오시라 했다.

헉! 손님 오신다. 연인이다. 얼굴 꽤 밝은 모습으로 "여기 이 층도 있어요." 하며 물으신다. 그래서 대답했다. "아뇨, 이게 다예요." 슬그머니 무거운 문을 다시 밀며 썰물 빠지듯 나가신다. 나는 커피 한 잔 주문하실 줄 알았다. 미처 물어보지도 못했다. 웃으며 나가시는데 나도 웃고 말았다.

사동, 오 선생께서 빵 구웠다. 롤 케이크를 만들었으며 허니브레드 빵도 구웠다. 모처럼 출근하신 배 선생도 있었다. 한 며칠 남해에 여행 다녀오셨다. 압량과 본점은 방학이 아직 끝나지 않아 조용하기만 했다. 사동 거쳐 본점 마감 보며 동원이랑 함께 나왔는데 자네는 이제 집에 들어가겠구먼, 나는 본부 들어가 미처 못 읽은 글도 읽어야 하고 글도 써야 하네. 했더니 한마디 한다. "CEO의 길은 힘든 것 같습니다." 한다. 한바탕 웃었다(동원이는 어정쩡한 게 매력이야, 혼잣말). 동원아, 오늘 수고 많았네. 운전 조심하게.

鵲巢日記 15年 02月 09日

아침 먹다가 국무총리 인사청문회에 관한 뉴스를 듣게 되었다. 후보자의 이력과 재산 및 공무에 관한 몇 가지 일을 보게 되었다. 아무래도 못 가진 자에 비하면 가진 자는 역시나 기득권자다. 병역문제, 재산문제, 세금문제는 늘 불거져 나온다. 안 그래도 정치와 경제문제로 형평성에 맞지 않는 일이 많아 국민의 불평이 이만저만이 아니다. 하물며 조그마한 카페를 운영하는 마음도 이와 비슷하다. 카페를 이용하는 고객보다는 직원이, 직원보다는 대표가 아무래도 가진 자다. 전에 유아 폭행사건이 뉴스에 나온 적 있다. 허겁지겁 어린이집 유아교사 대우에 대한 문제가 도마 위에 오르게 되었다. 그것으로 말미암아 밀린 월급을 즉시 넣었다는 뉴스에 눈초리 받게 되었다. 사회가 각박한 것은 경제에 맞지 않는 소득 수준, 그것도 기회를 잡지 못한 피지배자의 불만이 점점 높아간다. 정치가 바로 서야 경제가 바르게 돌아갈 것이다. 월급도 받기 전에 세금이 먼저 떼이고 투자 여력을 생각하기 전에 세금이 무서우면 누가 일을 하겠는가! 모두 무임승차를 바라지, 위험을 무릅써가며 일하지는 않을 것이다.

카페 일도 별반 차이가 없다. 혼자서 카페를 보면 아무런 문제가 일어나지 않는다. 늦게 일어나면 늦게 가면 되고 늦게 가면 영업이 남들보다 뒤떨어지니 위험을 자초하게 된다. 그러면 빨리 일어나 가게를 열어야겠다는 마음가짐이 생기면 최소한 카페 장이라 할 수 있다. 하지만 요즘은 여럿이 함께 일하는 카페가 되었다. 내가 주인의식을 갖고 일해야 하며 고객에 대한 서비스 정신이 무엇인지 스스로 깨달아야 한다(바리스타가 무엇인지 생각해보자. 손님께 시중드는 일이 바리스타다). 카페에 함께 일하는 직원과의 동료의식도 중요하며 서로 피해 없는 일이어야 하며 도울 수 있는 자세라야 한다. 어떠한 일이 있어도 손님과 다투는 것은 안 되며 혹여나 그런 상황이 생기더라도 순간순간 위기를 잘 모면할 수 있어야 한다. 소문은 좋은 것보다는 안 좋은 것이 더 빠르다. 아무리 내가 일을 잘 처신했다 하더라도 듣는 고객의 처지는 다르다. 소문이 좋지 못하면 아무리 좋은 장소에 개업했더라도 인심을 잃은 것이 되니 경영하기는 어렵다. 카페 대표가 인심이 좋고 뛰어난들 그 직원이 잘 하지 못하면 그 카페는 우스워지며 카페 직원이 일을 잘한다 하더라도 대표가 받아줄 수 없으면 일에 불만을 느끼니 오래가지 못한다. 그러니 서로가 카페 일을 내 일 같이 잘해야 한다.

카페 매출은 곧 인건비와 이자와 세금을 낼 수 있는 재원이며 그리고 원료를 살 수 있는 자금이 된다. 대표만 이 모든 것을 신경 쓰는 것이 아니라 직원도 이러한 일 관계를 알아야 한다. 카페 매출이 많아도 한동안 인건비 올려나갈 수 없는 이유를 알아야 하며 매출이 적어도 인건비 쉽게 내릴 수 없는 것도 어려움이 있다. 사업주는 쉽게 그만둘 수 없지만, 고용인은 일이 어렵거나 마음 맞지 않으면 쉽게 그만둘 수 있는 것도 경영인으로서는 일의 어려움이다. 카페에 맞는 사람을 구하는 것도 만드는 것도 쉬운 일은 아니다. 바리스타는 커피만 잘 만들어서도 안 되며 또 커피만 만들겠다고 마음 가져도 안 된다. 아침이면 개장하며 청소를 해야 하고 시재가 맞는지 확인하며 미리 나갈 잔과 잔 받침을 헤아리며 닦아야 한다. 손님께 대하는 나의 언어를 닦아야 하고 내 몸가짐이 바른지 거울 보며 밝은 미소를 갖추려고 노력해야 한다. 새로운 메뉴가 있으면 언제든 먼저 오신 고객께 선을 보여야 하며 그 맛이 어떤지 가볍게 물어보는 것도 예의다. 카페 일은 내 주인을 위해서 일하는 것이 아니라 나를 위해 일하는 자세가 바른 자세며 나의 올바른 직업관이다. 카페에 오신 손님은 어느 손님이든 나의 손님으로 대하며 편하게 앉아 쉬어 가실 수 있게끔 모든 것을 배려해야 한다. 가시는 손님을 대할 때는 문 앞까지 나와 인사하며 다음에 오시게끔 명함이나 각종 자료를 아끼지 않아야 한다.

카페 경영인은 카페 관리하는 이상으로 바리스타 양성에도 힘써야 한다. 직원은 언제든 그만둘 수 있으며 일을 그만둘 수밖에 없었던 이유인즉슨 그 이상을 못 심은 경영인도 책임은 있다. 하지만 어쩔 수 없이 떠나는 직원으로 대신하는 바리스타는 양적으로 풍부해야 한다. 한 잔의 커피에 이상과 철학을 심을 수 있는 전문 바리스타가 되어야 한다. 전문 바리스타는 카페 경영에 관한 모든 일을 포괄한다. 무엇보다 가장 중요한 것은 나의 카페며 나의 카페가 제대로 돌아가야 하니 주방 일손은 끊이지 않아야 한다. 카페 대표부터 커피 서빙하는 직원까지 커피 기계뿐만 아니라 드립과 드립에 쓰는 커피를 죄다 알아야 한다. 하지만 알고는 있지 그 직책을 넘어서서 일하지는 않는다. 카페에 오시는 손님은 이성이든 동성이든 항시 친절히 해야 하며 그 친절이 도가 넘지 않아야 한다. 바리스타 복장은 앞치마를 가지런히 매여 있는 자세로 단정해야 하며 서빙이나 영업장의 불가피한 이유로 예외로 할 수도 있다.

커피 뽑는 바bar는 집 안처럼 맨발로 다닐 만큼 깨끗해야 하며 커피 분쇄가루가 어디든 날리지 않도록 항시 청결해야 한다. 우유는 유통기한이 지나지 않도록 쓸 만큼만 받아야 하며 우유를 담고 비우는 피처는 항시 청결해야 한다. 숟가락 담는 수저통은 늘 깨끗이 해야 하며 사용한 행주는 삶아서 충분히 말려 사용한다. 카페 일 마치면 모든 것이 제자리로 돌아가야 하며 쓰레기통과 개수대는 말끔히 치운 상태라야 한다. 이것이 마감이다.

이렇게 카페를 운영하면 어느 카페든 손님 없어 걱정할 일은 없다.

춘추전국시대 때 한비자라는 제자백가가 있었다. 한비자는 유세에 관해서 글을 지었다. 그러니까 황제께 올리는 유세의 어려움을 이야기했다. 그 외 법가사상을 정립하여 책으로 엮었다. 나중에 진시황제께서 그 책을 읽고 감동한 적도 있다. 하지만 그렇게 유세에 관한 조심성도 자신의 목숨을 지켜줄 수 없었다. 동문수학했던 이사의 모의에 진시황제로부터 사약을 받았으니 말이다. 진시황제는 훗날 한비자가 썼던 글을 읽고 이 글 누가 썼느냐며 물었다가 한비자임을 알고 크게 후회했다고 한다. 왜 이러한 얘기를 나는 장황하게 썼을까! 다름 아니라 중이 제 머리 못 깎는다고 했다. 글만큼 글처럼 된다면 아무런 고민이 일어나지는 않을 것이다. 나의 카페 일이지만 내 뜻대로 되지 않는 일이 더 많다. 이는 사람이 하는 일이라 어쩔 수 없으나 될 수 있으면 노력하는 자세만큼은 갖추어야겠다.

2월이다. 대목이 코앞이다. 월요일이다. 카페 일뿐만 아니라 어느 업종이든 힘들지 않은 사람이 있을까! 책을 읽고 마음을 다스리고 때를 기다리는 것은 참, 힘든 일이다. 본부 독방에 앉아 곧 있을 대목과 인건비 생각한다. 썰렁한 독방에 앉아 자꾸 불어나는 부채통장 보며 오늘도 몇 군데 다녀오지 못한 얇은 전표 보며 깜깜한 밤 같은 미래를 생각한다. 세월 가는 것도 모르고 아이가 크는 것도 잊고 살며 가족의 정도 모르고 사는 사십 대 중반 길이다.

鵲巢日記 15年 02月 10日

잠을 잘못 잔 것인가! 머리가 깨질 듯 아팠다. 엊저녁 사동 마감보고 마트에 들렀다. 과일 좀 사가져 오라는 아내의 문자에 귤과 사과, 오렌지를 사기는 했지만 그리 싱싱해 보이지는 않았다. 집에 들어와 쭈글쭈글한 귤 하나 까서 먹었다. 맛이 시큼했지만, 이미 깐 귤이라 한입에 다 먹었다. 그 귤 때문인가 하며 생각했다. 사동 개장하고 본점에 커피 한 잔 마셨다. 커피를 마시면 괜찮을까 싶었는데 여전히 머리가 깨질 듯 아팠다. 할 수 없이 편의점에 내려가 두통약 샀다. 본점으로 뚜벅뚜벅 걸었다. 강 선생께 뜨거운 물 한 잔 부탁했다. 두 알 씹어 먹으며 물 한 잔 마셨다.

어제보다는 덜 추웠다. 더욱이 바람이 불지 않아 다닐 만하다. 엊저녁이었다. 고등학교 동기회에서 대학 동문에서도 문자가 왔다. 친구 아버님 부고장이다. 내일이 발인이니 오늘은 가보아야 해서 구미 장례식장에 다녀왔다. 가기 전에 죽마고우인 기수에게 전화 넣었더니 같이 보자고 한다. 고인께 예를 올리고 친구 보았다. 점심도 여기서 한 그릇 했다. 소고깃국 한 그릇과 밥 한 공기, 삶은 돼지고기 한 접시와 회 한 접시, 한 젓가락씩 하며 그간 일을 물었다.

친구는 대기업에 다닌다. 참 오래 다녔는데 자리가 바늘방석이다. 위에서 그만두라며 알게 모르게 압력이 좀 있나 보다. 그저 농담 반 진담 반 "그래도 설은 쉬어야 할 것 아니냐" 하며 말은 던졌다. 그러니 위에서 하는 말은 설 보너스 받으면 계속 다닐 것 아니냐며 또 한 소리다. 그러면서 다니는 친구다. 아무래도 이번에는 어렵지 않겠느냐며 싱긋이 웃는다. 그래서 한마디 했다. "우짜던지 계속 다녀라, 지금 나오면 솔직히 뭐할래! 세상 참 살기 힘들다." 했더니 "음, 다녀야지." 한다. 그러며 묻는다. "나, 커피집 차리면 도와줄 거지?" 그래서 대답했다. "함부레 커피집 하려고 덤비지 마라! 지금 너무 많아, 힘들어 솔직히. 어설프게 뛰어들다가 말아먹기 딱 좋은 세상이야!" 마침 또 실습생 동원이가 전화 왔다. "본부장님 창원 주남저수지 카페 이름이 뭐지요?" "음 동원이가, 커피여행이다. 주남저수지에 있지. 그래, 내 상갓집이라 주소를 넣지 못하겠구나! 커피집 많이 있는 것도 아니라 쉽게 찾을 수 있을 거야." "아! 네 본부장님." 옆에 있던 친구가 한마디 한다. "누군데?" 묻는다. 그래서 실습생이라며 얘기했더니 창업할 것인지 왜 거기는 커피집 차리게끔 하는지 등 여러 묻는다. 그래도 커피집 하려는 이에게는 적극적으로 도와야 하지 않겠느냐며 얘기했다.

직장 다니는 친구도 살기는 어렵다. 편한 게 편한 것이 아니었다. 친구는 나보고 한마디 한다. 오늘 아침부터 몸이 별로 좋지 않아 눈이 꽤 충혈인 데다가 얼굴빛도 그리 좋아 보이지는 않았나 보다. 일 좀 그만하라는 친구의 어린 충고 한마디 듣는다. 춘추전국시대다. 정나라는 아주 약소국이었다. 이 나라가 살아남는 길은 외교였다. 강대국이 주위에 있으니 초나라가 침범하면 이웃 나라 위나라에 구원을 요청해서 물리치고 위나라가 침입하면 이웃인 초나라에 구원을 요청해서 물리쳤다. 그러니까 약소국은 동네북이다. 거기다가 내분 분열에 지역감정에 하나같이 신경 안 쓰이는 일이 없다. 하늘 보며 허탈하게 웃는다. 인생 별것 있나! 국가에 충성, 동종업계 동향 파악, 직원과의 부드러운 일 관계, 분점과의 잦은 왕래와 인사, 하지만 이러한 모든 일은 꿈이다. 꿈같다. 인간관계에 미묘한 감정은 머리만 지근거린다. 모두 자신의 이익이 우선이며 그것을 잘 해결하는 이가 최고의 지도자다. 가히 불가능한 이야기다. 조직이 살아남는 것도 어려운 세상에 국민의 국민에 의한 국민을 위한 정치란 무엇이란 말인가! 카페가 오늘 팍 무너져도 커피집은 많아 세상 그 어떤 사람도 '나' 라는 존재가 있었는지 모르는 곳이 현실이다. 완전경쟁이란 말이다. 강한 자가 살아남는 것이 아니라 살아남는 자가 강한 것이라고 어느 영화에서 얘기했던가! 그래 비굴할 때는 비굴해야 하며 기어가라면 기어가야 한다. 자네는 남자잖아! 웃기지 마, 기름 떨어지면 주유기 구멍 같은 입 하나 달린 산업 보조품이야!

친구랑 함께 보석방 운영하는 친구 집에 갔다. 장례식장에서 불과 몇 분 거리 되지 않아 가보게 되었다. 오늘 손님 꽤 있다. 친구는 따끈한 옥수수 차 한 잔 대접한다. 자판기용 컵에다가 티백 하나 담가 주는데 중풍처럼 손이 떨렸다. 티백을 몇 번 담갔다가 올리며 반복했다. 마치 오뎅 국물 마시듯 후루룩 거리며 마셨다. 맛을 몰라 맛이 없는 것이 아니라 일의 중압감에 맛을 그만 잃어버렸다. 오로지 뜨거운 차 한 잔이었지만 차라며 차이겠지 하며 마셨다. 오뎅 국물처럼 따끈해서 오뎅 꼬챙이처럼 마음을 꽉 낀 듯 한동안 뜨거웠다.

저번에 낸 책에 자네 이름이 들어가 있어! 했더니, 어디 하며 묻는다. 책(구두는 장미)을 펼쳐 보인다. 호! 근데 제목이 '나의 포르노그라피' 다. 고등학교 다닐 때 친구와 기숙사 방을 같이 썼다. 한 날은 구미 2번가 도로 '리어카상' 에 몰래 같이 간 적 있는데 그 리어카에는 숨겨놓은 '빨간책' 이 많았다. 한 사람은 망보며 있고 한 사람은 아저씨 '그것 있어요.' 하며 물었다. 빨간책 하나 사는 데 흥정까지 하며 주위 사람 의식하며 슬쩍 옷깃 사이에 넣어 와서는 기숙사에서 몰래 같이 본 적 있다. 그것 보기 전까지는 여자 입이나 남자 입이나 크기가 똑같은 줄 알았다. 참 고민이 많았는데 여자 입이 훨씬 크다. 상추에 밥과 된장 거기다가 매운 고추까지 충분히 얹어 먹을 수 있는 입이다. 그때는 왜 그리 궁금했을까! 친구는 책 한 권 달라고 한다. 이름 나와 있는 부분을 사진 한 장 담는다. 친구야, 이름처럼 오랫동안 건강하게 살아가세! 속으로 얘기하며 흐뭇한 미소 지었다. 그렇게 잠시 뜨거운 차를 마시고 자리 일어섰다.

여전히 머리가 아프다. 몸도 부들부들 떨리며 좋지 못하다. 압량 마감하며 사동 들러 오 선생께 마감 부탁했다. 봄이 빨리 왔으면 좋겠다.

鵲巢日記 15年 02月 11日

아침, 시마을 몇몇 선생님께 우편물 보냈다. 사동 조감도 개장하러 갔다가 다시 우체국에 들러 상자를 사고 본부에 다시 들어와 우편물 동봉하고 다시 우체국에 갔는데 이런 생각이 든다. 한 방울의 물은 흠이 될 수 있다. 얼룩지니 깨끗하게 보이지는 않겠다. 하지만 한 세숫대야의 물은 흠으로 보기에는 너무 많다. 책을 여러 번 내고 보니 이런 생각이 들었다. 이제는 제목 하나로 시리즈로 내겠다며 마음 다진다. 그러니까 일기를 통해 세상을 이야기하고 커피를 이야기하며 나의 가치관을 이야기하겠다. 날이 많이 풀린 것 같다. 오늘은 포근하다.

오후, 경기도에서 보내온 생두가 입고되었다. 커피가 없어 어제 발주 넣었던 것이다. 예가체프와 킬리만자로, 그리고 케냐 커피다. 케냐 생두가 조금 내린 것 같다. 생두 값이 종전 가격보다 500원 싸다. 상자로 모두 아홉 상자나 되는데 택배기사가 꽤 힘들었을 것 같다.

경산, **도자기에 다녀왔다. 교회건물이었다. 도자기 하시는 이 씨도 교회 다니며 교회에서 제공한 자리에 찻집을 차렸다. 물론 생활도자기도 여기서 만든다. 도자기 굽는 가마 보았는데 생두 가마니로 치자면 앞뒤 다섯 섬씩 재어 놓은 크기만 했다. 이 씨가 원하는 기계는 원 그룹이다. 여러 가지 이유가 있었지만 아무래도 경제적 부담도 있고, 커피전문점이 아니라서 커피가 많이 나갈 것 같지 않은 이유도 있다. 솔직히 지금 같은 경기는 어느 집이든 원 그룹이면 충분하다. 네 평 반짜리 카페나 100평짜리 카페를 운영하는 나로서도 어느 곳이든 원 그룹이면 된다. 그러니까 고속도로 휴게소 같은 곳은 투 그룹이어야 하지만 말이다. 도자기 공예 교실이나 커피 교실로 이용했으면 했다. 기계설치에 필요한 전기시설과 상·하수 관계를 말씀드렸다. 목사님께서도 기계에 관해서는 이것저것 많은 말씀을 주시었다.

내 기억으로는 07년도다. 경산 **교회에 약 100여 평 카페를 내고부터는 다른 교회에서도 카페를 내기 시작했다. 물론 모두 벤치마킹한 것임에는 분명하다. 교회뿐만 아니라 미용 관련업에서도 옷가게나 자동차 관련업에도 에스프레소 커피를 원한다. 예전에는 대부분 자판기 커피를 이용했지만, 지금은 서비스 질을 높여 제 일을 더 알리게 되었다. 이러다 보니 정녕 커피전문점의 역할은 점점 줄어드는 것 같아도 카페는 오히려 더 많이 생겼다. 물론 생활방식도 많이 바뀐 게 사실이다. 예전 주류문화가 커피문화로, 탁 막힌 가정문화가 탁 트인 카페문화로 바뀌었다. 하지만 카페 영업은 메뚜기 손님 대하듯 하루가 순항이면 맑은 하늘 나는 독수리 같고 그 다음 날은 보이지 않는 바위에 좌초한 듯 침몰한다. 그 우울함은 바다의 무게보다 더하다.

업체에 견적 넣으면 곧 개업할 카페 자리를 본다. 일 시작을 본다. 그러고 보면 내가 처음 커피를 시작할 때가 생각나는 것이다. 인스턴트커피 일할 때도 커피전문점을 처음 낼 때도 모두 다섯 평이었다. 모두 손님이 많이 오실 수 있는 자리는 아니었다. 지금 생각해도 암담하지만, 매 순간 깨닫는 절박함이 없었다면 이리 걸어오지는 않았지 싶다. 그렇다고 지금은 나은 것인가 하면 그것도 아니다. 쪽배 타며 바다에 떠 있는 것과 돛단배 타며 바다에 떠 있는 차이다. 어느 배든 파도를 대하는 마음은 똑같다. 파도를 대함이 때에 따라서 위험 수준은 다르다. 처음은 누구나 쉽게 시작할 수 있지만, 또 쉽게 그만두기도 한다. 일은 자리가 좋거나 자본이 많아서 성공하는 것도 아니다. 일은 역시 자기 손으로 직접 일구어야 한다. 산을 깎고 밭을 개간하며 씨앗을 뿌리고 가을이면 열매를 수확하듯 말이다. 산을 깎고 밭을 개간하자면 괭이나 삽 들고 가야 한다. 한마디로 노동이다. 그저 한술 뜨는 밥은 없다. 어느 산이든 어느 밭이든 돌 안 많은 곳이 없고 척박하지 않은 곳이 없다. 씨앗을 뿌리면 곧이곧대로 싹트는 일도 없다. 그러니까 정성이다. 정성을 들이지 않으면 씨앗 뿌려놓았다고 해서 거둬들이는 것도 아니니 일 안 하는 것보다 더 못하다. 그래서 창업이 어려운 것이며 일을 지켜나가는 것은 더 어려운 것이다.

돈 만지는 일은 저속한 일이다. 하지만 돈 안 만지고서는 살아갈 수 없다. 두부 한 모 사더라도 자동차 기름을 넣더라도 모두 돈이다. 돈을 품위 있게 벌고 만질 수 있으면 언제나 풍족하게 못 쓰더라도 예가 어긋나지 않았으면 돈, 사마천은 그의 화식열전에서 돈은 아무나 버는 것이 아니라고 했다. 머리를 굴려야만 돈을 벌 수 있다고 했다. 세상은 유수처럼 흐르고 변화하는 만큼 그에 따른 유행과 시세를 민첩하게 포착하는 아이디어를 내면 누구나 돈을 벌 수 있다고 했다. 아! 이천 년이나 넘는 시간이 흘러도 손색없는 진리다. 어찌하면 그 아이디어를 포착할 수 있느냐 말이다.

鵲巢日記 15年 02月 12日

사동을 개장하고 바로 한의대로 갔다. 경산에서도 제법 높은 위치에 자리 잡은 대학이다. 카페 조감도에서는 불과 오 분 거리나 많이 걸려도 십 분 안에는 갈 수 있다. 그러니까 바로 옆이다. 가끔 머리 아픈 일 있거나 주문받은 커피 배송이 있으면 여기에 온다. 대학에 있는 한학촌에 건물이 있는데 그 안에 카페가 있다. 한학촌은 경산 삼성현을 기리기 위해 지은 것으로 알고 있다. 한옥으로 지었다. 대학에서는 인성 예절교육의 필요성과 전통혼례, 전통차 등 우리 고유의 문화를 내외로 소개나 체험할 수 있는 문화의 장으로 활용하려는 목적이다.

이른 아침, 카페에 들러 이곳을 운영하시는 백현주 선생님 뵈었다. 한학촌 계단을 오르는 것도 꽤 숨차다. 마치 산을 오르는 만치 가파르다. 수십 계단을 밟고 올라야 카페를 볼 수 있다. 계단을 놓은 돌이 반듯하게 잘라 놓은 것이 아니라 투박하게 다듬은 거라 더 보기 좋다. 계단 다 오르면 맷돌 엎어놓은 듯 디딤돌이 카페까지 놓였다. 이 돌을 밟다 보면 소싯적 놀이인 비석치기가 생각나기도 한다.

오늘은 커피만 아니라 직접 지은 책 한 권 들고 들어간다. 언제나 카페 운영하시는 점장님 뵈면 늘 미소로 인사한다. 그러면 또 반갑게 반긴다. 책 한 권 직접 사인해서 건네면 또 나왔느냐며 인사 주실 때 괜스레 웃음이 일었지만 다 읽으시면 평을 안 아낀다. 전에 지은 것도 다 읽으신 듯했다. 몇몇 말씀이 나누는 대화에 있었다. 고마웠다.

사동, 조감도에서 직원과 긴급 조회했다. 이번에 나온 책을 소개하며 카페 오신 손님께 필요하신 분 있으면 적극적으로 홍보하도록 했다. 날씨가 조금씩 풀리기 시작하니 실내 히터를 될 수 있으면 자제하는 것과 졸업과 입학 시즌이라 오시는 손님께 바른 인사를 부탁했다. 무엇보다 카페는 우리 일터며 생활하는 공간이니 늘 청결해야 함을 강조했다.

카페만 몇 개 운영하다 보니 바에 서는 일은 잘 없어도 직원과 회의나 앞으로 어떻게 해나가려는 지침만 있다. 작은 카페, 조감도 압량에 단 몇 시간 카페 보기는 하지만 손님이 그리 많이 오시는 곳이 아니라서 메뉴를 만드는 일은 잘 없다. 주문이 있어도 라테나 아메리카노만 많이 나간다. 가끔 젊은 손님이 오시면 스무디가 있기는 하지만, 많이 없다. 이곳에 앉아 아주 짧기는 해도 책 보는 것만큼 행복한 시간도 없을 것이다. 식구가 많으니 왜 걱정은 안 하겠는가! 그렇다고 걱정만 한다고 해서 좋게 풀릴 일도 아니다. 방법을 찾고 실행하는 것이 지도자의 역할이다. 엊저녁에는 오 선생과 얘기를 나누었다. 드립강좌에 관한 얘기를 나누었지만 별다른 묘책이 없었다. 그러니까 요즘은 기계에 더 관심이라며 얘기한다. 카페가 너무 많다 보니 또 바리스타 시험에도 기계분야가 적지 않게 나온다고 했다.

압량, 김영수 선생께서 지은 『난세에 답하다』 책, 다 읽었다. 책 끄트머리에 항우와 유방을 빌어 지도자의 카리스마를 논한 부분이 있는데 느낀 점 많았다. 항우와 유방은 늘 전쟁터에서 한평생을 살았다. 정말이지 목숨이 오가는 곳에 분명한 것은 지도자의 말 한마디가 민심을 어떻게 포용하며 나를 뒷

받침하느냐에 달렸다. 그러니까 넓은 마음과 삶을 바라보는 재치 그리고 개방적인 마음가짐을 가져야 한다. 항우보다는 유방이 민심을 수습하고 이끄는 데는 아주 나았다.

주머니가 두둑해야 유머감각도 나오는 것인데 아무것도 없는 알거지가 배포 하나로 사람을 이끄는 것은 재주다. 기지와 남다른 재주가 있어야 한다. 역발상적 말 한마디가 가끔 웃기는 일인데 음, 참 그러고 보니 아내는 가끔 툭툭 던지는 말에 웃음이 일기도 한다. 신간 나왔다며 책을 보였더니 책 제목이 『가배도록』이다. 그냥 '가배도둑' 으로 해라! 그냥 멋없이 웃었다. 왜냐하면, 글만 신경 쓰는 것 같아 미안하기도 하고 책만 좋아하니 여간 고독하지 않았을 것이다.

남편이지만, 무심하기 짝이 없다. 조직이 크든 작든 딸린 식구가 있으니 퇴근도 없는 직장, 본부 장자방 같은 곳에 앉아 계책도 없는 내일을 다져야 하니 말이다. 어찌 알겠나! 나중에 큰 도움으로 카페에 일조할 날 있을 것이다. 꼭 그렇게 되길 바랄 뿐이다.

鵲巢日記 15年 02月 13日

둘째 졸업식 있었다. 사동에서 약 십오 분 거리에 학교가 있다. 월드컵대로 따라가면 경산시와 가장 가까운 수성구 신매동에 학교가 있다. 요즘 아이들은 각 반에서 졸업식을 거행한다. 졸업하는 학생을 위한 교장님의 말씀도 교육감의 말씀도 각 반에서 TV 모니터로 시청하며 듣는다. 학부모는 교실 뒤쪽에 서 있든가 아니면 복도에서 안을 들여다볼 수 있다. 아이의 학교생활을 담은 짤막한 동영상과 반주 음악을 보았는데 졸업 분위기를 더 느꼈다. 둘째에게 사탕과 초콜릿 꽂은 꽃다발을 선물했다. 여기서 가까운 롯데리아에서 햄버거와 콜라와 감자튀김으로 점심 먹었다. 정오가 조금 안 되었지만, 롯데리아 영업장 안에는 우리 가족 넷뿐이었다.

가을처럼 맑은 날 이월 졸업에
일제히 떠나가는 아이 친구들
다시 못 볼 것 같아 다시 또 보고
모여서 놀고 싶어 보채는 아이

사람들은 제각기 자신의 정원을 가꾸고 싶어 한다. 볼테르의 선언도 있다. '우리의 정원을 가꾸어야 한다.' 카페를 만들고 메뉴를 정하며 정한 메뉴를 만드는 것도 시중드는 것도 어쩌면 나의 정원 가꾸는 것이다. 단지 안에는 정원이 있고 또 다른 정원이 있다. 모든 정원은 보살핌이 필요하다. 관리가 뒤따라야 한다. 꽃나무 자라는 것을 보며 가지치기며 거름을 주기도 한다. 본부 앞에는 아내가 만든 작은 정원이 있다. 이름 하여 '시크릿 가든' 이라 팻말까지 써서 꽂아 두었는데 처음에는 꽤 관리했었다. 꽃씨를 심고 싹이 트며 꽃이

자라는 모습을 볼 수 있었다. 한 평도 안 되는 정원이 깔끔하고 보기 좋았다. 카페 일이 많아지고 집에 아이가 커가니 몇 해가 지나서는 여기가 정원이라는 것만 알 수 있게 되었다. 그러니까 돌과 흙뿐이지만 가끔은 지나는 사람들이 마시고 버린 자판기 컵이 여남은 개 던져져 있거나 담배꽁초가 버려져 있기도 하다. 얼마 전에는 대학생 몇 명이 꽃나무 심는 운동이라며 꽃나무 몇 송이 심어주고 가기도 했다. 꽃을 한 며칠 볼 수 있었지만 그것뿐이었다. 아주 작은 정원이지만 관리가 필요하다. 카페는 아주 큰 정원이다. 많은 사람이 와서 보고 가는 정원이다. 생두를 볶을 수 있는 로스터기며 카페 장이 이미 보았던 책이며 바리스타가 활동하는 주방과 주방의 장에 꽂아 둔 모든 커피 기구들은 볼거리를 제공하며 자리에 앉아 들을 수 있는 음악과 분위기는 한마디로 정원의 꽃인 거다. 그리스 철학자 에피쿠로스가 말한 정원학교나 다름없다.

오후, 정원에서 커피 볶았다.

빙글빙글 도는 콩 돌아도 거기
쎄에 쌕 부딪히며 가는 마당에
볶고 볶기며 타는 노랗게 익는
새카맣게 돌아도 늘 꽉 막힌 콩

예가체프 볶을 때는 집중해서 볶았다. 모양이나 색상이 바르게 나왔다. 주문받은 과테말라 커피를 볶을 때였다. 그만 외부에 걸려온 전화에 잠깐 신경이 쓰여 딴생각 좀 일었는데 혹여나 콩이 잘못되어나 싶어 강 선생께 한 잔 부탁했다. 서 부장과 강 선생과 커피 한잔했다. 고산지대에 재배되는 커피일수록 산미가 좋고 단맛이 많이 난다고 어느 커피 책에서 읽은 바 있는데 꼭 그 맛이었다. 강 선생은 단맛에 아주 민감한지 달다며 얘기하기에 설탕 넣느냐며 한마디 했다.

참고

여기에서 산미에 관한 얘기는 적지 않겠다. 전에 한 번 적은 적 있다. 하지만 커피 전문가들이 얘기하는 맛의 기준*을 참고로 아래에 적어놓는다.

· 기본적으로 산미가 좋아야 한다. 하지만 지나치게 강하고 위압적이거나 톡 쏘지 않아야 한다.
· 입안에서 부드럽게 끈적이거나 살짝 미끈거리는 느낌이 밋밋하고 묽거나 거친 느낌보다 낫다.
· 복합적으로 강렬한 향미가 단순하고 희미한 향미보다 낫다.

* 『커피, 만인을 위한 철학』, 스콧F. 파커, 마이클W. 오스틴 저

- 커피가 본디 쓴 음료임을 감안한다면, 천연 단맛은 좋지만 지나치게 쓴 맛은 좋지 않다.
- 커피콩 자체에서 방출되는 꽃, 과일, 감귤, 꿀, 당밀, 초콜릿(커피에서 과일 향은 대개 생두를 볶을 때 당분이 캐러멜로 바뀌면서 초콜릿처럼 변한다) 같은 천연 향미가 커피 열매 껍질을 벗기고 생두를 건조하다가 잘못해서 발생하는 발효 과일, 곰팡이, 썩은 퇴비, 약 같은 향미보다 낫다.
- 달콤한 향미가 입안 가득 길게 여운을 남기는 뒷맛이 향미가 금방 사라지거나 아예 없거나 떫은 뒷맛보다 낫다.

아침에는 사동에서, 오후에는 본점에서 직원들과 조회했다. 내일 월급날이라 여러 가지 얘기를 했다. 설 명절이 다음 주라 상여금에 관한 얘기였다. 카페 매출이 그리 많지가 않아서 지급할 수는 없지만, 설 선물 대용으로 차비로 ○○만 원씩 더 넣기로 했다. 본점이나 조감도나 모두 대형 카페다. 큰 카페에 맞는 매출이 나와야 하지만 그렇지 못해 어려움을 이야기했다. 앞으로 어떻게 이끌겠다는 생각을 얘기했지만, 지금은 국가 전체 경기 흐름이 좋지 않아 솔직히 암담하다.

저녁에 윤 과장 다녀갔다. 언제나 보아도 밝은 모습이 좋다. 아마도 사장님께서 직접 오셨다면 안색이 또 다르지 않을까 하는 생각이 들었다. 대리점마다 어려우니 모 회사인들 왜 어렵지 않을까! 모두 살길 마련하느라 투자를 생각하고 이 말이 오가는 것은 분명히 아직도 희망 있는 국가란 뜻이다. 경제가 붕괴하였거나 절망적인 국가에 있다면 투자심리를 자극하지는 않을 거니까 말이다.

아이들과 이마트에 잠시 다녀왔다. 영풍문고에 들러 쌓아놓은 책을 보았는데 여실히 꽉 막힌 벽이었다. 서점은 우리나라 출판문화를 볼 수 있는 곳이다. 마구 쏟아지는 간행과 책을 소비하는 고객의 비율은 균형이 맞지 않는다. 분명히 과잉공급도 아닐 것이다. 좋은 책을 쓰고 싶은 것은 평생 쓰는 자의 숙제다. 읽어야 할 책도 많고 배워야 할 공부도 많은 것이 인생이다. 저 많은 책을 보니 걸어야 할 길이 벽이었고 저 많은 책 속에 내 위치를 알 수 있으니 벽이었다.

鵲巢日記 15年 02月 14日

커피문화강좌 가졌다. 이번에 나온 책을 소개했다. 사동에 사시는 분인데 어느 아주머니께서 한 권 사셨다. 블루마운틴 로스팅과 드립 실습했다. 커피향이 카페 안에 자욱하게 퍼질 정도였다. 실습 받으시는 분, 하나같이 커피맛이 좋다며 이구동성이었다. 갓 볶은 커피로 금세 분쇄해서 바로 내리니 커피 맛이 안 좋을 수 있으랴! 햅쌀도 금방 밥 안치면 반찬이야 그 어느 것인들 따를 수 있으리. 커피 향에 한 번 놀라고 커피 맛에 눈빛이 달랐다. 커피는 마시는 순간 모든 것을 잠시 잊게 한다. 내가 가진 근심이 무엇이든 일단은 한시름 놓고 바라본다. 모두 사람이 하는 일이잖아! 무엇이 걱정이고 무엇이 희망이겠는가! 이 한 잔, 오랫동안 마실 수 있으면 됐지.

압량, 오전에 잠깐 있었다. 출입문이 무거워 위 경첩이 유격이 심할 정도로 덜렁거렸다. 마치 나뭇가지가 부러진 것처럼 흔들거렸다. 그래서 한성 사장님께 전화 넣었다. 마침 지난해 해결하지 못한 주차선과 용접 몇 방 놓은 것도 있어 대화를 나누어야겠다 싶어 오시게 했다. 역시, 전문가는 다르다. 문을 뜯어내고 위 경첩을 고정하는 볼트를 찾아내어 다시 조였더니 문은 잘 닫고 잘 열 수 있게 되었다. 주차선 그은 것과 용접 그리고 기타 보수 작업비가 무려 육백만 원이었다. 사모님께서 문자를 주시어 보게 되었지만 생각한 금액과 차이가 너무 난다. 사장님께 따끈한 커피 한 잔 드리며 그간 카페 어려운 점으로 통사정해서 두 번 나누어 드리기로 했다. 금액도 조금 조정했다. 가실 때 안색이 꽤 안 좋았지만, 다소 붙임성으로 감싸드리니 마지못해 받아들였다.

그 외, 아직도 해결하지 못한 것이 더러 남았지만, 차츰차츰 해결해 나가야겠다.

오늘부터 다시 원점에서 새로 시작한다. 월급이 모두 일제히 나갔다. 직원들은 모두 진일보했지만 나는 한걸음 뒷걸음질 쳤다.

정평, 역, 청도, 시지, 삼풍에 커피 배송 다녀왔다. 오후 배송처가 많아서 각 점장님 뵙고 인사드리며 여러 가지 애환도 들어야 하지만 그러지 못했다. 너무 바빴다. 본점에서 기계 상담했다. 교육용으로 쓰는 기계를 가져가겠다고 했다. 전에 교회에 자리 잡은 도자기업체다. 새것은 아무래도 힘들 것 같다며 중고로 하시겠다고 했다. 중고로 보기 어려운 중고다. 불과 몇 달 전에 새것 설치한 것이니 말이다. 십여 년 전에 내가 창업할 때보다 기곗값은 더 싸다. 다른 물가는 올랐는데 다루는 품목들은 오른 것이 몇 없다. 오히려 상대적으로 가격이 내렸다. 그만큼 경쟁적이며 정보가 흔하므로 가격은 내린 것이다. 하지만 커피값은 오히려 더 올랐다. 업종마다 서비스는 더 고차원적으로 바뀌어 갔으며 다양한 업체에서 에스프레소 기계를 쓰게 되었다. 계약금 십만 원 받았다. 설치장소가 완비되면 전화 달라고 했다.

인생은 밑 빠진 독이다. 음악회 갖기 전에도 끝난 후에도 이런 생각이 들었다. 얼마나 많은 자본과 노력을 들이부어야 독을 채울 수 있나! 살아서는 채울 수 없으리. 하루가 고통이라 말하지 말자! 그저 즐기며 가는 거다. 자정 넘어 이부자리 펼쳐 눈 붙이려는 고된 운동을 하는 거다. 영원히 깨어나지 않을 잠을 고대하며.

카페 생리 구조를 파악하며 뜯어보는 느낌이 들었다. 내 속도 솔직히 무엇이 들었는지 모른다. 이를테면 소화물은 어떤 구조로 변화되는지 그러니까 어떤 기관이 있으며 이 기관은 무엇을 어떤 작용으로 소화물을 변화시키는지 말이다. 결국, 아무것도 볼 수 없지만, 결과는 모두 똥이다.

육천 년 전의 어느 연인의 뼈가 발견됐다. 발견 장소는 그리스 어느 동굴이다. 옆으로 누운 모습이다. 한 사람은 뒤에서 안은 채 뼛골만 남았다. 사람은 죽어서 어디로 가나? 땅으로 분자로 원소로 귀환하며 다시 돌로 풍화작용으로 흙으로 어느 생물체의 영양이 되는 밭이었다가 구름이었다가 다시 한줄기 비로 낙하하는 꽃이었다가 그러면 아직도 이 지구에 있는 것이다. 수천 년 수만 년 수억 년이 흘러도 다시 못 올 이 지구에 말이다.

태양은 탄다. 물리적 변화다. 그러면 이 우주의 생명도 끝이 있다. 그 끝은 무엇이고 시간은 아득히 흘러, 아득히 흘러서, 시간은 과연 있는 것인가!

鵲巢日記 15年 02月 15日

흐렸다. 저녁 한차례 비 내렸다.

아내의 몸이 심상치 않았다. 목이 유난히 약한 아내다. 말을 할 때면 목이 부어 가늘면서도 흐릿한 목소리다. 지난 밤새 한숨도 제대로 잠을 못 이루었다고 했다. 사람이 아파서 저리 누워 있는데 마음이 꽤 아팠다. 누구보다 일을 많이 하는 사람 아닌가! 왜 우리는 이렇게 일을 많이 할 수밖에 없는 것인가!

아침을 같이 먹자고 하니 몸이 아파서 일어나지를 못해 방바닥에 쭈그려 누워 뜬눈으로 있었다. 나는 그저께 아내가 사온 어제 한 번 해 먹고는 남은 오징어와 돼지고기를 끄집어내 프라이팬에다가 넣고 볶는다. 침대 받침대도 없는 다 찌그러진 침대에 자는 아들 둘을 깨웠다. “야, 전부 일어나거라. 밥 먹고 자든지. 어여 일어나서 밥 먹어.” 오삼불고기를 식탁에 올려놓고 아이들과 아침을 먹었다.

패널 집, 이 집을 짓고 10년이 넘도록 이곳에서만 살았다. 이제는 이 집도 노후가 되는지 이 층 오르는 계단에 어디서 흘러들어오는 물인지는 모르나 물기가 보인다. 비 오는 날이면 소리는 고사하고 빗물이 새들어오기도 하는 집이다. 언제였는지는 모르겠지만, 아내는 이런 말을 했다. 빗물이 욕실에서 새는가 봐! 아내에게 한마디 했다. “그나마 다행이군. 욕실에 새니?” 그러며 그냥 내버려두었다. 집을 직접 지었기 때문에 패널 구조를 알고 있어서 그리 심각하게 받아들이지 않았다. 그러면서 한마디 했다. “이래가지고 우리 한 십 년 여기서 더 살 수 있을까!” 패널 집의 장점은 냉난방만큼은 어느 집보다 낫다. 하지만 화재는 맥없이 약하다. 그래서 몇 년 전에는 화재보험에 들어놓기도 했다. 하기야 이 보험도 우스운 것이다. 불나면 모두 타 죽는 건 한순간인데 말이다. 그러고 보면 사는 것이 얼마나 위험한 일인가! 모든 것이 안전한 곳이란 어느 곳도 없다. 사업체며 집이며 아이들 건강과 아내의 건강도 정작 병원 한 번 안 가는 나까지 무사안일이다. 무사안일일 수밖에 없는 것이 빠듯한 시간에 쫓기는 삶에 시간을 좇고 있기 때문이다.

얼마 전이었다. 둘째가 자기 옷을 옷장에서 끄집어내고 장을 닫으려니 닫히지 않았다. “아빠 이것 좀 닫아주세요.” 음! 하며 옷장에 다가가서 닫으려니 정말 닫히지 않는다. 어딘가 분명 걸렸다. 다시 힘주어 들어가지 않는 장을 당기며 넣고, 밀며 당기며 꼼짝하지 않는다. 억지 힘썼어, 당기니 장 밑바닥이 그만 쑥 둘러 빠졌다. 그러니까 세 번째 장이었는데 네 번째 장 서랍과는 뻥 뚫려 쉽게 볼 수 있게 되었다. 그러니 옷장 한 단이 줄어든 셈이다. 결혼할 때 애 엄마가 사가져 온 경대 달린 옷장이었다. 이제는 닫으면 완벽하게 닫히지 않으며 한 단은 없어졌으니 보기에도 꽤 거슬리게 되었다. 이건 집이 아니라 한마디로 우리다. 잠만 자는 곳, 하지만 이 집이 그래도 편하다. 오늘은 몇 시간 집에서 쉬기도 했다.

사동에 잠깐 들렀다가 영업사항을 지켜보고 곧장 본점에 들렀다. 본점에 잠시 앉아 있었다만, 주문 문자 받았다. 휴일이지만 마침 점장께서 계실 것 같아 짐 꾸려 간다. 주문하신 커피를 내려놓고 잠시 앉았다. 점장님께서 사과 하나 깎아 내오신다. 이곳 점장은 여기뿐만 아니라 다른 곳에 점포가 하나 더 있다. 점장님은 정말 알뜰하시다. 이곳저곳 살림뿐만 아니라 인생 전체를 두고 삶을 알뜰하게 계획하며 이끌어 오셨다. 그러니까 노후대책도 다 해놓았다. 나이 63세가 넘으면 웬만한 대기업 다니는 봉급자보다 나을 정도의 연금을 받는다. 벌써 20년도 더 된 미리 계획한 삶이었다. 그만큼 열심히 사신 거다. 같은 체인점이라도 다 같은 체인점은 아니다. 이렇게 삶을 열심히 이끌며 알차게 꾸려나가시는 분 있으니 나까지 마음이 뿌듯하다. 결제도 한 번도 미루어 주신 적 없다. 어느 집은 매출 올라도 결제가 제대로 되지 않는 집이 있는가 하면 어느 집은 무엇이 잘못되었는지 불만 가득한 집도 있다.

점장님께서 노후대책에 관한 이야기 해주셨는데 듣고 있으니 시간 가는 줄 모르고 앉았다. 아직은 일 더 할 수 있으니 열심히 하시겠다는 의욕도 들었다. 나의 일을 남에게 맡기려니 요즘은 인건비가 만만치 않아요, 하신다. 그러니까 시간당 육천 원* 지급해도 일 제대로 못 한다는 거다. 조금만 힘들면 나가니 커피를 가르쳐놓아도 시간과 돈 낭비예요, 하며 한 말씀 주신다.

업소마다 사람 구하기 힘들며 바리스타를 구하고 나면 일이 주인장 마음 맞게 썩 잘하는 분 만나기도 힘든 세상이다.

달이 바뀌고 보름이나 지났는데도 아직 결제하지 않은 분점이 몇 개나 된다. 그나마, 영업이 잘 되는 곳이다. 오히려 매출이 부진한 곳이거나 힘들다 싶은 곳은 결제가 더 잘 된다. 정말 미안할 정도로 입금한다.

압량 마감보고 사동에 간다. 온종일 손님 없는 카페 지키느라 애썼던 서 부장, 얼마나 힘들었을까! 시간당 한 사람이라도 들르면 그나마 괜찮은 카페다. 하루 있어도 손님 영 없으니 독방이 따로 없는 카페다. 그나마 성격이 다소 내성적이라 있지, 외향적인 사람은 여기는 아무리 많은 돈을 준다 해도 있지 못할 곳이다. "용준아? 오늘 별일 있었니?" 그러니까 "없는데요." 시무룩한 답변과 묵묵부답으로 있었다. "커피 한 잔 내려 보시게?" 따끈한 커피 한 잔 내려주고 퇴근했다.

사동, 정의는 이곳에 막내다. 마감보고 퇴근할 때였다. 미나리 사가져 왔다며 한 단을 주는 거다. "벌써 미나리가 나오나?" "네, 본부장님 한 단 드세요. 모두 한 단씩 돌렸어요." 한다. 아주 어릴 때는 미나리를 못 먹었다. 없어 못 먹은 것이 아니라 향이 너무 독특해서 먹지를 못했다. 어머님은 늘 도랑가에 돌미나리를 뜯어 오셨다. 먹을 것이라곤 도랑에 핀 흔한 미나리와 논두렁에

---

* 최저임금제가 5,580원이다. 2014년도에 비하면 7.1%가 상승했다. 지금 대구 경기로 보면 임금을 받지 못한 체불임금자도 꽤 되는 것으로 알고 있다. 정부는 최저임금제를 높여 소비를 더 지향하겠다는 의지를 표방한 바 있다. 소비가 위축된 시장에 얼마나 큰 효력을 발휘할지는 모르겠지만, 노동력을 사용하는 사용자 측도 부담 가는 금액이다.

핀 돌나물이었다. 그때는 왜 그리 먹기 싫었던지! 지금은 오히려 없어 못 먹는다. 나이 드니 옛것이, 뿌리가, 이파리가 좋다. 매우 고마웠다.

鵲巢日記 15年 02月 16日

아침부터 저녁까지 줄곧 비 내렸다.

영업장 모두 개장하고 촌에 다녀왔다. 설 명절에 아무래도 뵙지 못할 것 같아 미리 인사 다녀왔다. 봄방학인 둘째를 데리고 갔다. 어머님은 당뇨가 매우 심하다. 발가락이 썩어 들어가는 고통을 참으시기도 하고 가끔 어디 산책하러 가면 픽 쓰러지기도 한다. 이제는 몸도 꽤 노쇠하시어 밥을 하시거나 화장실 가시는 것도 아주 분주한 일거리가 되었다. 그만큼 다니시며 움직이는 데 숨차다. 아버지는 얼마 전에 나무보일러를 수리했다. 집, 마당에는 나무가 가득하다. 어디서 해 오셨는지 한 길 정도 높이로 겹겹 쌓아 두셨다. 한겨울 보내시려고 꽤 준비하셨지만 정작 보일러는 한 번씩 고장이다. 얼마 전에는 밑바닥이 눌어붙어서 물이 새기도 했다. 수리비가 근 70여만 원 가까이 들어갔다.

본부에 들어온 선물 '인삼'과 생활비 약간 드렸다. 둘째와 함께 식탁에 앉아 어머님께서 삶아주신 국수 한 그릇 먹었다.

국민건강보험공단에 다녀왔다. 지난해 퇴직한 직원에 대한 보험료가 사업장으로 환급 나왔다. 이참에 사동 건에 관해서도 소상히 물어보았다. 그러니까 보험료율과 적용에 관한 것이다. 여기서 사동까지는 십여 분 거리라 또 직원 간 교대시간이기도 해서 시간 맞춰 가게에 갔다. 잠시 조회했다. 모두 세금과 보험료에 대해서는 별 탐탁지 않게 생각한다. 열심히 일해서 세금을 떼는 것과 당장에 닥치지 않을 미래를 위해 보험 드는 것은 어쩌면 낭비다. 하지만 복지국가로 나가기 위해서는 일개 국민으로서 반드시 지켜야 할 의무다. 조감도가 국내가 아니라 중국이나 일본에 있으면 세금을 내지 않아도 될지 모른다. 이것도 우스개로 하는 얘기지 세금 안 내며 사는 국민은 없다. 솔직히 국민연금도 우스운 얘기다. 국민연금으로 내는 돈으로 개인연금을 넣는다면 오히려 혜택은 더 많다. 오죽하면 사람들은 개인연금을 더 선호하며 생명보험에 따로 부금을 넣고 있을까! 한 국가 내에 경계망이 없을 뿐이지 조직과 조직, 조직과 국가, 그리고 개인으로 이루어진 춘추전국시대다.

노르스름하게
구운
케이크 빵 위에
달콤한 생크림 얹고
둘둘 만 롤 케이크
해맑은
LED 램프 등 아래
유난히 바쁜

손 따뜻하다

심근고저深根固柢라는 말은 노자의 『도덕경』에 나오는 말이다. 깊고 단단한 뿌리라는 뜻으로 근본 바탕이 튼튼함을 이른다. 나무에는 뿌리가 두 종류로 나뉜다. 만근曼根과 직근直根이다. 만근은 사방으로 퍼진 뿌리를 말하며 직근은 나무줄기 바로 아래로 곧게 뻗는 뿌리다. 그러니까 직근은 나무의 생명을 세우는 기초며 만근은 나무의 생명을 유지해주는 기초다. 일이 나무라면 무엇이 직근이며 무엇이 만근인가? 일을 바르게 하는 것은 직근이며 그 일에 감동하여 찾아오시는 고객은 만근이다. 일을 가르치는 것은 직근이며 일 배워서 나가 활동하는 교육생은 만근이다. 커피를 바르게 행하며 가르치는 것이야말로 직근이라면 바른 커피 일로 찾아오시는 고객과 커피 일 바르게 배워서 나가 활동하는 창업자는 분명히 만근이다. 나의 일을 오랫동안 해나가려면 온전한 나무를 보아야 한다.

鵲巢日記 15年 02月 17日

오전은 맑았으나 오후에는 약간 흐리거나 빗물이 조금 보였다.

사동 개장하고 바로 본점으로 넘어왔다. 오 선생께서 볶아놓은 케냐 커피를 본부에서 약 200g씩 분쇄하여 포장했다. 본부는 본점에서 아주 가깝다. 바로 맞은편에 있는데 도보로 몇 발짝 걸으면 된다. 위층은 사는 집이자 밑이 사무실 겸 각 분점에 들어갈 각종 재료와 기계 및 부품이 있다. 본점에서 커피를 분쇄하여 포장해도 되지만 본점용 봉합할 수 있는 기계가 얼마 전에 고장이 났다. 하는 수 없이 볶은 커피를 들고 본부에 가져와 작업했다. 설날 아침에 쉽게 커피를 내릴 수 있게 소량으로 분쇄하여 담았다. 그리고 드리퍼와 거름종이도 하나씩 넣었다. 그러니까 뜨거운 물만 있으면 누구나 원두커피를 내릴 수 있다.

설 선물로 각 분점에 몇 군데는 서 부장이 대신 인사 다녔으며 몇 군데는 직접 들러 인사했다. 지난번 주차선 그은 것과 용접 놓은 일, 품삯을 한성에 일부 송금했다. 그리고 오후에 한성에 들러 설 명절로 인사 다녀왔다. 요즘 업계마다 다 똑같을 것이지만, 여기도 수금이 안 되어 꽤 힘들어하였다. 건물에 몇 가지 아직 마감 안 나온 것이 있어 부탁했다. 원일가구에 지난번 들여놓은 의자값을 송금했다. 모두 이백칠십오만 원이다. 개업 후 약 석 달 운영했지만, 손님 많을 때는 의자가 모자란다. 아무래도 여름 다가오면 자리를 넉넉하게 만들어야 해서 지난달 추가 주문한 것이었다.

카센터에 들러 엔진오일 교체했다. 새 차임에도 냉각수가 어디서 샌다. 동네 카센터에서 엔진오일을 갈았지만 가까운 기아자동차 서비스센터에 가보라는 사장의 말씀에 곧장 갔다. 서비스센터에서 하는 말은 엔진으로 들어가는 냉각수 호스가 약간 찢어졌는지 거기서 물이 샌다며 설 쉬고 부품을 교체해주겠다고 했다. 맨눈으로 보기에는 새는 것이 없었지만, 주위에는 이미 물이 흘러 얼룩이 더덕더덕했다. 어디 멀리 가는 운행은 삼가고 냉각수를 자주 확인하는 수밖에 없다며 조언을 한다.

압량은 그간 내려놓은 더치커피가 꽤 나갔다. 모두 선물용으로 사가져 갔다.

오늘도 오 선생이 사동 마감했다. 손님이 많이 오시거나 바쁜 것은 아니었다. 주방은 한가했으며 오 선생은 생강차 만들기 위해 생강을 다듬고 썰고 있었다.

춘절이나 설이나 봄이 왔으면
싹 트는 그 무엇이 호 있었으면
마음에 빈자리에 뻥 뚫은 독에
채울 수 없는 은화 타고 갔으면

우리가 평범하다고 생각한 일을 아주 평범하게 하는 사람이야말로 큰일을 하는 사람이다. 아주 작은 것이며 소홀하게 생각한 일을 꾸준히 하는 사람 말이다. 그것은 다름 아니라, 나와의 진솔한 대화며 그 대화로 삶을 꿰뚫어 보는 것이야말로 진정한 철학이라 생각한다. 저녁에 『노자』를 읽다가 '천하대사, 필작어세天下大事, 必作於細' 라는 말이 있었다. 직역하자면 이렇다. 천하에 큰일은 반드시 잔잔한 것에서 비롯된다는 말이다. 그러니까 한 푼 두 푼 아끼는 것도 중요한 일이며 한 장 두 장 읽는 것도 중요하며 한 자 두 자 쓰는 마음도 중요하다. 천천히 제 갈 길 바르게 행하며 꾸준히 걷는 것이 중요하다.

鵲巢日記 15年 02月 18日

흐렸다.

본부, 본점, 압량 거쳐 사동 개장했다. 압량은 정상 출근했지만, 본점과 사동은 정오 출근으로 정했다. 10시 개장하여 청소했다. 모처럼 잡아본 비와 쓰레받기, 밀대였다. 청소해보면 안다. 그간 직원이 얼마나 청소를 잘했는지 쓸어보고 닦아보면 안다. 물론 매일 오가는 손님에 먼지가 안 쌓일 수는 없지만, 틈틈이 묻은 얼룩을 보면 그리 꼼꼼히 닦지 않는다는 것을 알 수 있다. 어느 책에서 읽은 것이지만, 대표는 일이 없어야 한다고 했다. 그 대신 미래를 기획하고 위험을 관리하며 조직을 안전하게 이끌 수 있게 여러 가지 마케팅을 계획한다. 사사로운 일을 신경 안 쓸 수 없는 것도 솔직히 꽤 괴로운 일이다.

鵲巢

잔가지 하나하나 모아 이룬 집

그 꼭대기 집 하나 바람 부누나
바람 그칠 일 없는 삶의 허공에
날아도 흔적 없는 구름 밭이라

이른 아침, 기획사 사장님 오셨다. 기획사 사장님은 취미로 승마한다. 여옆이 승마장인데 승마협회에서는 꽤 이름난 분이라며 함께 오신 분 소개한다. 고급 승용차 타고 오셨다. 외관은 그리 멋쩍어 보이지는 않았지만, 나이가 있어 그런지 중후하다. 드립으로 블루마운틴 두 잔 내렸다. 블루마운틴은 우리 집 커피 중에서는 제일 비싼 커피다. 한 잔에 만 원이다. 한 십여 분간 대화 나누시다가 고급 승용차는 먼저 가셨다. 기획사 사장님과 잠깐 대화 나누었다. 이번 부가세 신고금액이 천오백만 원 냈다고 한다. 매출이 삼억이라 했는데 세금으로 보면 많이 낸 것이지만, 매출로 보면 그리 많은 것도 아니다. 하지만 사장님은 세금을 너무 많이 냈다며 이제는 좀 신경 써야겠다며 얘기한다. 그러면서 카페는 어떤지 도로 물으신다. 하기야 우리도 천만 원 가까이 납부를 했지만, 우리와 기획사는 업종도 다르며 이문도 다르다. 오히려 기획사 일이 더 고부가가치라 형편은 더 낫다. 나는 빚이 몇 년 사이에 꽤 늘었다. 하지만 기획사는 모은 것은 없다지만, 빚은 없다. 그리고 밑에 직원이 일 처리 다 하는 처지로 보면 나는 여러모로 힘 드는 일이 아닐 수 없다. 그래서 한마디 했다. 모 출판사 사장은 기획과 인쇄업을 하면서 책도 여러 권 냈다며 이야기했다. 좋아하는 일을 하면서 좋아하는 것을 다루니 얼마나 행복한 일인가!

압량에 정오에 출근하는 오 씨를 보고 본부에 왔다. 포항에 내려보내야 할 커피가 있었다. 영대 정문에서 포항 가는 버스를 기다려 화물로 실어 보냈다. 버스 번호와 기사 전화번호를 적어서 받으실, 사장님 휴대전화기로 전송했다. 버스를 기다리는 동안 아마도 삼십여 분간 줄곧 바깥에 서 있었다. 바람이 어찌나 부는지 온몸 부들부들 떨었다. 버스 정거장에 한창 서 있는 동안(버스를 안 타본 지 오래되었다) 요즘 대중교통문화를 잠시 들여다보게 되었다. 버스가 오기 전에 한데 정거장은 스피커에서 몇 번 버스가 전 정거장에서 출발했다며 안내까지 한다. 어찌 보면 버스를 이용하는 고객에게는 편하겠지만 기사로 보면 마치 기계인간인 듯 잠시 느껴졌다. 제 시간 맞춰 도착해야 하는 의무를 가진 셈이다. 요즘은 내비게이션과 차까지도 인공위성으로 다 들여다보는 세상 아닌가!

커피를 화물로 내려보내고 바로 뒤 KFC에 들렀다. 서 부장과 함께 점심으로 햄버거 세트 주문한다. 햄버거 같이 먹으며 서 부장께 한마디 했다(설 연휴 출근해야 하는 서 부장께 미안한 감이 없지는 않았다). "용준아? 집에 있는 것보다 출근하니까 좋지?" 그러며 햄버거 한입 먹는다. 그러니까 "집에 있는 게 좋은데요." 한다. 의외의 대답이었다. 그전에 다른 직원으로부터 들은 게 있었다. 집보다는 회사에 나오는 게 좋다며 언제 들은 적 있다. 햄버거 하나 먹는 것보다야 오히려 집이 나을 수도 있다. 따끈한 라면을 끓여 먹더라도 집은 그만큼 편하다. 추위에 함께 떨었지만, 같이 있으니 재미있다만, 서 부장은 그렇지 않은가보다.

언제나 우리 냄새 지겹지 않네
뽀글뽀글 김치찜 우리 맛이네
오랫동안 이어온 고유한 음식
게 눈 감추듯 한 끼 밥 후딱이네

저녁, 아내가 끓인 김치찜으로 밥 한 끼 먹었다. 6시, 압량에 나갔다. 오늘은 더치커피보다는 볶은 커피만 두 봉 판매했다. 압량 마감하고 사동에 갈 때 커피전문점 몇몇을 괜히 들여다보며 지나갔다.

커피전문점은 손님은 없으나 이리 나올 수밖에 없는 주인장의 처지가 솔직히 안타깝다. 주업이 따로 있거나 주 수입원이 별도로 있는 경우에는 재미로 한다지만 그렇지 않은 경우에는 지지리 궁상이다. 어느 업종인들 일이 안 어려운 게 있겠는가마는 커피전문점은 일이 없어 어려운 거다. 사람은 모두 대박을 꿈꾼다. 대박이 꿈이라면 커피전문점을 해서는 안 된다. 다른 길 모색해야 한다. 그러고 보니 아침에 기획사 사장님과의 대화가 떠오른다. 기획사 사장은 얼마 전, 미국에 다녀왔다. 그쪽 문화를 보고 오시고는 손님도 없는 카페에 혼자 앉아 책 보는 나를 보고 한마디 했다. 그러니까 멕시코 음식을 이야기하는 것 같았다. 납작하게 민 조그마한 밀가루 반죽에 돼지고기와 각종 채소를 그렇게 어렵지 않게 넣는 장면을 묘사하였다. 그것을 즉석에서 구워 판매하는 것을 보았고 사 먹어보니 맛있다. 그러니까 코스트코에 가면 불고기 베이커라든가 KFC의 토르티야 같은 음식을 말한다. 동네에도 흔히 볼 수 있는 식품이다. 그것을 해 보라는 것이다.

그러니까 대박을 꿈꾸라는 얘기였는데 나는 그 말을 듣고는 우선 세금이 얼마나 나올까 하는 생각을 먼저 했다(솔직히 약간 웃음이 일었다). 그리고 과연 팔리겠느냐는 것이다. 좋아하는 사람이야말로 하나씩 사 먹겠다만, 그것이 어느 정도 소비성을 갖춰야 하며 판매량도 어느 정도는 있어야 할 수 있다. 각종 자재의 유통기한에 맞게 규모의 경제를 실현할 수 있어야 품목에 넣을 수 있다는 것이다. 한 품목의 판매가격도 소비자가 느끼는 가격에 비하면 여기는 높을 수밖에 없다. 왜냐하면, 일반과세다. 카드매출과 현금영수증 발행금액은 부가세 10%(커피 한 잔 판매의 이윤을 고려한다면 적지 않은 금액이다) 따로 떼어야 하며, 인건비 또한 고려해서 적용해야 함은 당연하다. 우리는 담뱃값 오른 것에 꽤 화제며 민감하게 받아들였다. 하지만 동네 카페는 커피 한 잔 판매에 미치는 세금은 고려하지 않았다. 대다수가 간이과세자라 카드매출은 오히려 공제대상이다. 일반과세자는 사정이 다르다. 카드매출은 곧장 매출의 근거자료가 되며 카드수수료뿐만 아니라 세금까지 곧장 내야 한다. 도대체 얼마나 팔아야 영업이윤을 누릴 수 있을까 하는 생각이다. 커피 일이 주업이며 그것으로 상표 이미지를 구축한 상태에 다른 품목을 곁들어 하는 것은 위험한 발상이다. 그저 오시는 걸음에 내리는 커피에 오며 가며 바른 인사와 내일의 안녕을 기하는 것이 옳은 삶이라며 잠정 생각한다. 이제는 또 무엇을 하겠다고 위험을 무릅쓰고 싶지는 않다.

다른 점포는 더러 문 닫았지만 유독 커피전문점만은 문 열어놓은 것도 어쩌면 이번 설의 새로운 문화다. 썰렁한 커피전문점만 보며 사동 오른다.

예지가 커피 한 잔 내온다. 예가체프다. 매일같이 커피 한 잔 마신다. 에스프레소가 아닌 에스프레소다. 참! 커피 한 잔 안 마실 수 없는 삶이다.

매일같이 마시는 커피 한 잔은
진하고 짧은 종지 에스프레소
생각에 보약이라 철학 다지네
왜? 가슴속 깊이 젖어 이르네

鵲巢日記 15年 02月 19日

다 찌그러진 의자 온몸 삐그덕
앉으면 중심 잃어 흔들거리네

마음 닦지 않으면 망가진 하루
가까이 누가 와서 쉬었다 가나

사동 조감도에서 앞쪽을 바라보면 저 맞은편 아파트가 훤히 볼 수 있을 정도로 맑았다.

아침 일찍 차례를 준비하여 설을 지냈다.

본점과 본부는 오늘 쉬었다. 본부 직원인 서 부장은 10시 압량에 출근하여 12시 압량 직원 오 씨가 출근하자 퇴근했다. 압량과 사동은 개장했다. 지난 추석에 비하면 꽤 조용했다. 설 연휴가 길어서 해외로 여행 나가는 분이 많았다고 뉴스에서 보도한바 들었다만, 그렇다 하더라도 너무 조용했다. 올해의 경기를 미리 보는 것 같아 꽤 걱정이다.

점심을 처가에서 먹었다. 잠깐 장인·장모님 뵙고 새해 인사드리고 조카들도 보았다. 처남도 뵈었다. 장인께서 포도농사를 얘기하셨는데 수지타산이 맞지 않으신지 주판을 놓으셨다. 경제 원리에 경쟁에 어느 업종이든 안 빠듯한 게 있겠나 하는 생각이 들었다. 모두 정보가 흔히 들여다보는 종목이다. 농사는 무엇보다 노동이라 더 힘든 일이다.

사동에서 아내와 함께 커피 한 잔 마셨다. 탁자 위에는 충무공 이순신께서 쓰신 『난중일기』 책이 있었다. 그것을 펼쳐보기에 한마디 했다. 내가 쓰는 일기도 난중일기야. 이번에 낸 책 제목에 관해 묻는다. 왜? 가배도록이냐며 물어보는 것이다. 가배는 함께 커피 일 하니 모를 일은 없을 것이고 도록에 관해 약간 설명했다. 길 '도' 자와 기록할 '록' 자로 구성된 단어다. 노자의 도가사상을 이야기했다. 그러니까 사람은 땅을 본받고 땅은 하늘을 본받고 하늘은 도를 본받으며 도는 그 자연을 본받는다는 말이 있다. 도를 실천하며 행하는 것을 덕이다. 물론 노자의 말이다. 일기는 어떤 행위의 결과지만 자연의 큰 테두리에서 벗어날 순 없는 일이다. 그래서 도라는 의미를 썼다고 했다(솔직히 어렵게 설명할 이유도 없다. 그저 가는 길이다). 아내는 내 글이 늘 어렵다고만 한다. 직원 몇몇이 자기 글을 좋아하지 누가 좋아하겠느냐는 말이다.

6시, 압량 교대업무를 보았다. 손님 한 분 오시었는데 자주 오시는 분이다. 하지만 그전에도 꽤 안면이 있어 커피를 만들며 대화를 나누었다. "사장님 꽤 많이 뵌 듯합니다." 그러니 "여 옆에 건축 일로 와 자주 안 들립니까. 어데 고향이 여기라요?" 그래서 "아닙니다. 칠곡입니다. 여기서 한 이십 년 이상 살았습니다." "아 그러고 보니 혹시 설계사 아닙니까?" 그렇다는 것이다. 그러니까 10여 년 전, 제일 처음 건물 지을 때 건축사 사무실에 견적 의뢰를 위해 한 번 들른 적 있었다. 서로 알고 나니까 좀 더 가까워진 듯했다. 가실 때 아메리카노 4잔, 서버 500mL짜리가 필요하다며 사가져 가셨다.

압량에 머물 때 몇몇 선생님께 또 점장님께 인사로 문자 넣었다. '선생님 설 잘 쉬셨는지요. 올 한 해는 선생님의 도가 두루 퍼져 덕이 빛나시길 기원합니다. 이제 곧 봄이 올 것입니다. 희망 가득 용기백배 가지시어 함께 나갑시다. 삶의 행진요. 모두 잘될 겁니다.'

사동에 머물 때였는데 오 선생을 따르는 젊은 친구들이 왔다. 그러니까 성진, 보근 군이 왔다. 보근 군은 삼월에 결혼한다고 했다. 이렇게 설날 인사하러 오신 젊은 친구에게 감사하다는 말을 이 지면에다가 남긴다.

아내에게도 설 인사 문자를 넣었다. 시 한 수 지어 보냈다.

서늘하고 어두운 겨울밤이여
설날 언덕에 서서 내일 본다요
이 어둠이 깨치면 밝은 날이니
태양빛 두루 퍼져 덕이 빛나길

삶이 꼭 밤 같지만, 밤이겠는가!
돌고 도는 만물에 희망 있어요
용기백배 가지어 꿰뚫어 가면
삶은 피는 꽃 곱게 한세상 봐요

작소 배

11시 20분경에 카페 마감했다. 점장에게 한마디 했다. 점장 미안하네! 설에 잘 쉬지도 못하게 했으니. 점장이 말을 받아주었다. 아닙니다. 본부장님.

鵲巢日記 15年 02月 20日

우리나라는 산이 많다. 저 먼 데, 산까지 훤히 볼 수 있을 정도로 날 맑았다.

德

곡간이 두둑하면 예가 있나니

두둑해지기 위해 예를 표한다

예를 표하다 보면 덕이 쌓이니

덕 쌓으면 곡간이 중요치 않네

아침 사동 출근하는 길이었다. ○○○ ○○형님께서 문자 주셨다. '아우님 덕담 고맙고요. 그런데 엊그제 대형마트에 가보니 지금 내가 마시는 케냐AA가 250g에 육천 원 조금 넘게 정가로 매겨져 있고 1kg짜리가 22,000원 미만이더만 마라와카 블루마운틴은 1kg짜리가 26,900원이더만 이건 아우님 가게에서 파는 원두하고 같은 이름이라도 뭔가 다른 건가 궁금해서. 해콩이랑 묵은 콩의 차이인가? 시중 가격하고 아우님 회사 가격하고 워낙 차이 나니까 의아심도 나고 그 이유가 궁금해서 오해는 하지 마셔. 그 이유가 있을 것 같아서. 유통구조의 차이인가 아니면 소형과 대형, 원두의 차이 등 여러 가지 이유가 있을 것 같으니 알려주소.'

사동에 도착했다. 문자 답변을 드렸다.

'네에 ○○ 큰 형님 말씀 매우 고맙습니다. 저희도 납품용은 위 제시한 케냐는 같고, 블루마운틴(마라와카산)은 우리는 23,000~25,000원 판매합니다. 올해부터는 커피 유통법이 바뀌었다 합니다. 그러니까 일반 마트 소매점도 커피를 팔 수 있고 대기업들이 시장 진입할 수 있게 풀었다고 하대요. 만약 저희도 그렇게 판다면 분점과 관계가 그렇고, 또 일반인은 양이 많으면 커피 맛의 효력을 잃는 것도 있고요. 저희가 파는 커피 양도 일반인에게는 일주일 분 이상입니다. 보름 지나면 산패가 되어 커피 맛을 제대로 보지 못합니다. 혹여나 커피가 많이 필요한 업소 같은 데는 별도로 도매가 적용해서 위 제시한 가격으로 드립니다. 형님 소량으로 자주 드시는 게 몸에 좋고 맛 또한 제대로 느낄 수 있습니다. 250g 양도 어느 곳은 많다고 얘기하는 곳도 있더라고요. 유명한 카페에 가면 더욱 소량으로 판매할 것을 권장하기도 하고요. 이는 가장 중요한 것은 산패 때문입니다.'

'행여 품질이 같다면 케냐AA 250g짜리로 비교하면 6,000원대와 15,000원이라면 소비에 사업에 문제가 있지 않을까 염려되네! 맛에 차이가 있다 하더라도 확연한 차이 그리고 정말 커피마니아 전문가 수준이 아니라면 일반소비자는 구분이 쉽지 않을 거고 그럼 내처럼 의문을 갖지 않을까 생각되네! 두 배 반이나 되는 가격 차이니까. 그리고 납품용 가격이 마트와 비슷하게 형성되어 있다면 일반소비자에게 나가는 것도 가격을 생각해봐야 하는 것 아닌가 생각되네! 일반소비자들은 가격에 민감하거든. 나부터 가격을 보고 의아해해서 아우님한테 물어보잖아, 왜 그런가 하고.'

'네에, 형님 심도 있게 고려해보겠습니다. 약간은 상표에 관한 문제도 있습니다. 영업회의 한번 거치겠습니다. 진심으로 감사해요. ○○ 큰 형님.'

'아침부터 불편한 이야기를 한 것 같아 미안하구먼! 커피마니아도 아니고 전문가도 아닌 일반소비자 내 경우 아주 묽게 마시니까 티스푼으로 세 스푼이면 적당해. 그렇게 딱 하루에 한 번밖에 안 마시려고 애쓰지. 그렇게 하니 한 봉지 헐면 20여 일 마시게 되더만. 물론 산화가 되겠지만, 맛을 차이를 알아챌 혀는 아니여. 일반 사람들은 다 그럴 걸. 한두 봉 소비하는 것은 전체 매출에 극히 적은 부분이겠지만 그래도 한 번쯤은 생각해 봐야 될 일인 것 같아서 기분 좋은 소리가 아니란 것을 알면서도 이야기했으니 이해하셔.'

'호! 아닙니다. ○○ 저는 괜찮습니다. 오히려 기분 더 좋은데요. 형님의 관심과 사랑을 받았잖아요. 브랜드 만드는 것도 중요합니다. 형님 경영에는 이모저모 이론도 많고 설명도 필요하고 각종 처세도 중요한 것 느낍니다. 정말 기분 좋아요. 형님 건강하셔요. 커피 영 안 드시는 것보다 조금씩 드시는 게 오히려 건강에 더 좋습니다. 단점도 있는 것 같아요. 그냥 제 몸으로 느끼는 건데요.'

가격문제에 대해서는 더 소상히 문자답변을 못 드렸다. 아무래도 소량생산인 데다가 상표관리 측면에서는 어쩔 수 없는 일이다. 가격 단가를 낮추지 못하는 것이 아니라 시장성 그러니까 소비자의 소비성과 하루 판매량을 고려하여 정한 가격이다. 그렇다고 이러한 관리 측면에서 우리 커피가 비싼 커피라고는 생각지 않는다. 왜냐하면, 경쟁업체의 가격은 오히려 더 높게 측정한 곳이 많은데 대부분 상표에 대한 믿음과 그 믿음에 맞게 각 회사의 신용이 그 회사의 가격으로 제시하니 말이다.

이건 경영의 문제지만, 또 이렇게 예를 들면 안 되지만 이런 것이다. 특정 연예인의 몸값은 왜 그리 높은가! 하는 문제와 다소 비슷하다. 꼭 그 연예인만이 어떤 주어진 배역을 소화해내는 것도 아니다. 그러니까 배우들도 많은데 그 사람만의 특정한 멋이 있다. 그렇다고 우리 커피가 어떤 연예인만큼 특정한 인기를 누리고 있다거나 그에 합당한 어떤 멋을 내는 것도 아니다. 우리만의 믿음을 오로지 소비자께 제시하는 것뿐이다. 집집이 밥맛이 틀리고 장맛이 틀리다. 우리는 특정한 국밥집에 가 국밥 한 그릇 한다. 그 집만의 맛이 있기 때문이다. 기호식품 커피, 커피 또한 이와 비슷하다. 어느 집은 산미를 죽이고 오로지 부드럽게 내는 집이 있는가 하면 어느 집은 산미를 더 우려내는 곳도 있다. 자기 입맛에 찾아가는 고객, 그러니까 단골손님을 얼마나 많이 만드느냐는 것도 카페 장의 역할이다.

압량 오 씨께서 출근했다. 용준이와 사동에 가, 커피 한 잔 마셨다. 오늘도 본부는 별달리 일이 없어 용준이는 일찍 퇴근했다. 오후 내내 본점에 있었다. 전에 토요문화강좌에 오신 선생이었다. 아마, 어느 대학에 교직원으로 계시는 분으로 알고 있다. 드립 관련 제품을 판매했다. 선생님 전에 이 제품은 모두 다 사가져 가신 것 아니냐며 물었더니 어제 일가친척이 서울서 내려와서는 커피 맛있다며 관련 제품까지 모두 들고 갔다고 했다. 그래서 집에 커피를 마시기 위해서는 또 있어야 해서 오신 거였다. 이때가 오후 네 시에서 다섯 시경이었는데 손님 띄엄띄엄 오시기에 주방에 일하는 동원이가 무척 바빠 보였다. 마침 본점장 성택 군이 출근한다.

본점 교대시간이었는데 성택이는 집에서 닭을 튀겼다며 플라스틱 상자에다가 몇 토막 담아왔다. 깨소금도 담아왔다. 모두 직접 만들었다고 한다. 밀가루 반죽에다가 묻혀 튀겼냐며 물었더니 그렇다며 얘기한다. 겉은 조금 딱딱했는데 그런대로 맛있다. 튀긴 닭고기 하나씩 먹으며 얘기한다. 전에는 국수도 한 번 삶아온 적 있나 보다. 국수와 닭고기까지 요리 영역을 점차 넓혀간다. 아마도 뭔가 있는 듯했다. 장가가려고 하나 하는 생각과 창업하려고 하나 하는 생각 들었다. 동원이는 책에 관한 얘기를 했다. "『커피향 노트』는 교과서라 생각하며 읽었습니다만 이번에 나온 『가배도록』은 마치 소설 같아서 재밌습니다. 개인적으로는 『커피향 노트』보다는 『가배도록』이 훨씬 좋습니다." 순간 조금 부끄러웠다. 단지 일기라서.

글은 삶의 중심에 들어가게 한다. 읽으면 관심이 가고 관심이 들면 찾아오고 찾아오면 내가 사는 환경은 풍족해진다. 외롭지 않다. 두루두루 삶을 엮어 나가면 촘촘한 그물과 같아서 위험을 잡아주며 내일의 안녕을 기한다. 처음은 모두 어렵고 힘들다. 많은 자본이 들어간다. 들어가는 자본이 많다고 해서 포기해서는 안 된다. 모든 일은 뒤에 빛이 있으니 천천히 자기 속도에 맞게 걷는 것이 중요하다. 오늘 아침, 작가 조정래 선생을 보았다. 선생은 책 한 권 집필하는 데 무려 수많은 책을 읽어야 함을 얘기했다. 그러니까 한마디로 쓰는 것은 공부다. 공부하면서 내 경험을 어울려 더 나은 작품을 만든다. 나는 일기를 쓴다. 쓰는 일은 매한가지다. 일기를 통해 세상을 얘기하고 싶다. 이

것이 아주 큰 소통으로 내게 행운이 있기를 바랄 뿐이다.

많은 말글은 죄다 이 삶 어쩌나
깜깜한 밤거리에 혼자 읽으니
주술 같은 달님에 달님은 웃고
하얀 마당 까맣게 웃는 저 님은

덮으면 몰라 열면 훤히 꿰뚫고
보는 마음 드리며 말은 또 읽고
가는 시간 그래도 이며 타는 말
저 님은 웃고 죄는 또 금세 짓고

鵲巢日記 15年 02月 21日

오전, 먹구름은 아니었다. 하늘에 맑은 구름이 끼었는데 햇빛은 볼 수 없었다. 길 위에 먼지가 안 날릴 정도 비 내렸다. 오후 내내 비 내렸다.

미나리 초고추장 무친 나물에
식초에 파릇파릇 버무린 동초
상큼한 봄이건만 봄이 왔건만
밥 한술 썩썩 비벼 뜨는 봄 한술

아침을 먹었다. 며칠 전에 정의가 미나리를 가져다주었는데 설이었나, 그 전이었나, 아내가 무쳐놓은 미나리와 동초로 밥 한술 비벼 아침을 먹었다. 엊저녁에는 사동에서 배 선생께서 미나리나물을 가져오셔 오 선생, 점장, 배 선생과 함께 밥을 비벼 먹었다. 한 끼 밥이다. 나물은 속이 편하다. 밥맛도 제법 있어 몸에 들어가면 봄처럼 파릇파릇 생기가 돈다. 나물 씹을 때면 아삭아삭 하는 봄 내음에 벌써 눈빛이 다르며 보는 곳곳 새로 핀 이파리처럼 밝아진다. 꽁꽁 언 땅바닥 가르며 오르는 생명의 샘솟는 힘에 마치 활짝 핀 벚꽃처럼 환한 세상 바라본다. 어두운 혈관에 흐르는 핏속 이물질 제거하며 말끔히 씻은 수레와 같이 피의 속도가 빠르고 시원히 뚫고 가는 터널처럼 머리에 닿아 방과 방마다 불 밝혀 톡톡 봄을 전달한다. 탱글탱글 포도송이처럼 상큼한 기억과 더불어 새로운 문장을 만들어 낸다. 그러므로 어느 냄비든 분간하지 말며 봄을 담아서 썩썩 비벼 보자. 밥 한술 참하게 먹어보자. 봄 먹어보자.

어찌할꼬 어쩌노 애석한 일에
가신 님 어찌할꼬 이리 가셨노

겨울 끝에 바라본 짙은 안개여

봄이 이리 오건만 어찌 가셨노

이른 아침, 부고장을 받았다. 시마을 오랫동안 함께해 오신 선생님께서 지난밤 주무시며 저승길 밟으셨다. 문자를 받는 순간 너무 놀라 할 말을 잃었다. 엊그저께만 해도 문자 주고받은 선생님이었다. 정정한 말씀에 변고가 따를 일, 누가 예상이나 했을까! 정말 하늘이 놀라고 땅이 놀랄 일이었다. 여기서 정읍까지는 꽤 먼 거리다. 거리를 떠나 찾아뵈어야겠다고 오전은 생각했다. 곧이어 또 부고장 날아든다. 아! 이제 겨울도 다 갔건만 봄은 이리 찾아오건만, 봄비도 내리고 날도 풀려서 파릇파릇 새싹처럼 새날도 기대되건만 떠나는 분이 이리 많은가! 커피 인생 십여 년 이상 함께한 코나 안 사장 어머님께서 세상을 달리하셨다며 문자가 왔다. 영주다. 윤 과장께 문자 보냈다. 내일 가느냐고 물었더니 '네' 하며 답변이 왔다.

선생님께 예를 표했다. 동인 누님께 쪽지로 죄송한 마음을 전했다.

영천에 다녀왔다. 커피 배송 다녀왔다. 이제는 날이 많이 풀린 것 같다. 오늘 내리는 비는 봄비인가 하며 천천히 다녀왔다. 병원에도 다녀왔다. 커피가 필요했다.

사동

꽃밭이었다. 마치 조그마한 꽃단지에 각종 꽃을 심고 물을 주며 지켜보았다. 이러한 꽃단지가 몇 개 되었는데, 한참 바라보다가도 꽃단지는 이내 사라졌다. 또 문 연다. 어서 오세요. 물소리가 평화롭게 흐르며 천정에서는 아주 흔쾌히 노래 부르며 각종 호미와 괭이가 춤추며 밭 가꾸고 있었다. 이러한 일은 근간에 드문 일이라 '바쁘다며' 한마디씩 뱉으며 일했다. 또 꽃단지 하나가 금세 만들어졌는데 토마토와 키위가 순간 뭉개지다가도 커피 냄새가 바bar 너머 꽃단지 쪽으로 밀려가는 것이었다. 꽃은 모두가 농부의 손길 닿아주기를 내심 바랄 것이다. 이내 꽃은 꽃과 바람으로 대화를 나누었다. 어느 꽃은 해바라기처럼 농부만 바라보았다. 그러는 꽃은 농부가 밭의 고랑을 다듬을 때 앉은 뿌리를 더욱 다지며 있었다. 어느 영양분도 그러거니와 꽃을 위한 마끼아또는 연방 만들었는데 그 단내가 어찌나 달콤한지 눈 아릿했다. 이 글 쓰는 순간 단내 아직도 남아서 그저 힘 쪽 빠진 청명한 하늘 바라보는 것 같았다.

아! 또 꽃이 꽃 여남은 송이가 단지에 있다. 꽃이, 향기로운 꽃이 그 꽃향기 만개한다.

에스프레소 한 잔

어찌 죽음만 있겠소 열심히 살아 봅시다 그대는 통 안에 있으니 모를 것이오 하지만 물소리는 듣지 않소 저렇게 흐르는 물만큼 부드러운 것도 없을 것이오 부드러운 것은 생명이요 딱딱하고 굳은 것은 죽은 것이니 더 부드러워야 할 게요 그러니 굳은 생각은 빨리 저버리시오 희망 가져요

그랬다 커피는 이미 죽은 것이었다 한 생명의 유전자를 품고 태어났지만

새카맣게 타서 통 안에서 다른 우주로 가기 위해 순번만 기다리고 있었다

에스프레소 한 잔 마셨다.

鵲巢日記 15年 02月 22日

맑았다.

본부 제외하고 모두 정상 영업했다. 본점, 압량 거쳐 사동을 개장했다. 엊저녁에 많은 손님이 다녀가셨다. 자리 곳곳 먼지 제법 쌓였으리라! 비로 쓸고 밀대로 자리마다 닦았다. 이제는 봄인가 하며 느꼈다. 날씨 제법 온화했다.

모닝커피 한 잔 마셨다. 이마 송골송골 맺는 땀방울 닦으며 앞 훤히 보이는 사동 고등학교 건물을 본다. 몇 평 되지 않지만 정원에 심은 메타세쿼이아 나무 보며 나무에 칭칭 감은 전선 보며 있었다. 이제 곧 있으면 잎사귀 틔울 것인데 저 전선을 이제는 걷어야겠지! 밤에 불빛 환하게 비춰주는 아름다움도 있지만 이 불빛이 얼마나 많은 손님을 이 카페로 안내하는지는 모른다. 그냥 놓아두면 나무의 성장이 위태할 것이고 아마도 걷어야 해!

직원과 커피 한 잔 마시며 얘기 나누었다. 아침, 젊은 연인이 들어오시기에 배 선생께서 한 말씀 하셨다. "이제 우리 카페 손님이 다양합니다. 나잇대별

로 다양하게 찾으시니 좋아요." 이삼십 대만 연인이 있는 것이 아니라 사오십 대도 연인이 많아 자주 오신다고 했다. 그러고 보면 연인이란 육체적 사랑만은 아니다. 누구를 몹시 그리워하는 것은 연인이다. 그리운 사람을 만나는 것은 행복하다. 그 사람이 어떻게 살며 무엇을 먹으며 어떤 생활을 하는지 서로 나누는 것이야말로 관심이며 배려며 또 아끼는 것이다. 아끼는 말은 물건이나 돈, 시간 따위만을 얘기하는 것이 아니라 사람을 소중히 여겨 보살피거나 위하는 마음도 있음이다.

아침, 이경옥 씨 다녀갔다. 친구도 함께 왔는데 설 쉬고 인사로 오신 거였다. 이번에 나온 책을 선물했다. 안부로 집에 과수농사는 어떤지 잘 되었는지 물어보았다. 함께 오신 친구분은 책을 꽤 좋아한 것 같다. 드렸던 책을 얼핏 다 훑어보며 조언을 아끼지 않았다. 『가배도록』은 틈틈이 시가 있어 읽는 맛을 돋운다며 얘기했다. 이 말을 들었을 때 나는 이런 생각이 들었다. 짧은 시를 그것도 정형시로 사행소곡 형식을 맞춘 것이 잘한 것이라며 여긴다. 아마, 이렇게 바쁜 시기에 우리는 살고 있다. 누가 누구의 책을 읽으며 또 긴 문장을 바라볼 것인가? 운을 띄우고 요지를 말하다 보면 관심이 갈 것이다. 나와는 아무런 관계가 없는 독자가 읽을 때는 더욱 그렇다.

사는 게 쉬운 일은 아주 아니다
人生 나만 걷는 게 아니 아니다
험난한 길 스스로 다지며 간다

한 번 왔다 가는 길 땀 닦아 간다

영주에 문상 다녀왔다. 영주는 여기서 정확히 두 시간 거리다. 그것도 차가 밀리지 않는다는 계산에 약간은 밟아야 두 시간 맞출 수 있다. 고인은 한 번도 뵙지 못한 분이지만 안 사장님과는 사업 동지로 오랫동안 함께했다. 직영점 낼 때마다 오시어 축하해주셨고 일이 어렵거나 힘들면 조언을 아끼지 않는 사이라 반드시 다녀와야 한다. 안 사장님 어머님은 올해 여든넷이라고 했다. 2년간 요양병원에 모셨으며 지병의 악화로 세상 달리하셨다고 했다. 고인께서 내어주신 국 한 그릇 밥 한 그릇 먹었다.

영주에 가며오며 이런 생각했다. 관혼상제는 모두 축하할 일이다. 상례는 이 땅의 무거운 것을 내려놓은 것이니 얼마나 가벼운 일이냐! 가는 사람은 훌훌 털고 간다. 남은 사람이야말로 떠난 사람을 더는 볼 수 없으니 그 그리움이 이루 말할 수 있을까! 그래서 남은 사람은 슬픈 것이다. 운전만 네 시간이다. 가만히 앉아 핸들만 잡으면 지겹다. 신나는 음악 틀며 운전했다. 팔십 년대 유행했던 댄스음악이다. 타잔보이, One Night In Bangkok, Yeti, 호! 빠아안츠 빌라 ♪♩♫♬♭♐ 신나게 달렸다. 지나는 산과 들판과 고가도로와 터널을 뚫을 때면 지금은 시대가 바뀌었으니 단 몇 시간 이렇게 간다지만 임진왜란 당시에는 어떻게 이 강산을 뚫어 십여 일 만에 한성에 도달했을까! 그것도 전투를 벌이면서 말이다.

詩

양 길가 망울망울 봉곳한 잎새

바람에 고이 잠든 봉곳한 잎새

오늘도 일어날 듯 봉곳한 잎새

하늘만 바라보는 봉곳한 잎새

사동, ○○○ ○○형님께서 오셨다. 두어 시간 앉아 얘기 나누었다. 앞으로 일에 관한 것과 등단에 관한 얘기, 마을에 관한 이야기를 해주셨다. 건강에 관한 얘기도 있었는데 형님께서는 당뇨가 있다고 했다. 나는 에스프레소 한 잔 마셨는데 몸에 기가 없어 그런지 떨렸다. 영주 다녀오면서 차에 놓아두고 마신 커피 때문인지는 모르겠다. 다녀와서 드립 한 잔을 더 마셨다. 압량에 머물면서 또 에스프레소 한 잔을 마셨는데 카페인 때문인가 하며 생각하기도 했다. 아닐 거야! 최소한 커피는 당뇨에는 좋다고 하잖아! 어머님은 당뇨로 벌써 발가락 두 개를 잃었다. 굳이 삶에 대한 집착도 없거니와 그렇다고 일찍 갔으면 하는 바람도 없다. 오로지 민폐 없는 삶이었으면 하는 생각뿐이다. 갑자기 그 생각이 지나간다.

鵲巢日記 15年 02月 23日

맑았다.

오전, 본점에서 강 선생과 상담했다. 요지는 창업이다. 그간 본점에 오래 있었던 것도 이유라면 이유며 더 늦지 않게 나의 일을 직접 실현하고자 하는 의욕도 있었다. 강 선생은 이미 대구에 자가 건물이 있는데 그 건물 1층에 커피전문점이 입점해 있다. 상호가 '카페 ***' 이다. 실은 카페 **몽 창업과정도 강 선생의 적극 추천으로 크게 도움을 드린 바 있다. 지금 생각하면 더할 나위 없이 좋은 자리며 영업도 꾸준히 잘하고 있다. 자가 건물이지만, 이미 영업하는 상황이라서 또 경제적 이점을 고려하여 임대 두기로 했다. 훗날 어떻게 될지는 모르겠지만, 강 선생은 아무튼 커피에 관한 좋은 기술을 가진 셈이다. 본점에서 교육과 배송과 메뉴와 메뉴개발 어느 것 하나 안 갖춘 게 없다. 강 선생이 나가면 본점 손실도 적지 않은 것은 분명하다. 한 사람을 가르치고 자리를 보전하게 하는 것도 참 어려운 일이기에 그렇다. 그간 경기 운운한 나도 방학 기간 본점 매출이 급격히 떨어진 것도 실은 직원들께는 큰 부담이었을 것이다. 더욱 내색하지 않으려고 노력했다지만 알게 모르게 더러 나는 감정은 숨길 수 없다. 모두가 꽤 힘들었을 것이다.

밀양에 커피 배송은 서 부장이 다녀왔다. 나는 한학촌에 주문받은 블랜드(믹스기) 기계 견적서 작성과 작성한 견적서를 직접 가져다 드렸다. 준비되는 대로 설치해 달라고 했다. 그간, 스무디 관련 메뉴는 하지 않았다. 이제 곧 여름이 다가오면 많이 찾을 것 같아서 미리 준비하는 것이다. 가끔 찾는 손님이 많았다. 기계가 없어 관련 메뉴를 하지 못했다.

정평에 에스프레소 기계를 설치했다. 전에 토요문화강좌에 오신 분이었다. 자기공예업자였다. 설치하기 며칠 전에 현장에 답사로 다녀왔는데 설치 환경이 맞지 않아서 몇 가지 부탁했다. 기계 놓을 수 있는 상판이 있었고 물을 공급할 수 있는 정수기 시설도 해놓았다. 정수기 업자가 와서 연결해놓으면 다시 전화 달라고 했다.

田

봄은 아직도 멀어 꽃샘 추위라
샘이 작아서 물은 여적 얼었네
꽃이 피면 봄이라 만물은 좋아
돌고 도는 세상사 웃음꽃 피네

오전, 압량에서 서애 류성룡 선생께서 쓰신 『징비록』을 조금 읽었다. 징비懲毖라는 단어에 징은 징계하다, 응징하다, 벌주다는 뜻이 있다. 그러니까 자기 스스로 과거에 있었던 일을 돌아보고 뉘우치며 경계함을 말한다. 비는 몸가짐이나 언행을 조심한다는 뜻이다. 징비라는 말은 서애 선생께서 써놓으신 자서에 '내가 지난 일의 잘못을 징계하여 뒤에 환난이 없도록 조심한다' 는 말이며 이것이 책을 쓴 동기라며 분명히 하고 있다. 서애 선생의 처지가 충분히 이해가 되었다. 그 당시 정치세력에 중추 대신이었으며 맡은 바 일이 얼마나 무거웠을까! 그 어려움은 이루 말할 수 없었으리라! 그리고 이렇게 기록으로 남겨 놓으니 후세에 큰 교감이다.

책을 써보고 내보았지만, 정말 책을 쓰는 사람은 대단한 사람이다. 그것도 공연히 뜬 사람은 얼마나 많은 비평을 받았을까 하는 생각도 든다. 사상은 언제나 한쪽으로 치우쳐져 있는 경우는 없다. 옳다고 생각하는 사람 이면에는 그렇지 않은 사람도 많은 법이다. 하지만 씀으로써 중심을 만들고 그것으로 나의 의지를 주장하는 것은 나쁜 것은 아니다. 웬만한 자신감 없이는 할 수 없는 일이다. 그러니까 용기가 있어야 한다. 세상은 용기 있는 자가 이끌며 주도해 나간다. 또 그런 지도자가 없다면 어찌 일을 해나가며 그 혜택을 받을 수 있는 사람이 나올 수 있을까! 누구든 자신의 파이를 크게 키우며 그 파이를 누구나 쉽게 먹을 수 있게 일을 벌이면 나의 역할도 그 속에 증가한다. 일은 무릇 다 그렇다. 이런 용기가 없다면 처음부터 일하려고 들지 말아야 한다. 일은 애초부터 힘들며 지켜나가는 것은 더욱 힘들다.

저녁에 선생님께서 오래간만에 전화 주셨다. 두 아들과 함께 대학 연구실에 다녀왔다. 그간 선생님께서 하신 연구를 커피 한 잔에 듣기만 들었지 보지는 못했다. 커피와 또 다른 식물에 관한 연구 결과를 보았다. 카페인 추출과 추출한 사진을 보았다. 바늘처럼 뾰족하며 하얀색임을 확인했다. 선생님께서 머무신 자리와 옛 추억이 담긴 미국유학 시절 사진도 보았다. 책으로 쌓인 연구실이며 모든 자료는 거의 영어며 영어로 쓴 논문뿐이다. 가끔 자탄하시며 하신 말씀을 들은 적도 있다. 그러니까 한평생 공부만 했다. 어느 사회, 어느 조직인들 예외가 있을까! 조직의 비애를 얘기한 적도 있었다. 미래는 늘 불확실하다. 불확실한 미래를 준비해 나가시는 선생님의 모습이 오늘은 쓸쓸해 보였다. 인생 오십 리 반 걸으셨다. 연구과정은 피나는 노력이다. 하지만 그 성과가 톡톡한 가치를 발하는 것은 바늘구멍이다. 새로운 아이템을 만들고 또 연구한다.

鵲巢日記 15年 02月 24日

오전, 메뚜기떼처럼 황사가 자욱했다. 오후 맑았다.

옥곡, 시지, 커피 주문 있었다. 서 부장이 다녀왔다. 제주도 계시는 선생님께 커피를 보냈다. 어제 주문 넣었던 기계가 도착했다. 사동 제빙기가 물이 샌다며 AS 접수되었다만, 완벽한 수리는 못했다. 배수 호수 쪽이 약간 금이 간 것 같다. 그렇게 표가 많이 나는 것이 아니라 나중에 많이 새는 것 같으면 그때 교체해도 괜찮아 그냥 두었다.

서애 류성룡 선생께서 지은 『징비록』 읽었다.

황사 / 鵲巢

흩뿌려놓은
언어 성곽
파편들

하늘 혼탁한 마당
춤추는 구두

빨주노초파남보
그 위 작은 집
구름도 내려 보는

아득한 황사

어쩌면 살아서는 이룰 수 없는 집이다. 완벽한 문장, 구수한 언어구사는 어려운 길이다. 사물에 대한 탁월한 묘사능력은 쉽게 이룰 수 없다. 이 일기가 얼마나 도움이 될지는 모르지만, 삶이 부끄러운 것도 사실이다. 한평생 배우며 겪고 쓰며 일하고 이루며 이룬 것이 대수로운 일도 아니건만 하루 앉아 느끼며 적는 이 맛을 버릴 수 없다. 무지갯빛 나는 그 위 완벽한 작은 집 하나는 쓰는 자에게는 누구나 꿈이다. 오늘도 흐릿한 황사 같은 시 같지 않은 시 한 수 적다.

모아이 / 鵲巢

냄새나는 의자에 나는 앉았다 옆은,

눈 붉히며 제 몸을 불사르는 양떼 내 무르팍을 견주며 쪼고 있다 또 옆은 민족해방의 기쁨을 가슴에 안고 오늘도 벌거벗은 자본주의 쇼걸처럼 바라본다 고개 약간 젖혀 문밖을 본다 은행나무에 묶은 벙어리 불기둥 오전 10시 기상 오후 8시 죽음, 저것은 칼디도 못 마셔본 아메리카노 껍질 그러니까 철 가면 전방 11시 방향만 본다 시속 80은 족히 달리는 ONE WAY, 불기둥은 제 홀로 저리 섰다 꺼벙한 손짓도 없는 모아이 상, 밤이면 더욱 붉은 너, 탱탱 불나방만 튕겨나는 여기는 폴리네시아, 나는 저 모아이만 바라본다

오오우! 하나 섰다

사동, 오 선생이 마감했다. 오늘은 일찍 들어왔다. 집에서 책 읽었다. 『징비록』 모두 읽었다.

鵲巢日記 15年 02月 25日

황사로 흐렸다.

서애 선생의 『징비록』을 읽고 느낀 점 몇 자 적는다. 조선은 100여 년 이상 태평성대였다. 그러니까 그간 전쟁이 없어, 그에 대한 대비책이 없었다. 일본은 도요토미 히데요시가 서양에서 들여온 조총과 용맹한 장수로 이미 전국을 통일했으며 그 막강한 힘을 조선으로 돌렸다. 부산 동래성을 함락하고 서울 한성까지 오르는 데 불과 10여 일도 채 걸리지 않았다. 물론 그전에 조선은 일본을 살피기 위해 사신을 보낸 적도 있다. 여론이 엇갈린 상황 속에서도 서애 선생의 노력으로 이루었지만, 전쟁을 막을 수는 없었다. 전쟁은 말로 다 표현할 수 없을 정도로 처참했다. 무고한 백성이 도륙되었고 유능한 인재(문신과 무신, 특히 무신)를 오해와 잘못된 간언에 잃었다. 국가 위기를 모면하기 위해 중국 지원병을 요청하는 일과 지원병으로 온 명나라 군사의 치밀함이 없는 싸움에 인명만 손실되었다. 특히 비 오는 날 중국 사신이 머무는 처소 앞에서도 상면하기 위해 두 손 받잡고 비를 맞으며 서 있는 서애 선생은 얼마나 비굴했을까! 조선을 두고 일본과 중국(명나라)과의 외교 문제와 힘없는 반도국가의 처세를 문장 곳곳 읽을 수 있음이다. 충무공 이순신에 대한 인품과 업적도 간략히 적어놓았다. 전란에 백성의 굶주린 표현을 적어놓은 부분은 특히 잊을 수 없는 장면이다. 부자父子가 부부夫婦가 서로 인육으로 보이고 처참히 죽어가는 장면, 거리는 수많은 사람과 수많은 말이 죽어서 썩는 냄새로 진동하며 그나마 남은 사람은 살기 위해 솔잎가루와 쌀가루를 10:1의 비율로 물에 타서 마시는 것도 차마 읽을 수 없는 장면이었다.

읽은 소감을 어제 일기로 적으려고 했으나 밤 깊어 오늘 적어놓는다.

오전 강 선생과 대화 나누었다. 커피 한 잔 마시면서 말이다. 이제는 강 선생께서 내린 커피도 얼마 못 마실 것 같다. 그러니까 창업에 관한 얘기를 듣고 또 그에 대한 노파심이면 노파심이겠지만 조언을 아끼지 않았다. 새로운 곳을 지목하여 창업하려는 것이 아니라 분점 중 하나를 인수하여 일을 시작하려고 했다. 이유는 창업비 부담이 첫째며 각종 경비가 둘째며 기존 카페 애용하는 고객도 이유라면 들 수 있겠다. 어차피 새로 인수하게 되면 단골은 새로 바뀌게 되는 것도 사실이지만 카페가 있다는 인지도 또한 무시할 수는 없다. 무엇이든 새로운 곳에 정착하여 새로이 만들어 가는 것은 모두 그 이상의 힘이 들어간다. 다음은 인수 시기였다. 될 수 있으면 여름 오기 전, 4월이 가장 적합한 시기가 아닐까 하며 얘기했지만, 강 선생은 그렇지 않았다. 가을이나 겨울에 일을 시작하려고 했다. 나는 이 점에 대해서도 극구 반대했다. 왜냐하면, 가을 지나면 찬바람이 불기 시작하는데 이는 커피 업 하는 이상 계절 경기 타는 시점이며 심적 부담까지 더욱 가중되어 일의 어려움을 스스로 좌초하는 것이다. 그렇다 하더라도 여름이면 나은가 하면 그것도 아니다. 장마 때면 손님 없기는 마찬가지만 더위에 카페는 애용하는 분께는 피할 수 없는 좋은 피난처임은 분명하다. 그러니 한 번씩 오르는 매출호조는 잊을 수 없는 것도 사실이기에 마음을 늘 편히 할 수는 없어도 부담감을 약간 줄이는 것도 사실이다.

전쟁에 사기가 얼마나 중요한가! 어제 『징비록』을 읽었지만, 조선은 한번 싸워보지 못하고 한성을 십여 일 만에 내어줬다. 잘 정비되었다고 하는 군사도 일본 군사를 보자 줄행랑치기 바빴다. 장사도 마찬가지다. 아무것도 아닌 것 같아도 가게 경영도 전쟁이다. 주인장이 사기 가짐과 그렇지 않은 것은 엄연히 차이가 있다. 창업은 어려운 것이지만 일은 스스로 해나가는 것이라 전율은 이루 말할 수 없다. 그만큼 재미가 있다. 카페 이름은 무엇으로 할 것인지 물어보았다. '디**' 으로 하겠다고 했다. 이미 강 선생의 자가 건물에 임대 놓은 그 카페 이름도 실은 '디**' 이다. 나의 처지로 보면 마이너스다. 교육과 본점장 그리고 본부 일까지 도맡아 하신 강 선생이다. 상호를 달리함으로써 생기는 손실과 실익은 두고 보아야 할 일이지만, 네트워크는 상호작용이 있어야 시너지 효과를 발휘할 수 있음인데 겉으로 보면 동호동의 가게와 경산과는 조화되어 보이지는 않는다. 그러니까 어느 한 곳이 주축이 되어야 하지만 그 과정까지는 어렵다. 상호를 바꾸는 것은 대단히 위험을 무릅쓰는 것임은 분명하다. 왜냐하면, 상호는 고객과의 믿음이기 때문이다(포장 용기에서부터 안의 내용물까지 모두 믿음을 부여하는 것은 참으로 어려운 일이다).

진심 어린 건투를 빈다.

앞에 본점과 분점의 관계에 관한 일을 약간 언급한 게 있어 사족으로 밑에 달아놓는다.

모든 분점이 본점에 잘 따른다면 분명 일의 효력은 대단히 높다. 하지만 그렇지 않은 경우는 관계가 묘연해지고 서먹해진다. 또 그것은 오히려 일을 그르치게 하며 나중은 분쟁까지 일어나니 얼마나 고달픈 일인가! 그래서 분점을 내는 것도 심중히 해야 하며 돈에 앞서는 결정은 절대 해서는 안 된다. 상호가 같은 분점이 아니더라도 일반 개인 카페라도 얼마든지 본점과의 유대관계를 돈독히 하는 업체는 많다. 더욱이 매출이 더 나은 곳도 많으며 본점과 상호협조하에 시장을 이끄니 얼마나 복된 일인가! 지금 생각하면 분점의 폐단으로 생기는 고통이 분점을 냄으로써 얻는 실익보다 크기 때문에 직영점을 운운하며 여태껏 일을 해왔다고 해도 틀린 말은 아닐 것이다.

여기서 조심해야 할 것은 모든 분점을 통틀어 얘기하는 것은 아니다. 어느 분점은 100% 물품 애용과 본점 지시사항을 그대로 잘 따른다. 그에 대한 보답으로 나는 많은 일을 했다. 기계가 노후되면 파는 것이 아니라 임대로 드렸다. 굳이 기계를 팔아 수익을 따로 챙기는 것이 아니라 꾸준한 판매가 오히려 나를 더 도왔기 때문에 도움을 드린 것이다. 어느 책에서 읽은 내용이지만 또 맞는 말인지는 나 스스로 검정한 것도 아니라서 조심스럽게 적어놓는다. 그러니까 상표효력이 발생하려면 월 매출 최소 1억은 넘어야 한다. 그러니까 우리 카페리코만 보면 이미 상표효력은 발생한다고 보아도 된다. 조감도 상표는 그에 못 미치지만 나름으로는 카페리코 본점 직영점이라는 타이틀을 걸으니 그나마 국물이라도 떨어지는 게다. 이렇게 경영에 관한 나름의 이야기를 기술해 놓는 것은 후임자가 있다면 도움이 되었으면 하는 바람이다.

한 집안에 직영점이 몇 개 있다 보니 이것도 붕당이 이루어진다. 참 재미있는 현실이다. 압량은 매출이 없으니 누구에게도 관심거리가 되지 못한다. 입에 오르내리는 경우는 드물다. 하지만 본점과 사동은 처지가 다르다. 직원의 왕래는 없지만 일하는 관리인은 이곳저곳 상황을 얘기 안 할 수는 없어 그 말에 서로가 불편하게 했으며 오히려 일을 그르치는 경우도 생긴 것 같다. 앞으로 조심해야겠다.

정오, 서 부장과 함께 기계 설치 다녀왔다. 한학촌에 들렀다가 나오는 길 월드컵대로 연장선 삼성현대로 끝자락이다. 도로변 복숭아밭 위에 집 한 채 예쁘게 지은 것 본다. 짓고 있는 건물 옆에는 현수막으로 임대라며 분명히 한다. 운전하며 서 부장께 한마디 했다. 참! 멋진 곳에 집을 지었다. 양지바른 대로변에 이렇게 지어놓았네! 하지만 부러울 게 하나도 없네! 모두 짐이네! 했다. 모든 것은 경제 흐름에 있지만 저만한 가치가 있기에 투자를 하며 또 입점하는 사람도 있지 않을까 하지만 경쟁에 어느 종목이든 피해갈 수는 없다. 진정한 투자가는 저렇게 참한 곳에 예쁘게 지은 건물에 임대로 내놓는 업자다. 그러고 보면 이천이백 년 전의『사기』를 썼던 양반 사마천이 생각난다. 사마천도 화식열전에 분명히 했다. 기회를 노리는 자만이 진정 돈을 벌 수 있다는 것이다. 그 기회는 때를 잘 가려서 물건을 내놓는 것이라 했다. 매일 노동으로 밥벌이하는 사람과 투자로 시기 적절히 운영하는 사람과는 분명히 차이가 있다. 시간과 노동을 한꺼번에 쓰는 것과 별도로 쓰는 것과 배로 쓰는 것은 차이가 있다.

본점에서 점심 먹었다. 서 부장이 찜닭을 샀다. 호! 진짜 맛있게 먹었다. 서 부장, 강 선생, 실습생 이 씨, 그리고 나 이렇게 앉아 먹었다. 커피 배송 있었다. 분점 정평, 사동, 교회, 사동 직영점은 서 부장이 다녀왔다. 병원은 함께 갔다. 점장님 만나 뵙고 인사드렸다. 커피 배송에 관해 몇 가지 부탁했다.

花
딱딱하고 반듯한 꽃을 보았다
그 속은 많은 것을 이야기한다
바람길 바르자면 꽃길 봐야 해
모든 꽃은 거저 핀 꽃이 아니다

서애 류성룡 선생께서 쓰신 『징비록』은 반듯한 꽃이다. 그 안의 내용은 읽지 않은 사람은 전쟁의 처참한 상황을 어찌 알 수 있을까! 읽어도 그 상황이 눈에 선하며 치가 떨리는데 실제 상황은 오죽하랴! 서애의 경험이 고스란히 묻은 책 『징비록』을 두고 쓴 시다.

커피를 좋아하고 즐겨 마시면 안 좋은 것도 있다. 장이 민감해지고 화장실이 급하다. 먹은 것이 식물성으로 채웠다면 그나마 덜하다. 고기 먹은 경우는 더욱 심한데 마치 장마철에 도랑 물 내려가는 소리가 나기도 하고 그 소리가 날 때마다 눈은 번쩍 뜨이기도 한다. 한 번씩 옥죄는 듯 아랫배는 곧 화산폭발 직전의 상황과 비슷하며 순간 하늘은 노랗게 된다. 화장실이 멀거나 또 가까이 있어도 곁에 사람이 있는 경우는 굳이 참아야 하는데 다리가 젓가락처럼 곤두서기도 하며 묵직한 바늘이 들어앉은 것처럼 고통이 따라 참을 수 없게 된다. 그때는 주위 사람도 꽤 불편하기는 마찬가지다. "저기요 아직 말씀이 덜 끝났나요? 곧 마감이라서요." 조그마한 가게, 손님 나가면 곧장 문 걸어 잠그고는 캥거루처럼 화장실로 간다. 바지를 내리는 순간까지도 끓는 냄비 뚜껑을 억지로 누르는 것 같아서 꽤 힘 쓰이는 일이다. 하얀 변기통에 앉으면 아! 화산폭발도 이런 것도 없으리라! 소리는 경운기 시동 거는 것과 같고 경마장에 수많은 경마가 한꺼번에 뛰쳐나오는 것과 같아서 보는 관중도 놀랄만하다. 하지만 그 시원함은 한여름에 떨어지는 폭포수에 있는 것과 같아서 말로 다 표현할 수 없음이다. 압량 마감 볼 때 이러한 일이 있었는데 아까 생뚱맞게 잘 먹지 않는 점심이 문제였다. 닭이 저 스스로 놀라 일제히 뛰쳐나왔다.

하나를 보내야 진정 또 하나의 참된 맛을 본다. 『징비록』이 가고 『장자』가 왔다. 『장자』를 읽으면 근심이 사라졌는데 강가에 핀 하얀 억새꽃이 태풍에 하나같이 쓰러져 누운 것과 같아서 책 읽는 내 자세 또한 의자 하나 당겨서 발을 젓가락처럼 뻗고 등을 쓰러진 억새꽃처럼 죽 기대어놓고 한 손에 책을 얹고 큰 돌부리에 걸린 수레 몸통처럼 바퀴만 헛돌듯 눈만 돌리고 생각은 양떼구름처럼 많아서 흐뭇하고 절로 쓰고 싶은 충동이 이는 것이다. 사동에 잠시 머물 때였다.

드라마 '징비록'에 이런 장면이 있다. 토요토미 히데요시가 고니시 유키나가(소서행장)에게 묻는다. "고니시 아직도 기리시탄(천주교)을 믿나?" "아닙니다. 전하께서 지우라고 명하실 때 제 마음에서 말끔히 지웠습니다." "그래 쉽지 않았을 텐데, 다행이군. 조선에 대한 연구를 계속하는 것도 잊지 마라." "예."

"나가봐." "고니시 저 녀석 내게 거짓말을 하고 있어. 신념은 그렇게 쉽게 저버릴 수 있는 게 아니야. 차라리 힘들지만 애쓰고 있다고 했으면 믿었을 텐데."

그랬다. 산꼭대기에서 내려보는 것과 산 밑에서 올려다보는 것과의 차이는 분명히 있다. 우리는 그래서 산 위로, 위로 자꾸 오르려고 하는 것이다. 산 위에 올라와 보면 안다. 마을이 훤히 들여다보이고 마을과 마을이 붙어 있다는 것도 보인다.

鵲巢日記 15年 02月 26日

耦
아궁이 군불 놓듯 자욱한 하늘
맑은 날 수일 안 돼 흐렸습니다
쓰레기더미 위에 서 있는 듯해
마냥 어리고 천해 아쉽습니다

사동 가는 길, 황사 때문인지 하늘이 연기 자욱하게 낀 것처럼 흐렸다. 라디오 아침 방송, 클래식 들으며 갔는데 가슴속 깊이 우울함이 밀려왔다. 자전거 타며 새벽 찬바람 길 가르던 옛 기억이 꿈틀거렸는데 오늘처럼 하찮은 것도 없을 것이다. 나 자신이 뭔가! 하며 느꼈다. 영화 〈미스트〉 같은 세상이다. 한 치 앞을 못 보며 헤매는 것이 인생이다. 우울함은 저 황사뿐만 아니라 어디서 발원하는지 계속 뿜어져 나오는 욕망일지도 모르겠다. 흐리다는 것은 내 마음이 깨끗지 못해 일어나는 것이니 얼마나 어리고 천하며 안타까운 일인가! 그러면서도 나는 누구를 믿고 누구를 위하며 무엇을 하며 무엇을 이루려는 것인가!

실습생 이 씨께서 김밥과 피자를 샀다. 본점 주방에서 서 부장, 강 선생, 이 씨, 그리고 나까지 앉아 먹었다. 김밥이 특히나 맛있었는데 역시 젊은 친구는 피자에 손 자주 간다. 실습생 이 씨께서는 애인이 산 거라며 누차 강조를 했는데 사실인지는 모를 일이다. 아마도 그저 재밌으라고 한 얘기일 것 같다. 사십 대가 되면 된장 같은 말 한마디가 진담이면서도 아닌 것 같기도 하고 아니면서도 진담인 그러니까 능구렁이가 된다. 그러면 죄다 애인이 있는 것처럼 말하기도 하며 또 있기나 한 것인지 그러면서도 상대를 파악해 들어간다. 굳이 사람을 사귀거나 하기 위해서 그런 것이 아니라 일종의 관심으로 재미다. 하여튼, 점심 잘 먹었다. 이 씨의 말마따나, 사는 게 별 게 있나!

교회에 다녀왔다. 지난번 설치했던 기계가 정수기 연결과 전기공급이 되었다고 연락이 왔다. 오후 두 시가 조금 지났다. 어제 연락을 받고 오늘 두 시에 가기로 해놓고는 그만 깜빡 잊고 있었다. 다시 연락 와서 가 보게 되었는데 이미 목사께서 기계에 전기를 넣어 두고 있었다. 열을 넣는 단계까지는 스위치를 올려놓지 못해 내가, 마저 올렸다. 한 십여 분 지나니 추출도 스팀도 모두 정상이었다. 에스프레소 추출과 라테 만드는 것을 시험 삼아 두어 잔 뽑았다. 스팀 피처가 없었는데 여기 사다 놓은 스테인리스강 재질 계량컵으로 우유를 담아 벨벳밀크를 만들고 한 잔 멋지게 그렸더니 보는 이가 꽤 놀라워했다. 그러니까 피처가 아니라 계량컵이었으니까,

인근에 버섯농장 사장님께서 본부에 오셨다. 에스프레소 기기 청소용 막힘 망 필요했다. 막힘 망은 포타필터에 끼워진 샤워 망을 들어내고 그것을 끼워 기계에 장착한 다음 추출버튼을 눌러 청소하는 데 사용한다. 막힘 망 안에다가 청소 약품을 넣고 청소하면 더 깔끔하게 할 수 있다. 기계 설치할 때 보통 들어가는데 여기는 그간 분실했음이 틀림없다. 다시 사러 온 것이었다. 사장님께서는 커피를 다룰 수 있는 직원을 구해달라며 부탁 말씀하셨다. 본점에 가셔 바bar에 앉아 커피 한 잔 드시며 앞에 일하시는 분께 부탁해보시라고 했다. 그러니까 본점에는 늘 실습생이 많아서 조건이 맞으면 일할 수 있는 분도 만나지 싶어 가보시라 했다.

서 부장과 함께 차량등록사업소에 들렀다가 사동 직영점에 가 커피 한 잔 마시고 왔다.

커피

커피 뽑았다고 치자 주우욱, 그러면 커피 뽑지 않았을 때가 있으며 커피 아직 뽑지 않았을 때 우리는 완벽한 커피라 할 것인가 아니면 커피 아직 뽑지 않았을 때 커피 뽑지 않을 때를 커피라 할 것인지 커피 뽑지 않았을 때를 커

피라 할 것인지 커피 뽑았다고 했을 때 커피를 진짜 커피라 할 것인지 자 그러면 커피 뽑지 않았다고 치자 그러면 커피 볶았을 때가 있으며 커피 이미 볶았을 때를 우리는 완벽한 커피라 할 것인가 아니면 커피 이미 볶았을 때 커피 볶을 때를 커피라 할 것인지 커피 볶았을 때 커피라 할 것인지 그러니까 커피 볶았다고 치자 그러면 커피 볶지 않았을 때가 있으며 커피 아직 볶지 않았을 때를 우리는 완벽한 커피라 할 것인가 아니면 커피 이미 볶지 않았을 때 커피 볶지 않을 때를 커피라 할 것인지 커피는 이래나 저래나 커피다. 아니 아니다. 커피는 뽑았다거나 커피 뽑지 않았다거나 그러니까 커피 볶았다거나 커피 볶지 않았거나 어느 것이든 커피는 아니다.

음악
탄력적인 음악을 보았다 그러니까 음악은
그 순간 탄력적이었다
You' re my love, You' re my life
음악은 새 나가지 않았다
스피커만 톡톡 튀었는데 나는 울고 싶었다
You' re my love, You' re my life
남인○ 정철○ 북인○ 류성룡○
포롬 It' s my life 통통 튀는 볼륨
찌그러진 어깨 맞지 않은 균형을
구태여 맞추었다 그러니까 울퉁불퉁 사동이었다

밥솥에 밥이 없다. 국수 삶는다. 초고추장 없다. 김치 종종 썬다. 고추장 한 숟가락 넣는다. 참기름 한 숟가락 넣는다. 썩썩 비빈다. 한 젓가락 곧게 말아 올린다. 국수 먹는다.

鵲巢日記 15年 02月 27日

맑았다.

아침을 물밥으로 먹었다. 입맛이 잘 당기지 않아서 한 공기 채 안 되는 밥에 물 말아, 설음식으로 남은 명태전 두어 개, 달걀부침 하나 곁들여 먹었다. 그나마 이것은 진수성찬이다. 임란 때 솔가루에 쌀가루를 조금 섞어 먹은 것에 비하면 행복한 밥상이다.

사동 거쳐, 본점에 왔는데 정수기 하는 동생, 허 사장이 왔다. 시지에 애견카페에 들어갈 기계견적 문의한다. 견적서 작성해서 내어주었다. 내일이면 에스프레소 기계 1년 채 안 썼을 기계가 들어오니 그것도 참작하라며 얘기했다. 그러고 한 이십여 분 지났을까? 전화가 왔다. 일할 사람 있으면 부탁한다며 얘기했는데 마침 주방에 실습생 이 씨, 강 선생, 이렇게 함께 서 있었다. 이 씨께 일 좀 해 보시지 않겠느냐며 얘기했더니 아직은 때가 아니라며 얘기한다.

분점 두 곳에 다녀왔다. 커피 납품과 월말 마감서를 드렸다. 백천 지나 한학촌 지나갈 때 직영점에 잠깐 들렀다가 영업상황을 보며 나왔다. 오늘은 저 아래 동네가 훤히 보일 정도로 날 맑다. 무슨 큰일이 난 것도 아닌데 왜 이리 걱정이 밀려오는 것인지! 오전 서 부장이 각 분점 마감서 뽑아 놓은 것을 볼 때부터였다. 2월이 날이 적기는 하지만 그래도 이건 매출이 너무 없다. 경기악화로 각 분점에서 그만큼 커피를 못 팔았다는 얘기다. 엊저녁 제주도에 계시는 선생님께서 하신 말씀이 지나간다. 그나마 관광도시라 나을 줄 알았다. 거기도 안 좋은 것은 매한가지다. 술집이고 커피집이고 조용하다는 말씀이었다.

압량의 영업상황을 보기 위해 오후 잠깐 들렀다. 손님 한 분 왔다 가셨다고 했다. 오 씨가 뽑아준 커피를 한 잔 마셨다. "본부장님 바깥에 경기 장난 아니에요." 오 씨는 옥곡에 산다. 옥곡에 또 커피전문점이 몇 군데 생겼는데, 그러니까 아마 서울 쪽 상표가 아닌가 하며 얘기했다. 새로 생긴 곳이라 나은가 하면 그것도 아닌가 보다. 손님 없기는 똑같다. 국내 사람은 다 어디로 갔을까? 이제는 손님 유치 전쟁이다.

사동에도 압량에 일하는 오 씨께도 일 열심히 해달라며 부탁했다. 그러니 오 씨가 한마디 한다. "내쫓지는 마세요. 본부장님." 오 선생께도 문자를 넣었다. '경기 너무 심상치 않다. 본부 마감해보니 100 넘은 곳 모○점밖에 없다. 그런 모○점도 내일 기계 뺀다. 돈 아껴 써야 한다. 지금 빚이 ○억 넘었다. 우리 한도 금액이 ○억이란 거 알고 있자꾸나. 그 선 넘으면 사업이고 일이고 없다. 신용불량에 압류에 통장 거래정지까지 당하면 우리는 진짜 빌붙어 살아야 해.' 오 선생은 본점과 사동 직영점에 각종 필요한 물품을 조달한다. 거기다가 교육까지 담당하는 최고의 파트너이자 집사람이다. 함께 일하지만 남편으로서 제대로 신경 쓰지 못한 것에 늘 미안할 뿐이다.

어느 조직이든지 한 조직의 장은 막중한 책임감을 느낀다. 조직을 안전하게 이끌어야 한다. 그러니까 내부 돌아가는 상황을 지켜보아야 하며 매출 변화와 소득의 배분도 하나같이 신경 써야 한다. 직원 예우 면에서도 어느 카페 일하는 바리스타보다 나으면 나았지 못하지는 않다. 직원은 나의 카페에 최고의 손님이며 가장 소중한 손님이다. 한배를 타며 우리가 지향하는 목표를 향해 삶의 여로를 함께한다. 그러니 얼마나 소중한 사람인가! 하지만 비전이 같지 않으면 달리하는 사람도 있다. 작년에는 백 씨가 나갔다. 수입 과자였는데 부산에 처음 생겼다고 했다. 과자 전문점이었다. 수입 과자에 비전을 보았다. 그 가게 차리고 난 후에도 본점에 종종 들른다. 이제는 사업자의 대표로서 만난다. 본점에 쓰는 과자는 모두 백 씨로부터 받았다. 아무튼, 이 불경기 모두 단합하여 잘 헤쳐 나갔으면 싶다.

정평, 얼마 전에 기계 설치했던 모 교회에서 전화 왔다. "본부장님 체인점 내는 데 얼마 드는지요?" 그래서 조목조목 설명했다. 중요한 것은 체인 조건이 맞아야 한다. 한 동네 두 곳을 둘 수는 없어 체인을 내줄 수 없다며 얘기했다. 그러니 나중에 압량에 들르겠다고 한다.

경기 말이 아니네 어째 살거나
서민의 불만 소리 듣기나 하나

자본주의 경쟁에 예외는 없어
나라님도 고달파 더 죄는 갑다

죄며 이끄는 살림 서민은 죽네
풀과 나무, 짐승도 흐름이 좋아
튼실하며 건강해 삶이 있잖아
시장이 건전해야 살아가잖아

오후 압량 일 볼 때다. 젊은 남자분이 오셨다. 화이트라테 두 잔을 주문했는데 주문하고서는 바깥에 나가 건물을 보는 거였다. 그래서 한마디 했다. 오늘 처음 오셨나 봅니다. "네, 가게 너무 작아 신기하네요." 주문한 메뉴를 다 만들어 내어드리고 직접 지은 시집 한 권 선물했다. 그러니까 더 놀란다. 이것 직접 쓴 것 맞느냐며 묻는다. 직접 썼다고 하니 정말 놀라며 한마디 한다. 아! 작가 선생께 그것도 책을 직접 선물 받는 건 처음이라며 했다. 좀 쑥스러웠다.

사동 조감도에 들렀던 손님도 오시었고 이곳 단골이신 손님 고 씨도 다녀갔다. 오늘은 좀 늦게까지 계시네요, 하며 묻는다. "네, 읽는 책이 너무 재미있어 머물렀습니다." 역사서는 재밌다. 결말이 뻔하지만, 어쩌면 그 뻔한 결과가 오히려 읽는 재미에 안정을 주는 것 아닐까! 『세종대왕실록』을 정신없이 읽었다.

同人

한 나무 벚꽃 피듯 세상 보아요

뿔뿔이 흩어져도 마음은 하나

봄 오면 벚꽃처럼 하늘 보아요

하늘 아래 그리움 잊지 않아요

鵲巢日記 15年 02月 28日

흐렸다. 오후 가랑비 내리더니 저녁때 진눈깨비 내렸다.

설 쉬고 첫 커피문화강좌를 가졌다. 새로 오신 분 두 분 계셨다. 사람 많으면 교육하기가 버겁지만, 적당한 교육생에 아기자기하게 이야기를 풀어나갔다. 커피에 관해서 세 분의 질문을 받았다. 한 분은 가게 평수에 대해서 한 분은 가격에 대해서 한 분은 커피 시장성에 관한 질문이었다. 예전에는 가게 넓으면 넓을수록 좋다고 얘기한 적 있다. 지금도 마찬가지만 꼭 그런 것도 아님을 몇 가지 예로 들어 설명했다. 커피에 관한 지식과 경험이 많으면 굳이 가게가 필요하겠나 하는 마음과 가게가 작으면 작은 대로 장점이 있음을 얘기했다. 만약 큰 평수를 운영한다면 여러 가지 경비, 그러니까 각종 세와 직원 인건비 등 관리비를 고려해야 한다. 그리고 커피 가격 원가를 설명했다. 한 잔에 얼마 정도가 원가며 이문은 어떻게 매기는 것이 좋은지 얼마나 팔아야

수지타산이 나오는지 설명했다. 커피 시장성에 대해서는 어느 종목과 관계없이 커피 업도 마찬가지다. 시장성 보는 관점은 본인에게 달려있을 것이다. 이 사업이 희망 가득 바라본다면 무궁무진한 게 커피 일이다. 무엇보다 내가 좋아하고 관심이 있고 손에 쉽게 익을 수 있는 일을 해야 할 것이다.

압량 오후, 교회에 모 씨께서 오셨다. 기계 청소하는 방법을 가르쳐 드리고 라테 아트에 관해서 몇 가지 지도했다.

압량에서 실습생 동원이랑 커피 한 잔 마셨다. 집에 가게가 비워지지 않아 준비를 어떻게 해야 되는지 나에게 묻는다. 아직 가게에 세입자가 나간 것도 아니고 내부공사가 들어간 것도 아니라서 준비라고는 그러니 책 보며 그간 공부 좀 하는 것이 어떠냐고 얘기했다. 그러니까 똑같은 물을 보더라도 남매지 연못을 보는 것과 바다를 보는 것은 다르겠지 아마! 느낌도 다를 것이며 보는 시각도 틀릴 거야! 책도 좀 보는 게 좋겠구나! 그래서 사마천이 쓴 『사기』에 관해 이야기해주었다. 그러니까 사기에 나오는 수많은 인물을 다 얘기할 수는 없지만, 우리가 겪을 수 있는 사람의 모든 심리 즉, 상하(임금과 신하, 부모와 자식)관계, 수평관계(부부, 친구, 국가와 국가, 이웃)를 고루 살필 수 있으니 좋아. 아마 커피 일 하다 보면 인간관계가 반드시 따르니 많은 도움이 되지 않을까! 물론 『사기』를 읽으라는 것이 아니라 책을 통해서 틈틈이 공부하는 것이 그래도 도움이 될 거라 얘기했다. 세상을 바라보는 안목과 통찰력은 거저 생기는 것이 아니니 독서의 중요성을 얘기해 주었다.

큰길가 볼품없는 가게에 앉아
수많은 차만 보니 님은 어디에
저리도 쏜살같이 그냥 가는가
애 보소 커피 한 잔 사가져 가소

입 당기는 한 모금 커피 마시니
끊으려 끊지 못한 이 커피 한 잔
그저 있으면 한 잔 곁들여 한 잔
구수한 입담 좋아 축이며 한 잔

굳이 끊으려 말고 즐기며 가자
어여 불혹도 중반 원만히 가자
살면 이제 덤이니 그저 껴안자
남은 길 잘 살펴서 돋우며 가자

야야 님만 님인가 앉아서 보는
역대에 이름 있는 문장가 또한
님이라 아소 님아 꿰뚫어 보며
참한 얘기 나누며 보듬어 가자

모 점 기계를 철수했다. 근 칠팔 년의 생활이었다. 그간 비가 오나 눈이 오나 커피를 함께했다. 점장께서도 이제는 미련이 없나 보다. 그간 거래에 고마움을 얘기한다. 본부에서는 그래도 최고의 거래처며 상표를 알린 턱없이 좋은 자리였다. 이렇게 기계를 빼고 보니 아쉬움이 없지는 않다. 서 부장은 쉬는 날이었지만 기계 덜어내기 위해 잠시 출근했다.

얼마 전 교육용으로 쓰던 기계가 출고되었기에 그 자리에다가 옮겨놓고 가동해 두었다. 저녁을 먹지 못해 용준이랑 여 앞에 막창집 간다. 김치찌개 좋아하느냐고 물었더니 "네" 한다. 이 집도 너무 오래간만에 왔다. 이 시간쯤이면 손님 가득해야 할 집이 단둘이다. 저녁 듬뿍 먹고 용준이 차까지 태워다 주며 한마디 했다. "야! 정말 진수성찬이었다. 난 돼지고기와 마늘 넉넉한 이 김치찌개가 최고란다. 그러고 보면 사는 게 별것 없는 것 같아. 이 밥 한 그릇 제대로 먹는 것도 큰 행복이지 않니!" 그러니까 그저 웃기만 한다.

사는 게 별것 있나 때마다 먹는
뜨끈한 김치찌개 제때 한 그릇
멀리 볼 것도 없어 뜨는 숟가락
죽어 여한이 없는 삶의 밥 한술

친구여 커피 한 잔 만들어 봐요

鵲巢日記 15年 03月 01日

오전은 맑았다가 오후 흐렸다.

내가 앉은 자리는 철재로 만든 1인석 소파다. 근 육 년을 썼는데도 튼실하며 천 조각 하나 해져 있지 않다. 그러고 보니 참 오래 사용했다. 내가 읽는 『세종대왕실록』 책을 얹은 책상은 만든 지 육 년이 된 탁자다. 원목이라서 빛바래지도 않고 오히려 쓰면 쓸수록 나무의 멋이 난다. 내 등 뒤에는 에스프레소 기기가 있다. 커피 생각나면 바로 일어나 뒤돌아서서 커피 갈며 포타필터에 담아서 탬포로 누르고 기계에 장착하며 한 잔 뽑으면 된다. 앉아서 우측을 보면 서재인데, 족히 한 길은 충분히 넘고 두 길은 좀 못 된다. 내가 읽은 책으로 가득히 채웠다. 밑바닥에서 천장까지는 약 8m 높이라 공간이 훤히 뚫려 있어 위에서 아래를 보면 아득하고 밑에서 위로 보면 시원함을 느낄 수 있어 겨울에는 조금 산산하고 여름이면 시원하다. 이렇게 앉아 책을 보고 있으면 약간 춥기도 하지만, 그럴 때마다 화목 난로를 옆에 하나 둘까 싶어도 생각만 가지며 만다. 오히려 따뜻하면 책 읽는 데 산만하고 졸리다. 마침 또 세종 때 정승을 지낸 여러 선비의 삶을 읽으니 공명하며 검소하며 하나같이 청빈하여 그 덕망이 하늘에 이르는데 읽으며 나 자신이 참 부끄러웠다. 본점에 앉아 종일 책 읽었다.

오전, 강 선생과 커피 한 잔 마셨다. 본점에 머무는 것도 이제 길면 한 달이다. 다음 달이면 가게를 직접 한다. 나는 마음속으로 진심으로 성공을 빌어드렸다. 커피 일, 새로 시작하는 것에 희망을 심어주고 북돋웠다. 오랫동안 본점장으로 머물러 주셨는데 참으로 고마운 일이다. 또 마음도 아픈 일이다. 그간 정이라면 정인데 이렇게 마음 맞추어 함께 일할 사람이 어디 있을까! 본점으로 보면 더없는 덕이었다. 강 선생은 그렇다 하더라도 당장 급하게 되었다. 사람을 충원해야 하는 일이 생겼다. 오전, 오 선생이 본점에 들르기에 이 일을 이야기했다. 본점에서 교육받아 나간 사람은 많지만 마땅한 사람 없어 고민했다. 그래서 예전 모 점에서 일한 모 씨와 어제부로 문 닫은 분점 모 점의 모 씨가 어떤지 이야기했다. 한 분은 우리 교육생이지만 한 분은 그렇지 않다. 이참에 교육에 관한 것도 서로 이야기 나누었다. 토요일 갖는 문화강좌는 성공적인 아이템으로 정착했다. 물론 시대가 그렇게 가버렸기 때문에 무료강좌로 커피를 알리는 계기가 되었다. 이 강좌를 통해 많은 사람이 커피를 제대로 알게 되었으리라 생각한다. 하지만 정식교육은 오히려 더 떨어졌다. 그 이유는 여러 가지다. 우선은 카페가 많이 생긴 것과 커피만 전문으로 교육하는 업소가 생각보다 많이 생겼기 때문이다. 여기에 뒤질세라 개인 카페도 덩달아 앞다투어 교육에 뛰어들어 시장을 더 활성화시켰다. 그러니 커피 교육의 질적인 면을 내세워도 그만큼 관심 있는 분을 모집하는 것은 한계였다. 교육비를 낮춘다고 더 오는 것도 아니니 그저 지금 수준으로 그렇게 가자는 것이었다.

커피 창업은 주로 커피를 가르치는 교습소에서 배워 나가 이루는 경우보다 커피 업소에서 배워 나가 창업하는 경우가 더 많다. 바리스타 자격증 제도가 도입되었다지만 창업에 필수조건이 아니라서 창업자는 굳이 자격증이 없어도 커피를 뽑고 만들 수 있으면 누구나 창업할 수 있다. 자격증이 필요한 이유는 이렇게 많이 차려진 커피집에 운영하시는 장께서 직원채용에 더 도움이 되었으면 하는 바람이며 더 나아가 전문 인력 양성을 위한다는 것이 그 취지다. 이러한 자격증제도가 마치 고수익을 보장하는 듯 그렇게 믿어서도 안되며 현실은 그렇지 않기 때문에 분명히 알아보고 준비하는 것이 좋다. 바리스타의 실제 받는 수익은 우리가 생각하는 것보다 그렇게 많지 않기 때문이다. 그러니까 최저임금제보다는 낫지만 그렇지 못한 곳도 많다. 커피집 경영도 경제원리에 따라야 하기에 주인장의 마음과 잘 맞춰야 하며 함께 동조할 수 있어야 하는 것도 중요하다. 내가 사는 동네는 경산이지만 이곳도 업소마다 일하는 사람이 많아서 기회가 되면 모두 창업하고 싶은 이가 많고 또 미래에 다만 창업의 목적으로 일한다. 그러니 우리나라 어느 곳 할 것 없이 커피집은 흔하게 볼 수 있게 되었다.

친구여 커피 한 잔 만들어 봐요
누르고 찌든 세상만사 떨쳐요
잔에 참된 그리움 담아 보아요

그리 짧은 하루가 일도 아녀요

친구여 커피 한 잔 애 여기 있소
튼실한 자리 앉아 세상 보아요
구수한 삶의 얘기 자 놓아 보소
부질없는 세상사 떨쳐 버려요

친구여 커피 한 잔 마시며 가요
뭐 그리 바빠 어서 서둘러 가나
가는 길 재촉하면 넘어 지느니
어깨동무 나란히 즐기며 가요

친구여 커피 한 잔 함께 느껴요
얼마나 살 거라고 그냥 가나요
어차피 가는 세상 쉬었다 가요
따끈한 오른 김에 마음 녹여요

사동은 오 선생이 마감했다. 본점은 동원이가 했다. 본점은 낮보다는 밤이 분위기 더 좋다. 약간 어두운 공간이 오히려 이 추위를 따뜻하게 감싼다. 훤히 뚫린 공간에 앉아 왼쪽 창가를 보면 밤하늘에 별이 보인다. 그 창가 아래 무심코 바라본 화분, 호! 돈나무에 싹이 트고 있었다. 6년도 넘은 화분이다.

동원이와 커피 한 잔 마시며 있었는데, 왜 돈나무인지 물었더니 아무 말이 없다. 개업식 때 많이 쓰는 화분으로 잎이 동전처럼 생겼다고 해서 붙인 이름일세! 바로 앞좌석 소파 위에는 역동적인 '흰 소' 그림 한 장 액자가 걸렸다. 그래서 저 그림도 물었더니 의외였다. 저 '흰 소' 그린 화가 이중섭 선생을 간략히 얘기해 주었다. 그림 또한 그냥 나온 것이 아니니 그림에 엮인 이야기도 덧붙여 해주었다. 카페에 관한 얘기도 했는데 카페 장이면 예술, 문화, 정치, 경제, 역사 등 박식하게 알아야겠지! 하며 한마디 했다.

鵲巢日記 15年 03月 02日

진량에 다녀왔다. 커피 배송 다녀왔다. 이제는 봄이 오는가보다. 날 따뜻해서 입은 옷이 두꺼워 보이고 거추장스러웠다. 학교는 죄다 개학이라 왠지 카페가 붐빌 것 같고 바쁠 것 같았지만, 카페마다 조용하다. 가져온 커피 내려놓으며 점장께서 뽑아준 커피 한 잔 마셨다. 이렇게 의례적으로 마시는 커피도 하루에 제법 되다 보니 얼굴에 홍조 현상까지 이는 것 같다. 조금 화끈거리며 붉다. 매장마다 돈 쓰임이 모두 빠듯해서 사는 데 바쁘기만 하다. 다니는 곳마다 시장 경기 운운 안 하는 곳이 없었다. 어느 거리에 어느 집은 카페 내놓았더라! 얼마 내놓았다는데 본부장님, 제가 또 전화해 봤다 아입니까! 그런데요, 터무니없이 비싼 거 있죠. 그래서 맞장구치기도 한다. "얼만데요?"

부르는 금액을 듣고 나면 역시나 비싸다. 카페는 아직 여는 곳 많아도 닫는 곳은 없다. 그러니까 주인 바뀐 곳은 있어도 폐점은 그리 많이 없는 것 같다.

본점에 혜정이가 왔다. 혜정이는 작년, 조감도 압량에서 일한 바 있다. 1년은 못 채웠지만 한 해를 한 것이나 다름없다. 오 선생께서 전화를 넣었다. 시지, 애견카페가 생기는데 일할 의사가 있는지 싶어 물어본 것이 이렇게 본점에 오게 된 것이다. 혜정이는 강아지를 참 좋아한다. 오늘도 인사를 주고받았지만, 집에 강아지 한 마리 더 늘었어요, 하며 얘기한다. 곧 개업할 애견카페에 아마도 이번 달에는 기계가 들어갈 것 같다. 영업이 본격적으로 시작한다 해도 다음 달은 되어야 해서 아직 시간적인 여유는 있다. 하지만 혜정이는 다른 자격증을 준비한다고 하니 마음에 썩 내키지 않나 보다.

언덕에 작은 카페, 카페 조감도
봄 오면 카페에 와 봄 찾아오면
새싹처럼 놓여서 기다릴게요
나물처럼 산뜻한 커피 드려요

아지랑이 언덕에 카페 조감도
지저귀는 새소리 하늘 날아요
새처럼 하늘 보며 카페에 앉아
하늘과 땅 꽃 보며 커피 마셔요

압량에 있을 때 '세빠' 왔었다. 이번 달 음악회에 관해서 서로 논했다. 세빠가 개업한 지도 1년이 넘었나 보다. 작년 1월보다는 올 1월 매출이 더 낫다고 했다. 그러니까 옆이고 앞이고 작년에 비하면 카페는 더 생겼지만 말이다. 바로 앞에 건물을 새로 건축하면서 1층에 카페가 입점해 있는데 간판은 없어도 커피는 파는 것 같다며 얘기한다. 건물을 팔기 위해 커피전문점을 임시로 운영하는 것 같다며 얘기하기에 충분히 그럴 수 있지 하며 맞장구쳤다. 작년이었던가! 부동산중개업 하는 분을 도와 카페를 내어 드렸는데 불과 5개월, 아니 4개월도 운영하지 못했다. 건물이 팔렸기 때문이다.

하루살이 육백 년 어떻게 알까
봄 여름 가을 겨울 사계도 몰라
시대의 통찰력은 읽어야 하니
읽어서 깨달으니 하루 보아라

사동에 있을 때 『세종대왕실록』 읽다. 사람이 나고 죽고 시대가 바뀌며 이룬 업적을 본다. 두꺼운 책 한 권 읽으니 여러 사람의 인생을 들여다보았다. 여러 선비의 삶을 읽다가 금방 가는 인생 어떻게 보내야 할지 조금 깨닫는다.

鵲巢日記 15年 03月 03日

아침에 진눈깨비 내리다가 잠시 눈 오다가 종일 비 내렸다.

박영규 선생께서 지은 『세종대왕실록』을 다 읽어 보았다. 느낀 점 몇 자 적는다. 우선 임금으로서 처리해야 할 한 국가의 일이 얼마나 많은가! 하는 것과 훈민정음 창제에 관해서 조금 더 깊게 알게 되었다는 점 그리고 세종의 주위 여러 선비 그러니까 유능한 인재들의 역할과 그들의 삶을 통해서 조선 초의 문화, 정치, 외교, 경제, 치국을 위한 법을 알 수 있었다. 여기서 뚜렷이 생각나는 것은 한글창제인데 박영규 선생께서 한글의 우수성을 익히 말씀하셨던 재러드 다이아몬드 교수께서 평한 말씀 한마디 넣은 글도 인상적이며 창제의 원리를 간략히 적은 것도 관심이 간다. 책은 크게 세 부분으로 구성하여 지었다. 세종의 삶과 정치 그리고 세종의 치세(실록에 따라 간략히 정리), 세종의 주변 학자 그러니까 성군 세종의 정치에 큰 영향이 있었던 학자들이다. 이 학자들의 삶이 나는 더 재밌었다. 왜냐하면 그 당시 문화를 소상히 알 수 있었다. 특히 학자 변계량의 삶은 인상적이었는데 대단한 의처증이 아니었나 하는 생각과 왜냐하면 그의 친누나의 삶이 조금 복잡했는데 그 영향이 변계량에 못 미쳤다고는 할 수 없는 일이었다. 그 외 유능한 학자가 많지만 몇몇은 술을 무척 좋아해서 제 명을 못 산 분도 있었고 악공 박연, 손이 장난이 아닌 장영실, 집현전 학자 정인지 그 외 다 언급할 수 없을 정도다. 오전 책 읽었다.

사동에 현수막 걸대 작업하는 업소에서 한 분 다녀갔다. 조감도 내에 음악회 할 수 있는 무대가 있다. 그 무대 위에 기둥 보와 기둥 보 사이에 걸대를 설치하기 위함이다. 그간 이 작업을 하려고 무척 생각은 가졌지만 하지 못했다. 무대 앞은 모두 좌석인데 오신 손님께서 무슨 공연을 보러 오셨는지 간략히 볼 수 있게 현수막 작업을 하고 싶었다. 더욱, 어제 시마을 김 선생님께서 전화 주셔, 이번 달 셋째 주 토요일 수류 선생님 시집 발표를 우리 가게에서 하고 싶다고 했다. 솔직히 너무 감사했다. 수류 선생은 시마을 동인 선생님이자 시마을 대경지회 동인이다. 수류는 선생의 호며 성함은 손성태, 이번 낸 시집은 『물의 연가』이다. 이 기회를 빌려 무대를 꾸밀까 싶어 현수막 업자를 부르게 되었다. 비용은 걸대 하나 거는 데 20만 원 요구했다. 시공은 이번 주 금요일이나 토요일쯤 전화 주겠다고 했다. 나는 될 수 있으면 아침 일찍 시공해주기를 간곡히 부탁했다.

사동 조감도 오르는 언덕에 산 꿩 두 마리 보았는데 내려가는 길에도 얼핏 보았다. 산 꿩이 많은 동네임은 틀림없다.

삼월에 진눈깨비 슬피 내린다
바람에 유리창에 떡떡 붙는다
지우고 쓸어보고 지울 수 없는
뿌리 없는 바닥에 눈꽃입니다

본부 일이 걱정되었다. 직접 거래하는 카페가 실은 많이 줄어들었다. 매출도 크게 줄어서 가진 재고의 유통기한이 모두 신경 쓰이게 되었다. 어제는 레몬파우더가 오늘은 믹스베리가 유통기한 날짜를 확인한다. 앞으로 상표만 붙는 꼭 필요한 제품만 다루어야 하지 않을까? 카페 수요가 많아서 카페는 많이 생겼다지만, 각 업소마다 커피 판매는 더 줄어들었다. 물론 커피와 관련한 공급업자도 많이 생긴 건 마찬가지다. 유통기한 다 되어 가는 상품은 반품되는지 물었더니 절대 못 한다며 딱 잘라 말한다. 어느 제품을 보더라도 경쟁상품이 없는 것이 없으니 이를 만드는 제조회사도 경기 난은 마찬가지다. 그러니 소비시장이 활성화되려면 경제활동인구가 얼마나 중요한가를 깨닫는다.

삶은 끝이 있지만 끝없는 지식
끝이 끝을 논하면 지식은 없다
중용의 예를 갖춰 끝을 논하면
비록 한낱 껍질도 길고 오래다

사동에 머물 때였는데 카스에 오른 경산 모 카페에 관해 배 선생께 말씀드렸더니 대구 시내 모 카페에 관한 정보를 얘기하셨다. 그러니까 그 카페가 2호점을 냈다는 것이다. 조금 오래된 건물을 사서 개축했나 본데 돈이 무려 14억이 들어갔다고 했다. 평수는 몇 평이냐고 물었는데 오십여 평이라고 했다. 나는 주위 점점 생겨나는 카페에 긴장되기도 해서 배 선생께 또 물었다. "우리 카페는 어떻게 생각하세요? 내부 공간미요." 배 선생은 손에 하얀 행주를 들며 웃으시며 대답했다. “그래도 여기는 나 많은 사람이 많이 오시잖아요.” 배 선생께서 말씀 끝났을 때 나도 모르게 가게 분위기에 시선이 갔다. 오늘은 좀 어르신이 많이 오신 듯했다. 11시 07분에 마감했다. 사동 나설 때는 그저 깜깜했지만, 본점에 도착할 때쯤에는 비가 내렸다.

鵲巢日記 15年 03月 04日

날씨 꽤 맑았다. 산과 하늘이 뚜렷이 보일 정도로 맑다. 깨끗한 풍경화 보는 것처럼, 바람은 몹시 불었다.

님아
님아 싹 씻긴 황사 하늘 보아요
밤새 쌓은 심사 싹 씻겨갔어요
내 마음 고운 님아 카페 오셔요
어리디 어린 마음 커피 드셔요

상호가 B 업체인 대표 이 씨께서 다녀갔다. 요지는 기계 때문이었다. 대구 시내 약 두 평에서 세 평쯤 되는 테이크아웃점 가게를 하게 되었는데 기계가 필요했다. 이 씨는 안 해본 일이 없을 정도로 여러 가지 일을 해 온 경험이 있다. 그중 주유소와 PC방을 오래 해왔는데 여타 이유로 문을 닫았다. 커피를 하게 된 것은 4년이다. 그러니까, 대구 커피 관련 모 업체에 이사로 있다가 독립했는데 그때 커피 교육을 해드린 바 있다. 남자도 하기 어려운 일을 여장으로서 해내시는 것 보면 대단하다. 이번에 내는 카페도 어떤 좋은 기회가 닿아서 하게 되었는데 이 씨로 보면 분점이다. 한 달 세가 고작 6만 원이다. 교통의 요충지에 있고 사람이 많이 붐비는 곳이라 두 평쯤 되는 카페에서 커피가 안 나간다고 하더라도 광고나 상표이미지 전략으로 충분히 이용할 수 있는 자리라 하게 된 것이다. 그리고 작년 연말, 미수 관계를 이야기했다. 봄이 오고 여름 다가오면 더치커피 수요가 많아질 듯하니 커피를 예전처럼 부탁한다는 말씀이었다. 커피가 입고되면 그렇게 해드리기로 했다.

청도, 한학촌, 모 대학 천 씨, 분점으로부터 커피 주문을 받았지만, 오후 다섯 시까지 배송 가지 못했다. 주문받은 것 중 레몬파우더가 있었는데 재고가 없었다. 며칠 전부터 주문을 넣었지만, 아직 입고되지 않았다. 업체에서 곧 온다는 문자만 왔지 오늘 입고되지 않았다. 다섯 시 넘겨 부랴부랴 배송 가게 되었다.

파도

구불구불 파도를 한입 먹는다

봉마다 짝짝 펴서 길게 늘인다

입속에 들어가면 몽긋몽긋해

파도가 빈속 허기 꽉꽉 채운다

사동에 있었던 일이다. 드립 수업, 그러니까 시와 곁들여서 하는 강의다. 한 분이 들어보고 싶다며 등록했다. 케냐와 예가체프를 볶았다. 내일 구미 도량동, 어느 성당으로 보내기로 했다. 오전 B 업체인 대표 이 씨로부터 받은 주문이었다. 압량에 쓸 커피도 조금 담았다. 실습생 최 씨가 다녀갔으며 오후에는 문중 어른이 다녀가셨다. 오늘 모임 하셨는지 꽤 많이 오셨다. 내일이 대보름이라고 했다. 양력으로 지내니 보름이 언제인지도 모르고 지냈다. 각종 나물 반찬에 오곡밥으로 보내는 날이지만, 어떤 형식을 갖추고 산 지는 오래다. 어찌 보면 삶이 농경이 아니니 그 문화를 잊고 사는 거다. 달, 1년 중 가장 큰 달이기에 대보름이라 하겠다. 8월의 달은 풍요관념을 뜻하는 한가위라 하는데 1월은 그야말로 한가위를 기대하는 마음에서 한 해 농사에 어둠과 질병, 여타 사고 없이 희망 가득 실으니 그 마음을 넓게 빚는 것이겠다.

鵲巢日記 15年 03月 05日

맑았다.

큰 산 화두를 놓고 호미를 든다
다듬은 밭에 앉아 두둑 읽는다
틈새 칼 같은 문장 고랑 긋는다
군더더기 없는 산 캐며 오른다

오전, 강 선생과 커피 마시다가 특정 분점에 대한 이야기가 나왔다. 그러니까 커피에 관한 이야기다. 분점이면 커피를 모두 써야 되는 거 아니냐며 하는 말이었다. 맞는 말이었지만, 그에 대해 구속을 할 수 없다는 게 나의 의지다. 그 이유는 몇 가지가 있다. 우선 제품(커피)을 이야기하자면 가격대비 최상의 상품으로 본점에서 내놓지만, 가격이 비싸다고 여기거나 커피가 입맛에 맞지 않는다거나 하는 문제가 생긴다. 사람마다 취향이 각기 달라서 그 추구하는 것도 각기 다르다. 그것을 억지로 맞추는 것은 강압이며 자율성을 떨어뜨리게 되어 도로 일을 그르치는 경우가 많다. 그리고 늘 갑의 처지로 무엇 하나 진행하는 것도 어려움이 있다.

본점과 분점에 관해 통일성을 갖춰야 하지만, 그렇지 못한 경우도 있어 안

타깝다. 신메뉴에 관한 이야기도 그렇다. 유통체계가 최소한 분점이 서른 개는 넘어야 모든 재고의 유통과 관리가 어느 정도는 맞아 들어가지만, 우리는 분점이 고작 몇 개밖에 안 되며 더구나 지방인 데다가 작은 도시로 감당하기에는 어려움이 많다. 그래서 모두 자율성에 맡기며 상표전략으로 몇 가지만 통일성을 갖춘 셈이다. 오히려 이 조건이 지금껏 그나마 지역에서 살아남은 이유일지도 모르겠다.

로스팅 기계에 관한 것도 그렇다. 나는 지역에 맞게 드립을 보다 신선하게 제공하려는 뜻에서 각기 분점에 갖추도록 상담과 그 결과로 각 점포에 넣었지만 지금 몇 년 지난 상황에서 돌이켜보면 오히려 폐단이었다. 물론 이 폐단이라는 말 또한 우스운 이야기일 수 있다. 그러니까 을의 처지로 보면 그간 어느 정도 로스팅에 관한 기술력 향상으로 직접 볶을 수 있는 단계로 나아갔다면 폐단은 어불성설이다. 하지만 본점 입장으로 보면 커피가 덜 나가니 오히려 기존 예상 판매량에 못 미치니 손해가 될 수 있겠지만 말이다. 나는 어느 것도 중요하게 여기지 않는다. 그저 각 점에서 초심과 같이 영업하며 고객 친화적 경영으로 살아남길 바랄 뿐이다. 본점 또한 그 어느 업소보다 노력하고 있음은 두말할 필요가 없겠다.

내부도 중요하지만, 외부의 경쟁에 더는 밀리지 않게 각기 노력해야겠다. 상표라는 것은 거저 이루어지는 것이 아니다. 지역에 얼마만큼의 인정을 받느냐는 것은 내가 얼마만큼의 믿음을 부여했느냐다. 커피 한 잔에 솔직담백하게 참된 사랑을 심어야 한다. 뭐라 해도 고객은 그것을 안다. 나 또한 어느 집에 가 커피 한 잔 마시면 그 맛이 어떤지 분간하기 때문이다. 제대로 한 집은 뭐가 달라도 다르다.

예전이었다. 분점 내기 위해, 어느 닭집 사장님과 식사 한 끼 한 적 있다. 풍채가 제법 있으신 분이다. 닭집만 분점을 약 100여 개 냈다. AI 파동이 처음 일었을 때 그 많던 분점이 하나둘씩 문 닫기 시작했는데 거의 다 닫았을 때는 소름 돋을 정도였다고 했다. 하기야 소름만 돋을까 자본이 무너지는 것을 볼 때 사람은 사선을 달린다. 하루는 본점에 어느 고객이 식사하러 오셨는데 주차선에 주차를 바르게 하지 못했다. 주차장 관리 직원이 선과 반듯하게 주차해 주십사 친절히 부탁했지만, 고객은 오히려 짜증과 불손한 말로 일축해버렸나 보다. 더욱이 이러한 내용이 다음 포털사이트에 오르는 일이 생겼다. 그러니 상표이미지가 그날 이후로 맥없이 실추되는 건 시간문제였다. 사장의 마음은 오죽했을까! 그 뒤로 일은 잘 해결되었다지만 얼마나 힘 쓰인 일인가! 그만큼 지역에서 살아남기 위한 나의 상표 만드는 일은 꽤 힘 드는 일이다. 커피는 닭과는 다르지만, 우리 농산물이 아니라 전량 수입품이란 것은 주지해야겠다.

오후, 본점에 토요문화강좌 때 오신 분이다. 마케팅에 관한 일을 하신 분이었는데 잠시 상담을 받았다. 큰 실익이 있으면 하는 것도 괜찮지만, 마케팅이란 것이 확연히 드러나는 것이 아니라 그저 듣기만 했다. 오후, 본부에 윤 과장 다녀갔다. 윤 과장은 얼마 전에 회사에서 뽑은 신형 '쏘렌토'를 타고 왔다. 승차감에 꽤 만족한 데다가 짐이 많이 실려서 좋다며 한마디 했다. 뒷좌석을 눕히면 한두 사람은 누울 수 있으니 그만한 공간쯤은 생기는 것이 되니 커피를 제법 실을 수 있다. 금세 내려주고는 구미에 간다며 줄행랑이다.

오후, 내부공사를 맡는 장 사장 전화 왔다. 이번 주 일요일 결혼한다고 했다. 음악회를 늘 하다 보니 결혼식에 축가 불러줄 가수에 관해서 여쭙는다. 남녀 혼성으로 듀엣곡을 맞췄다. 장 사장은 참 운 좋은 사람이다.

흐린 하늘 대보름달만 둥그네
어제 내린 가랑비 그냥 가셨나
포옥 적신 날 가고 달 흐립디다
잔 띄운 달그림자 혼자 마시네

뜨거운 둥근 잔에 춤추는 달아
출렁이며 향 머문 가시는 여운
속 데워 흡족하니 채운 한 모금
맑게 씻은 이 한 몸 더는 없어라

사동에 머물 때였다. 정의가 따끈한 예가체프 한 잔 내려주었는데 아! 이렇게 맛이 있을 줄이야! 입안 머금는 산미가 어찌나 상큼한지 그 맛이 적당히 삭은 김치와 같았고 속 채운 느낌이야 뭐라 말할 수 있겠는가마는 손등에 갓 내린 눈 같았으며 들여놓은 그 뜨거움은 온천탕에 폭 담근 몸처럼 온몸 나른했다. 웬만한 국 한 사발보다 더 시원했다.

정문기획 사장님 오셔 또 한 잔 마셨다. 『가배도록』에 관해서 한 말씀 주셨다. 요지를 말하자면 '재밌다' 고 했다. 자꾸 손에 간다는 말씀도 있었으며 가실 때 안티구아 한 봉 사가져 가셨다.

鵲巢日記 15年 03月 06日

맑았다. 복숭아 나뭇가지가 꽤 물이 올라 새파랗다. 곧 터질 것 같았다.

빡찍빡찍 간 커피 한 잔 내려요
이른 아침 깨운 꿈 산뜻합니다
뜨거운 하루 열정 생각합니다
빠득빠득 재껴둔 일 채웁니다

아침 일찍 광고대행업체에서 사동에 다녀갔다. 실내에 현수막 걸대 작업을 했다. 안지름으로 폭 900에 길이 4,050이다. 기둥 보에다가 앵커볼트 작업하여 꽉 조였다. 행사할 때면 그 내용을 현수막에 적어서 끼워 걸어 놓으면 고객이 쉽게 볼 수 있도록 했다. 현수막 걸대 작업한 분은 진량 사람이다. 예전에 옥외광고협회에서 일했다고 했는데 그때 집사람을 보았다고 했다. 지금도 한 달에 한 번은 옥외광고협회에 들러 시내 곳곳 현수막 광고를 이용한다.

오후, 배송 나갈 물건을 챙기다가 그만 손가락뼈가 댈 정도로 칼로 그었다. 급한 일도 아니건만 서툴게 처리하다가 도로 상해만 입었다. 피 철철 났는데 휴지로 몇 번 닦아내고 대일밴드로 둘러 잡아매었다. 칼이 살 깊숙이 지나갈 때는 아무런 느낌이 나지 않았다. 그 순간 아차! 잘렸다는 느낌만 들었다. 손가락을 살짝 구부리니 살이 벌어지면서 피가 나왔는데 그때부터 따끔한 통증이 오는 것이다.

사동 분점, 사동 직영점, 청도 가비, 영천 분점은 서 부장이 커피 배송 다녀왔다. 옥곡 분점은 직접 다녀왔다. 얼마 전에 설치했던 교회, 기계를 봐드리고 옥곡에 갔는데 모 점장을 길에서 뵈어 반가웠다. 애들 학용품 사기 위해 잠시 나왔다고 했다. 이 집 아이가 우리 집 둘째와 학년이 같다. 오늘은 하늘도 맑고 날이 많이 풀린 듯해서 꼭 봄이 온 듯하다. 화창하며 따뜻했다.

조감도 사동에 가구를 다루시는 사장께서 다녀갔다. 소파 하나가 파손되었는데 수리 넣은 바 있다. 사장께서 직접 오셨다. 사장은 이렇게 얘기했다. "이거는 사람이 앉아서 파손되는 것으로 보이지는 않습니다." 나는 그저 고개만 끄덕거리며 사장의 말씀을 듣고 있었다. 어쨌든 수리해서 다시 가져다 놓겠다고 했다. 안의 직원 말로는 어느 나 많은 분이 앉으시다가 '퍽' 하는 소리와 무너졌다고 했는데 정말이지 인사사고가 나지 않았으니 얼마나 다행스러운가!

홍곡 김종식 선생께서 '난' 축제에 참가하셨다. 난 화분을 선물하고 싶다며 전화 주셨다. 사동에서 꽤 가까운 거리라 잠깐 들렀다. 선생께 물었다. 난 대회에 입상하면 큰 상품이 있는지 하며 말씀드렸더니 대상 말고는 없다고 했다. 그저 동호인으로서 즐기는 무대며 정보를 주고받는 장이다. 선생께서 내일 오시라며 말씀 주셨는데 아내와 잠깐 인사차라도 들러야겠다. 선생은 전에도 난 화분 하나를 나에게 선물하신 적 있다. 나는 그 난을 지금껏 잘 키우고 있다지만, 물만 줬지 별달리 크게 신경 쓰지 않았다. 오늘 받은 난까지 모두 두 개다. 이번 것은 꽃도 참하게 피었다. 잘 키워야겠다는 마음을 갖는다.

부산에서 귀한 손님 한 분 오셨다. 『커피향 노트』 읽으신 어느 독자였다. 올해 춘추가 오십 여덟, 남편과는 사별했다. 분양받은 상가가 있다. 열 평이라 말씀 주셨는데 그 옆 상가도 얻을 수 있다고 하시었다. 커피에 관해서 많은 말씀을 드리지는 못했다. 압량에 가야 할 시간이 촉박했기 때문이다. 근래 지은 책 『가배도록』을 선물로 드렸다. 아마도 읽으시면 커피에 대해서 또 다른 느낌을 받을 수 있을 것 같아서 드렸다. 아주 고마워했다.

카페에 왁자지껄 서로 앉아서
풀며 가는 얘기꽃 피어나가지
바위 같은 하루가 부서 내리지
텅텅 비운 잔 바닥 하늘 바라지

다 떠나간 빈 카페 홀로 앉아서
시간은 바삐 흘러 자정입니다
거친 하루 피나는 노력입니다
말 마소 거저 도는 일과입니다

모 고등학교 선생님들 옆집에서 회식이 있었나 보다. 회식 끝나고 모두 카페에 오셨는데 1층이 모두 선생님들이었다. 순식간에 주방이 바빴는데 그중 몇몇 선생님은 여기가 술집으로 착각하여 술을 주문하시거나 옆집과 교류하여 술을 달라고 하시는 분도 있었다. 여기는 카페라며 분명히 말씀드렸다. 하지만 어느 선생님은 술을 반입하여 들어오셨는지 물컵에다가 따라 마신 것 같다. 알면서도 그저 눈감아야 했다. 직원이 조금 난감해했는데 가실 때는 또 미안하다며 사과했다.

鵲巢日記 15年 03月 07日

아주 맑았다.

봄이 왔네 봄 왔네 작은 카페에
통통 튀며 반기는 어서 오세요
고운 햇살 문 열며 들어오시네
카페 좋아 맛좋은 커피도 좋아

커피문화강좌를 열었다. 부산에서 올라오신 분 두 분 계셨다. 시지 애견카페 사장도 오시고 그 외 여러분과 함께 에스프레소에 관한 강의와 실습 있었다. 구성택 선생께서 수고해 주었다. 봄이라서 그런지 사람 마음도 풀리는가 보다. 대구에서 전기관련업 하시는 사장이다. 사는 집을 개축한다고 했다. 집 1층을 카페로 만들고 있다며 말씀을 주셨다. 애견카페 사장께서 질문하셨다. "선생님 커피 맛에 관해서 조금 알고 싶습니다. 그러니까 맛에 크게 미치는 것이 무엇인지 알고 싶습니다." 그에 합당한 답변을 드렸다. 커피 맛은 크게 네 가지로 구분됩니다. 단맛과 신맛, 쓴맛과 떫은맛, 인간이 느낄 수 있는 맛은 이외에도 두 가지가 더 있습니다. 짠맛과 매운맛이 있겠죠. 우수한 커피는 대체로 신맛과 단맛이 나는데 이를 흔히 감칠맛이라고 하죠. 어떤 사람은 커피 맛에 신맛 나는 것을 싫어하시는 분도 있습니다. 음식 신맛에 민감해서 오는 영향이겠죠. 하지만 커피는 이 신맛이 어떻게 오느냐에 따라 고급 커피인지 분간하게 됩니다. 이 맛에 영향이 가는 근본은 역시나 커피겠죠. 그러니까 생두가 좋아야 합니다. 묵은쌀로 밥을 짓는 것과 햅쌀로 밥을 짓는 것과 차이입니다. 생두도 크게 세 종류로 분간합니다. 아라비카와 로부스타와 라이베리아 종이 있는데 이들의 가격 차이도 큽니다. 아라비카 커피가 로부스타 커피보다 두 배 가량 비쌉니다. 웬만한 커피전문점은 이 아라비카 종을 사용한다고 보아야겠죠. 어느 집은 상술로 로부스타 쓰는 집도 있을 겁니다. 특히, 인스턴트커피 쪽에는 흔히 사용하기도 하죠. 그럼 에스프레소 커피에 관해서 말씀드리겠습니다. 커피 추출은 크게 두 가지로 나눌 수 있습니다. 드립과 에스프레소죠. 살코기를 먹는 것과 비계가 적당히 섞인 고기를 먹는 것과의 차이가 납니다. 그럼 여러분 좋은 경험을 가지시고요. 커피도 감칠맛 나게 경험을 가지고 가시기 바랍니다. 시작하겠습니다.

아내랑 경산 난우회에서 개최하는 난 축제에 다녀왔다. 흥곡 선생님을 만나 뵙고 인사드렸다. 선생께서는 난을 취미로 두신 지 근 이십 년 가까이 해오신 것 같다. 오늘은 난에 대해서 조금 더 알게 되었다. 재배와 보급에 관해서 말이다. 지금은 취미로 하신다지만 앞으로는 보급에 관해서도 조금 더 신경 쓰시겠다. 여기서(시민회관) 가까운 곳에 가 흥곡 선생님과 아내와 더불어 식사 한 끼 했다.

경산문인협회 총무 맡고 계시는 박 선생님과 정 선생님 오셨다. 문인협회 활동에 관한 말씀을 주셨다. 조감도에서 커피 한 잔 마셨다. 서로 얘기 나누다가 화장실 가려고 일어섰는데 계산대에 장 사장 있지 않은가! 오래간만에 뵈어서 인사 나누었다. 내일 결혼식이니 어지간히 바쁠 텐데, 친구 내외와 인생의 동반자로 함께 걸으실 이 씨도 와 있었다.

압량에 머물 때였는데 사동 조감도 손님께서 오시어 이것저것 나에게 물었다. 연인이었다. "저쪽 사동 조감도와 이곳과 같은 뎁니까?" 주인이 같으냐고 묻는 것 같았다. 학생 같아 보였다. 모두 본점 직영점입니다, 했더니 또 묻는다. "본점은 어디에 있어요?" 여기서 가까운데 임당동에 있어요, 했더니 또 묻는다. "모두 같은 데예요?" 그래서 네, 모두 한집입니다. 『커피향 노트』 책 한 권을 선물했다. 선물로 책을 드리니 또 묻는다. "본부장이신가요?" 네, 하며 대답했더니 "저도 영대 나왔습니다. 바리스타 시험을 보았어요." 한다.

대화 나누다가 조금 놀라웠다. 왜냐하면, 커피에 비전을 두고 공부하는 사람과 이렇게 카페를 찾아다니는 사람에게는 우리 상표가 얼마나 크게 보일까 하는 생각을 잠시 했다. 더구나 대형카페만 두 곳이며 이렇게 아주 조그마한 카페까지 운영하는 나로서는 또 얼마나 많은 사람에게 영향을 주었을까 하는 생각을 잠시 했다. 더구나 책을 쓰고 전국에 알리기까지 했으니 말이다. 지금도 지역 곳곳 찾아오시는 분께는 가끔 송구하기도 하다. 솔직히 커피에 관해 원칙만 지키는 이 사람에게 무엇 하나 볼 것이 있겠는가마는 먼 곳까지 마다하지 않고 찾아오시는 번거로움을 드리지는 않았나 해서다. 손님께 친절히 본점을 안내했다.

찍찌직 찍찍 간다 커피를 간다
뚝뚝 때리며 다진 탬포 소리에
커피 만들며 뛰며 받들며 간다
뜨건 커피 수십 잔 찬 것 수십 잔

위이잉 윙윙 돈다 믹서기 돈다

척척 저으며 담는 주걱 소리에
한 잔 주스 담아서 내어 드리니
목말라 함께 쪽쪽 맛 좋아 쪽쪽

鵲巢日記 15年 03月 08日

대체로 맑았다.

오전, 최 사장님과 커피 한잔했다. 최 사장은 강 선생의 남편분이다. 골목골목마다 생기는 카페 출현을 아주 멋지게 표현해 주셨다. 그러니까 인생의 즐거운 놀이마당이라 하셨다. 베이비붐 세대가 특별히 놀 수 있는 장소도 없거니와 마냥 놀기에도 어정쩡한 나이이기도 해서 돈벌이로 보는 게 아니라 나의 소일거리 정도로 본다. 오십 대는 그럴만한 나이이다. 언제 뵈어도 늘 긍정적인 마음이시라 좋아 보였다.

어제는 경산에 '카페벙커' 에 다녀오셨다고 했다. 여러 가지 말씀을 해 주셨는데 커피를 받치는 받침대와 사이드 메뉴로 나온 와플이지 싶다. 쟁반 위에 그려놓은 그림이 마치 정물화 한 점을 본 것 같았다고 했다. 실지로 사진도 몇 칼럼 찍었는데 만들어 나온 그 메뉴가 먹음직스러울 뿐 아니라 접시의 가장자리에 그려놓은 그림은 인상적이었다. 파릇한 이파리 한 점과 꽃송이가 볼만했다. 내부 공간미도 아기자기하게 꾸며놓아서 앙증맞다는 표현을 아끼지 않았다. 나중에 그 사진을 다시 보고 싶어서 강 선생께 부탁했지만 보내주지 않았다.

장 사장 결혼식장에 다녀왔다. 신랑은 우렁찼으며 신부는 다소곳했다. 사회자가 신랑에게 한 질문이 세 개 있었는데 모두 일반적인 답변을 한 장 사장은 목소리가 제법 컸다. 양가 어른께 인사 올리는 예가 있었는데 신부는 눈물 흘리기도 했다. 식이 다 끝났는데도 한동안 앉아 있었다. 행사, 제일 마지막에 직장동료나 친구와 함께 찍는 사진이 있었는데 혹여나 해서 기다렸다.

장 사장은 고향 친구도 아니며 그렇다고 학교친구도 아니다. 그저 사회에 나와 함께 일하다가 알게 되었는데 친해졌다. 그러니까 오늘 결혼식에는 내가 아는 사람은 아무도 없다. 혼자 점심을 먹었는데 호텔요리의 진가를 보기에는 너무 쓸쓸했다. 분위기가 약간 어두컴컴했으며 음악까지 고요해서 더욱 외롭기만 했다. 음식을 먹을 수 있는 객실은 아주 넓었는데 많은 식탁에 비하면 몇몇 앉아 있는 분은 적었다. 물론 예식 끝나고 들어가 이미 많은 사람이 빠져나가겠지만, 주위 사람을 인식할 이유는 없었다.

호텔 승강기 타며 지하 주차장에 내려갔다. 신혼여행으로 하와이 간다고 했다. 장 사장께 문자로 인사했다. '장 사장 부럽소. 제공해주신 고기와 국수 잘 먹고 가오.' 그러니 한참 뒤에 경산 들어올 때였는데 답변이 왔다. '본부장님 고맙습니다. 갔다 와서 식사 함 해요.'

여기서 가까운 대구 류 카페에 다녀왔다. 언제였는지 모르겠다. 조감도 배 선생께서 칭찬을 아끼지 않은 곳이다. 한번 가보시라는 말씀도 있었고 일부러 나오기에는 또 마땅히 시간 내기에 그래서 이참에 가게 되었다. 예식장에서 대구 달구벌 도로만 넘어가면 류 카페다. 배 선생께서 일러준 대로 가기는 했지만, 카페를 찾지 못했다. 천상, 지나는 몇몇 젊은 사람에게 류 카페 아느냐고 물었더니 죄다 모른다. 할 수 없이 휴대전화기 검색해서 주소를 내비에 입력하여 찾았는데 아까 지나는 사람에게 물었던 곳에서 불과 몇 보 거리도 되지 않았다. 그러니 커피집이 유명하다고 해도 커피인에게는 통하는 말이며 일반인은 관심거리가 되지는 못한다. 나의 카페도 마찬가지겠다는 생각을 했다.

전체적인 집의 외관은 아담하고 고풍스럽다. 색감은 검정색이 많아 어두웠으며 들어가는 문은 무거웠다. 압량 조감도 문이 무겁다고 평을 많이 받았지만 압량 문에 비하면 아무것도 아니다. 내가 밀고 들어간 기분은 훨씬 무거웠다. 그럴 만도 한 게 문 크기가 제법 크다. 테두리는 철재로 짜 맞춘 것이며 그 안은 두꺼운 유리다. 들어가 바bar 앞좌석에 빈자리가 보여 거기다가 가져간 책을 놓고 계산대로 갔다.

무엇을 고르겠다고 해서 메뉴판을 보는 것이 아니라 이 집 가격이 어떠하며 어떤 메뉴가 있는지 확인해보려고 섰지만, 막상 한눈에 잘 들여다보이지는 않았다. 내가 마시고 싶은 케냐를 찾는 것도 꽤 어려웠는데 그 이유는 모두 영어로 쓰여 있었기 때문이다. 찾다가 그만, 드립 하느냐고 물었더니 네 하며 대답했다. 케냐로 주문했다. 바에 앉아 사장님께서 직접 추출한 모습을 보며 있었다. 이곳은 드립할 수 있는 공간을 아주 멋지게 만들었는데 여러 잔 한꺼번에 할 수 있도록 드립세트기구를 만들었으며 밑에다가 바로 물을 버릴 수 있도록 해서 편하다. 그 바의 수평도 물을 바로 버린다고 해서 움푹 들어간 것도 아니다. 모두 수평이다. "주문하신 커피 케냐 나왔습니다."라는 사장님의 말씀에 커피를 한 잔 맛보았다. 아! 역시, 커피 맛은 가히 일품이었다. 뜨거운 그 첫맛은 석류 여러 알을 발겨서 한입에 물컹하게 넣은 기분이었고 점점 식어 들어갈 때 맛은 석류 씨앗을 씹는 기분과 같았다. 그러니까 약간 떨떠름했는데 기분이 나쁜 것이 아니라 산뜻하면서 마치 갓 양치질한 듯했다.

사장님께 물었다. 물론 그전에 알고는 있었지만, 일종의 인사였다. 커피 하신 지 오래 하셨습니까? 팔 년 가까이 했다고 한다. 그때부터 말문이 트여서 줄곧 말을 아끼지 않으셨는데 이 건물을 사서 개축했으며 앞집도 아마 사들인 것 같았다. 집 구조는 1·2층이지만 위층은 테이블이 하나밖에 없다고 했다. 대충 이야기를 서로 나누었지만, 나보다는 칠팔 년 정도 차이다. 사장께서 말씀이 있고 내 소개도 약간 했는데 카페리코와 카페 조감도는 모르신 것 같았다. 이야기가 여기까지 온 김에 직접 지은 책 한 권을 사인해서 선물로 드렸다. 언제 경산 오실 일 있으면 카페 조감도 잊지 마시고 찾아주십사 인사했다.

류가 경영하는 카페는 웅장한 멋은 없지만 웅장했으며 갓 개업한 카페지만 한 백 년은 족히 되어 보였다. 그 느낌을 받게 된 원인은 바닥은 시멘트 마감이며 모든 기둥은 철재 빔으로 각을 잘 맞춰 올려 세웠는데 역시 누가 보아도 기술자가 한 것임이 틀림없을 정도로 한 치 오차 없이 반듯했기 때문이다. 의자는 모두 중요 부분은 철재며 앉은 자리와 등받이는 소파와 나무로 적당히 섞어, 보기에도 불편하지 않을 뿐 아니라 튼실하다는 느낌을 받았다. 주방은 가게와 비교하면 그리 넓은 평수는 아니다만 있을 것은 다 갖추었고 계산대가 주방을 바라보면 우측 끝에 벽면에 부착해서 놓았기에 약간은 솔다는 느낌이었다.

류 사장께 물었다. 로스팅을 직접 하시느냐고 물었는데 로스팅실을 안내해 주었다. 네덜란드 지센 제품이었는데 용량은 6K다. 동생이 운영하는 기계는 독일 프로밧이라고 했다. 그러니까 시내에 있다. 이 가게를 운영하기 위해 투자비에 관해서도 이야기 들었다. 꽤 많은 돈이 들어간 것만은 틀림없었지만, 이 집의 경영과 사장의 커피 뽑는 기술로 보아서는 그 많은 빚이 어렵지만은 않다는 것이 나의 관점이다.

서비스로 케냐 드립 한 잔 더 되는지 조심스럽게 여쭈었는데 쾌히 해주셨다. 나갈 때, 문 앞까지 나오시어 인사 주셨다.

압량에 머물 때였는데 오늘은 밤 손님이 아주 띄엄띄엄 오셨다.

바른 집 바른 커피 한 잔 마시면
오는 맛 가는 느낌 하늘과 같네
비싼 커피 기어코 아깝지 않네
손맛과 기술까지 덤으로 보네

그러니 카페 가면 바에 앉아라
사람 사는 사회라 숨길 게 없어
이웃 만드니 더는 외롭지 않네
같은 일 서로 나눠 다 함께 좋네

그저께, 칼에 깊숙이 베였던 손가락에서 구린내가 났다. 대일밴드를 갈지 않고 그냥 내버려 두었는데 피가 응고되었다가 몇 번 물에 담가, 씻겨나가기도 했지만, 피가 곰삭고 있었나 보다. 무심코 턱 받치다가 냄새 나기에 더 갖다 대어 맡았다. 콤콤하다. 그리 나쁘지 않아서 이제는 자주 갖다 대어 맡는 버릇이 생겼다. 호! 역시 콤콤하다.

사동에 머물 때였다. 정문 사장님 오셨다. 어제 대구 모 카페에서 강의 들은 얘기를 해주셨다. 커피에 관한 얘기였지만 커피가 아니었고 바리스타라는 주제가 있었지만, 꼭 그렇지만도 않아서 오히려 젊은 사람은 강의를 듣고는 다시 오지 않았으며 나 많은 사람은 앉아 듣는다고 했다. 그러니까 강의가 도를 터득하는 길 같다며 한 말씀 해 주셨다. 어쩌다가 도에 관한 말이 나와서 그것과 비유를 놓아 요즘 문학에 대해 말씀드리며 내 의지를 말했는데 이렇다.

그러니까 문학이라고 하는 것은 경험의 질을 높이는 것 같아요. 우리가 시를 짓거나 감상하는 것은 마치 바다를 보는 것 같습니다. 우리 문학의 역사, 100년을 볼까요. 그러니까 김소월이나 김영랑이 살다간 시대는 해변이었습니다. 지금의 문학은 저 깊은 바다입니다. 깊은 바닷속에 있는 분이 요즘 문학인이라고 해도 과언은 아닌 듯합니다. 그러니까 일반인에게 쉽게 다가가며 바닷물이 짜다는 것을 보여줄 수 있는 사람이 진정한 문학을 하는 사람이 아닐까 하는 생각 말입니다. 저 또한 작품이라고 보면 우스운 얘기지만 책을 써보니 이런 생각 들더군요. 진정한 나를 발견한 것이 인문이며 나를 찾는 것이 삶의 참된 여행이라는 것 말입니다. 그것이 나를 대변할 수 있는 좋은 작품이 아닐까 합니다.

자아의 표현이다. 커피 한 잔을 놓고 어떻게 표현하느냐가 중요하다. 그러니까 어떤 맛이 나는지 단순하게 이야기할 수도 있지만 한 잔의 커피에 묘사할 수 있는 능력이야말로 값진 경험의 소산이며 삶을 받치는 힘이며 솔직담백한 문학이라 그것은 곧 내가 하는 일의 장인으로 가는 길이라 진정한 도道가 아닐까 한다.

鵲巢日記 15年 03月 09日

맑았다. 바람이 아주 세차게 불었다.

아침 사동 가는 길이었다. 압량 사거리는 교통의 요충지다. 언제부터 도로변, 가장 멋진 자리에 건물이 오르고 있었는데 나는 속으로 아! 참 건물 참하다며 얘기한 적 있었다. 호! 근데 오늘 보니 일 층에 간판이 붙었다. 모모 공구상사다. 그 옆에 구 건물 모모 공구상사인데 잘 아는 집이다. 나는 무릎을 탁 치며 역시나 맞았다. 예전에 무역회사에 다닌 적 있었는데 이 회사는 공구 관련 수입하는 수입상이다. 수입한 각종 공구를 전국 각 지역에 공구상사나 공단의 각 공장에 납품한 적 있었다. 공구는 대체로 고가이며 건축하는 건축업자나 공장에 아니 쓸 수 없는 필수 상품이다. 대체로 수요가 많아서 잘 팔린다. 작업공구 하나 손에 쥐었다 하면 몇만 원쯤 하니 커피 일과 비교하면 여러 수십 잔과 맞먹는다. 그러니 돈을 안 벌 수 없는 직업 중 하나다. 어제저녁,

정문 사장님과 대화 나누며 한 얘기였다. '안주하지 말며 도전하라' 는 말씀이 요지다. 그 순간, 자격지심이라고 할까 약간 소침했다. 지금껏 도전하는 삶을 살았다. 하지만 욕심은 금물이다. 욕심은 도로 위기로 몰아 몸을 해할 수도 있음이다. 예전 부모는 자식 생각하며 열심히 살았다고 하나 요즘은 그렇지 않다. 모두 자업자득이며 하늘은 스스로 돕는 자에게 도움을 준다. 열심히 사는 사람에게는 그 어떤 것도 감당하지 못할 게 없다. 열심히 사는 사람에게는 사람이 붙으며 주위 사람을 만드는 법이다.

내가 어떤 직업을 택하며 그것을 어떻게 운영해 나가는 것도 다 운인 것 같다. 무엇을 택했다 하더라도 근본은 열심히 노력하며 배우며 긍정적인 마음으로 하루를 다지며 사는 것이다. 장사에 무슨 왕도가 있겠는가마는 내가 보건대 밥집이나 커피집은 실은 돈 버는 것과는 거리가 멀다. 혹여나 그것으로 돈을 벌겠다 하면 시스템을 만들어야 한다. 남들과 비교되는 특별한 경영능력을 발휘해야 한다. 말 한 필에 싣는 봇짐과 여러 말에 이끄는 수레에 싣는 봇짐은 분명히 다르다. 물론 말의 역량도 관리도 중요하며 세상 흐름도 중요하다. 하지만 비교적 금액단위가 높은 것은 위험성도 높지만, 그만큼 이문도 높아 목적한 바를 더 빨리 이룰 수 있는 것도 사실이다.

아침 전호근 선생께서 쓰신 『장자 강의』를 모두 읽었다. 장자의 『내편』을 강의한 책이다. 솔직히 어떤 부분은 어렵다. 하지만, 어렵다고 해서 파고 들어가는 것이 아니라 글자를 먹듯 그렇게 죽 읽었다. 장자의 첫 이야기는 붕새로 시작한다. 아주 큰 새다. 날개를 펼치면 구만리를 날아간다. 이야기가 시사하는 바는 크다. 때를 보며 큰 뜻을 펼치는 게 첫 이야기의 시작이다. 『내편』 마지막은 어둡게 끝을 맺는다. 혼돈의 이야기가 나온다. 나는 혼돈의 이야기 그 앞 이야기가 마음에 더 와 닿았다. 그것을 한 번 적음으로써 책거리 대신한다. 명예의 주인이 되지 말며, 모략의 창고가 되지 말며, 일의 책임자가 되지 말며, 지혜의 주인이 되지 말라. 다함이 없는 도를 완전히 체득해서 자취 없는 세계에 노닐도록 하라. 하늘에서 받은 것을 극진히 하되 이득을 보지 말아야 할 것이니 오직 마음을 비울 따름이다. 지인至人의 마음 씀씀이는 거울과 같은지라 보내지도 아니하고 맞이하지도 아니하며, 비추기만 하고 간직하지 않는다. 그 때문에 만물을 감당하면서도 다치지 않을 수 있는 것이다.* 가끔은 마음을 비우고 사는 것도 괜찮다. 너무 튀려고 하면 오히려 잘리는 일도 있다. 나를 덜어내되 조심해야 하며 그저 공부라 그 이상도 그 이하도 바라지 않는 게 좋다.

오후, 본점에서 교회, 도자기 일을 하시는 이 씨와 상담 중이었다. 평상시 서로 연락을 자주 전하는 친구는 아니지만 가까운 친구로부터 전화가 왔다. 고향 친구라서 오히려 이렇게 띄엄띄엄 오는 전화는 세상 놀랄 일밖에는 없다. 아! 어찌하면 좋은 것인가! 어릴 때부터 함께 지낸 죽마고우다. 친구가 세상을 달리했다. 친구로부터 받은 전화는 자살이 아닐까 하며 조심스럽게 말을 했다. 일단은 경찰 조사가 들어갔다며 말을 한다. 나는 도무지 너무 놀라서 입에 말이 떨어지지 않았다. 입술이 부들부들 떨렸는데 갑자기 눈물이 맺혔다. 자동차 영업하며 늘 긍정적인 삶을 살았던 친구였다. 작년에는 영업용

* 『장자 강의』, 전호근, 498p

봉고차를 친구로부터 사기도 했다. 그런데 무슨 날벼락인가 말이다. 아! 아무리 어수선한 세상이라지만 무슨 목숨을 그리 쉽게 내놓았단 말인가! 무슨 일 있었던가! 또 다른 친구에게 전화하고 또 다른 친구로부터 전화가 왔다. 봄은 저리 요란하게 오는데 어찌 세상을 쉽게 내놓았단 말인가!

벚나무 가지마다 봉곳하다만
바람은 어찌 이리 매섭게 부나
가지마다 피우는 제철 꽃이라
부름 없는 자연에 벌써 가시나

동네 친구들이 함께 모였다. 고향 친구가 운영하는 소줏집에 모여 이것저것 이야기 나누었다. 부모님 다 살아계시고 결혼은 했으나 불과 3개월 채 못 살다가 이혼하고 자식도 없는 친구다. 장례예식이라는 격식도 차릴 수도 없게 되었다. 고향 친구라 해 봐야 7명, 병원 조그마한 방 하나 얻으려니 비용이 만만치 않았다. 가족의 말씀에 따라 움직일 것 같다.

모처럼 고향 친구들 만나니 모두 고향을 떠나 산 게 아니라 고향에 다들 있었다. 또 다른 친구의 소식도 들으며 세상 사는 이야기를 나누었다. 사는 게 다 똑같았다. 모두가 궁핍한 삶이며 노력하지 않으면 살 수 없는 인생이다. 떠난 사람은 툴툴 털며 갔다. 어찌 보면 지긋지긋한 삶을 끝내며 웃으며 편히

갔을지도 모른다. 남은 중생들이야말로 가련하지 않은가! 어깨에 짊어진 업보라 하더라도 끝까지 지고 갈 수 있을 때까지는 지어야 하지 않을까!

바람이 몹시 부는구나!

鵲巢日記 15年 03月 10日

꽃샘추위다. 바람이 아주 심하게 불었다.

꽃을 샘하다 보니 바람은 크다
꽃이 있으니 보는 세상도 크다
꽃은 피어서 밝은 세상 환하다
꽃이 보이지 않는 꽃이 칼 같다

오늘 아침은 사마천이 지나간다. 바람이 저리 심하게 부니 꽃이 안 떨어질 수 있으랴! 그래서 꽃샘추위라고 했다. 압량 개점하니 창가에 붙은 서리가 꼬당꼬당 얼었다. 사마천의 말이다. 나보다 재산이 열 배가 많으면 시기 질투하며 백 배가 많으면 두려워하고 천 배가 많으면 그 집 종이 되며 만 배가 많으면 노예가 되니 죽음도 아깝지 않다고 했다.

교육은 대등한 상황에서 처하지만 스승은 갖은 지식으로 보면 배우는 자보다 만 배가 많다. 배우는 학생은 백지로 시작하지만, 점차 스승의 위치까지 오르며 나중은 능가하게 된다. 배우는 학생의 위치가 스승과 대등한 위치가 되면 스승의 존재는 없어진다. 누구나 위에 처하려 하지 아래에 있을 사람은 아무도 없다. 스승을 모르는 사람은 세상도 모르는 사람이다. 무엇 하나도 공경하는 사람이 있는가 하면 무엇 하나도 아니 곱게 보는 사람이 있다.

교육은 시장을 더 크게 키울 수도 있지만, 오히려 경쟁을 부추기는 일이 될 수도 있다. 어느 것도 일보다 앞설 수는 없는데 먹고 사는 문제가 해결되어야 예가 나온다는 옛 선인의 말씀처럼 함께 이루려 해야지 서로의 싸움만 있다면 앞날은 어두울 수밖에 없다.

커피를 안다고 해서 일을 잘하는 것도 아니며 때와 장소에 따라 처신은 분명히 다른 용병술이 필요함인데 그것은 배운 지식 가지고는 어렵다. 그래서 일을 잘 처리하는 사람이 있는가 하면 그렇지 않은 사람도 있다. 모두 사람이 하는 일이며 사람과 엮어 나가는 일이라서 어렵기만 하다. 아침 커피 한 잔 마시며 나에게 질타하는 말이다.

세상을 독보적으로 바라보며 독보적으로 살아갈 수 없지만, 때론 독보적으로 걸어야 할 때도 있다. 새로운 사람과 함께 일을 해나가면서도 뜻이 같지 않으면 갈라서는 것은 어쩔 수 없는 일이다. 스승을 모르는 사람은 세상도 모르는 사람이라는 것도 어쩌면 억지 주장일 수 있다. 새는 알에서 깨어나야 더 넓은 세상을 바라볼 수 있다고 했다. 무소의 뿔처럼 혼자서 가라는 말도 있지 않은가! 부딪혀보면 알게 되는 게 세상이다. 나도 커피를 배웠다지만 알고 보면 사회에서 배운 게 더 많지 않은가!

한 사람 대하는 것보다 전체를 대하는 것이 편한 때가 있고 전체를 대하는 것보다 한 사람 대할 때가 편한 때가 있다. 아내랑 일을 오래 하다 보니 자연스럽게 일은 분담이 되었다. 자기 할 일은 따로 정한 것은 없지만, 분간이 되었다. 아내도 거리를 두고 대하니 스스로 일에 충실하게 되었는지도 모르겠다. 가빈사양처家貧思良妻, 세란식충신世亂識忠臣, 질풍지경초疾風知勁草 라고 했는데 즉, 가정이 어려울 때 좋은 아내가 생각나고, 세상이 어지러울 때 충신을 분별할 수 있으며, 세찬 바람이 불면 어떤 풀이 곧은 풀인지 알 수 있다고 한 말이다. 나에게 경기 좋은 때는 언제며 또 나쁜 때는 언제이던가! 일은 늘 어려웠으니 아무 내색도 없이 옆에서 그저 일만 하는 아내에게 미안할 따름이다. 사동, 시지, 병원, 밀양까지 다녀온 서 부장께 물었다. 영업 다니면서 들은 이야기나 따로 보고할 것 없는가? "네, 다른 거는 없고요. 대다수 힘들다고 얘기해요." 꽃샘추위는 사시사철 부는 게 서민의 삶이다. 서 부장 일에 사심이 들어가서는 안 되네. 지금은 어느 곳 어느 집에 들러도 거저 듣지만, 나중은 나도 모르게 쌓일 때가 있네. 그때는 아무리 좋은 일이라도 힘들 때 있지. 힘들면 떠나기도 해. 하지만 떠날 수 없는 사람은 그 고통을 안고 가야 돼! 그러니 누가 더 고통이 따르는가! 말은 이래도 고통이며 저리 해도 고통이다. 그래서 나는 어디를 가도 많은 말을 하지 않네! 자네는 딱 할 말만 하니 좋네.

떨어지는 꽃이 여사로 보이지 않을 때도 있다. 지금은 그저 바라보며 있지만, 나중은 내가 떨어질 수도 있음이다. 그러니까 자연을 보는 처지와 자연은, 스스로 갖는 인식의 차이일까! 이래나 저래나 나는 자연이다. 그러므로 손해라는 것도 있을 수 없으며 이득이라는 것도 있을 수 없다. 인간의 몸이라는 이 허울 좋은 껍데기를 안고 있으니 바람이 불면 춥고 뙤약볕 아래면 더운 것이 인간의 감정이다. 나는 무엇 때문에 일을 하며 스스로 고통을 받으며 사는가 말이다. 이렇게 한 줄 써내려가는 글도 다 부질없는 일임에 무엇이 그대 가슴에 불을 댕겼단 말인가!

압량에 머물 때였다. 밀양 다녀온 일로 약간 늦었다. 물론 그 전에 문자를 보내, 조금 기다리시게 했다. 약간 그러니까 10분쯤 지나서야 인수인계하고 오 씨는 퇴근했다. 오늘 매출은 16,000원이다. 나는 이 작은 카페가 왜 좋은가 하면 바깥 시장을 깨우쳐주기 때문이다. 이것보다 못한 곳도 있으며 이것보다 나은 곳도 있지만, 커피시장의 현실을 보여주는 매출이기에 늘 고개 숙인다. 상표가 잘못 되었거나 직원이 잘못 되었거나 이곳을 경영하는 내가 잘못한 것이 아니다. 시장의 구조적 문제며 경기의 문제다. 커피를 판매하는 곳은 커피집만 아니라 업종에 관계없이 어느 곳이든 커피를 하며 공장 사무실이나 대학 연구실에도 원두커피 뽑는 기계 하나쯤은 다 갖추고 있다. 굳이 학교 앞이나 공장 앞 상가까지 나와서 구태여 커피 한 잔 사서 먹을 필요가 없다. 손가락 하나 들 힘만 있으면 자동으로 척 떨어진다. 카푸치노, 핫초코, 아메리카노, 호! 이 아메리카노도 시럽을 원한다면 시럽 버튼만 꾹 누르고 있으면 된다. 커피집까지 가는 시간에 대합실에 앉아 쉴 수도 있다. 그러니 얼마나 편한 세상인가!

분점 한 곳에서 전화가 왔다. '본부장님 전화 통화되나요?' 네, 말씀하세요. '이번에는 꼭 좀 팔아주세요. 본점에 교육받는 분 많이 없으신가요. 꼭 좀 부탁해요.' 네, 사모님 많이 힘드시죠. 저도 죽고 싶을 정도로 힘듭니다. 노력해 볼게요. 통화는 불과 몇 분 되지 않았다. 목소리는 너무 간절했다. 간절한 목소리를 듣는 것만도 여러 번이다. 오늘은 이 집이면 내일은 또 다른 집이다. 어느 집은 주 사업이 잘 되지 않으니 밑 자금으로 넣어야 한다며 빨리 팔아달라는 말씀도 있었다. 개인 카페도 마찬가지다. 어느 집은 수입이 되지 않아서 점장은 따로 일하러 다닌다. 그러니까 기존의 카페는 아르바이트로 대신하는 셈인데 일할 사람 없느냐며 문자와 전화가 수십 통이다. 권리금이라는 것은 우스운 얘기다. 이제는 빠져나가는 것만이 운수대통인 양 궁지에 몰린 자본을 본다. 이런 시기에 새로운 희망을 안고 뛰어드는 봇짐장수도 많다는 것은 이곳은 희망을 심는 시장이라는 것이다. 더도 덜도 아닌 시장 말이다.

사동에서 직원과 회의했다. 영업에 관한 문제점을 서로 상의했다. 사동을 마감하며 본점으로 들어가는 길이었다. 바람이 어찌나 세차게 부는지 차가 흔들리듯 그렇게 느꼈다. 사는 것이 무엇인지! 회의감마저 든다. 너무 힘들어 무엇을 어떻게 표현할까! 내가 본 국가는 위기다. 중년이라는 나이는 가장 많은 일을 하며 삶을 지탱하며 가족을 부양해야 할 나이다. 하지만 이 나라는 썩었다. 아니 썩고 있다. 빠듯하게 돌아가는 경제상황에 어느 누가 발맞춰 간단 말인가! 세금과 임금, 매출과 지출, 연금과 복지. 우습다. 과연 희망은 있는 것인가! 하루가 전쟁이 아닌 날이 없고 상처받지 않는 날이 없으며 조금도 걱정을 하지 않는 날이 없으니 어찌 이 삶이 온전한 삶이라고 할 수 있겠는가 말이다.

鵲巢日記 15年 03月 11日

맑았다. 바람이 조금 줄었다.

에스프레소 커피는 단일 종으로 볶지는 않는다. 여러 가지 콩으로 배합하여 볶는다. 커피 볶는 기술도 한 종류씩 볶아 섞는 방식이 있고 미리 여러 가지 콩을 한꺼번에 섞어 한 번에 볶는 방식이 있다. 요즘은 대체로 후자를 많이 택하는데 이는 색깔이 고르며 모양이 다소 일치하며 작업방식이 수월한 것도 무시할 수는 없기 때문이다.

에스프레소 커피는 왜 이렇게 섞어야 하는가 하면 커피는 단순한 어떤 맛을 요구하는 것이 아니라 복합적이고 융합적이며 오묘한 맛으로 라테의 밑바탕에 가까워야 하기 때문이다. 그러니까 라테 아트의 필수요건인 크레마가 나와야 하기 때문이다. 크레마란 에스프레소 커피를 뽑을 때 위에 뜬 커피 기름 성분을 말한다. 그래서 어느 집은 아라비카 커피, 여러 나라의 산출한 커피를 고루 섞기도 하며 여기다가 로부스타 커피를 일부 섞는 곳도 있다. 로부스타를 섞을 때는 주의해야 하는데 너무 많이 넣으면 쓴맛과 거친 맛이 나 커피 맛을 떨어뜨리게 된다. 우리 카페리코 커피는 100% 아라비카 커피만 고집하지만, 어느 집은 로부스타를 섞는 곳도 있어 각설하지만, 로부스타를 넣는다고 해서 크게 나쁜 것은 아니라는 것이다. 커피의 맛은 고루 나야 좋은 커피를 만들 수 있는 것도 사실이기 때문이다.

한 잔의 커피도 이런 융합적이지 못하면 맛이 떨어지듯 일도 마찬가지다. 서로가 이해하는 마음이 없으면 어느 일도 추진하기는 어렵다. 어느 집이든 일만 하는 집은 없다. 직장은 놀이터나 다름없어서 마음 맞지 않으면 한 시간도 함께 하기는 어렵다. 그러니 서로 이해하고 양보하는 마음이 먼저여야 한다. 『백범일지』에 나오는 말이다. 상호불여신호相好不如身好 신호불여심호身好不如心好에 관한 내용이 있다. 얼굴 좋은 것이 몸 좋은 것만 못하고 몸 좋은 것이 마음 좋은 것만 못하다는 뜻으로 미모보다는 건강이 더 중요하고 건강보다는 마음이 더 중요하다는 뜻이다. 마음이 후하면 덕이 쌓이니 외롭지 않다는 말도 있지 않은가!*

대표는 직원을 아끼고 사랑하는 마음이 있어야 하며 직원은 대표의 처지를 다 알 수는 없겠지만 이해하려고 노력해야 한다.

본점에서 상담했다. 학교 후배다. 『커피향 노트』를 읽으셨다고 했다. 어제도 전화를 한 번 주신 분이었다. 화원에 조그마한 가게를 인수했다고 했는데 경영에 관해서 이것저것 질문 있었다. 바리스타 자격증을 취득하신 분이었는데 커피에 관해서는 잘 모르시는 듯했다. 커피 가게는 2년 된 카페며 오십 대 부부가 하시던 것을 인수했다. 나는 하루 매상을 여쭈었고 앞으로 어떻게 이

* 자왈 덕불고 필유린(子曰 德不孤 必有隣)

끌어갈지 물어보았다. 커피 시장이 커졌다는 것은 커피에 비전을 두고 뛰어드는 사람도 많다는 것이다. 많은 사람이 커피 시장에 몰려들고 있다. 커피전문점은 피할 수 없는 길이라는 것의 가장 큰 이유는 마시는 음료를 다루며 대화며 여유며 소통의 장을 제공해 주기 때문이다. 젊은이여! 꿈을 가져라! 한 잔의 커피에 그대의 꿈을 담아 마셔라! 가슴 깊이 폭 적셔 보아라!

구두 한 켤레 샀다. 지금 신고 다니는 구두는 3만 원짜리다. 꽤 오래 신었다. 실밥이 터지고 구두끈 묶는 부위, 그러니까 혀 부위가 터져, 걸으면 헤 벌어진다. 그저께, 고향 친구들 만날 때였는데 병원 들어갈 때 좀 부끄러웠다. 아무리 외모에 신경 안 쓴다고 해도 구두가 시원찮으니 주눅이 들었다. 근데 구두 가격이 조금 내렸다. 2만8천이다. 호! 간단히 클릭했지만, 왠지 기분은 좋다.

세탁소에 가 맡겨놓은 옷도 찾았다. 세탁소 가는 길이었는데 세탁소 앞은 사거리다. 마침 그 순간 차량 접촉사고가 난 건지 견인차 한 대 와 있었고 도로바닥은 자동차 파편이 군데군데 흩어져 있다. 사람들은 우! 나와 구경하며 있었고 그중 세탁소 사장도 나와 서 있었다. 차 사고 났던가 봅니다, 하니까 방금 났어요, 한다. 소형차 모닝과 비슷한 차량이 서 있었는데 앞 범퍼가 완전히 없어졌고 그 앞차는 무슨 차인지는 모르지만, 대수롭지 않았다. 옷 찾아왔다.

추운 겨울은 가라 빨리 가라고

바람은 저리 불고 산 꿩은 날고
따뜻한 봄은 오라 빨리 오라고
바람은 이리 부나 산 꿩 또 날고

산 꿩이 많은 동네 카페 조감도
카페 좋아 모였나 이 길 저 길에
카페 오라고 다들 빨리 오라고
꿩꿩 쫓는 봄 다시 쫓으며 꿩꿩

鵲巢日記 15年 03月 12日

맑았다. 황사가 없어 하늘이 꼭 가을 하늘 같았다.

스스로 캐는 진주 수월하지만
의미 또한 돌 같아 값어치 없네
운도 주고받으면 기쁨 두 배라
속에 꾹 담지 말고 야들아 보라

사마천의 『사기』는 분명히 인간의 모든 감정을 직간접적으로 표현해 놓고 있다. 『사기』를 쓴 이유는 바른 역사관과 앞으로 미래를 바르게 보기 위함으로 누가 군주가 되든 올바른 선택과 현명한 판단을 목적으로 한다. 한 국가를 창업하기도 어렵지만 그 국가를 유지하는 것은 그야말로 창업보다 몇 배가 어렵다는 것을 이해할 수 있음이다. 군주의 잘못된 판단과 올바르지 못한 행동이 국가 위기를 초래하고 결국 국가가 망하는 것을 보기도 했으며 신하의 잘못된 간언에 내부의 정치적 위기를 초래하여 국가가 망하는 것도 있었으며 국가 간의 무의미한 싸움으로 많은 백성이 무모하게 죽어 나가는 것도 볼 수 있음이다. 물론 이외 많은 일을 적어놓았는데 현대의 삶을 비추어 보아도 손색이 없을 정도다.

사람이 많든 적든 몇 있으면 조직이며 체계를 이룬다. 카페 경영도 이와 같다. 본점과 조감도를 창업하는 데 어려움은 둘째 치더라도 경영은 험난한 산이다. 외부 어느 카페보다도 인건비만큼은 최고로 대우하지만(적게는 이삼십만 원, 많게는 오십만 원 차이다), 4대 보험에 불만을 제기하는 사람도 있으며 그러니까 실수령액이 낮아지니 왜 보험을 넣느냐는 것이다. 그렇다고 하더라도 개인적인 사정으로 보험을 넣지 않은 직원도 몇 있지만, 안 넣은 대로 불만을 제기한다. 카페 영업이 못하면 아무런 문제가 없지만, 성수기가 접어들거나 몸이 바빠지기라도 하면 일종의 시기 질투심이 일어 카페 분위기 또한 험악해지니 일손을 덜기 위한 인원을 더 충원한다. 그러니 카페 영업은 잘 되나 못 되나 나가는 비용은 크게 달라지는 것은 없다. 그러므로 개인의 부채를 줄여나가는 것은 꿈같은 이야기다. 본점을 창업하고 본 빚이 이억이었으나 6년이 지난 지금껏 한 푼도 못 갚았다. 사람을 아끼고 사랑하며 애지중지하게 대해도 그 순간뿐이다. 카페 일은 반복적이며 단순한 일이라 사람을 지치게 하는 것도 그 이유라 어느 정도 개인의 역량을 발휘하기에는 어려우며 또한 목적을 가지고 일하는 직원은 배움이 끝에 이르면 모두 창업으로 나서니 관리가 어렵다.

카페의 안전한 경영을 위해서는 월급제로 해야 한다. 월급제는 시급제를 바탕으로 매기며 일의 중요성에 따라 차별을 정한다. 월급을 받는 직원의 처지로 보면 궁핍하기는 마찬가지다. 방세에 생활비로 쓰고 나면 빠듯하다. 그러니 미래를 위해서 조금이나마 저축을 한다는 것은 어지간히 아끼지 않으면 이룰 수 없다. 그러므로 일에 대한 불만은 늘 있기 마련이며 그렇다고 경영주는 더 올릴 수도 없는 처지다. 임금이 오르면 그에 대해 대비를 해야 하는데 커피 한 잔 값을 더 올린다든가 각종 서비스를 개선해야 하지만, 주위의 카페와 경쟁적이며 이러한 경쟁을 뚫고 나간다 하더라도 각종 세금에 또 부딪히니 그야말로 요즘의 삶은 한마디로 꽉꽉 낀 시곗바늘처럼 도는 것이다. 어쩌면 경영은 위험하기 그지없다. 하지만 그것도 그렇지 않은 것이 모두가 자본의 개목걸이에 매단 거나 마찬가지라서 태양처럼 돈다. 그러니까 해는 동쪽에서 뜨고 서쪽에 지듯이 변함이 없는데 이를 누구에게 하소연한단 말인가! 국가도 묵인하는 일이며 사회도 그렇거니와 조직은 더욱 그래서 스스로 돕는 자만이 삶을 개척하는 것이다.

무엇보다 카페는 내가 일하는 장소라서 오시는 손님께 최선을 다해야 한다. 최선을 다한다는 것은 손님이 무엇을 원하는지 주문을 바르게 보아야 하며 자리가 불편하지는 않는지 살피며 오시며 가실 때는 공손히 인사하여야 함을 잊어서는 안 된다. 집안의 안 좋은 일로 영업에 해를 끼쳐서는 안 되며 내부의 어떠한 일로 손님께 영향이 가서는 안 된다.

대표는 카페를 대내외적으로 알리기 위해 무던히 노력하여야 하는데 그렇게 한 대표는 그나마 카페를 유지할 수 있다. 그렇지 못한 카페는 한 해고 두 해고 마냥 어렵다. 알리는 홍보활동은 곧 마케팅이다. 미국의 유명한 경영학자가 한 말이다(지금은 생각나지 않으니 존함은 생략한다). 현대 기업이 쓰는 마케팅 비용은 그 기업이 판매한 총매출에 버금가는데 이렇게나마 운영하는 기업만이 살아남는다는 글은 시사한 바가 크다. 카페가 죽고 사는 그 책임감은 오로지 대표에게 달렸다. 영업이 안 되면 안절부절못하며 영업이 좀 나으면 대외적 활동으로 미래의 불안을 해소한다. 본점의 경영은 수년을 해왔지만 한순간도 그 마케팅에 손을 놓은 적 없다. 도서출간 및 현수막 광고, 큰 비용을 들여가며 하는 무료강좌는 이를 대변한다.

하지만, 카페는 모두 사람이 하는 일이며 사람이 찾아오는 곳이며 인간관계를 맺는 여러 복합적인 작용이 있으므로 누구나 창업의 선호하는 업종이 된다.

카페 일은 대표나 직원이나 일에 대해 스스로 즐거움을 찾아야 한다. 그렇지 못하면 대표도 카페를 매각하거나 처분하는 일이 생기며 직원도 떠나게 된다. 일은 분명히 일이다. 그 어려움을 스스로 깨달으며 뉘우치며 배운다는 의미를 갖는다면 그 어떤 일도 재미없는 것이 없다. 돈 버는 것을 떠나 일종의 성취다. 그러니 책을 보며 하루 깨달으며 가는 것도 내 모르는 것을 캐는 것이 되니 이 얼마나 즐겁지 않은 일이냐!

서 부장과 함께 사동에 다녀왔다. 제빙기 부품이 서울서 내려왔다. 제빙기 밑에서 물이 쫄쫄쫄 샜는데 물 분사하며 배수로 보내는 플라스틱 배수관이 떨어졌다. 제빙기 들어내고 뒤 덮개에 붙은 나사를 하나씩 푼다. 배수관은 제빙기 뒷면 왼쪽 아래 끝에 있다. 상수 밸브 위쪽에 있는데 그것을 풀 때는 밑에 밸브 쪽 들어가는 전선에 안 닿도록 조심해야 한다. “서 부장, 물이 밑에 안 닿도록 조심해야 해. 이 플라스틱 관을 풀 때는 말이야.” “네.” 기존의 관을 들어내고 새 부품을 넣는다. 고무호스가 조금 딱딱해서 타액을 바르며 밀어 넣었다. 그러니까 쑥 들어간다. “서 부장, 호스가 잘 안 들어갈 때는 침 바르면 잘 들어갑니다. 일은 쉽게 해야지 더디게 하면 오히려 힘듭니다.”

압량에 왔다. 오 씨가 자수를 놓는다. 나는 자수 놓고 계시는 오 씨 보며 한마디 했다. 자수의 밑바탕 그림이 무엇인지 잘 분간도 안 되었지만, 이것을 어떻게 바느질 하나 싶어 신기했다. 그러니, 시간 보내기에는 이게 딱 좋아요, 한다. 그래서 한마디 했다. 책 보는 게 더 좋지 않나요? 했더니 오히려 생색 하시며 글을 어떻게 보느냐고 말한다. 그러니까 글만 보면 오히려 머리가 더 복잡해서 미친다고 했다. 그러고 난 후부터 책 이야기는 절대 꺼내지 못했다. 오늘은 서 부장과 함께 아메리카노 한 잔씩 마시며 오 씨께서 해주신 허니브래드 한 접시 공양받았다. 압량 조감도에는 작은 서재가 있는데(내가 머무는 곳은 죄다 서재가 있다) 이상 전집이 있어 책을 꺼내들며 한마디 했다. 서 부장 이상 아느냐고 했더니 모른다. 오 씨께 물었더니 이상이 TV드라마 이름이냐고 하시기에 말문이 턱 막혔다. 나는 우리나라 사람이면 다 아는 것 아닌가 하며 생각했는데 모르는 사람이 더 많다는 것을 깨닫는다.

카페 매매가 점점 활성화되고 있다. 저녁때 분점에서 문자가 왔다. '본부장님 통화 가능한가요? 3월 말까지는 제가 하기로 했어요. 다음 달부터는 새로 오신 분이 해요.' '네, 사모님 누군가요?' '동네 사람인데 제 아는 분, 아들이에요. 취업도 안 되고 해서 카페 일 해 보려고 합니다.' '네, 그렇군요. 정말 잘 되었네요.' 언제부터 가게 팔아달라며 애걸복걸하신 분이었다. 그러니 팔리려고 하면 또 금방이다. 근 5년 가까이 함께한 가게였다. 팔린다고 해도 거래를 하지 않는 것은 아니다. 오히려 더 잘 보아달라며 부탁한다. 거래와 관리를 지속해서 하기로 했다.

텅텅 빈 카페 와서 책 보며 있네
따뜻한 바람 불어 달까지 밝아
달빛 탁자에 서려 섬섬히 닿네
어느덧 내 마음에 봄은 온 건가!

깨끗한 물이면 갓끈을 씻고 흐린 물이면 발을 씻는다는 말이 있다. 물 스스로 그렇게 만든 것이다. 사람도 마찬가지다. 나 스스로 모욕을 하면 남이 나를 모욕하며 집안도 스스로 무너지면 남이 업신여기며 국가도 스스로 무너지고 나서야 다른 나라가 와서 짓밟는다는 뜻이다. 모든 것은 나 스스로 이룬 일이니 늘 마음을 닦아야 한다.

코나 사장님과 윤 과장이 다녀갔다. 근황을 서로 여쭈었다. 사장께서도 군

위에서 커피 교육을 한다. 군청에서 제공한 프로그램을 받아 이행하고 있다. 커피 일과 더불어 어느 것이 힘든 일이며 부가가치가 높은 것인지 앞으로 어떤 일을 해야 더 나은 것인지 서로 상의했다. 강의가 좋다고 하지만 전문적인 강의를 했는지 커피를 판다고 했는데 적극적인 영업이 있었느냐는 것이다. 이왕 커피 일 하면, 교육생 앞에 서서 시장에 관한 부정적 설명은 할 필요가 없지 않으냐는 것이 오늘 지론이다. 맞는 말씀이었다. 입 헤 벌리며 웃더라도 내가 좋으면 좋은 것이니 천국은 따로 있는 것이 아니었다. 마음, 그래 마음 하나를 잡으면 다 잡은 것이니 그 마음에 담은 뜻을 올바르게 전달하는 것이 커피 일이라는 것을 다시 깨닫는다. 시장에 누가 진입을 하든 안 하든 크게 개의할 바가 못 된다.

鵲巢日記 15年 03月 13日

흐렸다.

Note
하얀 종이 펼치면 티 없는 맑음
덮으면 까만 우주 아련한 불빛
꼭지 하나 두 꼭지 비누 한 방울

뚝뚝 따며 마시며 스미는 하루

아침 미용실 다녀왔다. 머리 깎았다. 본부에서 보면 아주 가까운 곳에 있다. 내가 자주 가는 곳은 이곳 미용실과 세탁소다. 미용실보다 세탁소에 더 자주 간다. 그러니까 미용실은 한 달에 한 번 가고 세탁소는 한 달에 두세 번은 가는 것 같다. 미용실 아주머니는 나보다는 한 살이나 두 살쯤 많아 보인다. 이 집에는 아이가 둘 있는데 모두 대학생이다. 오늘은 절에 다녀온 이야기와 아이 이야기를 한다. 대학생 둘 공부시키려니 애가 쓰이는가 보다. 요즘 아이들은 대학 졸업해도 취업하기 어려워 부모도 걱정이며 아이는 두말할 필요 없이 중압감에 시달린다. 나는 아이의 교육에 관해서 한마디 했다. 대학이 중요할까 하는 생각이다. 대학이라는 사회는 이상만 심는 것 같아서 현실에 맞지 않기 때문이다.

머리 깎고 가려다가 탁자 위 신문이 보였는데 영남학파 퇴계 선생과 남명 선생에 관한 기사가 있어 이것만 좀 보고 가겠다며 잠시 앉았다. 그러니까 아주머니께서는 믹스커피 한 잔 주신다. 원두커피 드시다가 이것 드시겠어요? 한다. 괜찮습니다. 믹스도 꽤 좋아합니다. 요즘 드라마 '징비록'에도 관심이 가서 잠시 읽었다. 서애 류성룡 선생은 퇴계의 제자다. 정치에 크게 관심 가는 것은 아니지만 두 선생의 함자가 보여 읽었다.

오후, 대구, 병원, 옥곡, 진량, 청도에 커피 배송 있었다. 모두 서 부장이 다녀왔다. 도자기 이 씨 가게에도 다녀왔다. 제빙기와 하부 냉장고 주문 있었는데 하부 냉장고가 도착하지 않아 제빙기만 설치했다. 압량에 머물 때 전화가 왔다. 제빙기 가격과 하부 냉장고 가격이 인터넷과 비교하니 몇만 원 차이가 난다고 했다. 그 순간 갑자기 당황스러워서 말이 헛나가고 말았는데 이랬다. 그러니까 인터넷은 아무래도 모터가 하나 덜 붙었을 거예요, 했더니 아! 그럴 수도 있겠네요, 했다. 그래도 얼음이 나오느냐고 다시 물었는데 당장 얼음 나오는 데는 지장이 없으나 나중에는 문제가 많아요, 했다. 이 씨가 원하는 가격과 다시 절충해서 맞춰 드렸다.

압량에 머물 때 강 선생께서 오시었는데 그간 본점에 일하면서 관심과 배려가 적다는 이유로 핍박을 받았다. 문제는 오 선생과 나와의 대화 부족으로 생긴 일이다. 다음 달이면 창업으로 나서는데 오 선생의 관심과 배려가 적다는 이유를 들어, 오 선생께 문자를 넣었더니 전화가 왔다. 무슨 말이냐고 하기에 조금 더 신경 써 달라는 말을 했는데 오히려 내가 문제라며 한마디 일축한다. 잠시 머리가 지근거렸다. 본점의 일이 이제는 너무 걱정되었다. 한동안 아무 생각 없이 지나는 차만 계속 바라보며 있었다.

압량 마감하고 본점에 머물렀다. 성택 군이 드립 한 잔 해주었는데 얼떨결에 마시다가 그만 입천장 데고 말았다. 화들짝 놀랐는데 그 순간 터키의 속담* 이 지나갔다. 커피는 바늘처럼 뜨거웠으며 떡국처럼 부드러웠고 입술처럼 달콤했다.

* 터키 속담 '커피는 지옥처럼 검어야 하고, 죽음처럼 진하며, 사랑처럼 달콤해야 한다.'

문

경첩 풀린 문 겨우 붙어 있었네

찍 찌그덕 문 여니 또 흔들리네

세상 다 그대론데 문 흔들리네

이미 지운 문 열어 볼 수 없었네

鵲巢日記 15年 03月 14日

맑았다.

소고기 국밥집에서 아침을 먹었다. 사동 거쳐 본점에 와서 토요 커피문화 강좌를 열었다. 오늘도 꽤 많은 분이 오셨다. 새로 오신 분은 없었으며 전에 몇 번 빠진 분이 오시어 자리를 메웠다. 곧 창업하시겠다며 말씀 주신 분도 있었으며 사위에게 좋은 커피를 해주고 싶다며 오신 분도 있었다. 그 외 일일이 사정을 다 이야기할 수는 없었으나 구 선생께서 라테 아트 수업을 잘 이끌었다.

오후, 하부 냉장고를 들어 올렸다. 교회 도자기 하시는 이 씨 가게다. 대리점 모 기사께서 가지고 오셨는데 나도 현장에 약속한 2시에 와서 함께 들었다. 2층 오르는 계단을 힘겹게 올랐다. 부피와 무게가 만만치 않은데 올리며 여러 가지 생각이 지나갔다. 체력도 달리고 정신도 달리고 이제는 무엇을 해도 가득한 내 그릇에 힘겹기만 하다. 교회 하부 냉장고 하나 더 들어가니 그나마 커피집다운 모양새가 나왔다. 목사님도 이 씨도 흡족해하는 모습 뵈며 나왔다.

칼에 벤 손 아물고 손은 바빴다
앞에서 끌고 뒤에 올려 따랐다
헉헉거리는 계단 타며 올랐다
따라온 저승사자 어깨동무다

정평과 시지에 커피를 배송했다. 정평 점장 오래간만에 뵈었다. 이제 볼 날도 이달 말까지다. 가볍게 인사했다. 그간 고마운 일이다. 가벼운 어떤 선물이라도 가져갔으면 하는 마음이었는데 바쁜 일로 몸과 자금이 여의치 않아 인사만 드렸다.

본점에 이모님 오시었다. 작년 이맘때였는데 이모님 후배시다. 그러니까 한의대 앞에 카페**다. 모 씨 어머님이다. 카페와 더불어 건물이 팔렸다고 했다. 문제는 세금 관계로 본점에 오시게 되었다. 카페**는 간이과세자라 별달리 신경 쓰지 않았는데 건물이 팔렸기 때문에 문제가 또 달라진다. 여러 가지 상담을 했다. 건물주 사모님께서는 별 이익 없이 파셨다고 하나 들으니 그렇지는 않은 것 같다. 1억3천여만 들여 건물 사서 3억 조금 넘게 파셨는데 카페를 만들었다고 해도 그간 1년은 운영했으니 잘 판 거나 마찬가지였다. 더욱이 목돈을 만지게 되었으니 얼마나 횡재인가! 요즘 들어 카페 매매가 더 잘 되고 있다는 것도 신기할 정도다. 그냥 건물이면 잘 팔리지 않는 것이 카페가 있어 매매되는데, 그것도 나름의 특색을 요한다. 오늘 매매는 1, 2층 구조의 아담한 단독건물이다. 대학가 앞이라 이점도 있다.

조감도에서 조회했다. 직원 다 모인 가운데 월급명세서를 드렸는데 명세에 국민연금과 건강보험에 관해서 일부 설명했다. 보험과 연금이 공제되니 실수령액이 그만큼 줄어든 것이 된다. 또 그에 대한 설명하는 나도 마음이 꽤 불편했다. 남자들은 의무적으로 군대에 가야 하듯 연금과 보험은 의무적으로 넣어야 하는 피할 수 없는 길이다. 더구나 이월은 일수가 적어서 받는 금액이 지난달보다도 낮다. 날은 점점 풀려서 사람 마음도 풀렸는데 정작 여유를 갖는 사람은 없으니 어찌 서민의 삶이 어렵지 않겠는가! 갖은 빚 한 푼도 갚지 못하고 다람쥐 쳇바퀴씩 도는 경영 또한 어렵기만 하다. 빚은 둘째 치더라도 내가 가진 직업이 있고 그 직업에 만족하며 산다고 해도 함께 일하는 사람의 비전을 심는다는 것은 무척 어려운 일이다. 그러니 경영은 참 어려운 것이다.

며칠 전, 주말은 바빠 인원이 더 필요하다는 보고도 있었지만, 정작 이번 주는 심상치 않게 조용하다. 앞을 장담할 수 없는 것이 영업이라 경비를 생각하지 않을 수 없는 것도 경영자의 처지다.

장모님 생신이라 잠깐 처가에 다녀왔다. 오후 5시 조금 지나서 왔다. 저녁만 먹고 금시 자리에 일어섰다. 처가 가족께 죄송스러웠다. 본점 일로 동원이 빨리 보내달라는 부탁이 있었는데 오랫동안 앉아 있을 수 없는 일이었다. 처가 형님과 식사할 때였는데 이런 말을 했다. 다른 것은 장사 안 되면 문 닫지만, 카페는 신기할 정도로 매매가 잘 됩니다, 했다. 처남은 카드 관련 포스업계 일한다. 대학 졸업해도 취업이 안 되니 카페로 밀려들어오는 것 같다. 오늘 매매된 것도 그렇거니와 지난 모 점도 마찬가지다. 가게를 인수받았든 매매했든 모두 나이가 서른하나다. 처남께서는 회를 사오셨는데 소주 한잔하고 가시게 하며 부추긴다. 회가 나와서 말이지 아침 뉴스에 '고래회충'에 관해 말씀드리니 옆에 계신 장모님께서 한 말씀 주신다. '그케 와 그케샀노! 횟집 장사 안 되구로 말이다.' 들깻잎에 회 한 옴큼 싸서 입안 묵직하게 넣는다. 두 번 싸서 먹고 미역국 마셨다. 빈손으로 와서 밥만 축내었다.

장모님께 인사드리고 압량으로 달렸다. 6시 조금 지나서 도착했다.

장모 생신 한 끼를 두 끼 채 먹네
사는 게 무엇인지 분간 안 가네
세월 염치만 늘어 낯만 두꺼워
예 무엇이며 덕이 무엇이냐고

구두는 찢어지고 닦지도 않아
어처구니로 앉아 뱉지도 못해
가는 길 겉치레라 실속도 없어
그래도 낯짝은 예 있어 보였네

사동에 있을 때였는데 들어오시는 손님마다 손에 케이크 상자가 들렸다. 오늘 무슨 날인가 하며 곰곰 생각했는데 화이트데이다. 온종일 조용하다가 저녁에 띄엄띄엄 오시는 손님에 주방은 바빴다. 아르바이트 최 씨가 가고 난 후, 주방에서 설거지하며 일 도왔다.

일기 쓰며 이런 생각을 했다. 하루 있었던 일을 기록하는 것도 그 뜻을 다 적을 수는 없으니 서애 류성룡 선생께서 쓰신 징비록이 왜란의 처참한 상황을 적으셨다고 해도 다 표현을 못 했으리라! 그러니 눈으로 보지 않아도 전쟁의 그 피폐한 상황이 갑자기 떠오르는 것이었다.

鵲巢日記 15年 03月 15日

맑았다.

아침 라면 먹었다. 적당한 탄수화물 알맞은 단백질, 그 이상도 그 이하도 아닌 라면, 달걀을 풀고 뜨겁게 끓인 라면 냄비 뚜껑을 오랫동안 닫으며 퐁퐁 끓는 냄새 맡으며 푹푹 삶은 라면, 세상 우울해도 활짝 갠 얼굴로 창밖을 잠시 보며 호! 날 맑다 맑은 마음으로 뚜껑을 조심스럽게 연다. 폭 퍼진 듯 탱탱한 듯 쫄깃한 라면 한 젓가락 올리며 확인하는 긴장감 라면, 라면을 냄비 뚜껑에다가 건져 놓고 호호 불어가며 먹는 이 맛 아침이었다.

개나리 피어나나 싹이 파라네
아문 자리 깨치며 삶이 오르네
꽃샘추위 지나고 햇살 받으니
물오른 꽃봉오리 쉽사리 벗네

꽃봉오리

성당에 목련 나무 한 그루 있다. 가지마다 기억이 봉곳하게 아물고 있다. 따뜻한 햇볕을 받으며 믿으며 아직 지나지 않은 꽃샘추위를 견디며 있다. 겹겹 쌓은 추억이 내놓기에는 아직 여린 꽃잎, 성모 마리아처럼 하늘 향해 서 있다. 땅 밑 수많은 문자의 양분을 끌어 올리며 우듬지 향한 내부의 질주가 생기를 돋우고 있다. 숨길 것 없는 하얀 속옷 한 장씩 벗어 하늘 한가운데 한 폭 한 폭 그렇게 내놓고 말리고 싶다. 바짝 마르거든 거침없이 가벼운 바람에라도 내맡기고 싶다.

성당에 목련 나무 한 그루 있다.

오전 사동에 머물 때였다. 시마을 동인 선생님 몇 분 오셨다. 다음 달 동인 모임과 행사를 위해 여러 말씀 나누다가 가셨다. 나는 근 1년간 뵙지 못했는데 마치 어제 본 것처럼 느꼈다. 아주 반갑고 사랑스럽고 풋풋한 정을 느꼈다.

카페 역사에 1930년대 이상은 제비라는 다방을 했다. 다방 제비는 다수의 문인이 모여 문학을 논한 자리이기도 했다. 카페 조감도가 역사에 길이 남을 카페가 되겠는가마는 그렇다 하더라도 글 좋아하고 시 좋아하니 카페에 오시는 손님께 볼거리를 더 제공하고 삶에 위안과 즐거움을 드린다면 더없는 좋은 명소가 될 것이라 장담한다.

점심 두붓국 먹었다. 시마을 선생님과 함께했는데 옆집 그 옆집에서 한 끼 먹었다. 다소 얼큰했다. 밥집 들어가기 전에 동쪽에 있는 고택건물 보시고 저기는 무엇이냐고 물었는데 재실이라고 했다. 청주한씨 재실이다. 사백여 년 전 임란 때 청주한씨는 피난처로 이 곳에 터 잡았다. 그 당시에는 왜병도 모르고 지난 산골 오지였다. 지금은 길이 크게 나고 동네가 부유하다. 문중 땅은 상가로 번성하고 이곳 들어온 두붓집 오릿집 커피집 모두 장사 잘 된다. 두붓국 시원히 먹고 나왔는데 다음에는 콩국을 먹겠다고 마음먹는다.

이상 이후 문인의 최대 카페라
세상 보며 느끼며 한 줄 써는 시
작은 무대 함께 한 삶의 얘기라
시마을 위상 더는 닿을 곳 없네

본부에서 책 읽었다. 신영복 선생께서 쓰신 『강의』 읽었다. 이 책에 '묵가'에 관한 내용을 읽었는데 중국 최초의 좌파적 성향을 가진 사상가였다고 진술해 놓고 있다. 묵자가 주장한 사상은 한마디로 표현하자면 겸애다. 세상의 모든 사람을 차별 없이 똑같이 사랑한다는 뜻이다. 신영복 선생께서 쓰신 글도 의미가 깊어 적어놓는다. 겸치별란兼治別亂, 겸애하면 평화롭고 차별하면 어지러워진다는 뜻이며 묵자의 글에서 성구成句한 것이라 했다.

저녁 라면 먹었다. 적당한 탄수화물 알맞은 단백질, 그 이상도 그 이하도 아닌 라면, 달걀을 풀고 뜨겁게 끓인 라면 냄비 뚜껑을 오랫동안 닫으며 폴폴 끓는 냄새 맡으며 폭폭 삶은 라면, 세상 우울해도 활짝 갠 얼굴로 창밖을 잠시 보며 아! 어둡다 그래도 맑은 마음으로 뚜껑을 조심스럽게 연다. 폭 퍼진 듯 탱탱한 듯 쫄깃한 라면 한 젓가락 올리며 확인하는 긴장감 라면, 라면을 냄비 뚜껑에다가 건져 놓고 호호 불어가며 먹는 이 맛 저녁이었다.

鵲巢日記 15年 03月 16日

맑았다

큰 카페 작은 카페 논하지 마라
일 바르고 관심이 좋은 카페다
더 나아가 철학이 반듯한 카페

맛과 풍류 곁드니 외롭지 않다

오전, 기아자동차 서비스센터에 다녀왔다. 설 전이었다. 엔진 부위에 부동액이 약간 흘렀는지 다른 부위와 확연히 다를 정도로 탈색되었는데 알고 보니 부동액 관이 찢겨 있었다. 지금은 또 새지는 않지만, 이 부위를 갈아야 해서 부품 신청을 해 놓은 적 있다. 하지만 신부품이라서 아직 도착하지 않았다고만 한다. 근 한 달이 다 지났는데도 일 처리가 되지 않으니 답답하기만 하다.

본점에서 이 씨와 상담했다. 다음 달이면 강 선생이 창업하여 나가게 되었으니 이 씨께 일을 부탁한 바 있었다. 지난주 주말 문자를 받았는데 집에 가족과 상담해서 결과를 이르겠다고 했다. 오늘이다. 물론 문자를 받았을 때 이미 생각이 없다는 것을 알았다. 이 씨와 상담할 때였는데 눈빛이 마치 천만대군을 안고 있는 듯했다. 이 일로 오 선생과 여러 가지 상담을 했지만 조금 더 두고 봐야 할 것 같다.

본점이면 그리 일이 많은 것도 아니고 여러 실습생이 지나니 함께 공부하기에도 좋은 장소임에도 하지 않겠다고 하니 내가 덕이 없나 보다. 이제는 완연한 봄이 온 것처럼 날 따뜻했는데 본점에 잠시 앉아 있어도 추위를 못 느꼈다. 언제나 본점 문 열기 전에는 햇살이 먼저 들어와 있다. 들어오면 서재에 닿아서 많은 얘기를 한다. 오늘은 허브처럼 그 햇볕 받으며 잠시 앉아 있었다.

병원 두 곳, 분점 한 곳, 대구대 천 씨 가게 커피 주문 있었다. 모두 서 부장이 다녀왔다. 한학촌에도 뒤늦게 커피 주문 있었는데 서 부장이 다녀왔다. 한학촌은 개학하고 나니 확연히 표가 날 정도로 커피 매출이 많다. 이제는 체인점보다 개인 카페가 나의 커피를 더 많이 쓰는 시대가 되었다.

본점에서 조회했다. 구 선생과 강 선생께 월급명세서를 건넸다. 그간 일한 것에 대해 고마움을 표했다. 본점의 역할이 실은 많이 줄었다. 줄은 만큼 수익도 매우 낮은 것도 사실이다. 그것에 맞게 인건비 조정도 작년 말부터 시행했지만, 이건 본점을 살리기 위한 나의 자구책이었다. 그래도 여기 근무하는 직원은 어느 체인점보다도 보수가 많고 대우 또한 확실하다. 모 점에 일했던 김 씨와 이 씨는 본점보다 월급도 적었지만 퇴직금도 받지 못했다. 하기야 커피전문점에 일한 사람은 대다수 퇴직금이라는 허울 좋은 명세도 못 받지만 받는다는 것은 꿈같은 이야기다. 각 점 사장의 인품이 문제가 아니라 경제가 그렇다. 과열경쟁에 과다한 커피전문점의 실세에 경영은 맞추기 어렵다(그러므로 정부는 최저임금제를 시행한다). 커피전문점에서 일하는 직원은 대부분 임시고용이다. 하지만 우리 본점과 조감도에서 일하는 직원은 정직원과 임시고용으로 나뉜다. 정직원으로 일하시는 분께는 수당과 퇴직금 모두 지급하고 있다. 참으로 힘 드는 것은 매출이 그에 맞게끔 따라야 하지만 실상은 어려운 것이 문제다.

카페의 더 나은 영업방향을 위해 오 선생과 대화를 나누었다. 정문 사장께서 교육받으시는 그 카페 이야기도 하며 모 점처럼 카페 매각에 관해서도 상의했다. 한비자가 그랬던가! 집안에 하찮은 일도, 있으면 굶지는 않는다고 했는데 직업이 커피고 배운 것이 도둑질인데 어찌해야 하는가!

아무리 어렵다도 살길은 있네
솔가루와 쌀가루 섞을지언정
걸어서 일 전 뛰어 이 전은 받네
세상 다 조용한데 나만 웃기네

아무리 생각해도 이거는 아냐
탱탱 라면도 좋고 국수도 좋아
날 좋고 비가 와도 카페가 좋아
한목숨 끌며 끌며 에라 마 가세

鵲巢日記 15年 03月 17日

맑았다. 황사가 제법 낀 하늘이었다.

아침 8시 본점에서 더치와 드립에 관한 교육 있었다. 교육생은 『커피향 노트』를 읽으신 독자였다. 경제과 학교 후배다. 대구 화원 쪽인데 기존의 가게를 인수했다고 했다. 보증금 오천에 월 130인 자리다. 가게를 두고 여러 가지 이야기를 나누었지만 임대로 보면 만만치 않은 자리다. 일일 매상이 근 사십만 원은 올라야 유지할 수 있지만, 그에 반 매출도 올리기 어렵다고 했다. 어제는 팔만 원 올렸다. 실 평수는 이십오 평쯤 된다. 오늘은 드립과 더치에 관한 메뉴를 보여드리며 기기 사용방법에 관해서 간단히 얘기했다. 교육 끝난 후, 압량 거쳐 사동 조감도에 가, 카페를 보여드렸는데 메뉴 북과 주방 그리고 영업장을 둘러보고는 한마디 한다. "선배님 하시는 영업을 보니까 갑자기 자신감 잃었습니다." 하는 거다. 누구나 작은 것부터 일은 시작합니다. 차츰 나아지는 모습으로 진행되어 나갈 겁니다. 용기 가지시오. 별것 아닙니다.

서 부장과 함께 칠성시장에 다녀왔다. 바 스푼과 쟁반이 필요했으며 제휴 업체인 모 회사에 다녀왔다. 전에 샀던 거품기 부품을 사기 위해 갔지만, 정녕 그 부품은 없었는데 관련 수입상에 전화할 수밖에 없었다. 수입상 쪽에서 하는 말이 아주 무책임한 발언에 솔직히 기분이 조금 언짢았다. 수입하는 데 이삼 개월은 기다려야 한다고 말하는데 순간 화가 나서 언성을 높이고 말았다(제빵 관련 기기라서 이삼 개월은 기기를 못 쓴다는 것인데 빵을 팔지 말라는 것과 다름없는 말이다). 그러니 오늘 입금하면 내려 보내주겠다 한다. 부품은 거품을 이는 거품기로 스테인리스강 재질의 여러 철 가닥을 조합해 놓은 것이었다. 그러니까 반죽할 때 젓는 기구다. 중국제품으로 비용은 6만 원이다. 날씨가 점점 따뜻하다. 오늘 낮 기온이 23도까지 올라 시내에 갔다가 돌아오는 길에도 에어컨을 살짝 틀며 다녔다.

B 업체 납품용으로 안티구아 28K 볶았다. 주문받은 수량은 모두 70K였으나 생두가 부족해서 천상 내일 볶아 드릴 수밖에 없다. 그렇게 하기로 전화로 양해 말씀드렸다. 본부에서 본점으로 가고 있었는데 커피 볶는 냄새가 자욱했다. 바람이 북쪽에서 남쪽으로 부는가 보다. 날씨도 흐린 것은 아니지만 흐

린 날씨라 연기가 하늘 위로 치솟아 오르지 못하고 낮게 퍼졌는데 동네 사람도 그 냄새를 다 맡을 수 있을 정도였다. 나는 혹시나 민원 들어가지 않을까 내심 고심하기도 했다. 역시나 커피 볶는 냄새는 언제 맡아도 싫지가 않다.

시러쿵 시 씨러쿵 커피 볶았네
커피 볶는 내음새 온 동네 피네
오고 가는 발길에 냄새 붙잡네
그 냄새 따라, 가는 발길 머금네

빙빙 도는 로스터 데구루루 콩
어수선한 마음에 카페로 가네
윤기 나는 볶은 콩 반들거리네
고운 빛깔 한 모금 촉촉이 젖네

커피 예찬 1

커피 한 잔은 바 위에 올려놓은 아네모네 꽃처럼 그렇게 와야 한다. 그러니까 한 송이 꽃을 들며 허공에 한 번 휘저었다가 긴 꽃 대롱쯤은 중간에 똑 분질러서 건네야 하듯 그렇게 와야 한다. 그 커피 한 잔은 여성은 클레오파트라의 입술처럼 붉은 맘을 갖게 하며 남성은 투사의 휘젓는 깃발처럼 당차 오름을 느낄 수 있다. 그 커피 한 잔 마시면 여자들은 마치 어릴 때 고무줄놀이처럼 발랄하게 되며 공깃돌을 안전하게 손아귀에 쥐듯 포근한 마음을 갖게 한다. 그 커피 한 잔 마시면 남자들은 어릴 때 구슬치기 놀이처럼 한 구멍에 다른 구슬을 죄다 끌어모은 역할과 같아서 우쭐거리기도 하며 동네 딱지는 다 따 모은 보자기 하나 묶은 듯하다마는 그러니까 넉넉함이란 이루 말할 수 없음이다. 그 커피 한 잔의 맛은 폭 절인 레몬차 마시듯 신맛이 우러나야 하며 달빛을 보듯 몽롱함과 더불어 여인의 입술을 살짝 깨문 듯 단맛이 배여 있어야 한다. 그러므로 커피 한 잔은 누구나 강한 눈빛을 갖게 하는데 이때 책을 보면 글자가 살아 움직이며 톡톡 닿는 뉴런의 신경망은 쭉 뻗은 고속도로에 비할 바가 못 된다. 그러니까 아침이면 갓 오른 태양처럼 힘차며 저녁이면 노곤한 피로를 싹 씻겨 내리듯 맑고 긴 샤워보다 더 낫다.

널브러진 흰 백지 나는 좋아라
써도 써도 그 백지 썼어 좋아라
장지도 습자지도 있어 좋아라
하루 묵은 맘 탁탁 씻어 좋아라

생두 주문 넣었다. 근 육백만 원치 물량이다. 블루마운틴 두 백 포함해서 모두 여섯 백이다. 아무래도 안티구아는 모자랄 것 같다. 내일 볶으며 한 백 더 주문 넣을까 보다. 압량, 사동, 본점 모두 직접 마감했다. 모처럼 예지, 집에까지 태워다 주었다. 아주 오래간만에 있는 일이다. 사동에 있었던 일을 꼬짓꼬짓 물었더니 사전처럼 얘기해 주었다.

鵲巢日記 15年 03月 18日

흐리고 비가 왔다.

아침 사동에 나 많은 인부 둘, 가구공장 사장이 왔다. 소파가 하자가 있어 보수 수리하러 왔다. 나무 선반 작업할 기구와 에어 컴프레샤 그리고 각종 공구를 담은 공구 통 들고 오시었는데 여간 힘써 보이는 것이었다. 어른께서는 아무리 안 돼 보여도 칠순은 족히 더 들어 보였는데 작업도 그렇거니와 의자를 옮기는 것도 어정쩡하게만 보였다. 젊은 사람으로 지켜보는 것도 미안한 감은 없지만은 않다. 두 개 의자를 하자 보수작업 했지만, 버팀목 부분이 타카 한 방에 쩍 갈라지는 모습을 보니 덧댄 나뭇조각만 붙이고 나머지 의자는 그대로 쓰기로 했다. 나중에 의자가 문제가 생길 때 하나씩 들어내어 철재로 바꾸어 달라며 가구공장 사장께 부탁했다. 비용이 든다면 부담하겠다고 했다.

나 많은 인부께서 무거운 공구를 이 층으로 나를 때였는데 가구공장 사장이 조심스럽게 나에게 묻는다. 에스프레소 기기와 그 외 주방 기계를 갖추는데 비용이 얼마 드는지 물었다. 가게는 약 40여 평이라고 했다. 나는 천오백에서 이천 정도면 충분하지 않겠느냐며 이야기했다. 주위에 그러니까 친척이

가게를 열고 싶다며 말씀 주시기에 친절히 상담하며 직접 지은 책 한 권을 선물로 드렸다. 가구공장 사장은 나보다는 몇 해 더 젊어 보인다. 사장은 꽤 큰 공장을 가지고 있다(아마, 아버님 사업을 물려받아 하는 것 같다). 나와는 십여 년 이상 거래를 했다. 공장 일이 머리 아픈지 이런 가게 하나 하는 게 소원이라고 했다. 가구는 잠시 돈을 벌기 위해 하는 거라며 나중에는 외식 관련 사업에 일하고 싶다며 한 말씀 하시는 거였다. 언제든지 기회가 된다면 나는 적극적으로 도와 드리겠다고 했다.

아침 일찍 강 선생도 다녀갔다. 인수받은 가게 정평 의자의 천갈이 해야 할 것 같아서 온 거였다. 어제 잠시 상담을 했지만, 오늘 가구공장 사장께서 오시니 한 번 들르시라며 얘기한 바 있다. 그러니까 기본 철재는 그대로 놓아두고 1인용은 약 사만 원, 2인용은 약 칠만 원 정도라며 친절히 상담하는 모습을 옆에서 지켜보았다. 한 개로 보면 그리 큰돈은 아니다만 개수가 제법 되니 다 합치면 돈이 꽤 크다. 강 선생도 이제는 사업가니 여러모로 신경 쓰이겠다.

오후 화원에 다녀왔다. 화원은 여기서 약 두 시간 가까이 걸리는 거리다. 그러니까 같은 대구라도 경산서 보면 극과 극이나 다름없지만 요즘 범물과 상인을 잇는 터널이 개통되면서 그 시간을 한 시간이나 단축한 거나 다름없어서 솔직히 말하자면 어느새 도착했는지 모를 정도로 그렇게 빨리 다녀왔다. 터널 길이가 제법 길었는데 내가 다녀본 터널 중에서 가장 긴 것이 아닐까 할 정도였다. 그만큼 길었다. 두 시쯤(2시 15분) 출발했는데 도착하니 3시였다.

커피 가게 이름은 '썸바디' 다. 사장은 학교 후배다. 25평쯤 되며 테이블 수는 다섯 개에서 여섯 개다. 바깥에도 두 테이블 있다. 우리가 도착했을 때는 손님 여자 두 분 앉아 있었으며 아르바이트 일꾼이 있었다. 설치한 기계는 그라인더 SR-50이며 아메리카노 전용으로 사용하기 위함이다. 그라인더 기능을 설명하며 분도 조절을 했다. 여기는 에스프레소 한 잔의 양이 조금 많았는데 양을 정량에 맞게 맞춰드렸다. 맞추기 전에 여기 관습대로 해도 괜찮다며 구태여 말씀드렸지만, 다시 맞춰달라는 부탁에 조금 줄였다. 크레마는 기존에 쓰던 커피와 확연히 다를 정도로 확실했는데 옆에 아르바이트 일꾼도 여기 사장도 함께 간 서 부장도 매우 놀라워했다. 아메리카노 한 잔 만들며 위에 퍼지는 크레마의 그 두께가 얼마나 무겁고 짙은지 두꺼운 홑이불 보는 것 같았다.

사장과 커피 한 잔 마시면서 로스터기에 관해서도 설명이 있었다. 나는 굳이 로스터기에 관한 설명은 따로 한 적은 없었지만, 『커피향 노트』를 읽으셔서 그런지는 모르겠다. 로스터기에 관한 중요성을 새삼 느꼈음이 틀림없다. 설치는 다음 달 초쯤으로 했으면 하는 바람이었으며 기계는 중고제품으로 해달라며 부탁했다. 덕트duct 설치도 뒤따라야 하는데 기존에 설치해 놓은 배관이 있어 그쪽으로 T자 관을 연결하여 빼면 미관상 보기에 나쁘지도 않을 뿐더러 자금도 아낄 수 있을 것 같다며 조언을 했다.

모든 일 마치고 서 부장과 함께 본부로 들어오며 한마디 했다. 가게가 너무 비싼 자리 아닌가 하며 조금 걱정스럽게 말을 했다. 커피 시작하는 분을 보면 남의 일 같지 않아서 하는 말이다. 커피를 처음 시작할 때의 마음은 용기와 자신감이야말로 하늘 찌를 듯하다. 시간이 지나며 느낀 그 세월을 이야기하자면 호! 어떻게 말을 해야 하나! 한마디로 여행이다. 그래 그 여행을 어떻게 즐기며 하느냐다. 돈과는 아무런 관계가 없는 무전여행 말이다. 그 지나온 시간을 어떻게 값지게 만들 것인가가 인생의 참된 보람도 함께 한다.

커피 예찬 2

커피 한 잔은 맑고 깨끗한 얼굴로 거기다가 가장 포동포동한 볼에 까만 눈동자로 여기 와 있다. 커피 한 잔은 가장 중립적이며 비종교적이라서 어느 사람에게나 잘 맞다. 커피 한 잔은 전통적이지도 않으며 관습적이지도 않아서 격식을 갖추거나 어떤 형식을 요구하지 않는다. 그저 한 잔 마시고 싶으면 쉽게 내려 마시면 된다. 그러니까 가사나 시를 읊조리는 기생과 같이 느껴질 때도 있음인데 결코 삼류급인 매춘부는 아니다. 그만큼 편안하게 와 닿아서 함께 있고 싶을 때가 많으며 또 그렇게 있으면 마음이 어찌나 편안한지 세상 모든 일 그만 잊고 만다. 이렇게 비가 오는 날에는 마치 흡혈귀와 같아서 나도 모르게 힘 쪽 빠진 허수아비가 된다. 그러니 까만 눈동자야말로 보면 볼수록 애처롭고 촉촉해서 가까이하지 않을 수 없음인데 이 어찌 자주 마셔 보지 않을 수 있으랴!

흰 뚜껑 까만 뚜껑 가리지 않네
담은 커피 한 잔은 맛만 좋으이
정성껏 내린 커피 맛만 있을까
사는 정 함께하니 바랄 게 없네

사동 조감도 건물 내부에 빗물이 새 나왔다. 그 원인을 찾아보니 창틀에 바른 실리콘이 추운 겨울 보내고 나니까 틈이 생겼나 보다. 시공사 사장도 한번 다녀갔는데 오전에 전화를 드렸지만 오지 않아 문자로 보내고 나니 오시어 확인하고 갔다. 사동에 정의는 그간 이틀간 보이지 않았는데 서울 바리스타 특별 강연에 다녀왔다. 다녀온 소감을 이야기했다. 정의 마음에는 태양보다 더 뜨거운 하트를 그리고 있었다. 그 열정이 보여 분명히 일을 낼 것 같은 아이다. 사동 마감하고 본점에 들렀는데 오 선생께서 아직 교육 중이었다. 교육장에 들어가 오 선생과 교육생께 인사했다. 교육생은 아주 초췌한 모습이었다. 오 선생은 역시, 교육하는 게 아니라 즐기는 게 맞다.

비 오는 날 카페에 앉아 보아라
뚝뚝 빗방울 보며 커피 내리마
내린 커피 한 잔에 담아 보아라
뙤약볕 허수아비 부럽지 않아

촉촉 닿은 어린 물 달아올라라
붉은빛 태양 아니 붉을지언정
여린 맘 함께 나눠 가슴에 닿아
세상사 그 어느 일 힘들게 있나

鵲巢日記 15年 03月 19日

거짓말처럼 맑았다. 황사가 싹 씻겨서 그런지 아주 맑았다.

대구 만촌동에서 오신 분이다. 아침 본점에서 드립교육을 가졌다. 오래간만에 가져본 교육이다. 이 주 전에 조감도에서 손님으로 오신 분이었는데 조감도에서 신청 받았지만, 조감도에서 교육할 수 있는 여건이 조성되지 않아서 아침, 문자로 본점 주소를 일러 오시게 했다. 겉 뵈기에는 그리 나이가 많아 보이지는 않았지만, 딸이 벌써 서른이다. 케냐와 예가체프를 맛보기로 한 잔씩 내렸으며 실습이 뒤따랐다. 케냐 커피에 대해서는 아무런 말씀이 없었지만 예가체프는 확연히 맛이 좋다며 한 말씀 하신다. 커피를 알고 마시면 그 맛이 새롭게 느껴진다. 가실 때 드립 관련 기구를 모두 사가져 가셨다.

점심을 본점 식구와 함께 먹었다. 강 선생께서 찜닭을 샀다.

지금 실습받고 계시는 최 씨로부터 교육 소개를 받았다. 동생이다. 전에 기계 관련 쪽에 일을 했다. 지금은 손에 잡은 일은 없지만, 커피를 알아보고 싶어 오신 거였다. 최 씨도 함께 있었는데 커피에 관해서 잠깐 언질이 있었지만 알고 모르고는 정말 얕은 지식이다. 늘 교육을 하지만 날이 갈수록 부끄럽게 여겨지는 것도 여기에 있다. 내가 고객과 함께 커피를 두고 얼마나 적극적이며 교감하느냐가 중요하다. 교육은 이렇게 함으로써 친절한 안내뿐이다. 참된 마음으로 배워서 미래를 복되게 가꾸어 나가길 진심으로 바랐다. 교육 상담이 끝난 후 오 선생은 안티구아를 볶았다. 1K 봉투로 모두 44봉 이상을 볶았다.

커피 예찬 3

커피 한 잔은 '백치 아다다' 다. 그저 자연스러운 우리의 마음을 불러일으키는데 어찌 보면 도시문명의 소외감에서 탈피하며 자연을 닮으려는 욕구에 사로잡는다. 그러니까 백치 아다다에 나오는 아다다의 남편처럼 투기로 인해 돈을 벌며 그 돈으로 사업을 일구어 크게 성공한 것이 아니라 그저 소박한 초가집처럼 커피 한 잔은 오는 것인데 인간은 땅을 본받고 땅은 하늘을 본받고 하늘은 도를 본받으며 도는 자연을 본받는다는 노자의 사상과도 같다. 그렇다고 세상 물정 모르는 어떤 천진난만한 것이 아니라 어린아이 같으면서도 향수가 일며 권태와 타협이나 어떤 형식이 없는 아주 맑은 내면의 안식과도 같은 것이다. 커피 한 잔은 이런 맑은 날 같기도 하며 또 가만히 앉아 생각하면 피식 웃음이 일기도 하는데 그렇게 마시고 있으면 세상 다 품은 듯 부러울 게 없다. 결코, 그렇다고 하더라도 절대 보호본능을 받거나 애처로운 눈빛을 받기 위해 아무런 말이 따르지 않음은 아니라는 것은 누구나 다 안다. 개구쟁이 같으면서도 개구쟁이가 아니며 신동의 재능이 없는 것 같아도 신동 같아서 그 매료에 유혹되지 않을 수 없음이다.

하루가 바늘처럼 가늘고 곧다
틈새 햇볕과 같이 희망 품는다
따끔한 통증처럼 오늘 보아라
깊고 아린 자리가 내일 여문다

내부공사를 맡는 장 사장 본점에 다녀갔다. 신혼여행 다녀온 후로 첫 대면이었다. 이번 주는 신혼 방 정리할 거라 조금 바빴는가 보다. 요즘 커피 시장을 두고 서로 얘기 나누었는데 아는 친구가 지센 제품의 로스터기를 샀다는 얘기를 했다. 그 로스터기를 본 장 사장은 기기가 시원찮다는 거였다. 모두 전자식이니 배기구가 없느니 등 여러 가지 말을 했다. 그리고 왜 그 제품을 사는지 모르겠다며 한마디 했는데 나는 일종의 베블런 효과로 본다. 커피전문점이 많으니 우리 집만의 특색 있는 기계를 소비자께 내세우기 위한 마케팅의 한 방편일 수 있다. 그 기계로 뭘 할 거냐고 물었더니 커피 볶아서 인터넷 시장을 공략한다나 어쩐다나 아! 아이고 되겠어요, 했다.

커피 시장에 돈을 벌 수 있는 종목은 교육 컨설팅이나 카페 리모델링 쪽 되지 않을까 하며 얘기했더니 맞장구치며 한마디 한다. 그러니까 어떻게 해야 하느냐며 묻는데 조금 낡은 건물이지만 고택을 개조한다거나 변두리 쪽 혹은 냇가 쪽이나 호수나 공원도 좋고 아니면 촌집도 좋으니 특색 있는 자리가 분명히 있을 거라며 그것을 사들여 개조하며 영업하는 거다. 팔리면 파는 것이고 또 그렇지 않으면 운영하면 된다. 얼마 전에 한의대 앞 모 카페가 그런 경우다. 1억3천에 사서 개조한 비용이 1억 들였겠는가마는 그렇다 하더라도 3

억3천 이상이면 꽤 큰 차익을 보았음이다. 하기야 파는 쪽은 세금 생각하면 마음 아픈 일일 수도 있다. 큰 수익일수록 꽤 많은 세금을 안아야 한다.

장 사장은 나의 주변을 늘 자세히 묻는다. 그러니까 사업인데 어떻게 하면 돈을 벌 수 있을까? 뭐 이런 궁리 같은 것인데 사업 이야기가 끝나면 글이다. 글은 돈이 되느냐며 묻는다. 돈이 될 일 있겠습니까? 하며 도로 되받았다. 그러니까 인세가 있느냐며 하는 것인데 요즘 출판문화와 우리나라 국민의 독서량을 보면 자비로 출판하지 않는 것만도 꿈같은 이야기다. 글은 이미 취미며 재미며 위안이 된 지 오래다. 오히려 이 취미생활에 돈 무진장 든다. 모르겠다. 나중에는 큰 빛이 될지는 모르겠지만, 호! 죽고 나서도 이름 석 자 남기면 그만이다. 그만한 가치가 될지는 노력해야겠지만 말이다.

압량에 머물 때였는데 윤 과장 다녀갔다. 윤 과장이 와서 몇 분 쉬었을까, 가고 난 후 곧장 모 대학 이 선생 오셨다. 공급 풍요의 시대에 어떻게 수요를 맞추느냐 그러니까 수요를 어떻게 창출하느냐다. 지식시장에서 살아남아야 하는 어느 지식인의 예를 들어 그 선생(고미숙 선생)의 삶의 성공을 유추해서 얘기 나누었는데 그 이야기를 듣고 나니 뭔가 아이디어가 탁 틔듯 했다. 글은 아무것도 아닌 것 같아도 내가 보기에는 이것만한 굉장한 무기도 없으며 시공간을 초월할 뿐 아니라 시대를 꿰뚫는 통찰력을 가지게 하니 삶이 어찌 어려운 일만 있을까! 미래를 여는 스마트키는 못 되더라도 최소한 기름의 역할은 충분히 할 수 있다. 그러니까 글 말이다. 그러니 당신은 핸들만 잡으면 된다. 가고자 하는 길로 똑바로 주시하라! 그리고 눈으로 본 것을 묘사하라!

鵲巢日記 15年 03月 20日

아침에는 흐렸는데 정오쯤 지나 쾌청했다.

아침 사동 출근했을 때다. 아주 말간 주차장에 차를 주차하고 내렸는데 어디선가 새소리가 나서 소리 나는 쪽으로 고개 돌려 보았다. 간판 대 위였다. 새 세 마리 묶어 올려놓은 솟대 위에 산새 한 마리 날아와 앉았다. 9시쯤 개장했는데 본부 일로 자리 옮길 때까지 앉아 있었다.

아침 사동에 인부 한 명이 왔다. 그저께 비 내릴 적에 창틈으로 빗물이 흘러나와 바닥에 고일 정도였는데 시공사 쪽에 전화 넣은 바 있었다. 창을 보았는데 알루미늄 통으로 된 창틀이 아니라서 빗물이 샐 수도 있다고 했다. 옥상에 올라가 바닥이 약간 금 간 것도 확인했다. 다시 수일 내로 와서 보수공사를 하겠다고 했다.

목련 꽃 망울망울 꼬잡게 핀다
맘껏 햇볕 받으며 더럽게 핀다
자가 꽃샘바람도 잊었는갑다
이 속도 흠 많아서 자꾸 피 난다

오후 기계설치 다녀왔다. 대구 대덕문화전당 앞에 두 평쯤 되는 구멍가게다. 주인은 B 업체 이 사장이다. 에스프레소 기기와 제빙기 그리고 다수의 초도물량을 챙겨 갖다 드렸다. 가게는 정말 차 한 대 주차할 수 있을 정도의 공간이었는데 한 사람 들어가면 딱 맞을 공간이다. 이 공간을 허가받기 위해 무척 애를 썼다며 말씀을 주신다. 그래도 관련 보험은 다 넣으셨다는데 경제적 공간으로 이것만 한 것은 없지 싶다. 더구나 그 앞에는 앞산순환도로라 반대쪽으로 건널 수 있는 구름다리가 놓였으며 바로 몇 발짝 더 가면 문화회관인데 그 공간을 한 시간 천 원이면 대여 받을 수 있다고 했다. 문화행사를 자주 연다면야 커피도 꽤 팔릴 것 같다. 한 달 임대료도 많지도 않았다. 아무튼, 건승하시길 바란다며 인사를 드렸다.

이 사장은 한 번씩 뵐 때마다 사업적 얘기에 늘 골몰하신다. 오늘도 돌에 관한 얘기를 하셨는데 그러니까 문경에만 나는 돌인가 보다. 마치 번개탄 크기만 한 데 번개탄처럼 구멍도 뚫었다. 이 돌이 몸에 좋은 이유를 설명하시는데 예전 약장수 보듯 또렷하게 얘기했다. 그러니까 물이 이 돌을 통과하면 알칼리성 물이 된다고 했다. 알칼리성이 몸에 좋다는 거다. 나는 무심코 그 설명을 듣다가 아무리 생각해도 물이 통과할 것 같지는 않았으나 번개탄처럼 구멍을 뚫었으니 거기로 통과하는가 보다며 속으로 생각했다. 사업가로서 관련 상품 개발과 판매에 주력하시는 모습을 뵈니 참으로 근면 성실한 분이 따로 없음이다. 어떤 상품을 하나 개발하는 것도 그렇거니와 그것이 상품으로 출시될 때는 막대한 자금이 소요된다. 아무리 커피 일이라도 비용이 안 들어가는 것은 아니니 CI에서 포장까지 그 속의 내용물까지 얼마나 많은 노력과 정성이 들어가는가 말이다. 아무튼, 미수금이 빨리 회수되었으면 하는 마음뿐이었다.

커피 예찬 4

한 사발의 커피는 그 어떤 국 국물보다도 시원하다. 마실 때 피어나는 향은 여느 냄새보다 나으며 원초적이며 말초적이라서 본향으로 이끄는 힘이 있다. 그러므로 한 잔의 커피는 눈빛부터 사로잡으며 순간 수천의 군중 앞에 선 기분으로 가슴이 먼저 뛴다. 이때, 유관순 누나보다도 더 선동적이어서 걸으면 힘이 들어가고 말을 하면 더듬거리지 않으니 스타는 아니지만, 스타와 같은 자태를 갖게 한다. 무엇보다 한 잔의 커피는 물보다 겸손해서 내면의 감정을 안으며 내부 어디든 닿지 않은 곳이 없어 중압감으로 쌓인 피로를 나르는데 수천수만 승의 수레에 비할 바가 못 된다. 그러므로 몸 가볍기로는 종이 한 장보다 낫고 머릿속 맑음은 가을 하늘 보는 것과 같다. 새로운 일을 시작하기에 이만한 때도 없으며 뭐든지 새로 쌓는 희망이야말로 어찌 가슴에 닿지 않아서 두 손 끝에 전율이 일어나지 않을까!

사동에 머물 때였는데 강 선생께서 오셨다. 기존의 가게 인수하는 과정이 아주 쉬운 일만은 아닐 것이다. 초췌한 모습이었다. 내일 수류 손성태 선생의 시집 출판기념회를 갖기 위해 현수막을 걸었다. 낮은 조용했으나 밤에 여러 손님이 오시어 마감이 늦었다. 자정을 넘겼다. 본점에서는 얼마 전에 교회 내 도자기업체를 이끄는 이 씨가 와서 자정이 넘도록 교육을 받고 있었다. 오 선생께서 수고했다.

鵲巢日記 15年 03月 21日

맑았다.

오전, 본점에서 커피문화강좌를 열었다. 10여 명 정도 참석하셨다. 청도 가비와 시지 우드테일러스 카페를 소개했다. 이 카페의 주인장은 모두 나이가 좀 있으시어 우리가 나이가 들었다고 해서 꿈을 갖지 말라는 법은 없기에 예를 들어 희망을 심었다. 그 외에 커피를 제대로 알고 가게를 하면 가게 운영도 쉬울 뿐 아니라 커피에 관한 새로운 시각을 갖게 되니 일을 하면 재미가 있고 즐겁게 할 수 있어 교육의 중요성을 얘기했다. 실지로 이 두 카페는 영업이 잘 될 뿐 아니라 카페를 함으로써 삶의 즐거움을 이룬 곳이다.

교육생 한 분께서 집에 핸드밀을 선물 받았다고 했는데 분도 조절을 어떻게 하면 좋을까 싶어 질문 있었다. 본점 바bar 위에는 본보기로 핸드밀 종류별로 있음인데 그중 하나를 가져와 친절히 보여드렸다. 그러니까 핸드밀의 꼭지에 볼트를 풀어 고정핀 꺼낸 뒤 그것을 거꾸로 뒤집어 넣고 시계 반대방향으로 돌리면 분도가 조밀하며 시계방향으로 돌리면 분도가 굵어짐을 눈으로 확인시켜 드렸다. 조립은 역시나 역순으로 다시 넣으며 볼트를 조이면 된다. 고객께서 보시고는 아주 신기하게 여겼다. 교육 끝나고 가실 때에 서버와 드리퍼와 핸드밀을 사셨다.

교회에 도예 하시는 이 씨 자매가 왔다. 동생은 도예를 하며 언니는 댄스를 한다. 두 자매가 미모로서는 아주 출중하다. 그중 동생이 미모뿐만 아니라 말솜씨나 세상 보는 안목도 더 뛰어나 보인다. 대화를 더 나누어 보아서 그런지는 모르겠다. 언니도 5월 중으로 댄스교습소에 에스프레소를 다룰 수 있는 주방을 만들겠다며 얘기했다. 거기에 들어갈 기계를 오늘 계약했다. 새 기계 들어가기에는 자금이 여의치 않아서 중고로 하기로 했다. 서비스 시장이 점점 두터워 가는 모습을 본다. 그러니까 나의 시장을 넓히기 위해서 커피를 소통의 장으로 이끄는 하나의 마케팅 일환이다. 이 씨(동생)는 주방에 필요한 각종 소스와 시럽 그리고 허브 관련 제품을 사가져 갔다.

오후 2시, 조감도에서 시집발간 축하연을 했다. 시마을 대경지회 수류 손성태 선생님이다. 수류 선생은 경북 의성 분으로 경북대 사범대 졸업하시어 제16회 공무원 문예대전 시 부문 최우수 금상을 받아 등단하셨다. 시인의 첫 시집으로 『물의 연가』다. 이번에 대경지회 회장직까지 맡으셨다. 전 회장은 시마을 동인으로 박용 선생께서 맡았다. 박용 선생께서 축하 말씀을 시인의 시 낭독과 더불어 시인의 마음을 조목조목 말씀 주심에 인상 깊었다. 오늘 사회를 보신 선생은 장현수 시인께서 보셨으며 축하 시 낭송은 향일화(전명숙) 선생께서 해 주셨다. 시 낭송을 들었을 때였는데 아! 역시 프로는 다름을 느꼈다. 선생의 목소리가 반주가 없어도 운을 타며 그 운이 마치 솔개가 큰 날갯짓 없이 타는 바람과 같아서 자리 앉은 모든 시인이 감상하기에 큰 감동이 일었다.

경산에 홍곡 선생(김종식) 외 다수 시인께서 오시었는데 일일이 이름을 다 적을 수 없음이다.

축하연은 다 보았으나 식 끝마치고 여러 시인과 함께하는 자리는 있지 못

했다. 영천과 분점에 커피 주문이 있어, 자리를 비울 수밖에 없었다. 오늘도 날이 아주 따뜻했다. 낮은 무려 20도가 넘어 덥기까지 했다. 목련이 갓 피려는 것을 보았고 어느 곳은 개나리는 아닌 것 같은데 노란 꽃나무를 보기도 했다. 봄이 오고 있었다.

오후 7시 조감도에서 음악회를 했다. 오늘 무대를 이끄실 분은 '신동화' 보컬리스트다. 전에 개업식 때 한 번 초청한 적 있다. 그때는 음향을 맡으셔 이분의 말솜씨나 노래솜씨를 보지 못했다. 오늘은 토크쇼 형식으로 진행했는데 참석한 손님께서는 모두 만족한 듯 재밌어했다. 방송계에 일하는 사람으로 TV에 자주 나오는 분은 아니나 여러 무대를 종횡무진 다닌 경험이 있다. 음악회를 기획하는 세빠와는 군대 동기며 나이는 서른이다. 몸매가 다소 뚱뚱해서 연예계에 나서는 사람으로 보이지는 않으나 말은 그침이 없어 사회 보는 것도 뛰어나며 군중을 다루는 솜씨가 다분했다. 나는 자리에 앉아 토크쇼를 즐겼지만, 나중에 직원들에게 어떠냐고 물었더니 모두 시끄러웠다고 했다. 나는 속으로 이런 생각을 했다. 나름으로 음악회가 성공적이었음을 여긴다. 모두 인상 깊게 자리했을 것이다.

꽃이 좋고 그름이 따로 있을까
그대 색깔로 보는 세상 관점이
독특한 양식이라 뜻을 세우니
한 치 흔들림 없는 풍을 만들라

오늘 아침만 먹었다. 점심, 저녁을 먹을 수 있는 시간을 낼 수 없었다. 시집 축하연 때 떡 두서너 개, 음악회 때 아르바이트로 일하는 김 씨가 애인이 생겼다며 애인이 김 씨께 준 여러 샌드위치 중 한 개를 얻어먹었다. 사동은 오 선생이 마감했으며 압량과 본점은 직접 마감했다.

鵲巢日記 15年 03月 22日

맑았다. 바람은 그리 심하게 부는 것 같지는 않았으나 바람 소리는 유난히 심했다.

사동을 개장하고 아침 바닥 청소를 하는데 예지가 "본부장님 우유 썩는 냄새가 나요!" 한다. 어제 누가 우유 쏟은 것을 닦고 그 밀대를 소독해놓지 않았는가 보다. 예지 말을 듣고 보니 정말 우유 썩는 냄새가 났다. 직원의 일을 조금 도우려다가 오히려 일을 그르치게 되었다.

사람은 누구나 흡인력을 갖추고 싶어 한다. 더구나 현대에 사는 우리는, 그러니까 우리가 바라보는 특별한 영웅이란 없는 것 같다. 200년 전의 토머스 칼라일이 이야기했던 영웅 그러니까 일국의 왕이나 성직자, 예술가나 문인들이었으나 요즘은 꼭 그렇지만도 않다. 아날로그 시대가 아닌 디지털 시대에 걸맞은 인간형은 무엇인가! 어떻게 하면 세상과 소통할 수 있으며 그 소통이

나를 얼마나 반듯하게 이끌며 세워줄 수 있는지 말이다.

근면·성실이 아니면 계략과 전술인가! 어느 것도 밑바탕이어야 하며 어느 것도 그렇지만도 않은 세상이다. 그렇다고 시대를 통틀어 보아도 인문의 근본은 변함이 없는 것도 사실이다. 그러니,

한 조직의 지도자는 그 조직을 이끌 수 있는 계획과 목적이 있어야 한다. 명분과 이상과 비전을 제시하고, 흔들림 없는 확고한 모습을 보여주어야 한다. 가난하면서도 귀족적이어야 하며 열정적이면서도 초연해야 한다. 친밀하면서도 거리감이 있어야 할 필요가 있다. 잘은 못하지만 적당한 웅변력 또한 갖추어야 하며 삶이 쪼들리더라도 유연한 마음을 가져야 한다. 말은 없더라도 상대의 눈빛만 보면 그 사람의 감정을 읽을 수 있어야 하며 상대를 제압할 수 있는 강렬한 눈빛 또한 갖추어야 한다.

아침, 본점에서 곧 창업하려는 강 선생과 커피 한 잔 마셨다.

커피 예찬 5

커피 한 모금은 아무것도 아닌 것 같아도 한 사발의 먹물과 같아서 마치 수많은 상상력을 담은 샘물 마신 거나 다름없다. 상상 나라에 닿은 이 한 사발은 물수건처럼 지나간 주위를 묘사한다. 그러니 고무고무 인간, 몽키 디 루피의 팔에 비유가 되겠는가마는 공상을 쓰면 길어졌다가 번뜩 깬 현실에 그만 짧아지기도 하는데 필력은 내공이겠으나 그 윤활유 역할을 톡톡히 한다. 그

러니 빛과 그림자와 선과 면을 뚜렷이 그려나감에 여러 톱날의 조합으로 이루어진 시계처럼 반듯하며 6기통 엔진과 같이 그 질감과 속도 또한 떨림이 없어 자유로움을 느낄 수 있다. 그러니까 커피 한 모금은 그간 얼었던 동토를 찰방지게 한다. 여느 봄날처럼 뿌리가 기지개 켜듯 해서 전체 시스템에 활기를 불어넣을 뿐 아니라 다소 안정감까지 심으니 가지가지마다 틔운 희망은 푸른 하늘을 볼 수 있음이다.

압량에 머물 때, 고미숙 선생의 인문학 강의를 청강했다. 『열하일기』를 쓴 연암 박지원의 삶을 통해 조선후기 문인의 세계를 간접적으로 알게 되었다. 그리고 그의 문장이 왜 탁월한지 그 당시 고문의 문체에 대항하는 필력이었음을 그 필력이 전통적 유교문화를 깨뜨릴 수 있는 문장이었음을 알게 되었다. 더욱 중요한 것은 선비로서 글쓰기의 중요성을 깨우쳤는데 이는 자기 삶의 존중에서 나오는 것이며 생사의 견문을 더 넓혀 복된 삶을 추구했다는 데 있다. 한 시간 강의였다.

똑같은 커피인데 아메리카노는 유난히 이곳 압량이 더 맛있다. 장소가 협소해서 더욱 좁은 목구멍에 착 붙는다. 긴장감은 어느 곳보다 더 드는 것이 이곳 압량이다. 바bar 밑에 운전석처럼 앉아 내비게이션 바라보듯 모니터만 보았다. 한 시간의 드라이브였는데 18C 연암이 살았던 시대에는 꿈에도 못 그릴 삶이 아닌가! 이처럼 한 이백 년 흐른 뒤에는 어떤 영상으로 우리의 삶을 들여다보며 있을까! 그 외, 메소포타미아 문명에 관한 다큐멘터리도 보았다. 지금으로부터 사오천 년 전의 고대문명을 비추며 그때의 삶을 이야기한다. 지금의 티그리스·유프라테스 강 주변의 삶과 견주어 보아도 별다른 차이가 없을 정도로 당시 문명이 꽤 높았다.

鵲巢日記 15年 03月 23日

맑았다. 바람이 좀 불었다.

이른 아침, 화원에서 사업하는 후배가 찾아왔다. 이때가 8시였다. 후배는 전에 믹스기에 관해서 여쭤 본 일이 있다. 외국산 제품과 국산 제품의 차이와 대형할인점에서 파는 제품은 또 어떤지 물은 적 있다. 성능으로 보면 외국산 제품이 조금 나을지는 모르지만, 가격은 국산제품이 월등히 좋으니 국산 것으로 권했다. 실지로 써보면 외국산 제품이 AS 발생률이 조금 낮다. 그렇다고 해서 국산제품이 하자가 많이 나는 것도 아니다. 잘만 쓰면 몇 년은 이상 없이 보낼 수 있다. 가게를 처음 해 보는 처지라서 모르는 것이 많다. 주스 만드는 방법을 일러 드리기도 했지만, 얼음을 통 얼음으로 넣어도 되느냐는 후배의 말에, 그렇게 넣으면 믹스기가 꽤 힘 쓰여 고장 날 확률이 높아지니 분쇄기에 넣어 깨뜨려 사용하면 훨씬 낫다며 얘기했다. 그러고 나니까 가게에 얼음분쇄기가 없다고 했다.

휘핑크림 사용하는 방법을 묻는데 우리는 휘핑기를 따로 사용한다며 얘기했더니 거기는 수작업으로 모두 일 처리하는가 보다. 그러니까 식물성 크림 반, 동물성 크림 반, 설탕 몇 숟가락 넣어 거품기로 뭉개면 부피가 커지면서 쫀득해지는데 그것을 일부 쓰고 냉장 보관하며 하루 쓴다고 했다. 그날 쓸 것은 아침에 작업해서 쓴다는 얘기다. 조금 불편할 것 같아도 오히려 맛은 더 있을 것 같다는 생각과 더불어 더 경제적일 것 같다는 생각을 했다. 왜냐하면, 휘핑기 사용하면 질소가스료에다가 또 손실까지 고려하면 비용이 만만치 않은 것은 사실이다.

아메리카노용 커피 한 봉과 믹스기를 사가져 갔다. 아메리카노 커피를 한 잔 부탁했는데 똑같은 커피인데 오히려 여기서 뽑은 것이 더 맛있다는 표현을 한다. 쌀은 같아도 집집이 밥맛은 다르듯이 같은 집이라도 손이 다르면 그 밥 또한 맛이 다르다. 뭐라 해도 중요한 것은 커피다. 생두의 신선함과 좋은 콩은 커피 맛의 중요한 요인임은 틀림없다.

오전, 강 선생과 잠깐 커피 한 잔 마셨다. 본점에 관한 업무 보고였다. 아직 후임자가 오지 않으니 이모저모 신경 쓰였다. 강 선생은 11년 3월 31일에 입사했다. 15년 3월 31일까지 일하기로 했으니 만 4년 꼬박 채운 셈이다. 성품이 온화하며 미모가 출중하다. 더욱이 불의를 보면 못 참는 성격이라 가끔 다혈질적 기질도 영 없지는 않다. 하지만 맡은 바 임무는 꼭 해내는 성품이라 어디를 가시더라도 귀염을 받을 뿐 아니라 대우를 충분히 받으실 분이다. 실례로 얼마 전에 다녀가신 버섯명가 사장께서는 꽤 바라시기도 했다. 하지만 강 선생은 어디 취업하려는 목적이었으면 아예 본점에 머물려고 있지는 않았을 것이다. 그간 쌓은 실력을 보면 일 처리가 거저 한 것이 아님을 알 수 있다.

강 선생은 카페리코에 오시어 안 해본 일이 없다. 각 분점에 커피 배송도 했으며 기기설치와 AS도 다녀온 바 있다. 그뿐만 아니라 메뉴교육과 매장 일도 도맡아 해왔다. 무엇보다 강 선생은 인품이 너그러워서 선생을 안 따르는 이가 없었으며 특히 일 처리 과정에 무엇 하나라도 흩트림이 없고 누구에게나 챙겨주려는 성품에 주위 사람은 늘 가까이하고 싶어 했다. 이번에 창업하면 그간 쌓은 교육 실력도 충분히 발휘할까 한다. 선생의 이름은 강미라이며 올해 나이 만 43세가 된다.

목련꽃 피려다가 본 것도 얼마
꽃잎 하나하나가 바람을 탄다
꽃잎 떨어지려니 꽃 떠나간다
새잎이 하늘 나고 바람은 불고

먼 곳도 아닌 지척 하얀 꽃잎이
사월을 노래하며 땅에 닿는다
목련꽃 떨어지면 달빛도 흐려
오가는 이 거리가 어둑하려나

월요일이라 주문이 꽤 쏟아졌다. 휴대전화기가 쉴 새 없이 울렸는데 열어보고 복사하며 옮기는 것도 꽤 바빴다. 영천, 진량, 병원 두 곳, 옥곡, 삼풍, 포항, 정평, 하양, 청도에서 들어온 주문 있었다. 본부에서 전표발행과 배송 나갈 물품을 직접 챙겼다. 배송은 서 부장이 다녀왔다. 그저께 토요문화강좌 때 빠진 물건을 채워놓기 위해 본점에 잠깐 다녀왔는데 마침 점심시간이라 바에서 일하시는 바리스타 이 씨께서 과자를 건넨다. 여기까지 오시느라 당 떨어졌을 테니 드시라며 건넨다. 그러고 보니 별것 아닌 것 같아도 주신 과자 하나 먹고 나니 배고픔이 사라졌다.

압량 오후 7시, 교육했다. 실습받고 계시는 최 씨 동생이다. 커피 기원과 어원에 관한 이야기와 사업적 내용을 담은 경영을 이야기했다. 일은 언제 시작해도 성공에는 아무런 관계가 없다. 의지가 얼마나 강한가에 따라서 사업의 성장이 달렸기 때문이다. 마케팅에 관한 이야기를 할 때면 전체 시스템이 한 번 스쳐 가기도 해서 할 일이 번뜩 뜨이기도 했는데 그렇다고 해도 일은 착상과 기획이 따르며 도전과 실행이 그다음으로 따른다. 무엇보다 적극적인 마음이 없다면 어떤 일이든 어렵다. 나의 성장 과정을 잠시 얘기했지만, 최 씨의 환경도 알게 되었다. 조금 놀라운 것은 바깥에 돌아가는 경제사정이었다. 임금에 관한 이야기를 들었을 때는 많이 놀라웠다. 18C 영국 노동자 계층이 떠오르기도 했다. 그러니까 그 당시 영국은 산업혁명으로 공장제 기계공업이 발달하여 대량생산, 공업중심의 사회가 성립되었는데 이것은 곧 자본가와 노동자 계층으로 나뉘게 했다. 현대사회가 꼭 그렇지만은 않지만, 자본주의 시장경제는 엄연히 앞서간 사회의 진화다. 최 씨가 처한 환경에 비하면 커피전문점은 상위였다.

교육 마치고 8시 좀 지났을 때였다. 차 한 대 서고 가족 넷이 카페로 걸어 오신다. 커피는 한 잔, 나머지는 따뜻한 일반 음료를 주문하셨다. 가족 중 가장으로 보이는 남자 손님은 키가 제법 컸는데 책을 아주 좋아하시는가 보다. 손님께서는 서재를 보시며 이곳 카페 주인장은 책까지 쓰시는 것 같다며 한 말씀 주셨다. 가족 중 한 분이 이스라엘 이야기도 나오는 것 보아서 아마도 가장은 곧 이스라엘로 일하러 가실 듯했다. 그러고 보면 이스라엘 사람 같아 보이기도 했다. 조감도는 테이크아웃만 하느냐며 묻기에 아마도 사동도 있음을 아시는 것 같았다. 그의 아내가 아니라며 저 위에는 가게가 제법 크다며 대답했다.

사동 머물 때였는데, 정문기획 사장님 오시었다. 사는 얘기를 나누었다. 오늘 아침, 은행에 다녀온 이야기를 들려주었다. 은행 전무님께서 대필을 해 보지 않겠느냐며 건의가 있었다. 전무님 아시는 분의 이야기를 써보지 않겠느냐는 얘기였다. 이 이야기를 말씀드리니 정문 사장께서는 한 말씀 주시는 거다. 대필의 세계를 살짝 엿본 듯 세상이 갑자기 넓어졌다. 유명 정치인부터 작게는 사업가나 기타 등등 글을 쓸 수 없거나 글을 잘 다룰 수 없는 분의 여러 가지 목적으로 책을 내고 싶어 하는 것과 그 시장의 이야기였다. 그나저나 대필은 만만치 않은 일이지만, 또 그리 어려운 일만도 아니라는 것은 글 쓰는 이로서 갖는 마음이다. 한 사람의 명예가 달린 문제니 금액이 만만치 않다며 최소 한 장은 필요로 하는 작업임을 무척 강조하기까지 했다. 케냐 커피 한 잔 마셨는데 오늘은 자꾸 군침이 돈다.

鵲巢日記 15年 03月 24日

아주 맑았다.

아침, 본점을 열고 사동 가려고 차에 탔다. 앞 유리에 새똥이 폭격 맞은 것처럼 묻어 있었다. 하늘 나는 것들은 예의가 없다. 밑에 무엇이 있는지 분간도 하지 않거니와 굳이 신경 쓸 이유가 없듯 시원한 용변만이 그들의 일이다. 높은 곳에 앉은 사람일수록 더 신경 써야 할 것이다. 똥은 거저 생기는 것이 아니기 때문이다.

사동, 마당가에 심은 벚나무 꽃망울이 아주 물오를 대로 올랐다. 봉긋하다.

詩

벚꽃이 피려 한다 꽃망울 굵다
햇살 이리 따뜻해 곧 터지겠지
꽃잎이 나비처럼 하얀 꽃잎이
새처럼 망토처럼 벚꽃 잎처럼

내일 기계설치 일로 정수기 업 하는 동생을 본점에서 보기로 했다. 본점 인수인계차 오신 최 선생이 와 있고 실습생 이 씨가 와 있고 강 선생이 본점 바

bar에 있으니 화원이 따로 없었다. 모두 나이가 비슷하며 여자 나이로서는 가장 예쁠 때다. 모두의 얼굴빛이 각기 다름을 느꼈다. 글로 쓰기에는 석연찮으나 곧 창업으로 나서는 분이 있는가 하면 본점의 일을 맡아 해야 할 분도 있으며 마냥 실습으로 오신 분도 있었다. 그러니까 가파른 절벽 길 걷듯 걸어야 하는데 지금은 절벽에 있으나 잘만 걸으면 정상에 서서 푸른 하늘을 볼 수 있음과 아래의 너른 세계를 한눈에 볼 수 있음이다. 따스한 봄날 유채밭에 가족과 함께하는 것인데 어쨌든 여름은 오고 계절은 바뀌어 간다. 지나간 버스만 바라보며 서 있으나 마냥 탈 것도 아닌 오히려 버스를 더 안타깝게 바라보는 것과 같으나 걸어도 집에는 갈 수 있으니 무엇이 그리 걱정일까마는 운동도 이런 운동은 없을 것이다. 하지만 우리는 모두 집으로 간다. 집은 쉬는 곳이다. 언제쯤 우리는 집으로 갈까! 기나긴 여행을 마치고 꿈다운 꿈을 꿀 수 있는 곳 그곳은 집이다. 하루 노동이 빡빡하면 뜻밖에 몸은 더 잘 풀 수 있다. 그러니 꿈은 현실을 어떻게 보내느냐에 있는 것도 맞는 말이다.

정오쯤, 오 선생은 시지, 애견카페 사장과 면담을 했으며 교육 일정을 잡았다. 오후 두 시쯤 본부에서는 내일 들어갈 기계를 시험운전 해 보았다. 수도 직결하기 위한 닛볼에다가 테플론 테이프를 칭칭 감고 기계와 연결한다. 물을 공급하고 전원을 넣고 물을 데운다. 한 삼십 분쯤 지났을까! 기계가 제대로 운행이 되는지 확인한다. 역시, 한쪽 밸브에서 버튼은 먹지만, 물 나오지 않았다. 새 기계 열에 한 대쯤 있을 듯한 현상이다. 이탈리아에서 잘못된 기계를 수출한 것이 아니라 그쪽에서 시험운전하며 보내는데, 말하자면 물때 같은 것이 미세한 구멍에 막혀서 일어나는 현상이다. 솔 밸브를 뜯고 그 밸브

안에는 육각 볼트가 있는데 지름이 약 5㎜쯤 되지 싶다. 그 볼트 중앙에 바늘 구멍 같은 게 있는데 그 구멍이 막혔다. 이것만 보더라도 에스프레소 기계가 얼마나 정교한 것인지 알 수 있을 정도다. 이 구멍을 뚫어야 한다. 미세한 구멍을 어떻게 뚫을까 고민할 필요는 없다. 그저 에어 컴프레샤만 있으면 확! 불면 퍽 뚫린다. 다시 조립해서 물을 넣고 전기를 넣고 물 데워 버튼을 누른다. 정상 운행을 볼 수 있었다. 기계설치가 급하다고 해서 현장에서 일하면 정상운행이 되면 다행이지만 이와 같은 현상이 일어나면 난감하기 그지없다. 그러니까 출고하기 전에 미리 손보며 간다.

화장실에서 싹싹 낯짝 씻고 내 머무는 골방으로 들어가 거 할 터인데 띠리링 전화 울려 받으니 모 치과 경리부 아가씨였더라 목소리 낭창하기로서니 한마디씩 또박또박 고양이 발자국 놓듯 했는데 듣자하니 율무차 버튼을 눌렀는데 율무는 나오지 않고 빈 컵만 떨어졌다더라 아무 소리하지 않는 내부에 그 속을 빠끔히 들여다보며 누르지 말아야 할 버튼을 또 눌러서 확인함에 물은 물대로 율무 가루는 율무대로 콸콸 쏟아졌는데 구토도 이런 구토는 없을 터 그저 바라보기만 했다더라 누르지 말아야 할 버튼을 재차 눌러 확인해 보니 물 내려 보내는 고무호스가 떨어졌으므로 한쪽은 걸쳐져 있고 한쪽은 덜렁덜렁했는지라 국 따로 밥 따로 하듯 제각각 놀고 있다더라 전화로 낭창하게 애단 것도 없고 당연시하며 한마디 툭 던졌는데 내일 얼른 와달라더라 가만, 생각다가 내일은 기계 설치가 있고 확답하기 그렇고 해서 오후 늦게나마 들를 수 있으므로 그때 보자고 했다.

압량에 머물 때였다. 오늘로서 두 번째로 본 손님이었다. 그간 손님이 없었으므로 실은 반가웠다. 카푸치노라고 툭 던졌는데 나는 얼른 우유를 꺼내고 피처에 담고 그 우유를 가르며 데우다가 찌직찌직 하는 소리에 그만 전율이 일었다. 그간 전율 같은 것은 없었으므로 이 어휘 사용은 가당치도 않은 것이다. 하지만 몸이 떨린 것만은 사실이다. 시럽을 넣으시느냐고 물었더니 오늘 피곤하니까 듬뿍듬뿍 넣으란다. 시럽을 들고 한 바퀴 죽 둘러치며 데운 우유를 부었더니 하트가 생겼다. 컵 뚜껑을 닫았으니까 하트를 볼 수는 없게 되었다. "전에는 인터넷으로 커피를 샀죠. 그런데요, 여기서 사다 마시고는 정말 커피 맛 다르더라고요. 예가체프 하나 주세요." 짧고 굵은 목소리로 "네" 했다. 그러고는 건물을 얘기했다. "이런 데 이런 카페가 있을 줄은 미처 몰랐어요. 그러니까 건물이 특색이 있는데 말입니다." 그러고 그 손님은 갔다. 뭐지? 건물을 원하는 건가! 그냥 줘 아니야 맞아 커피는 부수고 카페가 목적인데 이런 조그마한 카페는 하나의 로망스니까!

이론 이틀째다. 카페 상호, 로고, 레터링, 슬로건과 사업설명에 관한 내용을 다뤘다. 최 씨는 오늘 직장 일로 마음이 편치 못했다. 이유를 들은즉슨 단골께서 사용하시는 언어가 불쾌했는데 정중히 거절했지만, 오히려 뜻을 잘 전달하지 못한 것 같아 내심 안 좋게 여겼다. 나는 도로 위로하며 처세에 관한 이야기를 들려주었다. 상대에게 존대하며 내 뜻을 바르게 이야기할 수 있는 내용 같은 것인데 그러고 나니까 마음이 풀려 교육을 더 진행할 수 있었다. 교육 끝나고 독서에 관한 얘기가 있었다. 책을 전혀 안 좋아한다는 사람보다는 낫다. 책을 가까이하려는 자세가 보였고 어떻게 하면 더 잘 볼 수 있을지 관한 질문 같은 것인데 무작정 읽으시라 했다. 습관이다. 그러니까 습관을 만들어야겠다.

밤은 아직 차다. 밤은 따뜻한 난로가 있다. 밤은 홀로 앉아 먹지 못하는 밥알 센다. 젤 굳은 밤은 붉은 눈 보며 거문고 뜯는 소리 듣는다. 젓가락 같은 밤은 삐딱한 모자 쓰고 잡을 수 없는 하얀 마시멜로 먹는다.

鵲巢日記 15年 03月 25日

아주 맑았다.

칸칸 고장 난 차가 꽉꽉 차였네
대기실 앉아 차만 바라보네만
정녕 수리할 차는 바깥 줄 잇네
무심코 기다리는 차 그냥 있네

타고 다니는 차, 수리하기 위해 기아자동차 경산 서비스센터에 차를 맡겼다. 부동액 누수 관계로 관련 부품을 신청한 지가 한 달째였다. 약속한 시각 오전 10시 30분에 들어갔지만 한 시간 기다려야 담당 기사를 볼 수 있었다.

여린 봄날 개나리 섬섬 피었네
어느 시대든 총총 변함없으리
이내 몸은 늙어서 보며 좋아라
돌아서 집에 가면 저리 피겠지

서 부장과 함께 시지에서 점심 한 끼 했다. 보쌈집이다. 식사 마치고 기계 설치할 곳이 명우빌딩이라고 했는데 이 빌딩을 찾지 못했다. 분명히 신매광장 어디라고 했는데 찾을 수 없어 광장에 주차관리요원에게 물었더니 아저씨도 모른다. 그러다가 우연히 보았는데 주차장 바로 앞이 명우빌딩이었다. 그러니까 아까 밥 먹었던 곳에서도 바로 지척이다. 마침 동생, 허 사장이 있기에 그 무거운 기계를 함께 들 수 있었다. 아직 내부공사가 끝나지 않아서 기계만 내려놓고 서 부장과 함께 사동에 갔다. 서 부장은 올해 나이 서른 둘이다. 허 사장은 마흔이 넘었으니 친형처럼 그렇게 호칭을 부르시게 하며 한마디 했다. 왜냐하면, 허 사장 성품은 자기보다 나이 어린 사람이면 처음 몇 번 대하고 나면 말을 바로 놓는지라 혹시나 듣는 사람은 기분이 안 좋을 수 있을 것 같아 그렇게 얘기한 거였다. 서 부장은 사회생활이 이곳이 처음이다. 아직 배워야 할 것이 많다. 무엇이든 하나씩 배워야 할 처지라서 이런 인간관계도 그 이해를 도울 필요가 있다. 서 부장, 사람은 많이 알고 지낼수록 좋은 것일세! 그러니까 거미가 거미줄 많으면 안전하게 떠 있듯이 말이야!

기아자동차 서비스센터에서 맡겨놓은 자동차 뜯어보니 엔진 부동액 관련 부위 호스가 찢어진 것뿐만 아니라 유식한 말로 차체 엔진 EGR 부위도 금 가서 이 부위도 갈아 끼워야 하니 차 잠시 맡겨놓으라고 하더라! 그래서 언제까지 또 기다려야 하는가 하고 물었더니 부품 전국 수배해서 알려주겠다고 하더라! 신차 나온 지 몇 달 되지도 않아 차체 결함으로 인한 기아당국 처사로 차 팔면 후속조치도 빨라야 함인데 이는 너무 가혹한 처사라 한마디 쏘아붙일 수도 없고 그저 오늘 타야 되니 부품 신청하고 차 달라고 했더니 다시 알아보고 전화 주겠다고 하더라! 너무 어이없었다만 다섯 시쯤 전화로 대차해 놓았으니 가져가라 하더라. 마! 차는 이틀이나 삼 일 맡겨놓으시라 하더라. 대차 갖은 서면에 날인하고 준 열쇠 들며 운행하니 늘 타던 차가 아니라 꽤 불편도 하지만 몰고 나왔다.

경기도에서 사람 둘 찾아왔다. 컵 공장 사람인데 아이스컵과 핫컵에 관한 제품 설명과 말하자면 납품에 관한 견적 같은 것인데 솔직히 많이 쓸 수 있는 곳이 아니기에 대면하기에 아주 미안했다. 그저 커피 한잔하며 사는 얘기 좀 나누다가 책 한 권 선물 드렸다. 어느 업체든 안 그런가마는 이 컵이라는 것도 개당 10원짜리 장사라서 돈 안 되는 일이라 경기도에서 이곳까지 온다는 것은 대단한 결단이다. 거래처를 쉽게 바꿀 수도 없어 그저 인사 차례 했다. 영업은 대단한 일이다. 모르는 업체를 탐방하고 인사하며 나를 소개하고 일을 도모하는 것은 모험이자 나의 세계를 확대하는 것이니 얼마나 대단한 일인가!

압량에서 커피 교육할 때였다. 생두 종류와 분류에 관한 이야기를 할 때였는데 독서의 중요성에 관해서 또 말이 나오고 말았다. 물론 교육생도 책을 읽음으로써 그 중요성을 알고는 있다만, 오늘은 이런 말을 하는 거다. "책 속에 길이 있다는 것이 맞는 것 같더라고요." 얼굴빛도 어제와는 많이 다름을 보았다. 그러니까 무언가 활짝 피었다고 해야 하나!

詩

선생은 반듯하네. 한 치 흩트림 없이 바르게 나열하며 숨소리 또한 고르네. 안정된 어조로 안개 같은 길 안내하네. 그 숨소리 따라 걷다 보면 어느새 나는 활짝 핀 벚꽃처럼 웃음 일기도 하며 그간 쌓인 하루 그 묵은 때가 싹 씻기기도 하네.

선생은 꽉 찬 수박이네. 한 색깔로 그 사상 볼 수 있으며 중요한 몇 마디는 씨앗과 같아서 곱씹으면 씁쓸하기도 하지만 굳은 땅에 내리는 뿌리처럼 그 뿌리를 통해 끌어올리는 줄기처럼 하늘 향해 바르게 선 잎처럼 온몸 바르게 할 뿐 아니라 수박 같은 열매를 맺게 하지.

선생은 무뚝뚝한 고집불통이네만 내가 먼저 마음 열며 손길 펼치면 자연을 얘기하며 흐름을 보여주니 여태 삶 단면으로만 보았다면 통찰력으로 보는 눈을 주지. 마치 하늘에 나는 족속보다 물 후비며 다니는 그 어떤 어족보다 부드러워서 바람처럼 가볍다네.

압량 마치고 상갓집에 다녀왔다. 정문 사장님과 함께 다녀왔다. 고인께서는 죽음을 두려워하셨다고 했다. 올해 들어 문상 다녀온 집도 꽤 되는 것 같다. 그만큼 죽음을 생각할 나이인가 보다. 앞 세대가 차츰 가고 있다. 차례가 있을까마는 나는 것도 언제인지 모르듯 가는 것도 언제인지는 모른다. 그저 삶을 생각하며 하루 알차게 걸어야 함이다.

중독자

폭신폭신 운동화처럼 꽉 낀 팬티처럼 그러니까 신어도 신은 것 같지 않고 입어도 입은 것 같지 않은 카페 인, 하얀 이와 잇몸과 휘몰아 도는 군무 같은 것 속 빨려드는 블랙홀 같은 것 어쩌라고 어쩌라고 하며 또 잡은 한 옴큼의 사색 날씬한 몸매도 아니면서 곧장 헤엄치며 가는 우주 같은 곳 불면의 장 펼쳐놓고 불멸의 용대가리 같은 것 역린도 아니면서 거꾸로 잡은 시간 거스르며 탁탁 오르는 날치 하얀 날치떼 보며 잠 못 이룬 밤

있는 듯 없는 듯

탁

탁

鵲巢日記 15年 03月 26日

오늘도 아주 맑았다.

강 선생은 사업자 등록에 관한 여러 일로 본점 출근이 늦었다. 그러므로 사동에 금시 갔다가 본점으로 다시 들어왔다. 지난주 드립 교육 등록하신 분 있는데 오늘이 마지막 교육이다. 케냐로 시범을 보이고 커피 한잔하며 글과 커피를 얘기했다. 원래 이 교육의 목적은 시문학과 드립이니까! 그렇게 푼 것이다. 시라고 별다를 게 있겠는가마는 어제 적은 일기를 찬찬히 읽어드리며 글 쓰는 요령이라면 어떤 것이 있으며 그 실례를 이야기했다. 그리고 드립 한 잔씩 번갈아가며 뽑고, 나의 첫 시집 『카페 조감도』에 있는 시 「커피 12잔」, 「커피 50잔」을 읽고 풀이했다.

봄나물 따로 있나 양푼이 놓고
여린 배추 뜯어서 찢어 놓으니
간장 참기름 넣고 고추장 넣어
상큼한 봄 비빔밥 맛만 좋아라

먹고 사는 일, 별것 있을까마는
이 자연 벗 삼아서 마음 편하면
부귀영화 천수도 부럽지 않아

세상사 이리 살면 얼마나 좋아

점심과 저녁을 집에서 먹었다. 아내가 어디서 얻어온 건지는 모르겠다. 여린 배추와 상추가 있어 이것을 양푼에 쫑쫑 썰어 넣고 참기름 한 방울에 초고추장 넣고 석석 비벼 먹었다. 밥은 과하지 않게 한 주걱 넣었으니 한 공기 조금 못 되겠다. 달걀부침 하나면 진수성찬 따로 없다. 임진왜란이나 6·25동란에 비하면 정말 진수성찬 아닌가! 출출하기가 이른다고 과자나 군것질해서는 안 된다. 오히려 소화불량에다가 이른 봄날에는 몸까지 데니 오히려 약간의 허기가 하루 버티는 데 제격이다. 욕심을 내서는 결코 아니 된다.

오후 몇 군데 주문 들어온 것은 서 부장께 맡겼다. 혼자서 다녀보게끔 맡겼다. 진량에서 사진 몇 장 전송했는데 그라인더 앞부분이 파손되었다. 당장 부품이 없으니 신청을 넣고 나중에 수리해 드리기로 했다. 서 부장 배송 끝나고 사무실에 들어왔을 때 함께 모 치과에 다녀왔다. 아래였다. 수리부탁이 들어왔었지만, 어제 바빠서 가지를 못 했다. 오늘 들러서 기계를 보니 율무 쪽 내려 보내는 물관이 부러져 있다. 사무실 중고기계가 있을 것 같아 내일 다시 오기로 했다. 치과는 늘 만원이다. 여기 오신 손님을 제외하면 대부분 여자분이 일한다.

사동에 급히 일이 생겼다. 은행 근무하시는 전무님 소개로 사업가 한 분을 만났다. 공장을 운영하시는 여사장이시다. 책에 관한 이야기를 나누었다. 그러니까 책을 내는 데 비용이 얼마나 들며 그 과정은 어떻게 밟는지에 대해서 말씀을 나눴다. 그러나 정녕 책을 내고 싶은 분은 따로 계셨다. 모두 함께 식사하시고 오신 거였는지 차에서 잠시 쉬고 계셨다. 식사 때 드신 반주 때문이었다. 이야기가 다 끝난 상황에서 이 사장께서 함께 오신 분을 모시고 들어오는 거였다. 여자분이셨는데 모텔 사업을 하셨다. 명함에는 모모 모텔이라 분명히 했으며 사회 여러 단체에 회장과 부의원장 등 직책도 가지고 있는 분이었다. 용안은 온화하였으며 말씀도 그리 빨리 하시는 분이 아니라 성품 또한 너그러운 분이셨다. 몇 마디 크게 나눈 것은 없었지만, 첫 대면은 나쁘지 않았다. 가실 때 직접 쓴 책과 시집에 서명하여 선물했다.

자정, 예전이었다. 대학 다닐 때 용돈 벌이한다고 막일 할 때였다. 하루는 화장실 타일 떼는 작업을 한 적 있다. 건물은 내부 수리였는데 그 화장실은 족히 10년은 사용한 걸로 보였다. 정과 망치를 들고 한 장씩 떼어내는데 그렇게 단순하며 쉬운 일이라 생각한 것도 해보니 어려웠다. 붙이는 것도 어려우나 떼는 것은 더 어려웠다. 더욱이 군데군데 떼어낸 곰보 자국은 보기가 흉했다. 자꾸 이 일이 생각나는 것은 삶은 타일이기 때문이다.

詩

물 곁에 어리는 하늘빛
이는 물결 따라 구기는 하늘,

바람은 인장 같아서 아무것도 찍지 않은 인장 같아서 굵은 것도 비빈 것도 없는 좀체 찢을 수도 없는 그렇다고 콱 파묻은 것도 없는 하늘빛

물 결에 어리는 그 하늘빛

鵲巢日記 15年 03月 27日

대체로 맑았다. 오후 황사가 좀 끼었다.

오전, 처남이 다녀갔다. 압량 포스 일로 잠시 들러 커피 한 잔 마시고 갔다. 작년 대비 영업이 조금 나아졌다는 얘기를 한다. 그러니까 업종과 관계없이 전체적으로 보는 수치다. 커피전문점은 어떠냐고 물었는데 커피집은 나은 것도 준 것도 아니라고 했다. 특별한 것은 요즘은 체인점보다는 개인카페를 열며 기존의 체인점도 개인으로 많이 돌아서는 추세라고 했다. 동네장사라서 상표 보고 들어오는 것이 아니라 주인장과 친밀도에 달린 것 같다며 얘기했다.

조감도에서 장 사장 만났다. 작년 한의대 앞에 카페 내부공사를 맡은 바 있었는데 그 건물이 팔려 세금관계 일로 얘기 나누었다. 주인장께서 이미 지나간 일로, 자료를 끊어달라는 부탁이 있었는데 황당해 했다. 무자료로 일함에 서로 동의하에 일을 추진했는데 건물이 생각지 않게 팔리게 되었으니 세금이

문제였다. 이 일뿐만 아니라 여기 주인장께서는 부동산에 관해서는 남다르게 일을 추진하는 것이 많아서 내부공사에 관한 일이 있으면 가끔 전화가 온다. 이번에는 모텔에 손을 쓴 것 같다. 모텔 내부공사 언급이 있었다.

장 사장과 사동에 잠시 앉았는데 카페로 들어오는 차량이 잠깐 사이 여러 대 보았다. 주말 가까워지니 손님이 꽤 들어오시는 것 같았다. 식사하지 못했다고 해서 주방에 들어가 밥 한 끼 대접했다. 마침 예지는 집에서 카레를 준비해서 가져 왔던 모양이다. 식구들 모두 식사하려고 준비하고 있던 차였다.

장 사장은 커피에 관한 여러 가지 말을 했다. 그러니까 고택 건물은 어떻고, 커피는 정말 여기 커피가 가장 맛있고, 전에 가져간 케냐 커피를 다 마셔가는데 케냐만큼 좋은 커피는 없고, 다시 한의대 앞 그건 아니라며 재차 얘기하고, 우리도 움직여야 할 때 아니냐며 일 좀 하자는 둥, 차는 계속 들어오고, 머리는 책만 아련해서 나왔다.

탁탁 오른 봄처럼 일도 바빠라
서슴없이 신나게 일 나아가라
백지장도 대번에 맞들어 보라
맘껏 세상 누비며 휘둘러 펴라

이왕 잡은 손 죽죽 그려 나가라
좁은 공책 좁다고 얘기 마르라

상상나라 끝없이 펼쳐 누리니
모자란 삶 기어코 깊고 넓어라

오후 다섯 시 집에서 밥 먹으려고 냉장고에 나물 반찬을 담은 반찬 통 꺼내보니 나물이 팍 삭았더라. 집사람 옆에 있었지만, 나물 삭았는갑다 하며 한 소리 하니 어데 하며 대꾸하더라. 그래서 한 젓가락 집어 입에 넣었더니 처음은 괜찮네 하다가 아! 이거 삭았는갑다며 말소리 낮아지더라. 나는 진짜 삭았음을 재차 확인하였으니 개수대에 몽땅 버렸더이다. 그리고 큰 냄비 통에다가 물 넣고 국수 삶았더이다. 일 많고 서로 바쁘다 보니 식사는 안중에 없고, 거저 식탁도 개수대도 방바닥도 뜨락도 모두 깨끗했으면 좋겠더라.

오후 여섯 시 기아 자동차 서비스센터에서 전화 왔더라. 부동액 관련 부위는 모두 수리되었으니 찾아가라 하더라. 본부에서 얼른 준비해서 갔더니 수리 기사께서 혹시 조감도 사장님 아니십니까? 묻더라. 얼른 대답하기로 네 했더니 어쩐지 안면이 많아했습니다 하며 한 소리 하더라. 실은 조감도 내에는 거의 없는데 알아본다는 것은 조금 이상했더이다. 한 이틀 내 차 타지 않다가 오늘 타보니 새롭더라! 역시 부드럽고 안정되어 집처럼 편안했더라.

커피 예찬 6

커피는 묘한 매력이 있다. 한 잔 마시면 깨어있으니 나를 찾아도 이리 빠른 길도 없을 것이다. 하루 바쁜 일에 나를 잃을 수 있어 커피 브레이크는 온전한 나를 만든다. 일은 반복적이라 따분한 것도 없으며 또 하루가 거듭이니 반복적이지 아니한 것도 없다. 실은 똑같은 일이 아님에도 모두가 똑같은 일이라 지루함을 참지 못한다. 이 지루함을 벗어나고자 실지로 새로운 곳을 모험하고 새로운 것을 탐구하는 데 성공하는 사람도 많지만 실패하거나 포기한 사람도 부지기수다. 어느 것이든 시간이 지나면 우울하지 않은 것도 없다. 그러니 하루 우울하게 맞이하기에 앞서 커피 한 잔 마셔라! 내 머무는 곳을 다시 짚어주며 당당히 설 수 있게 빠른 심박 수 갖게 하니 동심 어린 마음으로 세상 보게 한다. 그러니 세상은 늘 꿈으로 가득하다. 다람쥐 쳇바퀴처럼 하루 보내면 그 얼마나 무상함인가! 쳇바퀴 같은 세상 잠시 저버리고 커피 한 잔 마셔보라! 마시는 순간만큼은 모든 것이 새롭다.

자정, 본점장 성택 군이 본점 마감하며 들어가는 길, 나의 골방에 들러 드립으로 내린 커피 한 잔 갖다 주며 퇴근한다. 따끈하고 감칠맛까지 아우르니 세상 그 어떤 국 국물보다 나음이다. 이 커피 한 잔이야말로 출출함도 잊게 하며 무거운 눈꺼풀 가볍게 하며 잘 해결하지 못한 문장과 어디선가 잊어버린 삶의 땟자국까지 그려내는 데 이만한 게 없을 것이다. 한 잔 구수하게 마시며 갖는 이 순간 이 느낌은 입안 몽글하게 도는 포만과 도톰한 볼살에 닿은 촉촉함 그리고 밤을 순산하는 부드러움이라 할 수 있다.

鵲巢日記 15年 03月 28日

아주 맑았다.

커피문화강좌 열었다. 오늘 새로 오신 분이 꽤 많았다. 어느 나 많은 분이었는데 필체가 하도 좋아서 무슨 일 하십니까? 선생님, 하며 물었다. 여자분이셨는데 인터넷 쇼핑몰 사업을 하신다고 했다. 정말, 연세도 그렇거니와 인터넷과는 아무런 상관이 없는 듯했는데 사업도 필체도 범상치 않았음이다. 선생은 44년생이셨다. 모녀가 함께 오신 분도 있었으며 고부가 함께 오신 분도 계셨다. 젊은 학생도 이미 정식 교육받으시는 학생도 있었다. 전에 한 번 들으셨던 분인데 권 모모 선생께서는 교육을 다시 듣고 싶어 재등록하시었다. 친구께 책을 선물하고 싶다며 『커피향 노트』를 사셨다. 이 책 읽어 보니까 정말 괜찮았어요. 네 선생님, 나는 서재에서 책 한 권을 꺼내며 친히 서명했다. 화기애애한 분위기 속에 커피교육을 진행했다. 실습은 오 선생께서 지도했다. 교육 다 마쳤을 때는 드립 관련 기구와 볶은 커피를 사가져 가신 분이 꽤 많았다. 아무래도 갓 볶은 커피라 맛이 특별했던지 마셔보고 감탄하지 않은 분이 없었다.

사동에 있을 때였는데 예지와 정의랑 커피 한 잔 마셨다. 에스프레소 기계가 쓰리 그룹이 있었으면 하는 보고였다. 바쁠 때는 투 그룹이 달린다는 얘기였고 머그잔을 받쳐 뽑을 때는 컵이 비스듬히 놓고 뽑는지라 불편하다는 것이었다. 머그잔 바르게 세워 넣을 수 있는 기계는 우리의 주력 상품에는 없어 넣을 수 없으니 다음에 투 그룹 기계 한 대 더 넣을 수 있도록 했다.

예전 본점 개점할 때였는데 초창기에 일했던 점장 김 씨가 있었다. 처음은 손님이 없어 바라보는 우리도 애가 타는 일이지만, 매장 운영하는 김 씨는 오죽했을까! 어느 업소든 마찬가지겠지만 일이 많아서 힘든 것이 아니라 일이 없어 힘 쓰인다. 사동은 그나마 복 받은 곳이라 생각해야겠다. 장소 또한 너르고 찾아오기에도 이만한 곳은 없어 손님이 즐겨 오실 수 있으니 말이다. 하지만 이 카페도 바쁠 때는 한량없이 바쁘기 그지없지만, 손님 없을 때 적막감은 어느 카페나 마찬가지다. 이때는 책 좋아하며 읽는 습관을 들여야겠다.

가만히 눈 감고 있으면 인류가 걸었던 시간이 흐르고 어느 역사든 강물처럼 지나간다. 얼마나 많은 사람이 이 땅을 밟고 갔겠는가! 그중 우리가 들여다볼 수 있는 역사에 남은 인물은 또 얼마나 되는가! 시대의 변천사를 읽으며 각 시대에 살았던 위인과 정치와 문화를 보면 지금의 삶을 비유해서 보아도 크게 다른 것도 없다. 어떻게 살아야 하는가 생각해보는 것도 책이다. 어느 시대든 어느 인생이든 힘들지 않은 삶이 없었다. 평안히 가는 삶보다는 뜻을 세우고 바르게 가는 것이야말로 힘들어도 좋은 여행 아니겠는가!

이곳 사동 조감도는 청주한씨 문중 어른께서 주신 시에도 있듯 임란 때 오지라 왜병도 피해 간 곳이나 지금은 왕복 팔 차선 족히 뚫은 길에 어느 고속도로든 들어가기에 편한 길도 없을 것이다. 사동의 신도시가 짝 펼쳐져 있고 주위 여러 대학이 있어 학생이 많아 뜻깊은 카페로 만들어감에 본보기로 위용을 갖추어야 할 것이다.

오후, 청도에 다녀왔다. 분점에 커피와 월말 마감서 드렸다. 청도에 카페가 제일 먼저 들어간 업체가 우리였다. 그 뒤, 개인 카페가 몇 군데 지금은 경쟁 업체인 D 업체도 들어와 있지만, 시장선점은 청도 시민께 우호적으로 가까이 갈 수 있었다. 물론 각 점장께서 노력한 것이 더 크지만 말이다. 오래간만에 만나본 점장 김 씨와 커피 한 잔 마시며 이곳저곳 상황을 나누었다.

개나리 활짝 핀 길거리 본다. 조금 있으면 벚꽃이 뒤따르겠지. 이제 삼월도 다 갔지 않은가! 다음 주면 사월 입성이자 벚꽃이 성대하게 마중하겠지. 세월은 일을 지체하는 것도 그렇다고 성급히 진행하는 것도 없다. 그저 차례대로, 하나가 가면 하나가 오고 또 하나가 가면 다른 하나가 그 뒤를 따른다. 빅뱅으로 우주가 나고 지구가 그 뒤를 바짝 따라서 나서니 그 뒤로 얼마나 많은 시간이 갔겠는가! 이 지구 위에 생명이 태동할 때까지 말이다. 자연은 그렇게 총알처럼 진행됐으며 또 그렇게 가고 있다. 노자가 말했던가! 큰 소리는 들리지 않는다고 했다. 지구가 움직이는 소리를 들은 사람은 없을 것이다. 하지만 이 지구는 엄청난 속도와 굉음으로 달려가고 있다. 우리는 마치 하늘 나는 조용한 비행기에 앉아 있듯 잠시 여기에 있는 것이다. 다음 여행지가 어딘지 모르며 단지 지금 이 여행을 성실히 이행할 뿐이다.

메뚜기 한철밖에 뛸 수가 없지
우물 안 개구리가 바다를 알까
시대를 통틀어도 변함없으니
구하는 삶의 지혜 책밖에 없네

鵲巢日記 15年 03月 29日

맑았다.

삼월 마지막 주 일요일이다. 사동 개점하고 바깥에 심은 나무를 보았다. 작년 7월에 심었던 나무들이었다. 벚나무 한 그루, 매실 세 그루, 살구 다섯 그루, 메타세쿼이아 세 그루, 남천 여러 수십 그루 심었다. 나무 모두가 생기가 도니 죽은 것은 없나 보다. 작년에 메타세쿼이아 나무는 심어놓고 상태가 별 좋지 않아서 하나는 캐서 버렸고 또 한 그루는 옮겨 심은 것이 있다. 뒤 주차장 한구석에 심었는데 그 나무가 산 것 같다. 줄기를 흔들어보니 제법 힘 있다. 더구나 가지마다 깨알 같은 망울 있어 곧 틔울 것 같았다.

조감도 건물 주위로 심은 과실나무가 죄다 꽃을 피웠다.

오후, 본점에서 강 선생 송별회 가졌다. 오 선생께서 마련한 자리다. 그러니까 귤 같은 한라봉과 레몬티 같은 사과 그리고 연지 같은 딸기를 차렸으며 동원이가 눈치껏 커피를 뽑고 거기다가 오 선생은 마냥 부족할 듯싶어 닭 두 마리 주문했다. 본점 제일 안쪽 서재에서 자리를 가졌는데 노란 긴 테이블이 허접하지 않을 정도였다. 처음은 과일을 놓고 한 입씩 먹으며 그간 일에 대해 고마움을 표했다. 이때, 문에서 가까운 쪽으로 동원이가 앉았으며 최 선생이 그다음 강 선생, 그 맞은 자리에 나, 옆에 오 선생이 앉아 오순도순 이야기 나누었다. 주문한 닭고기가 왔을 때 실습생 이 씨께서 오시고 본점장 성택 군이 자리에 함께했다. 압량에 일하는 서 부장은 참석할 수 없었다.

실습생 이 씨는 나를 위한 자리냐며 너스레를 떨었고 그 말에 대해 우리는 다 함께 웃었다. 오 선생은 과일이나 고기나 가리지 않고 잘 먹었으며 최 선생은 양껏 먹고는 손을 닦았다. 강 선생은 남은 고기, 목 부위를 손에 잡으며 다 뜯고는 한마디 했다. 우리 집에는 닭고기 시키면 항상 목과 날개는 내 몫이라고 했다. 목 부위를 뜯을 때는 주위는 안 보는 척하면서도 다 지켜보며 있었다. 날개라? 강 선생의 성품이 그대로 들어가 있음이다. 그러니까 성공의 열망 말이다. 실습생 이 씨는 집에 과일 떨어졌다며 말을 잇다가 사과가 꽤 맛있다고 한마디 했는데 아마도 자리에 많은 사람이 없었다면 사과에 관한 가정사가 줄줄 꿰며 나오지 않았을까! 본점장 성택 군은 내내 조용했는데 평상시에는 휴대전화기를 잘 보지 않으면서도 오늘 이 자리만큼은 휴대전화기에 무엇이 들었는지 꽤 집중이었다. 한 번씩 카톡하면 몇 시간이고 보지 않는 뚝심 강한 남자다. 최 선생은 늘 동생이 걱정이다. 동생 교육 잘 받고 있는지 걱정이며 대인관계가 원만한지 걱정이며 원만하게 이끌 수 있을까 걱정이며 앞으로 겪어야 할 일이 걱정이다. 그런 누나를 가진 교육생 최 씨는 복이다.

마침 이 시간에 손님이 없어, 그나마 조촐한 시간을 마련하였지만, 끝에 한두 분의 손님이 오시고는 동원이 제일 먼저 손님 맞으러 가고 그 뒤를 강 선생이 잇고 바로 최 선생이 뒤따랐다. 모두 함께 자리할 때 오 선생은 꽃 이야기를 했다. 진달래가 경상도 말로 참꽃이냐, 창꽃이냐는 말에 대부분 참꽃 아니냐며 얘기했더니만, 창꽃이 경상도 방언으로 종종 쓰는 표현으로 네이버 사전에는 나와 있었다. 나는 소월의 시 「진달래꽃」이 생각나고 박길라의 〈나무와 새〉가 생각나고 변함없이 자연은 피었다가 지는데 마냥 복종하며 가는 내 몸은 이제 늙었음을 생각한다.

봄 왔는데 진달래 곱게 피는데

하늘 좋아 피었나 봄이 왔는데

걸음은 자꾸 느려 꾸물거리고

허허 웃고 우야꼬 하늘은 웃고

다섯 시 정각, 사동에서 조회했다. 이제는 스마트폰 시대다. SNS 광고 마케팅으로 커피 주문도 가끔 들어온다. 그것뿐만 아니라 조직의 평판과 명성도 함께한다. 더구나 조직원의 힘도 이제는 조직과 더불어 간다. 그러므로 간단한 문장이나 간결한 표어는 무심코 썼다가는 일파만파가 될 수 있다. 더욱 선의적인 것보다 부정적이거나 이상한 표어에 우리는 더 집중하며 본다. 이것은 본래 사람의 심리다*. 표어slogan는 스코틀랜드 언어*로 전쟁 시 사용하는 구호나 강령이었다. 현대는 전쟁은 없으나 경영·경제로 이를 대신한다. 그러니 이 표어를 잘 빌어 사용하면 경영의 효과를 톡톡히 볼 수 있다. 예전 교육생이었다만, '북치기 박치기' 상호는 나름으로 운과 멋을 갖춘 좋은 표어이자 상호였다. 1인 강대 시대에 우리는 모두 살고 있다. 표어? 잘만 사용하면 시너지 효과를 볼 수 있지만, 그렇지 않으면 개인의 명예는 물론이거니와 그 이상의 폐가 올 수 있으니 잘 사용해야겠다.

---

* 실은 점장의 카톡에 오른 문자로 인해 그 이유가 무엇인지 설명 듣기 위함이었다. 부득이 집안의 일로 어려움을 이기지 못해 올린 글이었으나 혹여나 카페에 문제가 있었나 싶어 상황설명을 듣기 위해 조회했다.
* 필자의 책 『커피향 노트』 88p 참조

본점 마감하고 여 앞, 장터막창에서 김치찌개 하나 주문해서 식사했다. 동원이랑 정석이와 함께했는데 나중에 사동 마감하고 온 오 선생과 점장 그리고 정의도 함께했다. 모두 젊은 사람이다. 이제 갓 서른이며 정의는 스물이다. 이들 젊은이와 함께하니 미래가 환했다. 다음 세대 주역들이다. 커피 이어갈 세대가 있으니 얼마나 든든한가! 뜨거운 커피 시장에 불판을 놓고 하트를 띄우듯 삼겹살 얹는다. 아주 맑은 마음에 소주를 담고 세대 구분 없이 악수하듯 한 잔씩 나눴다.

鵲巢日記 15年 03月 30日

맑았다.

기아자동차 서비스센터에 또 다녀와야 했다. 이번에는 ISG 기능이 되지 않았다. 그러니까 주행 중에 자동차가 서면 엔진이 정지하는 기능이다. 부동액 관련 부위 수리하고 나서는 이 기능이 말을 듣지 않았다. 센터에 들어가 원인을 물으니 배터리 초기화 기능이 있는데 이 기능을 수행하려면 차가 주차해놓은 상태에서 4시간을 기다려야 한다고 했다. 오후, 본부에 반나절은 세워두었더니 압량 갈 때는 ISG 기능이 제대로 작동되었다.

어느 종이든 펼쳐 쓰며 보아라
삶의 철학 까맣게 세워 굳으니
하루가 진정 짧다 어이 말하까
들인 공력 쌓은 덕 이루 펼치니

본점에서 창업 상담했다. 삼십 대 후반쯤 되는 남자분이었다. 한 분은 결혼하신 분이었고 한 분은 아직 미혼이다. 결혼하신 분은 얼굴이 참 좋아 보였다. 미남이었는데 이야기할 때 자꾸 웃음을 잃지 않아 내내 내 얼굴에 뭐가 묻었나 하는 생각과 나를 잘 아는가 하며 생각했다. 이런저런 대화 나누다가 한 다리 걸쳐 알기는 아는 사람이다. 그렇다고 뭔 큰 잘못한 게 없는데 괜한 주눅이 들었다. 한 분은 말을 제법 더듬는다. 이야기 끝까지 들으니 조금 답답함도 없지 않아 있었다. 지금은 용인에서 직장을 다니지만, 커피 업을 제대로 하고 싶은 욕망이 보였다. 오늘도 긴 시간을 할애하여 상담했지만, 이 상담이 어찌 내가 궁금한 것에 양이 차겠는가!

토요문화강좌에 늘 오신 분이었다. 오늘 카페에 오셔 내일부터 정식교육을 함께하겠다고 했다. 어느 시장을 알기 위해서는 어느 정도의 지식과 지혜를 가져야 한다. 전혀 모르는 상태에서는 내가 원하는 시장을 잘 볼 수 없다. 커피에 관한 정보를 갖고 있다면 기회도 보이기 때문이다.

전에 토요문화강좌 때 오신 분이었는데 건물을 꽤 짓는 분이었다. 아주머니

두 분, 나 많은 어른 한 분, 오셔 본점에서 자리 함께했다. 바닥과 측면, 시공에 관해 궁금한 게 많았다. 벽돌 쌓은 것도 그렇고 천장 단열처리마감도 아주 궁금했다. 꼼꼼히 내가 한 일을 설명해 드렸다. 강좌 때 나는 이런 말을 했다. "대학이 좋아서 대학을 떠나지 못하고 아직도 맴도는 사람입니다." 했더니 오늘 오신 분도 우리도 아직도 돌고 있다고 했다. 그러니까 모두 선배님쯤 된다.

화원에서 사업하는 후배가 찾아왔다. 아메리카노용 원두를 세 봉 필요해서 샀다. 여기까지 오는데 날이 꽤 더웠다고 했다. 이제 곧 있으면 여름이겠지! 후배는 간판 시안을 보여준다. 로고와 상호를 보았을 때, 나는 갑자기 원피스가 생각났다. 바다 위, 수많은 해적들 그 가운데 꿈의 바다를 행진하며 세계 최고의 해적 왕이 되겠다는 몽키 디 루피가 생각났다. 커피, 수많은 업체가 군림하는 세계에 이제 갓 바다를 행진하며 나아가는 후배를 보고서 말이다. "선배님 홍시 주스 한번 해 보세요. 요즘 잘 나갑니다. 홍시는 청도에서 배송 받을 수 있는데 씨도 없어서 한두 개 넣어 시럽 조금 넣으면 맛있는 주스가 됩니다." "아! 그렇군요." 후배는 친절히 홍시를 담은 캡 사진 한 장 카톡으로 전송한다.

은행에 다녀왔다. 마침 전무님 뵈어 인사드렸다. 전에 카페 오신 분에 대해 말씀 나눴다. 모텔 하신다던 그 아주머님은 100억대 자산가라고 했다. 나는 전무님 말씀 듣고는 좀 놀라웠다. 전무님은 말을 계속 이었는데 돈이 어느 정도 모이니까 돈이 돈을 불리는 것 같다며 한 말씀 주신다. 나중에는 하나도 부럽지 않아요. 오히려 이 사장님 더 부럽습니다. 마음이 풍부하잖습니까! 하시는 거다. 호! 모르는 말씀이다. 이왕이면 100억대 자산은 아니더라도 빚이 라도 없었으면 하는 마음은 좀 있다. 이것도 욕심일까! 하지만 카페에 만난 그분은 직함도 여러 있었지만, 돈 쓰지는 않을 거라며 한 말씀 주신다.

콩트 1

우리 인간은 항상 현실을 살면서 꿈을 그리며 현재를 살면서 미래를 생각한다. 남자이면서 여자의 마음을 그리며 여자이면서 남자가 그리운 것은 당연지사다. 아직 오지 않은 저세상을 두고 너무 많은 고민을 하는 것도 현실에 맞지 않으나 그렇다고 방탕하게 시간을 보내는 것은 나뿐만 아니라 주위에 죄가 된다. 추운 겨울이 가니 벚꽃이 핀다. 오늘은 벚꽃 핀 거리를 잠시 걸었다. 내가 머무는 곳에서 은행까지는 걷기에는 조금 먼 거리지만 천천히 걸었다. 그러니까 오후 네 시쯤이었다. 가로수로 심은 은행나무는 아직도 가지마다 봉긋하다. 아직도 집 지을 공간이 많이 남아서 건설 인부들이 보이고 레미콘 차량이 드나드는 것도 보인다. 걸으면서도 피식 웃음이 났다. 그러니까 아까 만난 사람들 말이다. 모두 커피 일로 오신 거였지만, 모두 일은 해야겠기에 그렇다.

우리가 어떤 일을 하든 내 마음에 꼭 맞는 일을 하고 싶은 거다. 마치 어느 계절에나 관계없는 내 몸에 잘 맞는 옷 같은 것이다. 내 몸과 크기가 다른 옷을 억지로 입을 수는 없듯 일은 손에 맞아야 한다. 또 그 일이 정말 하고 싶다면 배워야 한다. 내 몸에 맞는 맞춤옷을 해 입듯 일을 제대로 할 수 있게 내 몸을 갈고닦는 일이 먼저다. 어느 일이든 일은 분명히 일이다. 그러니까 쉬운 것이 없으며 행하면 땀 뻘뻘 나며 갖은 운동도 일 만한 것은 없다. 하지만 이 일이란 것은 아무것도 아닌 거라면 별 대수롭지 않은 것이 되며 이 별 대수롭지 않다고 해도 우리의 마음을 안정시키며 내가 살아 있음을 일깨우기도 해서 그 어떤 종교보다도 낫다.

하루 빡빡하게 살아보라! 그날 잠자리가 어떤지 느껴볼 수 있을 것이다. 여유로운 생활보다는 조금 부족한 생활이 오히려 사람답게 사는 길을 안내한다. 그러므로 우리는 점포를 계약하든 건물을 짓든 우리가 생각하는 미래에 거두어들이는 잠정적 수익을 미리 지급하는 것이다. 그것은 그만큼 내가 일을 하겠다는 것이다. 일의 대가를 미리 냈다고 해서 두려워하거나 걱정할 필요가 없다. 내 마음이 일 해낼 수 있을까 그렇지 못할까의 문제지 돈이 아깝고 안 아까운가의 문제는 아니다. 일은 결코 두려워하는 대상은 아니다. 내가 능히 해낼 수 있는가 못하는가의 문제다.

그러면 그 일을 잘 해내는 사람은 누구인가! 흔히 말하는 전문가다. 전문가란 별다른 게 없다. 최소 그 일을 몇십 년은 한 사람이다. 전문가의 말에 따라 잘 따르면 나도 전문가가 될 수 있다. 전문가는 시행착오를 많이 겪은 사람이다. 시행착오를 많이 겪었다고 해서 모든 일을 잘해낼 수 있는 것도 아니다. 그저 남보다는 조금 더 안다는 것뿐이다. 안다고 해서 행하지 않는 것보다 모르더라도 행하는 사람이 늦어도 길은 곧다. 그러니 내가 경험이 많다고 해서 고객이 알아주는 것도 아니다. 항시 현재 그 시점을 보고 고객의 마음따라 결정하는 것이 시장이기 때문이다. 그러니 일은 반복이며 꾸준히 열심히 하는 것이 무엇보다 최고다. 어찌 보면 간단하다. 그 간단한 일을 두고 우리는 많은 생각을 한다. 생각은 적당히 하는 것이 좋다. 그저 마! 하면 된다.

커피 예찬 7

천 년쯤 아니 백 년쯤 되는

잉어 한 마리 좋네

까만 바다 아니 까만 못에 하얀

잉어 한 마리쯤 말일세

백 년도 못 살다 갈

이내 배에 폭 젖는 이 물을

받들며 가는 것 말이야

잉어는 매일같이 튀어 오르네

마치 하루살이처럼

오며 가며 언제나 증발하고 말지

비석 같은 잉어는

꿈이네 꿈처럼 왔다가 가네

백 년쯤 되는 잉어 한 마리 호!

하루가 멀지 않고 구석구석 누비네

그러니 어쩌겠나!

오늘도 그 튀어 오르는

잉어 한 마리 잡지 못해

몽상가처럼 구름을 외며

뺑 뚫은 배로 강처럼 가고 마네

지우개는 나를 실망시키지 않아 오늘도 그는 여지없이 나를 확인하려고 했지! 거참, 나는 골방에서 또 하나의 작소를 읽고 있었네만 출출한 내 속이 문제였어! 지우개 하나 드릴까요? 호! 좋지 그렇지만, 문자만 보내고 아무런 응답이 없었던 거야! 한참 지났을까! 나는 책 몇 권 들고 노트에 이동했네! 삶의 흔적을 고스란히 들고서 말일세! 정부에서 보낸 쪼가리도 들고 갔었지! 나는 얼른 놓고 가려고 했던 거야! 호! 근데 말이야, 지우개를 들고 가라고 하는구먼! 아주 초췌한 모습이었어! 그러니까 밤새 잠을 자지 못한 사람 같았어! 나는 까만 소파에 잠시 앉았지 '지우개 나왔습니다. 칠천 원입니다.' 하며 한마디 뱉는 거야! 돈이 없었어! '달아 놓을까요.' 하는 거야! 나는 싱긋이 웃었지. 그가 따라준 지우개를 마시며 내 머릿속 하얀 그림자를 하나씩 지우고 싶었어! 밤은 그렇게 따뜻한 별빛만 보며 새벽을 기다릴 거야! 자, 그럼

鵲巢日記 15年 03月 31日

오전 꽤 흐렸다. 오후 잠시 비 왔다.

본점에 커피 교육이 있어 들렀는데 낯선 집에 온 것 같은 기분이 들었다. 4년여 동안 머물렀던 강 선생이 없으니 무언가 허전한 기분이었다. 날씨까지 끄무레하다 보니 본점이 꽤 썰렁했다. 최 선생과 동원이가 나왔다. 10시 30분 교육생, 권 선생께서 오시었다. 권 선생님은 나보다는 10년 위였다. 토요문화

강좌로 처음 만나 뵈었지만, 이렇게 정식교육으로 다시 만나 뵐 줄은 미처 몰랐다. 연세가 좀 있으시니 교육은 천천히 진행할까 보다. 오늘은 커피와 글과 마케팅에 관해 이야기했다. 교육하며 했던 말이다. 말과 언어에 관한 이야기였는데 강의하는 것과 듣는 것, 그리고 친구와 아니면 타인과의 서로 나누는 말은 엄연히 차이가 있다. 말은 잘 사용하면 그저 본전에 가깝다. 우리가 말을 잘 사용했다 하더라도 뒤돌아서서 생각하면 또 뭔가 있는 것 같은 느낌 들 때가 있다. 그러니까 이 언어도 사각지대가 있다는 것은 분명하다. 그러니 아예 치고 박고 싸우는 일이 있더라도 수많은 말을 뱉어 가며 사는 것(실은 이렇게 사는 것도 정은 든다. 정들면 그러느니 하며 사는 것이다) 아니면 그저 용건만 간단히 하며 자주 인사만 하는 것도 괜찮은 일이다.

바쁜 생활에 일기 공부 최고네
삶 문학 사업까지 곁들어 보네
하루 지나면 잊어 꼭 적어 두세
미치지 못한 용량 덤으로 갖네

정오 좀 지나, 청도에 다녀왔다. 서 부장과 함께 갔다. 주문한 커피와 다른 부자재를 챙겨서 가는데 문자가 뜬다. '본부장님 물통에 물이 새요?' 이것저것 토를 달려다가 말았다. 안 그래도 내려가는 길이라서 들러서 보아야겠다는 생각이었다. 물통은 온수 통을 말함인데 그간 오래 쓰면 밸브가 느슨해서 그 사이로 새는 일이 잦다. 현장에 들러보니 점장께서는 작년 10월에 샀다고 했는데 밸브를 자세히 들여다보니 석회가 하얗게 끼었다. 석회 낀 것으로 보아 작년에 산 것은 아니었다. 하여튼, 물 새는 것을 그냥 지켜볼 수는 없어 차에 공구 통 들고 와서는 스패너 끄집어낸다. 나는 스패너 두 개 들고 하나는 몸통을 잡고 하나는 툭 튀어나온 밸브를 거머잡고는 하나는 역으로 하나는 정으로 서로 비틀며 꽉 조였더니 물 새지 않았다. 사람도 나이가 들면 한 방울씩 새듯 이 물통도 꽤 쓴 것임은 틀림없는데 나중에 확인해보니 재작년에 산 것이었다. 아무튼, 물 새지 않게 꽉 조여 놓았다만, 물통 바꾸는 것도 생각은 가져야겠다.

청도에서 밀양에 간다. 상현이가 운영하는 에르모사다. 커피 배송이었지만, 마침 서 부장과 점심도 함께 했으면 했다. 에르모사는 해를 등지며 자리하고 있어 햇빛은 볼 수 없으나 앞에 탁 트인 자연경관에 햇볕을 간접적으로 많이 볼 수 있어 좋다. 오늘은 이곳 주인장 어머님도 계셨는데 가게 앞에 골동품 상회 주인장과 말씀을 나누고 계셨다. 얼마 전에 새로 내부공사를 했다. 아주 고풍스러우면서도 18세기 유럽 왕실에 온 듯 느낌 들 정도로 분위기를 갖췄다. 상현에게 여러 물었다. 새로 공사해놓고 나서는 손님 상황은 어떤지 물었더니? 아! 확실히 다릅니다. 지난달은 총매출 이천은 훨씬 넘겼어요. 한다. 우리는 고 문짝 떼어놓은 자리에 앉아 식사하며 대화를 나누었다. 나는 조갯살 듬뿍 들어간 스파게티를 서 부장은 넉넉한 새우 스파게티였다. 우리는 메뉴판 보며 음식을 고르려고 했으나 상현이는 먼저 이런 음식이 있다며 추천하는데 솔직히 무엇을 고르려는 나의 번잡한 생각보다는 훨씬 좋았다.

그러니까 조갯살 듬뿍 들어갔다고 해서 맛이 특별히 있을까마는 거기다가 매운 고추를 맛깔스럽게 곁들여서 칼칼한 것이 괜찮을 거라며 하는 거였다. 나는 어쩐지 스파게티 하면 느끼할 거라는 생각이었는데 그 말을 들으니 훅 가는 거였다. 상현이는 서 부장께도 음식을 추천했는데 소고기 관련 스파게티, 기타 여러 종류를 죽 나열했지만 나는 솔직히 무슨 말인지 통 모르겠다. 서 부장도 마찬가지였을 거라 방황하는 모습이 역력했고 어물쩍거리다가 선택한 것이 넉넉한 새우살 스파게티였다. 어쨌든, 빨리 나왔으면 하고 앉았는데 상현이는 순서대로 하나씩 접시를 내놓는다. 수프를 가져왔을 때 한 숟가락 들었지만, 몇 숟가락 채 들지는 못했다. 맛은 있었는데 말이다. 상현이는 감자를 갈았다고 했다. 거기다가 휘핑과 뭐를 섞었다고 했는데 한술 뜨는데 그만 흘렸다. 그다음은 채소 샐러드가 나왔다. 소시지도 들어있어서 이거 한 접시만 해도 영양가는 꽤 있겠다는 생각이었다. 다음은 본 마당이었는데 스파게티 가져왔다. 혹시나 해서 서 부장께 물었다. 아까 너무 뜸들임에 마음 들지 않으면 바꿔 먹으려고 했더니 그냥 먹겠다고 한다. 나는 질컥질컥 한 포크씩 말아 올렸고 조개껍데기 잡고 조갯살 후벼 파면서 하나씩 끄집어내어 먹었다. 베이컨도 간혹 있어 그런대로 맛은 괜찮았다. 다 먹고는 피자도 한 판 사서 경산으로 왔다.

정평에 들렀다. 오늘, 소파 들어낸다고 했다. 천갈이 하기 위함이다. 분점 영업으로는 어제가 마지막이었으며 새로 인수한 강 선생은 새로운 상표로 영업 시작하는 첫날이기도 하다. 가게는 텅 비웠다. 벌써 의자는 공장에서 다 싣고 간 상황이었고 군데군데 청소하느라 강 선생과 강 선생의 남편께서는 아주 초췌한 모습이었다. 조그마한 가게일 것 같아도 청소할 것이 많아 보였다. 어려운 것은 없는지 본부에서 지원할 것은 없는지 해서 들렀지만, 이모저모로 바쁜 모습만 보고는 다시 본부로 와야 했다.

대학 친구 어머님께서 세상 달리하셨다. 오늘 아침에 부고를 읽었지만, 서울서 일하는 친구들과 카톡 문자 주고받음에 오후 7시 다 함께 보기로 했다. 문상 온 친구를 본다. 정말 몇십 년 만에 본 친구도 있다. 늘 문자만 안부로 주고받다가 이렇게 보니 예전이나 별다른 모습도 아니었다. 한 친구는 살이 좀 찌기는 했지만, 그대로다. 그러니까 말이나 모습이나 전체적인 느낌은 예전이나 지금이나 다름이 없다. 모두 사느라 힘든 생활을 주고받으며 얘기 나누었다. 이렇게 모여 얘기 나누는 우리는 벌써 사십 중반이 넘었다는 것이다. 하루, 아니 한 해가 하루처럼 가는 세대다. 어떻게 뭘 했는지 모르게 세월만 갔다. 그나마 사업하는 내가 나은 거 아닌가 하는 생각도 든다. 자화자찬일지는 모르나 친구들 직장생활 들으니 암담했다. 이제 무엇을 도모한다 해도 경쟁사회에 어떻게 뚫을 것이며 그렇다고 직장은 마냥 안전한 것인가 하는 생각 말이다. 하지만 대학졸업자로 대기업 다니는 친구들이다. 받을 만큼 받는 월급이라지만 정신적·육체적으로 겪는 친구의 모습은 모두가 쉬운 일만은 아닌 것은 분명했다.

조감도에서 커피 한잔했으며 다시 서울로 올라가야 하는 친구를 동대구역까지 태웠다.

소처럼 곱씹으며 뱉는 거미집

鵲巢日記 15年 04月 01日

오전 비 약간 내렸다. 오후 흐렸다.

사동 개장하고 잠시 뒤, 점장과 예지가 출근했다. 점장은 눈이 꽤 충혈이었다. 또 무슨 일이 있나 해서 포스기기 앞에 선 점장 보며 이것저것 묻는다. 밤새 술을 한잔했다는 거다. 점장께 함께 사는 사람과 마음이 또 안 맞아나 싶어 여러 가지 물으니 이것저것 얘기한다. 말이 조금 길어질 듯싶어 자리에 앉았다. 그러니까 요지는 이렇다. 카페에 일하는 시간이 많으니 여유를 내서 함께 사는 사람에게 시간을 내어줄 수 없어, 말다툼도 하게 되었으며 거기다가 떨어져 살게 되었으니 상황이 꽤 안 좋은 거였다. 근무시간이 1부가 되었든 2부가 되었든 일하는 시간 제외하면 여유 시간이 많을 텐데 그 시간을 잘 할애 못하는 점장이 안타까웠다. 그러니 어제 만났던 대학 친구들이 지나간다. 친구는 한 달에 가족을 제대로 보는 시간이 이틀이나 삼 일밖에 없다고 했다. 그러니까 주말에도 회사에 나가 일해야 할 판이다. 이것이 사십 대의 삶이다. 나는 점장의 보고를 받고 보니 마음이 또 무너지는 거였다. 그래서 함께 사는 여인과 어느 정도 마음이 풀리면 카페 비우고 며칠 여행 좀 다녀오라고 했다.

시간을 언제 한번 조정해보라는 거였다. 처음은 괜찮다고 했으나 자꾸 권하는 말에 나중은 그렇게 하기로 했다.

모모 점장께서 본점에 오셨다. 무릇 그 시간에 나는 서재를 끼고 교육하고 있었는데 점장과 사장님께서 카페에 오신 모습을 보았다. 조금은 당황했다. 저 먼 곳에서 이곳까지 오셨으니 가게 문 안 여시고 이리 갑자기 오실 분은 아니기에 그렇다. 어쨌든 시작한 커피 교육은 다 마치고 저쪽 자리에 앉아 계시는 점장님 뵈러 간다. 상담한 내용은 두 가지다. 첫째는 부가세 신고건과 둘째는 커피 맛에 관해 이야기 나누었다. 작년에 신고금액을 보니 간이과세였다. 그런데 세금을 내야 하는지 거기다가 자료를 끊어야 되는 건지 물으신다. 부가세는 모두 별도라서 매입 자료를 잡으신다면 끊어야 한다. 실은 우리나라 세법에 관해서 불만이 영 없지는 않다. 간이든 일반이든 모두 세금을 정히 내도록 해야 한다. 하지만 서민의 삶을 생각해서 정한 간이과세제도가 형평에 맞지 않은 것만은 분명하다. 시스템이 여러 있는 사람도 그렇거니와 매출이 어느 집은 거의 없어도 세금은 몇백 내는 집이 있는가 하면 매출 꽤 많아도 세금 내지 않는 집도 있다.

그다음은 커피가 문제였다. 우리는 10여 년 이상 한 밥솥에서 커피를 볶아 내고 있다. 그러니 맛의 일관성을 갖추려고 무척 노력한다. 하지만 이 커피에 대해 믿음이 없어 늘 불안한 것이 일반 커피집이다. 그러니까 손님이 문제였다. 평상시 단골로 오시다가 커피 한 잔 마시고 가시면 되지만, 그날 기분에 따라 무슨 토를 다는 것이 신경 쓰였다. 맛이 쓰다느니 싱겁다느니 하는 말이 점장 마음을 불안하게 했다. 그만큼 소매경영이 어렵다. 그러면 커피에 큰 문제가 있나 싶어 도매상 집이나 거래처에 일반적으로 전화하게 되어 있다. 커피는 아무런 변화가 없는데도 말이다. 중요한 것은 커피를 바라보는 우리의 마음이 늘 변덕스러웠던 것이지 커피는 커피 그대로였다. 그러니 고객을 대상으로 유머감각이 뛰어나거나 약간 우둔한 사람이 장사를 잘한다는 말도 영판 틀린 말은 아니다. 이렇게 상담하고 나니 마음 풀렸다.

진량에 다녀왔다. 며칠 전에 드립 그라인더 분쇄커피 투출 부위가 떨어져 나갔는데 수리 관련 때문에 잠깐 들렀다. 전에는 커피 그라인더 작은 거, 즉 플라스틱 부위로 쓰다가 AS발생률이 잦아 이 그라인더로 바꾸게 되었다. 그런데 이것도 역시 AS가 나니, 그러니까 스테인리스강 용접 두 방 놓은 데가 있는데 그 부위가 떨어져, 마치 교각 밑바닥이 떨어져 나간 것처럼 분쇄커피가 지나는 것을 볼 수 있게 되었다. 그뿐만 아니라 위로 솟구치는 커피가루 생각하면 불 보듯 뻔한 사실이다. 뻥 뚫린 구멍을 막아서 사용하기에는 구멍이 제법 크다. 제조회사에 전화하니 관련 부품이 두 가지다. 이것도 며칠 전화하여 독촉 아닌 독촉으로 두 가지 다 내려 받을 수 있게 되었다.

오후, 압량에 있을 때였는데 길가에 어느 중형차 한 대 선다. 나는 옆집 전파사 쪽 걸어가시겠지 하며 책 읽고 있었는데 어라! 이쪽으로 오신다. 용모가 중후하며 단정하신 남자분인데 오십은 족히 넘어 보였다. 여자도 함께 내려 이쪽으로 걸어오신다. 물론 용모 단정한 데다가 한 손으로 전화기 들며 뭐시야 뭐시야 중얼거리며 카페에 들어오신다. 40대로 보기에는 조금 젊은 것 같고 30대로 보기에는 나이 들어 보인다. 나는 얼떨결에 자리에 일어서서 바 쪽으로 걸어가 자세 잡고 주문 기다렸다. 여자는 계속 전화 받고 있었고 남자는 카페 내부를 휘둘러보며 있었는데 생각보다 작은 데다가 자리가 이것 하나밖에 없느냐는 듯 두리번거리며 따가운 눈총을 보내고 있었다. 나도 조금 서먹해서 그냥 그렇다는 암묵적인 표정을 보내며 있었는데 그래도 괜찮다는 듯 앉아 가셔도 되는 양 편안한 몸짓을 억지로 하며 있었다. 여자는 전화 받으며 이리저리 둘러보고는 남자께 말은 없었으나 어떤 신호 같은 게 분명히 있었겠다. 그냥 나간다. 남자도 그냥 가는데 나를 보며 싱긋이 미소 띠며 가볍게 눈 인사치레하는 거였다. 나는 괜찮다는 듯 싱긋이 웃으며 그 손님 가시는 모습을 지켜보았다. 분명히 애인 사이일 거야! 가신 후, 문 닫으며 아까 마저 읽어 내려가던 한 줄 글귀만 탐했다. 바깥은 벚꽃 피기에는 일러 보였다.

최 씨 커피 이론 교육을 마쳤다. 카페인에 대해서 설명할 때였는데 니코틴에 관한 얘기가 나왔다. 그러니까 중독성에 관한 얘기다. 최 씨는 담배 꽤 좋아한다. 애연가다. 나는 될 수 있으면 담배를 끊으시라며 얘기했다. 최 씨는 한때 끊어보려고 무척 노력했다. 담배를 끊으려고 할 때였는데 1주일쯤 지났을까 나도 모르게 종이를 썰며 있거나 종이를 말고 있었다고 했다. 그것이 1주일 뒤 금단현상이었는데 그만 참지 못해 한 대 피웠다고 했다. 하늘이 노랗게 보였다. 그러고 나서는 한 시간가량 누워 있을 수밖에 없었다고 했다. 아무튼, 담배 끊으시도록 조언을 아끼지 않았다.

커피의 신맛을 얘기하다가 신김치에 관한 얘기가 나왔다. 조금 전에도 김치찌개 해서 밥 한 그릇 먹고 나왔다며 얘기하고는 찌개 만드는 방법을 이야기해 드렸다. 그러니까 신김치 좀 썰어 넣고 라면 스프 하나 넣고 햄 혹은 두

부 넣으면 완벽한 찌개가 될 수 있음을 얘기했더니 최 씨는 그 스프는 마법의 가루라며 맞장구하는 거였다. 정말 배꼽 빠지는 줄 알았다.

난 / 鵲巢

똑똑 오르는 난 잎
꽉 막은 문을

문지르면 가람 길
피어난 난초

연기처럼 뿜어 쓴
향긋한 단지

구멍 송송 난 자기
삐져 난 뿌리

홍곡 선생께서 주신 난이 두 분盆이다. 가끔 나는 물 주는 것을 깜빡 잊고 지낼 때 있다. 그래서 내 머무는 방에는 큰 주전자도 있어 거기다가 물 가득 담아놓고는 하나씩 번갈아가며 폭 담가 놓는다. 문 앞이라 햇볕도 잘 들어와

서 꽤 괜찮을 거라 생각하며 지내는데 한 이틀씩 번갈아 놓는 것을 잊어먹을 때도 있다.

鵲巢日記 15年 04月 02日

흐렸다. 오후 비 왔다.

인류 역사는 인간이 걸어왔던 각 시대를 반영하며 이룬다. 하루 역사는 한 시간이 모여서 이루어지며 한 시간 역사는 각 1분이 모여서 이룬다. 이미 지나간 시간을 반추하는 것은 오늘로서 마감하는 것이 아니라 더 나은 내일을 만들기 위함이다. 우리가 역사를 읽는 것은 앞으로 어떻게 걸어야 할 것인지 어떻게 진행되어 갈 건지 생각해보게 한다.

대구에서 커피 사업하는 모 카페M에 다녀왔다. 경산서 출발하면 약 한 시간 거리에 있다. 이 업체는 필자와는 비슷한 시기에 커피 사업을 시작했다. 필자는 처음은 인스턴트커피 일에 날품팔이로 시작했다면 M사는 처음부터 원두커피 시장을 공략하며 그나마 반듯한 가게와 직원도 한두 명쯤은 있었다. 필자는 반듯한 가게로 보기는 어렵지만 그래도 구멍가게 하나 갖춘 것은 사업 시작한 일로 오 년이 지난 후였다. 지금의 M사는 우리의 자본 몇 배를 갖췄다. 직원 수도 배며 하루 매출도 몇 배가 된다. 오늘 이렇게 찾아온 이유는 유통 부분만 따로 이전했다기에 한 번은 찾아보아야 해서 들른 것이다.

영업장 보시는 사모님과 커피 한잔했다. 작년에 인수한 체인점 하나 있다. 지금은 직영으로 운영한다고 했는데 사동 조감도와 평수는 같으나 매출은 두 배다. 인건비는 별 차이가 나지 않는다. 유통 부분을 따로 떼기 전에는 성당동에 자리했는데 이곳은 교육만 다룬다고 했다. 교육도 대구시장과 경산과는 확연히 비교되었다. 자본주의 경쟁사회에 살아남으려면 자회사를 많이 만들어야 함은 분명한 경영원리다. 소비자께 직접 판매보다는 지역별 점을 확보하며 브랜드전략으로 파고드는 것이 오히려 상승효과가 더 크다. 하지만 이것도 대단한 배포排布가 없으면 하기 어려운 일이다. 상대의 성공인자를 발굴하며 이끄는 것도 중요하며 아예 능동적이며 진취적인 기상을 가진 사람과 일을 함께하는 것도 중요하다. 그러니 교육이 필요하다.

시장도 중요한 것 같다. 작은 마을보다는 시가, 시보다는 더 큰 도시가 사업을 이루기는 더 쉬우나 경쟁도 만만치는 않다. 자본주의 시대에 자본을 어떻게 형성하며 유지하는지 그 자본을 어떻게 확장해나가는지 또는 나가야 하는지는 경영자의 몫이다. 경영자라 해서 특별한 사람은 따로 없다. 우리는 모두 경영자다. 그러니까 경영자 자질을 따로 타고나는 것은 아니다.

큰 도매상 집도 작은 구멍가게에서 시작했으며 지금도 작은 구멍가게에서 새로 시작하는 집도 무수히 많다. 그중 큰 도매상 집이나 큰 업체로 발돋움하는 집은 백에 하나다. 경쟁사회에 어느 업체든 경쟁에 예외는 없기에 큰 업체든 작은 업체든 힘든 것은 마찬가지다. 오히려 큰 업체가 자본의 힘에 더 눌리는 경우가 더 많다. 시장은 군소난립이라 특정 종목으로 인맥을 다지며 수요와 공급망을 다지는 곳이다.

체인점 시대는 불과 몇 년 사이에 위축된 것만은 틀림없다. 그렇다고 체인점의 이점을 살릴 수 없는 곳이 영 없는 것은 아니다. 숍인숍과 지리적 이점을 겨냥한 특정 시장은 아직도 많다. 하지만 요즘만큼 개성이 강한 시대도 없어 모두 1인 기업가로 개인 카페로 시작하는 곳이 더 많다. 기존의 큰 업체도 이제는 체인점 위주의 경영보다는 개인 카페로 내는 경우가 더 많고 직영점 위주로 가는 경우가 더 많아졌다.

개인의 역사를 만드는 곳이 이 시장이다. 국밥집을 차리든 커피집 차리든 나의 일을 한번 시작해보라! 때는 항상 준비한 자에게 온다. 막무가내 좋은 일이 펼쳐지지는 않는다. 그 시장에 내가 존재하며 나의 역할을 증대하면 분명 좋은 장소가 나오며 기회를 가질 수 있다. 그 기회를 제대로 포착해서 완벽한 경영으로 이끄는 것도 바로 나다. 많은 사람과 탄탄한 인력을 구축하는 것도 다름 아닌 바로 나 자신이다. 말과 글은 어찌 보면 쉽다. 이러한 경영의 일기는 피나는 노력의 결과다. 시장은 항상 삶과 죽음이 공존한다. 살아남으려면 그 어떤 처세에도 강해야 한다.

오전에 영천 해오름에서 다녀갔다. 옥곡동, 삼풍동, 시지 카페에 다녀왔다. 저녁부터 새로 들어온 책 『백양 중국사』 읽기 시작했다.

詩

척척 봄비 내리네 촉촉 꽃 젖네

촐촐 흐르는 마음 축축 씻네만
씻어도 씻지 못할 하늘 뜬구름
빵같이 뭉쳤다가 끊어졌다가

사동에 머물 때였는데 바람 소리가 요란했다. 마감하고 나오는데 바람이 몹시 분다. 그런데 찬바람이 아니라 따뜻한 바람이었다. 그 느낌이 훈훈한 구들방에서 폭 덮은 이불 같았다. 몸이 아주 가벼웠는데 공포심을 불러일으키지는 않았다. 깜깜한 밤바다가 따로 없다. 앞이 하나도 보이지 않았기 때문이다. 간판도 이웃집 상가도 앞에 여러 집도 불이 다 꺼졌다. 가로등과 간혹 지나는 차폭 등만 있었다.

鵲巢日記 15年 04月 03日

오전 흐렸으나 오후 꽤 맑았다. 바람 그리 심하지는 않았지만 따뜻했다.

서재가 하얗게 보일 때, 늦가을 마지막 한 장 남은 잎새와 같이, 바람은 늘 평형을 유지하는 일 없어 그저 껌처럼 서 있어도 행복한 일, 그러니까 나는 오늘 햇빛 보았다.

오전 커피 교육할 때였다. 우리나라 커피 역사를 얘기하는 도중에 앞으로 백 년 후, 커피를 직업으로 갖는 인생은 어떤 것일까! 누가 커피 교육을 할 것이며 지금의 생활상을 그때는 어떻게 비출 것인지 또 어떤 커피가 유행할 것인지 내심 궁금했다. 그러면 지금으로부터 80년 전 이상이 살았던 생활상은 어떠했는가! 천삼백 년 전, 칼디가 먹었던 커피는 무엇이며 프랑스대혁명을 주도했던 그 카페 분위기는 어떠했는가! 그러니까 커피는 커피 그대로다. 마시는 방식이 조금 다르기는 해도 그리 큰 차이가 나는 것도 아니며 커피를 두고 즐기는 방식이 조금씩 다르게 변모해왔을 뿐이다. 그러니까 칼디가 먹었던 그 커피는 허기를 달래기 위해서 하나씩 따먹었던 나무 열매에 불과하며 근대 유럽에서 즐겼던 커피는 지식인의 머리끝을 자극하는 하나의 기폭제였다. 지금 우리가 즐겨 마시는 커피는 대화며 유흥이며 습관이 돼 버렸다.

커피와 사업에 관한 얘기로 일관성은 너무 쉽게 받아들이는 것 같다. 교육생께서 질문이 있었다. 여기서 교육을 받고 창업해도 여기 커피 안 쓰시는 분도 있나요? 하며 물었다. 창업한 교육생이 우리 커피 100% 애용했더라면 지금 우리의 모습은 확연히 다르겠지. 커피가 잘못되어서 그런 것이 아니다. 오히려 우리가 볶은 커피가 다른 상품에 비해 더 뛰어나니 쉽게 쓸 수 없는 것이 문제다(가격과 비교하면 제품은 월등히 좋으나 시중에는 훨씬 싼 가격으로 나온 제품으로 범람하는 게 요즘 실정이다). 물론 이것도 주관적인 나의 변론에 가깝다. 하지만 일관성을 두고 십여 년 이상을 처음과 같이 볶았음이다. 하지만 경영은 이러한 믿음을 저버린 경우도 많아서 물처럼 낮은 데로 흐르는 것이 일반인이다. 그러다 보면 고객과 믿음을 저버리게 되며 결국 악순환으로 바뀌는데 나중은 문 닫게 된다. 어렵더라도 커피만큼은 일관성을 갖추며 더 나은 맛을 추구하기 위해 부단히 노력해야 함은 두말할 필요가 없다. 아직도 커피 일을 할 수 있는 이유는 아마도 이 일관성 때문이 아닐까! 그러니 커피가 뛰어난 것이 아니라 10년 이상 한 가지만을 고집한 우리의 뚝심일 게다.

점심을 본점에서 먹었다. 실습생 이 씨, 본부 서 부장이 함께했다. 강 선생께서 갈비탕 한 그릇씩 총 쏘듯 했다. 뜨끔한 한 그릇이었는데 마지막이라는 것을 우리는 잊을 수 없게 했다. 결코, 잊어서도 안 된다. 지난주 일요일이지 싶다. 송별회 가졌지만, 그 송별회가 무색할 정도였다. 그러니까 퇴사함을 무릇 강조했는데 그것은 오히려 마지막까지 잊지 말라는 언질과도 같은 것이다. 그러니까 새로 시작하는 커피 일까지도 내심 관심으로 지켜보아 달라는 뜻이기도 하다. 4년 꼬박 머물다 보니 실은 오늘로서 일은 마지막이지만, 영 나가는 사람으로 보이지 않는 이유는 무엇일까! 커피를 바라보는 눈은 함께하며 커피와 더불어 이 세계를 함께 걸어야 하니, 아니나 다를까 어쩌면 매일은 아니라도 자주 보아야 하기 때문이다. 그간 강 선생과의 일은 참으로 많은 추억을 만들었다. 일반 직원과는 달라도 많이 달랐다. 상부 하달식의 관계가 아니라 수평적 관계로 일한 느낌이 크다. 그만큼 적극적이었으며 주도적인 경우가 많아 다툼도 잦았는데 모두 일 때문에 빚은 것이라 지나고 나니 복이었다. 아무튼, 갈비탕 한 그릇 잘 먹었다.

강 선생은 오늘도 유머 감각적 표현 하나 남겼다. '띠리리~' 그러니까 아마 TV, 쇼 프로그램에서나 볼 수 있는 효과음 같은 것인데 극적인 상황을 더욱 심화시킬 때 나오는 표현 말이다. 너무 웃겼다. 나도 한번 사용해보았다. '띠리리~'

본점에서 커피 볶았다. 케냐와 예가체프 볶았다. 압량에 쓸 커피가 없었다. 다 볶은 커피를 포장하고 일부 남은 것을 드립으로 내렸다. 맛을 보기 위함이다. 근데, 조금 과한 것 아닌가 하는 생각이었지만 수일 내로 마신다면 꽤 괜찮겠다. 오히려 더 부드러워서 속은 꽤 편할 것이다.

압량과 사동에서 책을 읽었다. 『백양 중국사』를 읽었다. 춘추전국시대를 읽는데 사마천의 『사기』를 생각하다가 시대순으로 써내려간 역대왕조가 조금 낯설기까지 하다. 어쩌면 시대순이 아니라 역대왕 이름을 직접 거론한 것이 낯선 것은 아닐까! 그러니까 제나라 환공은 이름이 '강소백' 이었는데 환공으로 표기하지 않고 이름으로 써내려가니 그럴지도 모르겠다. 물론 이 책의 저자 백양 선생께서 직접 거론하기도 했다. 역대 제왕들의 시호나 존호를 사용하지 않고 이름으로 적어 내려가겠다고 했다. 이는 한 사람의 인격을 더 살피는 격이 된다. 세종이니 태종이니 하면 역사의 흐름을 살피는 데는 이해가 빠를지는 모르나 한 사람의 인격을 보는 것은 조금 허술할지도 모르겠다는 생각을 잠시 했다. 국가를 세우고 다스리는 것도 좁게는 관리며 넓게는 경영 아니겠는가! 창업과 수성, 이 모두를 잘할 수 있다면 국가도 오랫동안 보존하여 내려오듯 일반인 사업도 그와 같다면 일을 오래 할 수 있지 않을까 하는 생각을 했다.

鵲巢日記 15年 04月 04日

오전 아주 맑았다. 오후, 비 왔는데 빗방울이 제법 굵었다.

커피 토요문화강좌 열었다. 새로 오신 분은 없었으나 꽤 많은 분이 오셨다. 커피가 어떻게 해서 발견되었는지 카페에서 우리가 즐겨 마시는 커피는 어떤 종인지 왜 이 이름이 붙었는지 설명했다. 유럽에는 카페가 어느 나라에 언제, 최초로 카페 문을 열었는지, 우리나라는 커피가 언제 들어왔으며 어떻게 발전해 왔는지에 관한 설명을 아주 간략하게 얘기했다. 그리고 정식 교육은 어떻게 진행하며 토요 커피문화강좌는 어떻게 진행되어 가는지도 친절히 설명했다. 창업하게 되면 어떤 절차를 밟으며 기계는 얼마쯤 하는 것인지 그리고 커피 시장은 얼마나 발전되어 왔으며 앞으로 어떻게 발전되어 갈 것이며 우리가 이 시장을 두고 어떤 역할을 할 것인지도 또 그 역할에 충분히 이바지하기 위해서는 어떻게 해야 되는지를 간략하게 설명했다. 오늘은 에스프레소 교육이다. 구성택 선생께서 애써 주셨다. 참석한 한 분 한 분 교육 진행과정을 보았다. 모두 기계를 신기하게 바라보았다. 더구나 그라인더로 커피를 분쇄하며 한 잔씩 추출하는 모습은 모두 처음 겪는 일이라 사뭇 진지해 보였다. 어떤 분은 에스프레소 한 잔 뽑고 뜨거운 물을 부어서 아메리카노로 드시는 분 있는가 하면 어떤 분은 에스프레소 맛을 즐기기 위해 컵에 고이 받으시는 분도 있었다. 오전 10시에 시작해서 오후 1시가 지나서야 마칠 수 있었다.

집에서 라면 끓인다. 아내, 오 선생은 애들 데리고 어디 간다고 했다. 나는 점심 먹기 위해, 라면 끓이는데 아이들이 바깥나들이 준비한다. 아내가 함께 가자고 한다. 오후 일이 많아서 그저 다녀오라고 했다. 둘째 녀석은 라면 꽤 좋아한다. 혼자 먹기도 그렇고 해서, 라면 먹을래 했더니 아무런 말 없다. 라면은 귀한 음식도 아니지만, 고급음식도 아니다. 가벼운 땟거리지만 맛은 어찌 보면 최고다. 영양가가 많아서 그런 것이 아니라 간편하고 해먹기 쉬우니 또 밥맛 없으면 최고다. 스프 하나면 맛을 꽤 우려내기도 해서 쫄쫄 탱글탱글 먹을 수 있으며 폭 퍼지기 일보 직전 촉촉 먹어도 그 맛은 일품이다. 두 개에 스프 하나면 대만족, 부족한 장맛은 김치 곁들어 넣으면 더할 나위 없는 맛을 낸다. 물론이다. 라면 두 개에 김치 조금 넣고 달걀 하나 톡 깨서 넣는데 라면 다 되었다. 라면 하면 시인 김수영 선생의 시, 「공자의 생활난」이 생각나고 김영남의 「정동진역」이 생각난다. 한 젓가락 올리는데 자꾸 아이가 본다. 둘째 녀석은 애써 머리 감고 나온다. 야! 라면 먹자. 네. 맏이는 오로지 방바닥 전 부치며 조그마한 액정판 보기 바쁘다. 무엇이 들었는지 통 공부라고는 하지 않는다. 이제는 지쳤다. 책이라도 보았으면 싶은데 책하고는 영 거리가 멀다. 아무튼, 라면 먹고 일 나간다.

대구 한의대 한학촌 가는 길이었다. 아내가 아이들과 함께 야유회나 영화 보러 가자고 했는데, 가자고 했는데 말이다. 몇 군데 커피 배송도 있지만, 가족 모두 함께 움직이는 것은 여간 번거로운 일이 아니라서 아이들 데리고 다녀오시게 했더니, 자꾸 마음 안쓰럽다. 그러니까 아내는 아이들 데리고 어딘가 갔다. 한학촌 오르막 오르는데 길가 양가로 벚꽃이 어찌나 피었던지 정말 아름다운 봄 길이 따로 없다. 목련도 꽤 피었는데 꽃잎이 하얗게 떨어져 있기도 하다. 마치 어제 본 목련처럼 봄은 이렇게 빨리 왔다가 빨리 가며 또 이렇게 나에게 왔다. 주문받은 커피를 내려주고 다시 이 길로 천천히 내려간다. 눈송이 같은 벚꽃잎 날리며 내려갔다.

날씨 흐리더니 빗방울 한두 방울 보인다. 진량에 들러 기계 수리하고 나오니 비 내린다.

죽죽 내리는 봄비 꽃 떨어질라
꽃 핀 날 얼마라고 봄비 내리냐

애써 맺은 꽃잎들 더한 꽃잎들
오며 가는 손 뚝뚝 애꿎은 봄비

우드테일러스 카페에 다녀왔다. 우드테일러스 카페 사모님 만나 뵙고 인사드렸다. 요즘 상황은 어떤지 물으신다. 3월은 그나마 경기 풀린 듯했다. 사월 들어 위축인데, 요 며칠 사이 매출 부진한 것은 뭐 때문인가! 주스 자몽 한 잔 마셨다. 이제 여기는 자몽이 트레이드마크가 되었다. 손님도 이 주스 한 잔 마시기 위해 찾아오신다. 단골이시거나 다른 여타 손님도 주위를 보며 이 주스를 마시면 덩달아 함께 주문한다. 자몽을 한 달에 근 10박스 이상 쓴다. 가게 들어가면 입구에 작은 로스터기가 있고 그 옆에 진열장이 있는데 진열장 옆에는 늘 자몽 상자를 몇 상자씩 재어놓는다. 자몽 벗기는 것도 꽤 일이다. 아무튼, 자몽 주스를 한 잔 마셨지만, 여기까지 꾸벅 졸며 온 나의 안색이 삭 가버리고 말았다.

시지 애견카페에 다녀왔다. 커피 주문 있었다. 에스프레소 들고 간다. 카페는 광장 앞에 7, 8층 되는 빌딩, 5층에 자리 잡았다. 약 오십여 평 된다. 물론 여기도 커피와 다른 기타 주스나 빵 같은 것도 판다. 일반 카페와 같이 있을 것은 다 있다. 오늘 재미난 것은 강아지들이었다. 푸들 종이지 싶은데 거의 강아지들의 운동장이나 다름없었다. 내가 이 카페에 들어갔을 때 이미 뛰어노는 강아지들이 많았다. 이리저리 뛰어다니는 모습도 재미나는 볼거리였다. 이 애완견의 주인장은 그저 자리에 앉아 창밖의 너른 세계를 보며 차 한 잔 마시며 즐긴다. 강아지들의 옷도 있으며 강아지들이 가볍게 누울 수 있는 보褓도 펼쳐져 있다. 한마디로 카페는 맞는데 애완견 주인장을 위한 카페나 애완견을 위한 카페이거나 둘 다 맞다. 뛰어노는 강아지들, 모습을 보니 여간 발걸음 떼기 힘들었다.

鵲巢日記 15年 04月 05日

흐렸다. 오후 비 왔다.

아침 본점, 압량 거쳐 사동에 갈 때였다. 라디오 음악이었는데 파도소리가 가미된 클래식 같은 것이었다. 마치 고향에 가는 듯한 느낌 들었다. 이상야릇하면서도 우울하기도 했는데 그저 안개 같은 미래를 헤쳐나가는 나 자신이 얼마나 미약한 존재인가 하며 느꼈다. 인간은 역시 물에서 나온 것인가 보다. 이렇게 가볍게 때리는 저 파도소리가 심안에 바위 같은 응어리 하나 끄집어 내어 놓았으니 말이다.

아침 먹으며 나누었던 대화가 지나간다. 사동에 모 상표 'M' 가게가 개업했나 보다. 여기서 새로운 직원을 모집한다고 했다. 물론 요식업계니 많이 뽑는 것은 아니다. 한두 명 정도 채용해서 함께 일했으면 하는 거다. 그런데 여기서는 밤에 일하는 분은 낮보다는 인건비를 1.5배 더 준다는 거다. 이 말이 카페에 또 술렁이게 했다. 그러니까 우리는 밤에 일하는 사람은 1.5배라는 말은 없고, 일은 더 고되고 마감을 하려니 정확한 시간까지 없게 된다. 하지만 한 시간 정도 더 보상을 나간다고 해도 M 업체와 비교하면 형평에 맞지 않은 것은 분명하다. 1.5배라고 하면 시간당 노임이 얼마를 기준으로 하는 건지 분명히 알아야 할 것이다. 그리고 노동의 가치도 알아야 할 것이며 그것이 나에게 얼마만큼 자아개발에 도움이 될 것인지도 보아야 한다.

카페를 하면, 아니 어떤 영업을 하더라도 사람이 해야 하니 여러 가지로 신경 안 쓰이는 일이 없다. 더구나 부가가치가 높은 것도 아니며 매출이 또 따라주는 것도 아니라서 언제나 위험한 길을 걷는 것이 사업이다. 오십 이상 드신 어느 사업가는 사업을 떠나 있거나 오히려 그리 많은 인력이 필요치 않은 사업을 택하는 경우도 여기에 있다. 인력시장을 스스로 만들며 가는 업체는 그나마 다행이다. 그렇지 않은 업체는 사람 구하기 힘드니 일이 얼마나 힘든 것인가! 일할 사람이 없어 스스로 문 닫는 가게도 더러 있다. 또한, 이러한 분위기가 조성되면 일할 의욕은 스스로 무너지게 되니 사업장에 미치는 영향도 적지 않다. 업계에 비해서도 나은 대가를 지급하지만, 뒤돌아서면 못마땅한 게 사람의 마음이다. 매출이 떨어지면 잠잠하다가도 매출이 조금 나아지면 군말도 있는 법이니 평형을 유지해야 하는 경영자의 마음은 신경 안 쓸 수 없는 일이다. 그러니 건물 임대업자나 사람이 그리 필요치 않은 모텔 사업은 제법 돈을 번 사람은 꿈이니 한 번쯤 생각하지 않은 사람은 없을 것이다.

오후, 본점에서 책 읽었다. 오후 5시쯤 점심 겸 저녁을 동원이와 정식이와 함께 먹었다. 막창집에서 김치찌개 하나 주문해서 밥 먹었다. 지난주였다. 동원이와 정식이랑 본점 마감하고 이 집에서 식사를 함께했는데 동원이는 자주 함께해서 식성을 대충 알겠다만, 정식이는 괜찮을지 마음 쓰이기도 했다. 그날 밥 한 그릇 먹고는 정말 맛있다며 한마디 하는 거였다. 마침 또 함께 있으니 김치찌개 주문해서 먹게 되었다.

김치찌개 한 그릇은 마늘이 있고 배추가 있고 하얀 소금이 있다. 김치찌개는 허기가 부른 피의 군말을 데웠고 신맛을 더 우렸다. 숟가락은 뜨거운 김치찌개만 한술 뜬다. 하얀 이를 제법 잘 피해 걸었던 숟가락, 이 같은 밥을 세며 자꾸 줄어드는 밥공기에 숟가락만 가볍다. 허공 가득해도 밥공기만 한 곳은 없다고 여긴다. 밥알도 마늘도 배추도 하얀 소금도 붉은 고추도 숟가락 담글 수 있으면 김치찌개는 뜨거워도 맛있다. 숟가락은 싸느란 밥공기는 싫다. 숟가락은 숟가락과 숟가락 부딪치며 한술 뜨는 그 김치찌개가 맛있다.

압량과 사동에서 책 읽었다.

오 선생은 사동에서 콩 볶았다. 둘째가 일요일이라서 카페에 잠깐 나와 엄마 일을 도왔다. 손님이 아주 띄엄띄엄 오셨는데 그렇게 바쁜 일은 없었다. 옆집 콩누리와 오릿집은 일찍 문을 닫았기에 적막하기까지 했는데 카페 분위기도 그리 썩 좋아 보이지는 않았다. 사동 마감하고 본점으로 이동했다. 바깥은 보슬비 내리고 있었다. 마감하는 동원이와 정식이 본다. 동원이는 요즘 기분이 꽤 좋다. 그러니까 그저께였지 싶다. 카페 오는 여자 손님이었는데 관심이 꽤 있었나 보다. 연락처 달라는 말에 처음은 나이가 보기보다 많다며 거절했다. 잦은 부탁에 전화번호 적으며 서로 얘기도 나누었다. 그 손님은 스물넷이다. 동원이는 올해 서른하나다. 얼굴이 꽤 잘생겼다. 나는 싫지 않으면 그저 한번 사귀어 보라며 적극적으로 얘기했다. 얼굴 꽤 밝아 보였다.

鵲巢日記 15年 04月 06日

사동에 일하는 종희와 실습생 이 씨께 함께 일해보자며 부탁했다. 곧 입대하려는 박 실장 후임을 정하지 않을 수 없기에 부탁했다. 종희는 아직 학교 다닌다. 한 학기 남았다. 실습생 이 씨는 시지에 살지만, 밤에 근무하는 것이 아직은 못마땅하다. 그리 급한 건 아니라며 차차 생각을 해 보자며 얘기했다.

백천에 다녀왔다. 엊저녁에 전화가 왔었지만 일 바빠서 가지를 못했다. 백천은 사동에서 아주 가깝다. 조감도에서도 불과 10분 거리 채 되지 않는다. 점장과 커피 한잔했다. 가게가 이번 달 20일까지 할 수밖에 없다며 얘기한다. 그러니까 다른 업종으로 점포 매매하였다. 백천은 약 14평 정도 되는 아주 작은 카페다. 왕복 팔 차선 대로변에 위치해서 테이크아웃 비중이 높았는데 이년 전 강변에 이 층짜리 카페CC가 들어온 이후 매출이 급격히 떨어지기 시작했다. 도로변이라 주차단속이 심한 데다가 카페 규모가 작아서 단체손님은 대부분 강변 쪽으로 많이 뺏겼다. 엎친 데 덮친 격이라 건물 주인장께서는 세까지 올렸다고 하니 근 몇 달은 망연자실하게 보냈다(여기 한 달 세 백이십만 원인데 주인장께서는 백오십만 원으로 올렸다, 하루 매출 십만 원 안 되었다). 아무튼, 경쟁에 가게를 내놓았지만, 그간 팔리지 않았다. 적자 감수하며 여태껏 경영을 해왔었지만 다른 업종이 옆집 가게와 함께 인수하게 된 것이다.

점장께서는 밝은 얼굴이었다. 오늘 보자고 한 것은 다름이 아니라 내부 기계와 기자재를 어떻게 했으면 하는지 조언을 듣고 싶었다. 기계와 기자재 몇 종류는 본부에 다시 가져가겠다고 했다. 의자와 테이블도 본부에 입고한다. 천장형 에어컨은 떼는 것만도 비용이 들지 않겠느냐며 했는데 내부공사 맡는 장 사장은 중고가격으로 다만, 얼마라도 챙겨드리겠다고 한다. 약 이 주 정도는 그간 고객께 감사한 마음에 남은 재고를 염가로 판매하겠다며 보고하신다. 주위에 다른 분점이 몇 있지만, 큰 영향이 안 가게끔 그렇게 하시라고 했다. 점장은 커피 가격에 관해서 한 말씀 주셨다. 대기업체는 사천 원이고 오천 원이고 판매하는 데 아무런 불만이 없는 듯해도 우리는 삼천 원 받는 것도 고객은 불만을 토로했어요. 규모가 작고 영세업자라서 그런 것인지도 모르겠어요. 우리나라 사람은 아주 큰 업체는 그냥 넘어가는 경우는 많아도 우리같이 작은 가게는 불만을 쉽게 말하는 것 같아요.

백천은 근 신도시나 다름없는 곳이다. 백천 사거리에는 경산에서는 제법 큰 종합병원, 중앙병원이 자리하고 그 기점으로 북으로는 대구 시지 범물, 안심으로 빠질 수 있는 월드컵대로가 있고 동으로는 대구한의대, 자인공단, 용성, 청도로 빠지는 남성현 도로가 있다.

커피 예찬 8

장자의
나비처럼
꿈꾸는
기방
퍼뜩 깨치면
여적 좁은
장자방
이슬처럼
폭 젓는
까마귀 날개
덧없이
거꾸로 산

자욱한 안개

정평에 다녀왔다. 서 부장과 함께 갔다. 에스프레소 그라인더와 와플 기기 설치했다. 옛 점장 계시고 옛 점장 오빠 있고, 세빠 있고, 손님 있고, 어느 교육생 한 분 있었다. 정평 카페 역사는 한 육 년쯤 됐다. 내부공사는 경산 사람인 이 씨가 했다. 전에 여기서 우드(우드 테일러스 줄여)카페 사장님 뵈었지만, 카페가 예쁘다는 말씀을 아끼지 않았으며 오늘 세빠도 카페 내부공사를 누가 했느냐며 묻는다. 아담하고 작고 예쁘기 때문이다. 세가 다른 곳보다 작아 운영하기에 큰 부담이 없다. 이곳 주인장은 이제 강 선생이 되었다. 강 선생은 본점에서 한때 교육을 담당하기도 해서 카페 이끄는 능력이 남달라 경영을 제법 잘하리라 본다. 물론 오늘 여기 그라인더 설치하기에도 미안할 정도로 바bar는 분주했다. 옛 점장, 손 씨 있었고 교육생 모 씨 있었고 강 선생까지 있었으니 바가 안 그래도 작은데 사람이 꽤 많이 들어가 있는 셈이다. 오시는 손님도 여러 가지로 바쁘게 보이는 주방 모습에 하나같이 궁금했다. 지나는 사람도 뭔가 싶어 들르기도 했는데 영업이 예전보다 잘 되는 듯해서 마음이 꽤 놓였다. 기기 다 설치해놓고 커피 한 잔 마셨다. 옛 점장은 꽤 걱정 어린 눈빛이었다. 가게는 팔아도 일은 해야 해서 그 판 자금은 밑천이어야 하므로 걱정이었다. 문 열며 나가는데 아주 애처로웠다.

압량에 머물 때 몇 군데 주말 인사로 문자 보냈다. 그중 한 군데서 커피 주문 받았다. 화원에 카페 하는 후배다. 바꾼 간판을 사진 찍어 전송한다. 이달

중순쯤 개업식 한다. 개업식 끝나고 소주 한잔 사겠다고 한다. 교육생 최 씨께 드려야 할 책이 왔다. 꼭 읽으시라는 뜻에서 서명과 간단한 조언을 썼다. 오늘은 손님 띄엄띄엄 오셨다. 아메리카노 손님이 몇 분, 볶은 원두 사신 분도 한 분 있었다.

자정, 본점장 성택 군 드립 한 잔 내린다. 탄자니아다. 커피 한 잔 마시니 오늘 날씨처럼 눅눅한 기분이 든다. 나는 어쩌면 장타보다는 단타가 어울리는 사람일지도 모른다. 하지만 다리 짧은 내가 롱런하고 있다는 것도 신기하다. 중이 절이 싫으면 떠난다고 했다. 절 없으면 중도 꽤 힘들다. 예전 부산에 창업했던 모모 스님이 생각나는 저녁이다. 스님은 절만 두 개다. 수도승이란 도 닦는 승려다. 도 닦는 중이 어느 절이든 싫어서야 되겠나! 인생, 여기가 싫다고 마땅한 자리가 있을까 말이다. 이승에서의 삶도 바르지 못하고 이겨내지 못하는데 어찌 저승에서 바른 삶이 있겠는가 말이다.

鵲巢日記 15年 04月 07日

사동 가는 길, 베토벤 〈운명〉 듣다. 라디오 음악이다. 어느 특정한 곡을 듣고 싶어 듣는 것이 아니라 이렇게 들려오는 음악도 꽤 괜찮다. 예술가는 진정 멋있는 삶을 살았다. 얼마나 북받쳐 오는 전율인가! 가슴이 북처럼 울리는 아침이었다. 눈물 팍 쏟는다. 누구나 빚을 갚고 싶어 하지 빚이 더 쌓이며 가는 삶을 살고 싶은 사람은 없다. 저 여린 잎사귀 틔우고 꽃샘추위 견뎌야 하며 못 견디게 아픈 바람을 이겨야 하고 적당한 것이 없는, 이 세상 삶을 살아야 하는 저 나무가 슬픈 아침, 도화는 뭣이 좋아 저리 피웠노!

염소 탕

사각쟁반은 생강 있고 마늘 있고 정구지 있고 김치와 깍두기 있고 절인 고추 있었네. 바로 뚝배기와 밥 한 공기 왔네. 사각쟁반은 생강 있지만, 생강은 없네. 생강은 아까도 전화 왔네. 본부장님 어디 계세요? 아 네 잠깐 외근 나왔습니다. 어디세요. 저도 바깥에 있어요. 저녁에 커피 한잔할까요. 네 늘 변함없는 사회 친구네. 일 많으면 연락 없고 연락 오면 일 없다고 보면 되네. 어느새 커피 꽤 관심이었다네. 그러니까 커피 볶고 갈고 뽑는 일 아니라 커피와 더불어 맺는 일 말일세. 사각쟁반은 마늘 있지만, 마늘은 없네. 정말 매운 것은 따로 있네. 바쁘기 그지없어 늘 관심 밖이라네. 낮이고 밤이고 이 마늘 없으면 감칠맛 나는 카페 이룰 수 없네. 마늘은 톡톡 튀며 생각하며 다지며 다독이며 부대끼며 가는 이 삶이 천국이네. 사각쟁반은 김치와 깍두기 있네만, 김치와 깍두기는 없네. 김치는 키 부쩍 컸다네. 깍두기 똥똥하네. 아침마다 전쟁 따로 없네. 저녁은 폴폴 쉰내 풍기며 집에 있네. 사각쟁반은 정구지 있네. 하지만 정구지는 없네. 여러 해 있었다만, 상큼한 커피 늘 마실 수 있어 좋았다네. 수혈 같은 사각쟁반은 모두 다 있네. 뚝배기에다가 밥 한 공기 탁 털어 넣어서 꾹꾹 한 숟가락 떴네. 갖은 별 모다 한 젓가락씩 집으며 뜨는 사각 쟁반은 나 살아 있어 좋다네.

포항에서 전화 왔다. 기계 다음 주 주중에 바꿔달라고 했다. 포항은 예전 옥산 직영점 운영할 때 교육받은 분이다. 중견 건설업체 명퇴하시고 바른 일 찾으시다가 커피 교육을 받게 되었다. 그러니까 그 이후 근 칠 년의 커피 생활을 함께했다. 커피는 한 번도 외도를 한 적 없다. 언제 한번 포항에 내려갔을 때였다. 사장님께서 커피에 관해 한 말씀 주신다. '카페리코 커피 말고는 맛이 없어. 다른 커피집 들러 보아도 우리 커피만 한 커피는 없더라!'

사모님은 대구분이신데 꽤 부유한 집안이다. 지금 포항에 소재한 카페도 사모님 본가의 건물이다. 처음 교육받으실 때는 사모님께서 받으셨지만, 몸이 꽤 여렸다. 포타필터 잡는 것도 힘없어 보였다. 커피 일은 대체로 쉬운 일이라 여길 수 있지만, 주방은 노동이라 힘든 일에 속한다. 카페 일 잘할 수 있을까 걱정이었다. 하지만 카페 운영은 사장님께서 하시어 그간 잘 이끌어 오셨다. 아들 하나 있다. 지금은 학교 졸업하고 아버님과 함께 카페 일 보지만, 오늘 전화 주신 거로 보아 사장님께서는 이제 일을 그만두시려고 하시는 듯했다. 아들에게 모두 맡길 의향이다.

콩트 2

그러니까 엊저녁이었다. 자정을 훨씬 넘겼을 때였는데 커피 한 잔 마셨다. 정말이지 커피 맛이 이제는 몸에 짝 들러붙는 듯했다. 마치 쫄바지 아니 몸에 꽉 낀 어떤 옷을 입는 듯했는데 그리 편할 수 없더란 것이다. 하지만 한편으로는 씁쓸했다. 몸에 딱 붙는 것만큼 그와 같은 감옥도 없어 남성으로서 갖는 그 어떤 것도 생각할 수 없는 자유를 주었다. 그러니까 커피와 혼연일체다.

'아, 이제 더는 커피 잔 들 수 없구나.' 죽음을 앞둔 루소의 마지막 말이었다. 물론 루소뿐이겠는가! 하루 50잔 이상을 마셨던 계몽주의 선구자 볼테르와 하루 40잔 이상 마신 프랑스 소설가 오노레 드 발자크는 거의 커피 폐인이라 볼 수 있음이다. 웃긴 일이지만, 볼테르는 그 많은 커피를 마셔도 장수했다는 거다. 그는 84세까지 살았다. 발자크는 한마디로 커피광이었다만, 어느 유부녀에게 폭 빠져 일을 하지 않을 수 없는 처지에 놓였다. 과로와 카페인 중독은 안 그래도 짧은 인생, 더욱 단축했다.

나는 하루 사십 잔이고 오십 잔이고 마시지는 않는다. 하지만 그와 비슷한 습관을 지녔는데 하루 십여 잔은 족히 마신다. 루소와 볼테르만치는 아니더라도 커피는 꽤 좋아해서 내 손에서 떨어진 날이 없다. 하루 오십 잔이면 저들과 같이 이름 하나는 남길 수 있으려나! 하! 하! 하! 아서라! 그냥 이대로 마 살다 가자꾸나!

나는 내가 머무는 곳은 모두 에스프레소 기계가 있고 서재가 있다. 정말이지 책 한 권 사다 볼 수 있는 능력만 갖추어도 나는 행복한 사람이라 여기며 하루 산다. 그리고 커피 이야기하며 사는 것이 꿈이라 지금은 꿈꾸는 것과 다름없는 삶을 사는 셈이다. 에스프레소는 쉽게 뽑을 수 있으며 드립은 그날그날 직접 뽑거나 아니면 어느 곳에나 여러 직원 있어 한 잔 부탁하면 맛있는 커피는 언제나 마실 수 있음이다.

독일 작곡가 요하네스 브람스는 새벽에 일어나자마자 악보 종이, 담뱃갑과 함께 커피 추출기부터 찾았다고 한다. 특히 아무도 자신의 커피를 끓이지 못하게 하면서 그 누구도 자신만큼 커피를 잘 끓이지 못한다고 자만하기도 했다. 뭐 굳이 그럴 필요가 있겠나 싶다. 라면을 끓여도 누가 끓여준다면 맛은 더 있고 커피도 에스프레소든 드립이든 내려주는 이 있으면 얼마나 편한가 말이다. 한 날은 닭볶음탕 한 적 있는데 요리하다가 그만 질려버리는 경우도 있었다.

때론 한 잔의 커피를 만들며 명상을 즐길 수 있는데 날이 좀 찌뿌둥한 날은 특히 더하다. 커피는 가리지 않는다. 하루에 갖는 감정이 여럿이라 조금 진하게 마실 수 있을 때가 있고 조금 연하게 마실 때가 있는데 가볍게 부탁하면 된다. 저기요! 조금 연하게 한 잔 부탁해요. 아니면 직접 내려 마시거나 뽑거나 하면 될 일이다.

프랑스 실존주의 사상가인 장 폴 사르트르는 카페를 사무실처럼 이용한 코피스Coffee+Office족이었다. 카페를 집필실로 삼았던 그는 파리 생제르맹에 위치한 카페 되마고를 10년 넘게 드나들었다. 매일 정해진 시간에 찾아와 커피 한 잔만 시켜놓고 반려자와 테이블 두 개를 차지한 채 진을 쳤으니 카페 주인에게는 달갑지 않은 손님이었다. 그에 비하면 나는 참 웃긴 놈 아닌가! 코피스도 이런 코피스도 없으며 그러니까 아주 부르주아 코피스라 할 만한데 본점은 일 층과 이 층 탁 트인 공간에서 압량은 비좁은 감옥 같은 서재와 컴퓨터 속에서 사동은 너른 무대를 끼며 앉아 오며 가며 하시는 손님 보며 책 읽는 이 필자를 한번 생각해 보라! 장 폴 사르트르는 프롤레타리아였다면 이

시대에 사는 필자는 부르주아다.

시인 피칸다는 '천 번의 키스보다 황홀하고 마스카트 포도주보다 달콤하다' 며 커피를 예찬했다. 이 명언을 가사로 쓴 작곡가 요한 세바스티안 바흐는 커피 역사에 한 획을 그었다. 그 유명한 〈커피 칸타타〉를 남겼기 때문이다. 이 곡의 내용은 커피를 끊으라고 강요하는 아버지와 이를 거부하는 딸 간의 실랑이다. 커피의 효능 중에서도 머리를 깨치는 것만큼 좋은 것은 없는데 만날 써도 일기뿐이고 그저 쓰며 버리며 하는 일상의 얘기뿐이니 어느 작품도 작품이라 볼 수 없는 이 필자는 참으로 시대의 불운아라 할 만하다. 종횡무진 뛰어다니다가 하루 위안거리라고 하면 컴퓨터 앞에 앉아 자위하는 이 손가락의 현란한 춤만 보는 것이 낙이니 말이다.

커피 예찬 9

당케 당케 굿 땐 쎄리 빤쯔 닐니리야
닐니리야 니나노 쎈 쎄리 굿 땐 빤쯔

커피 예찬 10

올드 팝송은 잔잔한 추억 몽땅 끌며 지나간다
가슴속 쑥 둘러 뺀 쪽지와 휴지와 지폐와 같은

鵲巢日記 15年 04月 08日

대체로 흐렸다. 한 며칠 햇빛을 못 보았다.

오전 교육할 때였다. 카페 성패 사례로 어느 분점을 이야기했다. 그러니까 세가 비싼 곳은 버틸 여력이 없다. 골목이라도 세가 얼마 되지 않는 곳은 그나마 일 오래 하는 것을 보는데 업종도 크게 관계없는 것 같다. 전에 시마을 어느 선생님 내려오셨을 때 자리 함께했던 모 고택도 한식집 유명한 어느 집도 오늘 오후에 다녀온 옷가게도 그렇다. 모두 도시 중심에 있는 집들이다. 도시의 도넛현상으로 바깥으로 나가는 일이 많은데 뜻밖에 도시 중심가에 자리 잡은 옛 건물도 많아 오히려 이 집을 활성화하면 상업성으로 꽤 괜찮은 효과를 볼 수 있음이다. 더구나 세도 생각보다 싸다. 세가 싸다는 것은 부동산 매매가도 그리 비싸지 않다는 얘기가 된다. 일을 더 오래 할 것 같으면 이런 곳도 알아보면 좋을 듯싶다.

오후 기계 수리 다녀왔다. 대구 모 옷가게다. 며칠 전에 정수기 일하는 허 사장이 전화했다. 형님 이 집에 버튼을 갈아야 할 것 같아요. 버튼 모두가 각각 따로 놉니다. 여기 사모님께 얘기해 놓을 테니 언제 오셔 수리하셔요. 아! 참 버튼 가는 데 비용 얼마 듭니까? 음 한 조에 십오만 원 해. 두 조 갈면 삼십만 원이고 출장수리비까지 합하면 모두 사십오만 원쯤 하겠네. 네 알겠어요. 얘기해 놓을게요. 그러고 있다가 며칠, 일이 있어 가지 못했다. 마침 오늘은 일도 없고 해서, 서 부장 동행하여 대구 옷가게에 다녀왔다.

옷가게는 범어 사거리, 이 번가 도로 어디쯤 자리했다. 기계는 베네치아 투 그룹인데 몇 년 전 어느 카페에 판매한 우리 기계였다. 그러니까 이 카페가 문 닫으며 옷가게 주인장과는 아는 사이라 염가로 판매한 것으로 보인다. 주인장 나이는 오십 중반쯤으로 옷가게 경력은 꽤 된다. 가게 들어서면 왼쪽은 중년 여성복 진열이 잘 정렬되어 있고 왼쪽은 계산대 있다. 그 계산대 옆은 모서리자 구석인데 에스프레소 기계가 놓였다. 기계는 하부냉장고 위에 올려져 있어 여러모로 사용하기 편한 데다가 손님께 원두커피를 언제든 뽑아 드릴 수 있어 공간미 하나는 잘 살렸다. 실지로 손님께서는 이 원두커피 한 잔 얻어 마시기 위해 오시는 분도 적지 않은 것으로 보인다. 공구 통 들고 가게 들어갔을 때는 여자 손님 꽤 있었다. 이미 연락하고 온 것이지만, 가게 안은 손님 꽤 있었어, 그런지 주인장께서는 아주 당황한 눈치였고 그러면서도 허겁지겁 기계 위 올려놓은 잔들을 급히 치우셨다. 수리하는 데 시간 많이 걸리나요? 네 적어도 한 시간 걸려요.

그간 기계 청소하지 않아서 그런지 배수로는 커피 찌꺼기로 막혔고 버튼은 모두 부러졌는지 10개 중 아홉은 덜렁거리며 각각 따로 놀고 있고 한 개만 제대로 작동했다. 우선, 배수구에 막힌 구멍을 뚫었다. 축축한 검은 가래 같기도 하고 아주 촉촉한 진흙더미 같기도 하다. 조그마한 기계 배수장에는 이 찌꺼기로 이미 가득했다. 이 커피 찌꺼기를 맨손으로 걷어 퍼 올리고 따뜻한 물로 씻어 내렸다. 위, 덮개를 풀어 열고서 밸브 조여 놓은 볼트를 푼다. 볼트는 쌀알 굵기만 한데 이것을 푸는 적당한 공구가 없어 맨손으로 살짝살짝 건드려 가며 풀어야 한다. 이것은 기계에 대한 웬만한 믿음과 요령이 없으면 하기 힘든 작업이라 서 부장은 옆에서 꼭 보도록 누차 얘기했다. 버튼 PCB를 풀어내고 새것으로 교체하며 다시 붙였다. 약 한 시간 이상 걸렸다. 그사이 주인장께서는 오신 손님께 여러 가지 옷을 선보이며 설명했다.

그러니까 요즘은 쫄바지가 유행이 아니라 통바지가 유행이에요. 손님은 오십 대 초쯤 보였다. 이 옷을 약간 올려 팔 부나 칠 부 정도 입으시면 꽤 아름다움을 연출하실 수 있구요. 편안하고 구김도 작아 어느 곳에나 입기 좋아요. 주인장 말씀은 꽤 느린 데다가 서울 말씨라 이곳 찾은 손님께 안정감을 주었다. 더구나 말씀 마디마디가 붙이면 곧 중요 살점과 같아서 구수하기 그지없었는데 잘나가는 옷이 아니더라도 입혀놓고 찬찬히 우려서 하시는 말씀은 곧 유행하는 옷이나 다름없었다. 더구나 그 손님께서는 구두까지 신어보시고 거울 앞에 서서 요리조리 빵 둘러보는 것이었다. 마침 사십여 분 정도 입고신고 둘러보고 하더니만 샀다. 그리고 수리도 끝났다. 여기 일하시는 아주머니 같은데 사십 대로 보이는 어느 한 분은 수리하는 동안 내내 얼굴을 보시는 거다. 조금 불편했다. 내 얼굴에 뭐 묻었나 하며 싶다가도 눈 안 마주치려고 마 억지로 피했다. 눈이라도 마주치면 큰일 날까 싶어서다. 어찌나 쳐다보는지 말이다.

서 부장 계산서 드리시게! 주인장께는 미리 이야기했지만, 계산서 보시고는 또 놀라시는 거였다. 그러니까 수리비가 사십오만 원 나온 데다가 손님까지 겹쳐 상황이 어수선해서 마음 썼기 때문이다. 마침 현금 있어 돈을 센다. 구태여 좀 깎자며 한 말씀 주셨는데 마지못해 이만 원 뺐다. 만 원 빼기는 그렇고 이만 원은 불러야 야박하다는 말도 나오지는 않을 것 같아 사십삼만 원하자고 했다. 괜한 고집부리다가 결국 돈 못 받는 경우도 있어 조금은 융통성 있게 빼는 것도 돈 못 받는 것에 비하면 손은 즐거운 것이 된다. 물론이다. 이러한 일도 자주 있으면 돈 버는 일이며 부자가 될 수 있다. 아주 띄엄띄엄 있어서 그렇지 괜찮은 일이다.

서 부장은 종일 수리만 보았다. 그러니까 정오쯤에는 본점 드립 그라인더 수리하는 것을 지켜보았다. 오 선생께서 전화가 왔다. 본점 바bar에 있는 거 수리해놓든지 어찌하든지 좀 해라! 그래서 서 부장 다녀오시게 그러고는 금시 들고 왔다. 본점은 내가 머무는 본부에서 지척이다. 임당 도로 건너 바로 옆에 있다. 서 부장은 기계 뜯는 것도 보았고 나사 푸는 것도 조립하는 것도 눈으로 보았으니 나중은 이 일도 직접 할 수 있을 게다. 하나하나 수리하며 서 부장에게 물었다. 서 부장 이 그라인더 날 갈아 끼우는 데 얼마쯤 할까? 서 부장 대답한다. 글쎄요! 삼십만 원은 족히 받을 수 있네. 웬만한 카페 하루 매출이지.

세상사 두루 펴면 갖은 일 많아
잡으면 손에 맞아 꽉 쥐며 걸어
행하고 익혀 다시 보며 행하니
일 어찌 맞지 않아 고민 있으랴

몰라 모르는 거지 펴면 다 보여

느려도 바지런해 오래면 좋아
일 빠르게 보려면 책 사서 읽어
더 빠른 길이야 호 하룻길 마 써

수리 다 끝내고 서 부장과 경산 들어온다. 라디오는 궁중음악이 나온다. 해금과 거문고, 태평소 같은 악기 소리다. 서 부장, 궁중음악 연주하는 가운데 기계 뜯고 조립하는 경연장 같은 게 있으면 참 좋겠지, 다 끝나면 전기 넣고 물 데워서 라테 한 잔 착 우려내는 거야! 그래야 진정 바리스타 아닌가 말이다. 그 순간 나는 군에 있었던 일이 생각이 나는 거였다. 그러니까 M16 소총 뜯고 조립하고 조립이 다 되었으면 바르게 되었는지는 노리쇠뭉치 당겨 장전하고 방아쇠 당겨 보면 안다. 딱 거리면 제대로 된 것이니까! 드라이브 비틀며 죄고 스패너 들고 수많은 부품 하나씩 조립해 나가는 가정만 하더라도 몇 시간 소비될 것이다. 전기 넣고 물 데우는 것까지 하면 하루 족히 잡아야 할지도 모른다. 라테 한 잔 착 만들어 낸다면야! 호 진정 바리스타다.

鵲巢日記 15年 04月 09日-1

모처럼 햇빛 보았다.

사동 조감도 뒤는 모두 산이다. 문중에서 심은 복숭아나무가 열 맞춰 잘 심어 놓아서 보기에도 좋다. 도화 핀 나무를 보고 있자니 그 열이 얼마나 잘 맞췄던지 사열한 것 같다. 아직 이파리가 무성하게 나온 것도 아니라서 나무 사이가 확연해서 보기 좋았다. 그 옆은 자두나무도 몇 그루 심어 놓았는데 이 꽃은 모두 상앗빛을 띤다. 조감도 뒤는 돌담처럼 석축을 쌓았는데 사람이 몇 발 딛고 올라서기도 쉬워서 가을이면 누구나 자두를 따 먹을 수 있다. 작년에는 조감도 공사하며 더러 올라가 제법 굵은 자두를 따 먹기도 했다. 꽃이 군데군데 핀 모습을 보니 봄은 봄이라는 것을 실감한다. 조감도 둘레로 매실과 살구도 심어놓았으니 올해는 그렇다 하더라도 내년이나 후년은 분명히 씨알 굵은 매실이나 살구를 얻을 수 있겠다.

본점에서 교육할 때였는데 양산에서 올라오신 손님 한 분 있었다. 필자의 책 『커피향 노트』를 읽고 크게 감동하여 오신 분이었다. 올해 나이 서른이며 서울, 유명 제과점에서 약 삼 년 정도 머물러 제과기술을 익혔다. 고향이 제주인데 커피도 배워서 나중은 창업하는 것이 목표다. 양산은 제법 큰 서점이 있나 봅니다, 하며 말을 했더니 몇 있다고 했다. 내 책이 다 꽂힐 정도면 서점이 제법 클 것으로 생각한다. 나는 읽고 싶은 책은 대부분 책을 통해 알게 되며 어느 지인 통해 알게 되며 신문 보다가 알게 되는데 이렇게 알게 된 책은 여지없이 인터넷서점을 통해 산다. 어쩌다가 서점에 가면 내 책이 있는가 하며 둘러보는데 실망할 때가 많다. 책이 없기 때문이다. 다 팔렸든가 아니면 전시하지 않았든가 둘 중 하나다. 그런데 다 팔릴 이유는 없다. 유명 작가가 아니다 보니 책이 어느 구석에 꽂혀 있거나 어딘가 재고로 쌓아 두었기 때문이다. 실제로 얼마 전에는 아내가 아이들과 함께 대구 영풍문고에 다녀왔는데 『커피향 노트』는 서재에 꽂아 있는 것을 확인했다. 사진도 전송해 주니 책이 많이 팔리지 않아도 기분은 어찌나 좋던지 정말 내가 살아 있구나 하며 느꼈다. 근데, 얼마 전에 낸 에세이집은 없더라는 것이다. 주인장께 물으니 구석 어느 자리에서 빼기는 뺐다. 그러니까 잘 팔릴 것 같지 않아서 그냥 꽂아 두었다는 것이다. 아내는 구태여 이 책을 끄집어내어 여러 책이 펼쳐놓은 데 그중 어느 책 위에다가 놓고 사진을 큼지막하게 한 판 찍었다. 그러고는 SNS 마케팅 차원에 카스에다가 멋지게 올렸다. 나는 몰래 기분 좋았다. 표 내지 않았지만 말이다.

경기가 좋지 않아서 문제지 지금 우리는 얼마나 평화로운 시대에 사는 것인가 하며 느꼈다. 중국 역사를 읽다가 시대에 많은 영웅이 등장하고 왕조를 설립하고 또한 그 왕조의 병목*을 잘 피해가지를 못하고 망하는 순간을 읽는다. 더구나 5호 16국 시대의 각 왕조의 삶과 변천 과정을 읽으면 참으로 처참한 광경을 많이 보기도 하는데 인간으로서 어찌 저러한 일을 할 수 있을까 할 정도로 난폭한 군주들도 꽤 많았다. 국가와 국가 간의 싸움은 또 이루 말할 수 없을 정도로 많았는데 얼마나 많은 양민이 목숨을 잃었는지는 읽지 않으면 어찌 알 수 있을까! 그러니 지금 우리가 사는 시대는 태평한 것만은 분명

* 鵲巢言 병목현상이란 병의 목 부분처럼 좁아지는 현상을 말한다. 왕조의 창업에 있어 창업주에서 다음 세대에 양위하는 과정에 왕권이 급격히 약화하여 왕조의 몰락을 자주 볼 수 있다. 이러한 현상을 두고 말한다. 이것을 보면 조선 태종이 세종으로 양위할 때 얼마나 왕권 강화를 조성했는지 알 수 있음이다.

하며 이 시대에 사는 것만도 큰 행운이라 할 수 있다. 앞으로 전쟁이 일어나지 않을 거라는 것도 장담할 수 없는 일이다. 아침 출근하며 본 뉴스지만, 일본은 역사 왜곡에 열을 올리며 있고 중국도 이미 만주 일대의 일어난 국가는 모두 중국의 역사에 넣는 작업을 하고 있다니 아직 통일도 못한 반도국가로 그저 지켜보는 우리는 암담한 길이 아닐 수 없다.

옛 분점에 다녀왔다. 삼풍동에 자리 잡은 카페다. 이 카페는 약 사 년의 역사를 가졌다. 초기 점장은 체인계약 기간만큼 경영을 했으며 그다음 점장도 이 년 가까이 카페를 운영했다. 지금은 이름도 바뀌었고 개인 카페로 전환하여 경영한다. 초기 창업주가 그나마 카페 경영은 오래 하는 편이다. 바뀐 점장은 직접 카페를 디자인하며 수고한 노력이 없어 그만큼 애착은 없다. 삼 개월이면 카페도 알 만큼은 알게 되니 그다음은 지루하기 짝이 없다. 그러니까 얼마나 피곤한 일이겠는가! 보통 6개월쯤이면 모두 팔고 싶은 게 점장의 마음이다. 물론 특별히 영업이 잘 되거나 또 다른 목적이 있는 곳은 예외일 수도 있다. 나는 분점으로 운영하다가 이렇게 개인 카페로 돌아서면 그리 마음 편하다. 나의 책임이 떨어져서 그런 것이 아니라 같은 이름이면 모든 것이 걸려 있기 때문이다. 한 점포를 움직이는 카페 점장이 비전을 잃으면 그 영향은 본점까지 미치니 본점의 영업도 꽤 영향을 받기 때문이다. 더구나 이름이 같은 이유로 대부분은 책임을 회피하려는 경향이 높아 괜한 의존성을 갖는 것도 부담이었다. 아무것도 아닌 것 같아도 무슨 일 터지면 쉴 새 없이 뛰어가야 하는데 이는 분점이라는 이유와 본부장의 의무 회피 아니냐는 질책을 피하기 위해서다. 개인 카페로 전환해도 커피는 나가며 다른 부자재와 기타 컨설팅도 모두 다 한다. 하지만 개인 카페 영업의 잘잘못은 논할 바 아니니 얼마나 편한 것인가!

카페 문 열어 이 년 경영 원 없네
더는 힘들어서 호! 못 팔아 죽네
그러니까 이태면 커피는 족해
더는 마셔도 맛은 그늘만 깊네

아서라 그래도 마 카페 하자네
할 것도 없고 놀면 돈만 쓰니까
감옥도 옥구슬도 이것만 못해
데구루루 굴러도 내 카페 좋네

鵲巢日記 15年 04月 09日-2

이호걸 대표님의 에세이 『가배도록』을 읽고

지난 4월 6일 성주 선영 한식 묘제 참례 때 병구 일족 편으로 대표님의 에세이집 『가배도록』을 감사히 받았습니다. 돌아와서 책을 펴니 저의 축시가 책 첫머리에 실려 있어 송구했습니다. 거기에다 원두커피에 드립까지 동봉해서 더욱 미안하고 감사했습니다. 고마운 마음에 머리말부터 찬찬히 읽기 시작했습니다. 마음에 드는 구절이나 공감된 글에는 연필로 밑줄을 그으면서 읽어 나가다가 이래 읽다가는 시간이 오래 걸릴 것 같아서 중간쯤에는 눈으로 읽고 마지막에 머리로 정리하면서 연필로 밑줄 친 것을 다시 읽으며 정리를 했습니다. 그 바쁜 업무에 매달려 시달리면서도 책을 읽고 빠짐없이 일기를 적는 데 감동했습니다. 99쪽에 저의 졸시 끝에 '카페 문 앞에 새똥 세 무더기나 보여 걸레로 닦고 새가 날아들어 새똥이 발견하고 난데없이 꿩 한 마리 줄행랑을 치고 옥상에 묶여 있는 도로시 쪽을 보다가 꿩 두 마리가 종종걸음을 보았다' 는 글을 읽으면서 저의 졸시 7행에 '날짐승도 쉬고픈 아담한 카페 쉼터' 란 詩句가 명당을 적중했구나 하는 흐뭇한 생각에 미소를 지었습니다. 적소에 삽입된 7.5조 율격 시가 매력적이고 읽는 데 느낌을 더했습니다.

1. 한 잔은 느끼세요 산속 공기를/ 한 잔은 맛보세요 삶의 의미를/ 한 잔은 이기세요 안은 세계를/ 한 잔은 즐기세요 카페조감도

2. 수천 년 역사 속에 인류 있었네/ 뿌리 있어도 우린 모르고 자라/ 하늘만 보지 땅은 잊고 없어라/ 사람은 땅에 사니 땅을 본받네

3. 바깥은 비 내린다 도로바닥에/ 톡톡 튀는 빗방울 하늘의 속기/ 기록은

축축하다 굳은 지면이/ 찢음도 구길 수도 없는 저 진리

여러 시 중에 3편을 올려봤습니다. 저도 일기를 쓰고 시를 좋아하지만, 이 선생님의 시가 마음에 들어 저의 일기 방식도 바꾸어야겠다는 생각을 했습니다. 7.5조 율격이 구식이라지만 내가 가장 좋아하며 근대시는 읽어도 풀이가 없으면 무식의 탓인지 이해할 수 없더군요.

그날 3차 임원회가 있어 강락 조카와 잠깐 들러 차 한잔했는데 그때 옆좌석에서 책을 읽고 있었던 분이 대표님이셨군요. 등잔 밑이 어두웠습니다.

14년 10월 31일 일기에 종일 비가 내린다고 해서 저의 일기장을 꺼내 그날 날씨를 보니 대구에 60밀리의 가을비가 해갈했다고 적혀 있잖아요. 그리고 11월 24일 자 저의 일기장에 30밀리의 비가 내렸다고 했고 12월 8일 자 밤사이에 내린 설경 사진을 일기장에 스크랩한 것을 보고 이 선생님의 일기와 일치되어 이 선생의 일기의 진실성을 확인했습니다. 14년 11월 14일 자 '일기는 대화상대자가 없으므로 대화상대자가 있어도 내 마음을 이해해주는 이는 아무도 없기에 쓴다.' 297쪽 글 중 사마천의 『사기』를 열거하면서 일기 하나를 적는데도 다 밝힐 수 없는 내용이 있다. 311쪽 사동에 들어가는 사거리에서 조감도로 올라오는 양편에 커피점이 일곱 군데나 생겼다니 놀랬습니다. 그야말로 카페 춘추 전국시대라 표현해도 과언이 아니겠습니다. 저의 일기 방식도 이번 이 선생님의 작소일기를 보고 많은 것을 고쳐야겠다고 느꼈습니다. 저의 일기에 대한 글을 첨부 파일 메일로 보내겠습니다. 질정叱正바랍니다.

끝으로 저는 커피문화에 대해서는 문외한입니다. 올해 85세로 젊을 때 다방 출입은 물론 만날 일이 있으면 막걸리집으로 허기를 때웠고 근래에 와서도 위장 장애로 커피를 피했으니 답답하지요. 지난번 이 선생님의 『커피향 노트』 책자를 읽고 커피 세계가 이런 것이구나 하는 상식을 얻을 정도의 커피문화에 대한 백치입니다. 그러나 커피 냄새는 무척 좋아합니다. 저가 대곡 큰애 집에 7년을 살았는데 아파트 바로 앞 산자락에 커피점이 2채가 생겨 그 앞을 매일 산책하면서 커피 냄새에 매료되어 원두커피 볶은 가루와 드립 용구를 사 가지고 집에서 음미하면서 늦게야 커피 바람이 났습니다. 58,000원을 주고 샀는데 이 선생님 주신 드립이 더 간편하고 좋습니다. 거듭 감사드립니다. 이 선생은 40대 중반이라 했으니 정말 좋은 때입니다. 인생 백 세 시대라 했으니 붕정만리鵬程萬里입니다. 저의 팔십 평생 중 모든 굴레에서 벗어난 후 70대가 가장 내 참삶을 느끼게 했던 때가 아니었든가 생각됩니다. 저도 독서를 좋아합니다. 지금도 귀는 어두우나 다행히 눈은 밝아 독서에 무료를 달래니 외로움을 모르고 지냅니다. 이 선생은 20여 년의 카페문화에 젖었으니 수지가 맞든 안 맞든 영구 직업으로 굳혀 시와 수필을 쓰면서 등단 문인으로 노후를 값지게 보낼 수 있으리라 믿습니다. 정말 행복한 분입니다. 문운을 축하하며 날짐승이 날아와도 막지 마시고 모이를 주고 반기시면 명당의 운기運氣가 더해지리라 확신합니다. 감사합니다. 행복하세요.

2015년 4월 8일 대구 남구 자유샛길 17-3(대명동) 韓用愈 드림

韓用愈 선생님께

선생님 진심으로 감사합니다. 책을 내서 판매하는 기쁨보다 읽어 감상평 해 주시니까요. 얼마나 기쁜지 모릅니다. 모름지기 글을 쓰는 글꾼으로서 제일 좋은 것은 글을 읽어주시는 독자가 있다는 것 아니겠습니까! 부족한 글인데도 이렇게 선심을 다하여 조목조목 말씀 올려주시고 또 군데군데 평을 안 아끼시니 몸 둘 바 모르겠습니다. 선생님 진심으로 감사합니다.

전에 한 번 카페 오셨는데 저의 직원이 선생님이시라 하며 가시고 난 후, 알았습니다. 정말 죄송스럽기 그지없습니다. 아무쪼록 건강과 문운도 함께 하시옵고요.

선생님께서 쓰신 일기문에 또 한 번 놀랬습니다. 선생님? 선생님께서 주신 감상문은 별고 없으시다면 『가배도록』 2권에 넣을까 합니다. 허락해 주시리라 믿습니다.

아직 일도 많고 시간에 쪼들려 한 자씩 넉넉히 담아야 하는데 못내 죄송합니다.

선생님 감사합니다.

작소 올림

15년 04월 09일

鵲巢日記 15年 04月 10日

아주 맑았다. 벚꽃잎이 눈송이처럼 날린 평화로운 날이었다.

아침 교육할 때였다. 교육생 권 선생께서 한 말씀 주신 것이 자꾸 생각난다. 이 나이 되도록 어데 갈 데 있다는 것이 아주 행복합니다. 아침에 이렇게 본부장님의 교육을 듣고 있으니 요즘 얼마나 행복한지요. 커피뿐만 아니라 역사와 문화와 문학을 곁들어 들으니 삶이 아주 톡톡 튀는 것 같고 하루가 얼마나 즐거운지요. 선생의 말씀에 나는 솔직히 알고 모르는 것 차이는 아주 얇은 종이 한 장도 아니라며 너무 띄우시는 것 같다며 한 말씀 드렸다.

오늘은 취미에 관한 말이 나왔다. 선생께서는 골프 하신다. 생각보다 돈이 많이 들어가는 취미라며 한 말씀 주셨다. 하기야 나는 독서가 취미이자 쓰는 것이 반 직업이 되었으니 또 이것이 나의 즐거움이다. 돈이 안 들어가는 것 같아도 책을 내고 싶은 마음은 자제할 수 없는지라 이것도 만만치 않은 소비성 취미다. 그러니까 독서는 돈이 얼마 들어가겠는가! 책값이 비싸도 어느 정도는 투자성이라 아깝지 않은 것이 책이다. 하지만 읽으니 쓰고 싶은 충동감은 어쩔 수 없어 또 쓰다 보니 더 나은 문장과 묘사력을 보고 싶은 것이 쓰는 자의 욕구라 매번 책을 내게 된다. 하지만 나는 책을 내면서도 한 번도 후회한 적 없다. 공자께서 하신 말씀이다. 조문도 하면 석사가의라 했다. 그와 같다.

요즘 일 많고 어데 제대로 외식 한번 가지 않아 미안해서 오 선생께 문자 보냈다. 점심 어떻게 할 거냐고 물었더니 한참 후에 답변이 왔다. 'ㅇ' 라며 문자가 왔다. 엑스X가 아니니 긍정적으로 받아들이겠다는 의사 표시다. 그러고 한참 후에 가자며 얘기한다. 소고기 국밥집에 다녀왔다. 국밥 한 그릇 하면서 여러 가지 얘기 나눈다. 직원 상황을 얘기하며 점마다 매출과 경비를 간단히 얘기한다. 인원과 경비만 보더라도 근 매출에 가까우니 경영은 참으로 어렵다. 이 업業을 이끄는 우리는 대단한 사람임은 틀림없다. 직원 많으니 하나같이 위험하지 않은 것이 없고 그러니 하루라도 쉬는 날이 없으며 더불어 불안한 마음과 긴장을 푼 적도 없다. 그러느니 하며 이끌어 가지만, 큰 사건이 안 터지길 바랄 뿐이며 세무나 특별한 경비가 크게 일어나지 않길 바랄 뿐이다.

오 선생은 태종비 원경왕후 민씨에 비할 바가 아니다. 커피를 처음 할 때는 곁에서 일을 도울 수 없었다. 신혼 때는 애를 돌보아야 해서 일을 하지 않았지만, 카페를 하고 차츰 일을 도왔는데 본격적으로 한 것은 10년 가까이 했다. 오 선생은 따로 교육받은 적 없다. 서울서 또 여기서 가까운 지인을 통해 배운 나로서는 레시피 한 장 건네며 스팀하는 방법만 일렀지 따로 이른 것은 없었다. 오 선생은 스스로 인터넷과 책을 통해 어느새 라테 아트 기술을 익혔으며 언제부터인지 모르나 쓰리디 라테까지 모양을 갖추었다. 아마 미대 출신이라 기본기 두루 갖춘 것이 큰 덕일지도 모르겠다. 커피 업계 유명한 모 선생께서 보시고는 많이 놀라워할 정도였다. 협회가 만들어지고 나서는 처음은 바리스타 수험 심사관으로 몇 번 나가기도 했으며 협회에 중요 일이 있으면 여러 번 참석했다. 공식적으로 쓰리디 라테 기술은 전국 삼 위 수준이다. 그러니 하트나 로제타나 다른 어떤 기술은 말해서 뭐하겠는가! 쌓은 기술과 교육능력은 핵심이 되니 카페에 가장 중요하게 되었다.

오 선생은 아침부터 자정까지 카페에서 일을 제일 많이 한다고 해도 과언은 아닐 테다. 꼼꼼해서 주방에 그릇이 몇 개 나가고 몇 개 들어오는지 포함해서 주방 관련 잡다한 물품은 각종 상사를 통해 직접 사다 나르며 관리한다. 그뿐 아니라 교육은 얼마나 빡세게 하는지 교육생은 하나같이 학을 뗀다. 하지만 이렇게 교육받은 사람은 어느 집 어느 곳에서나 일을 제대로 할 뿐 아니라 창업하여 일할 때도 바르게 하니 어느 집이든 고객께 사랑 안 받는 곳이 없다. 또한, 콩 볶는 기술도 꽤 갈고 닦아 도에 이르렀으니 가까운 곳은 물론이거니와 멀리는 제주도까지 커피가 나가며 오래는 10년 가까이 거래한 집도 한두 집이 아니라 여러 집에 이른다. 하지만 집 안은 영 거론할 수 없으며 거론해서도 안 되겠다. 그러니까 카페가 하루 중 온몸 담그고 있어 집은 잠시 머무는 것에 불과하니 서로 도우며 살게 되었다. 아무튼, 점심 한 그릇 같이 했다.

날 맑고 주말에 가까워서 여러 군데 주문 있었다. 옥곡, 진량, 가나안농장, 청도, 조감도 사동, 영천, 본점, 병원에 커피 주문 있었다. 그중 옥곡과 청도, 가나안농장에 직접 다녀왔다. 나머지는 서 부장이 수고했다.

커피 배송 다니며 들어오는 길에 개업 집에 잠시 들렀다. 정평, 교회건물 이 층에 세를 얻은 이 씨가 경영하는 커피집이다. 그간 틈틈이 직접 내부공사를 했다. 여자로서 혼자 하기에 버거울 거라 여겼지만, 그래도 이렇게 해내는 모습을 보니 참으로 대단했다. 처음에 이 집에 들렀을 때는 커피와는 아무런 상관없는 집이었다. 한마디로 커피집 모양새가 나오겠나 하며 보았던 집인데 약 두 달여 동안 직접 하나씩 작업해 나갔다. 오늘 들어와 보니 아주 새로웠는데 요약하자면 빈티지다. 바닥은 그저 콘크리트 미장에 코팅제 바른 것이며 주방은 여러 조언으로 그나마 모양새 갖추었고 의자와 탁자도 직접 문지르며 닦으며 그 겉에다가 상호 써넣기까지 했다. 아주 싼 건축 자재라도 카페에 오면 고상하게 보기 마련인데 그러니까 벽돌과 나무의 조화쯤으로 보면 좋겠다. 블록 여덟 장을 한쪽에 두 줄씩 넉 단 쌓고 다른 쪽에도 똑같이 두 줄씩 넉 단 쌓아 그 위 원목 판자때기 얹었다. 그러니 아주 멋진 도자기 전시용 탁자가 되었다. 그 위는 직접 구운 각종 도자기를 전시했다.

가게는 다소 넓어서 탁자는 여러 개 갖출 수 있었으며 측면과 창 쪽은 철재로 가느다란 진열장을 만들어 공간미를 자아냈는데 그저 볼만했다. 개업식이라 앉은 사람은 많이 없었으나 띄엄띄엄 오시고 가시는 손님은 많았다. 오후 4시쯤 급히 들러 인사했지만, 그때까지 우유 10병 소비했다고 하니 제법 많은 손님이 다녀간 것만은 틀림없었다. 꽃값으로 신사임당 한 장 고이 담아드리며 대박 나시라 한 마디 적었다. 나올 때 밥공기 할 만한 그릇 두 개 샀다. 그릇은 꼭 일본식 탁주 사발 같고 안은 매끄러워서 밥이나 국 담아 먹기 좋을 것 같아 샀다. 실지로 집에는 설거지 못해 개수대에 한두 끼 정도 그릇 쌓으면 그릇 모자라기도 해서 있었으면 싶었다. 또 개업식이니 그저 꽃값만 내고 나오는 것도 염치라 이 씨의 일이 가마 돌리는 일이니 그릇쯤 하나 사서 가면 생색도 이것만 한 것은 없지 싶어서다.

저녁, 라면 끓였다. 아까 사가져 왔던 사발에다가 조금씩 담아서 먹었다. 사발은 생각보다 작았는데 밥공기는 딱 맞겠다.

꽃잎 눈송이처럼 부러 날리네
마음 없은 저 꽃잎 일러 가볍네
하루 이와 같다면 얼마나 좋아
봄은 가시나처럼 흔들며 가네

푸르게 잎 돋아라 하늘만 보자
뜨거운 태양 보며 나를 당기자
한 잎씩 쌓은 지면 보기 좋아라
잎 줄기 뿌리 다져 온전히 서자

저녁에 아이들 데리러 가, 갓길 주차했을 때인데 내 차를 긁고 지나는 차가 있었다. 급작스럽게 일어난 일이라 아주 당황했다. 차 문 열고 나가니 신형 아반떼가 십 보쯤 지나서 섰다. 천천히 걸어가니 차주가 내린다. 아가씨다. 면허증으로 보아 청주 사람으로 올해 스물다섯쯤 됐다. 연락처 남겼다. 본부에 왔을 때 문자가 왔다. '아깐 많이 놀라셨죠. 정말 죄송합니다. 하시는 대로 금액하고 계좌번호 보내주시면 이른 시일에 변상하겠습니다. 정말 죄송합니다.' '네에, 몸은 이상 없으니 너무 큰 걱정은 안 하셔도 됩니다. 차가 긁혔으니 정비소에 일단 들러보겠습니다. 주말이라 주말 쉬고 가야 하지 않을까 싶군요. 일단 내일 오후 들러보고 안 되면 다음 주 가야 할 것 같습니다.' '네네, 전화해 주십시오.'

鵲巢日記 15年 04月 11日

아주 맑았다.

그 어떤 일도 천하지 않은 것이 없으며 글을 하면 그 어떤 일도 소중하지 않은 것이 없다. 사동 가는 길, 일은 무엇인가? 하며 생각한다. 배고프면 때 생각하며 먹을거리 생각하는 것과 마찬가지로 제때 찾아 먹는 음식 같은 것은 아니다. 일은 운동이며 자아개발이며 성취며 또 봉사다. 이와 같은 의미를 부여하지 못하면 그 어떤 일도 오래할 수 없다. 또 아무리 허접스러운 일이라도 내가 이 일을 두고 어떤 의미를 심을 것이며 어떻게 이끌 것인지 확실한 방향을 세우지 못하면 하루도 힘든 것이 이 일이다. 바다 같은 세계에 동동 떠 있는 우리 카페를 보며 있다.

인간은 참으로 고상한 동물이다. 라디오에 나오는 음악, 클래식 듣는다. 가벼운 것 같아도 절대 가볍지 않은, 호! 실은 무거운 음악이지만, 절대 무겁지 않은 게 클래식이다. 우리 인간은 예술을 한다. 이러한 예술작품은 수없는 감동을 안겨다 준다. 그렇지만, 이 인간은 얼마나 잔인무도한가! 피를 좋아하며 이 피를 보기 위해 절대 갖지 말아야 할 반인륜적 행위를 얼마나 서슴없이 행하였는가! 우리의 뇌는 감정이 있다. 슬픔, 분노, 기쁨, 욕망, 사랑, 질투, 의심, 미움이 있다. 이 감정이 낳은 결과다. 백양 선생께서 쓰신 중국사를 읽으며 국가의 출현과 무너지는 과정에 왕조의 흥망성쇠를 읽다가 느낀 것이다. 부모, 자식도 친인척도 스승과 제자도 없는 피의 역사, 하지만 바르게 잡아나

가기 위해 또 노력하는 인류 역사다. 지금은 자본주의 사회며 이미 지나간 역사와 비교해서 무엇이 다르며 또 무엇이 같은가!

카페가 크다고 해서 매출이 많이 나은 것도 아니며 카페가 작다고 해서 매출이 없는 것도 아니다. 카페 평수와 대비해서 일일 매출 올릴 수 있는 한계는 있지만, 한계에 부닥칠 정도로 오르는 날은 일 년에 불과 몇 안 된다. 4월 들어와 전체적으로 떨어지는 양상이지만, 꼭 이 시장이 메뚜기 같다는 생각을 했다. 어제는 사동 조감도, 본점은 저조한 매출이지만, 어제 개업했던 커피 컵과 정평은 호조였다. 개업과 초등학교에 참관수업 관계로 학부모들이 꽤 많이 왔었다는 얘기를 들었다.

토요 커피문화강좌를 열었다. 새로 오신 분 한 분 있었다. 교육에 앞서 커피를 두고 갖는 나의 철학이다. 가벼운 소개와 더불어 인사를 했다. 라테 수업을 진행하기에는 꽤 많은 분이 오셨다.

오후, 사동에서 책 읽으며 보냈다. 가게 앞에 메타세쿼이아 나무 세 그루에다가 크리스마스트리 대용으로 잔잔한 등을 작년 연말에 매었는데 오늘 이 등을 모두 끊어 헤쳤다. 올 연말 아니, 여유가 있다면 다른 방법으로 트리를 해야겠다는 생각이다. 별도로 만들든가 아니면 어떤 구조물을 창안하든가 해야겠다. 나무에 매단 이 등을 하나씩 끊으며 여러 가지 생각이 지나갔다. 이것은 나무에도 큰 고통을 안겨다 준다. 성장에도 문제가 있을 것 같다는 생각이다. 카페 미관을 위해 심었지만, 도로 미관을 흩트리기 전에 관리해야겠다는 생각이다.

어느 뷔페식당에서 점심을 먹었다. 엊저녁에는 라면을 먹고 오늘 아침은 달걀찜 해서 먹었다. 사동 오기 전까지 꽤 기력이 없었다. 아까는 나무에 전등을 끊으면서도 다리가 후들후들 떠는 것을 느꼈다. 기가 없다는 것을 느낀 적이 오래됐지만, 오늘 또 새삼 느꼈다. 고기를 잘 먹을 수 없는 집이다. 아내가 고기를 싫어하고 맏이도 고기를 먹지 않는다. 그러니 고기반찬이 밥상에 오른 일은 일 년에 몇 번 없다. 고기반찬까지 기대하지도 않는다. 때를 제대로 지켜가며 가족과 함께 먹는 일은 아침뿐이며 여러 반찬을 놓고 먹는 일은 꿈같은 얘기다. 어쩌면 가끔 바깥에 나와서 사 먹는 밥이 보약이라고 느낀 일도 잦다. 뷔페에서 먹은 고기반찬이 조금 과했나 보다. 오후 피로가 쌓여 집에서 쉬었다. 1주일 무겁게 걸어온 일상이 풀려서 그런지도 모르겠다. 온종일 노곤했다.

일은 늘 처음처럼 자세 갖추세
오시는 님도 처음 커피도 처음
그러니 첫인상은 꽤 중요하지
다루는 한 잔 커피 꽉 다져 뽑세

커피 한 잔 만드는 일, 대수롭지 않게 해서는 안 된다. 엉성하게 다져서 급하게 뽑는 커피는 뭔가 싱겁고 맛이 떨어진다. 한 잔을 만들더라도 탬핑을 여러 번 하여 꽉꽉 다져 뽑아보아라! 커피 맛은 확연히 다르다. 일이 바쁘고 생각이 많아도 오시는 손님은 커피 한 잔을 위해 구태여 들러 사간다. 그냥 지나가실 수도 있으나 커피 한 잔은 위안이며 잠을 후칠 수도 있으며 기분을 상승시킬 수도 있다. 그 맛을 우리는 우려내고 있다. 고객의 기분은 우리의 카페를 달리 생각할 수 있으며 좋은 이미지를 안을 수 있다. 그러니 한 잔의 커피를 만들더라도 꽉꽉 다져서 뽑아라!

자정, 85세 고령이신 문중 어른께서 쓰신 시를 읽었다. 어쩌다가 큰애 집에서 사셨는데 또 따로 나와 사시게 되었던가 보다. 근데, 이삿짐이 한 차 정도나 되었다고 하셨다. 그 짐을 모두 버렸다고 하셨다. 정녕 떠날 때는 빈손으로 가셔야 하니 소중한 책이 두 상자나 되었는데 그 상자마저도 버렸다고 하셨다. 어른께서 주신 시를 읽고 가슴이 뭉클했다.

나는 지금껏 45년을 살았다. 무엇이 중요하고 무엇이 남았나 하며 생각한다. 또 무엇을 남겨놓을 것인지 생각하게 한다. 정말 떠날 때는 빈손으로 간다. 돈 많은 부자든 정점에 오른 권좌도 천하를 호령했던 일대 영웅도 모두 빈손으로 갔다. 이건 분명한 진리다. 그러니 하루가 얼마나 보배인가!

鵲巢日記 15年 04月 12日

대체로 맑은 날이었다. 어찌 보면 끄무레한 날 같기도 하다.

일은행잎

은행잎 파릇하게 오르고 있었다. 일보 떨어져 자는 아내와 안방에서 자는 아이를 보며 아침도 먹지 않고 본점 거쳐 압량 지나 사동에 왔다. 은행잎은 파릇하게 오르고 있었는데 아내는 시내에 애들 데리고 놀다 오고 엊저녁 밤늦게 들어왔다. 은행잎은 파릇하게 오르고 있었는데 사동은 점장과 박 실장이 출근하고 아침 먹었느냐며 물었더니 점장은 이제 청소하고 하면 된다는 말에 조금 미안한 감정이 이는 것이었다. 점장의 말이 떨어지자 아침 먹고 오겠다며 길 나서며 아내에게 전화했다. 은행잎 파릇하게 오르는데 아침은 여전히 늦잠 자며 아직 누웠는데 아침 먹으러 가자며 얘기하니 허스키한 목소리로 그러자며 일어나는가 보다. 은행잎 파릇하게 오르는데 애들도 이왕이면 깨워서 가지 하며 문자 보냈고 차는 벌써 집 앞에 도착했다. 은행잎 파릇하게 오르는데 아내와 아이들은 운동복 차림으로 모두 내려와서 차에 타는 것이다. 은행잎은 여전히 파릇하게 오르는데 국밥집에 가 국 네 그릇 시키며 본점 돌아가는 얘기하며 국 한술 뜨고 있었는데 맏이는 고기를 먹지 못해 밥만 끼적대며 있는데 한 소리 고함지르고 싶었지만, 그냥 먹어라 낮은말로 했다. 결국은 국 다 먹지 못하고 애 엄마가 그 반을 먹었다. 은행잎은 파릇하게 오르는데 폭 퍼진 밥알처럼 해진 입술로 밥 먹는 애 엄마 보니 은행잎은 파릇하게 오르는데 더덕더덕 붙은 놋그릇에 뭉그러진 밥알처럼 떼지 못한 본점 밥덩이처럼 건져먹지 못한 소고기처럼 입 툭 튀어나온 아이처럼 일은 그 얼마나 고되며 쓸쓸한 것인가! 은행잎 파릇하게 오르는데 말이다.

이벚꽃

봉곳한 벚꽃 망울 결국 터지고 솜사탕처럼 벚나무 다시 봉곳한데 어느새 바람은 불어서 눈송이처럼 벚꽃잎 날리는데 푸른 잎 상큼한 계절로 내달리며 살아야 하는데 볼 베어링은 모래처럼 껄끄럽게 돌며 돌아가는데 얼음덩이도 지난 세계 돌덩이 같은 멍에도 깔아뭉갤 수 있으나 뭉개야 하는데 하반 모터 뽈뽈 연기만 나니 성에 같은 마음은 결국 불안케 하여 해서 밭고랑도 이랑도 자연히 늘어나네

바람은 자꾸 불어서 꽃잎은 다 떨어지는데 떨어지려고 하는데 눈송이처럼 떨어지는 꽃잎만큼 손 없으니 마음은 하늘처럼 비우지 못해 바깥에 잔디밭 밟으며 깔아놓은 맷돌 반석 밟으며 걸어서 지나는 손 밟는 보도블록도 밟다가 다시 들어와 만져보는 볼은 여전히 껄끄럽게 돌며 돌아가는데 가벼운 주스만 돌리자고 옆에 재껴두고 창밖에 눈송이처럼 날리는 꽃송이 바라보며 애타는 바람만 자꾸 느끼네

청도 가비에 다녀왔다. 블랜드(믹스기) 볼이 잘 돌아가지 않는다고 해서 새 제품 하나 싣고 갔다. 볼 하나 드리고 왔다.

삼스억

스억 서거덕 석 스억 서거덕 석 석 스거덕 스억 본점에서도 콩 볶고 사동에서도 콩 볶았네 이 씨가 주문한 커피와 영천 일면식 없는 고객이 주문한 커피 있었네 이 씨는 본점에서 일면식 없는 커피는 사동에서 볶았네 이 씨는 성당 신부님께서 주문한 커피라 했네 일면식 없는 커피는 아주머니네 이 씨는 참으로 애가 씐 커피였네 배춧잎 생각하면 볶지 말아야 할 커피지만 어쩔 수 없이 끌며 끌며 돌리며 가네 일면식 없는 커피는 아주 소량의 주문이었네 오후 늦게 이 씨 전화했네만 본점에 있다고 했네 최 선생께서 전달해 주었네 일면식 없는 커피는 어떤 남자분이 찾아왔네 한 시간쯤 전화가 왔네 그램이 맞나요 네에 정확히 담았어요 했네 스억 서거덕 석 스억 서거덕 석 석 스거덕 스억 오늘도 콩 볶으며 가네

사무제

담뱃갑만 한 행성, 인쇄기 위에다가 놓고 동영상처럼 돌아가는 산 펜 구름의 낯익은 장대 보며 있었네 장대는 예언자 낚싯대를 뜨겁게 달구었다가 다시 빼며 옥구슬보다는 아주 작은 단어를 담는다네 도꼬마리처럼 산 그림자 안은 파도가 장대 다독이며 다시 뜨거운 우주로 달려가네 별을 담는 바구니는 두 쪽 가지런하게 놓였다가 하나가 금시 사라졌는데 어쩌다가 깨끗한 바닥을 볼 수 있었네 우주선은 늘 불시착하며 빙빙 도는 고무풍선만 지목했다네 그때마다 지구의 산만 그리운 까만 우주비행사는 달려가곤 했네 째깍째깍 어두운 공간은 아직 이르리 공팔시 이십이에 공자 맹자 손자 한비자 묵자가 공중에 보였다네 구부린 장대와 삽대 꽂은 우물이 적재적소에 맞았지 뭔가 별 담는 바구니가 은하수에 놓였다네 소리 없는 젤리 바다 같았네 난데없는

파리가 앉더니만, 후 치네 첩첩 쌓인 산 포개며 장자방처럼 바다 생각하네 행성 하나가 우주로 이동하네

鵲巢日記 15年 04月 13日

비가 조금 내렸다. 내내 흐렸다.

오전, 잠깐 은행 전무님과 차 한 잔 마셨다. 전에 모텔사업 하신다던 모 선생을 만났었는데 그분, 별달리 돈 쓰지 않으실 거라며 또 말씀 주신다. 그러니까 악착같이 돈 버신 분은 바늘로 찔러도 돈 한 방울 나오지 않는다는 거다. 한 해 부가세 신고금액만 오천만 원에 이른다고 했다. 확실히 돈을 많이 버시는 분들이 세금을 많이 내는 것은 틀림없다. 칠순은 안 되어 보여도 예순은 족히 넘으신 분이었다. 사업은 직업이니 연세에 비례해서 괜찮은 일이다.

은행이란 예대차익으로 먹고사는 기업이다. 돈 많은 부호를 끌어당기기 위해서는 구미에 맞는 조건을 제시하여야 한다. 전무님께서도 얼마나 일이 많을까! 기업인과 잔잔한 사업까지 안 들여다볼 수 없는 일 아닌가! 그러니까 인맥관리다. 커피 외에 다른 업종은 그리 관심 가는 것은 아니지만, 아침 녹차 한 잔에 이것저것 많이 주워들은 듯하다.

10시경, 기계 싣고 포항에 내려갔다. 서 부장 동행하여 다녀왔다. 영천 국

도 타며 갔는데 고속도로보다 빨라 이 길을 택했다. 비가 조금씩 내렸다. 어느 길이나 어느 들판이나 꽃이 안 핀 곳이 없다. 도화가 만발한 곳도 있으며 벚꽃도 아직 핀 곳이 많았다.

포항 지금 들르는 집은 올 팔월이면 만 육 년째 커피 일 한다. 전에 기계가 몇 번 잔고장이 나기는 했어도 그리 큰 고장은 없었다. 중고값어치로 잔존가치가 조금이라도 남았을 때 새것으로 바꾸고 싶어 했다. 기계를 싣고 내리고 할 때 사장님께서는 바깥에 나와 손으로 가리키며 한 말씀 주신다. 봐요! 여기는 사거리이자 터미널도 앞에 있고 대형 상점도 있잖어, 그리고 여기는 바로 횡단보도 앞 카펜데. 장사 안 돼 아마 세 주고 했으면 벌써 문 닫았어. 이 같은 목 좋은 곳은 세가 그리 돈 백 달라고 안 하겠남. 백이면 커피 못 해 못 하지. 기계 설치는 오전 11시경에 끝났다. 커피 한 잔 뽑아 차에 싣고 경산 오른다.

기계 바꿔드리고 헌 기계 싣고 온 거였다. 마침 때는 점심 훨씬 지나 두 시로 향하고 배는 출출한 건지 자꾸 쓰렸던 거였다. 안 되겠다 싶어 임당에 왔을 때 가끔 가는 보쌈집 앞에 차 세웠다. 가끔 이 집은 언제 쉬는지 분간 안 가서 차창 밖으로 빠끔히 쳐다보니 불이 켜져 있는 거였다. 바깥은 보슬비 내렸다. 우리는 내려서 도로 건너 보쌈집으로 뛰었고 자리에 앉았다. 아줌마 보쌈 정식 두 개 주세요. 허겁지겁 먹는 게 아니라 천천히 게걸스럽게 먹는 게 아니라 찬찬히 먹었다. 다 먹고는 본부에 왔다. 아까 가져온 헌 기계 내려놓고 오늘 접수 들어온 커피 주문 서 부장께 전달하며 자리에 앉았다. 좀 쉬어야겠다며 책 끼적대었다만 결국 몸이 말을 듣지 않았다. 조금만 누워야겠다며 자리했는데 가물가물 꿈 밭길 걸었다. 이제는 늙은 것인가! 바깥은 여전히 보슬비 내리고 있었다.

코나 사장님 오셨네. 아까 가져온 기계 보셨네. 눈독 들이네. 이거 우리 공장에 갖다 놓으까! 윤 과장? 함께 왔던 윤 과장 눈 멀뚱거리며 기계 보네. 이 사장, 이 기계 어쩔 거야? 서울 올려야죠. 우린 헌 기계는 모두 서울 올려요, 했네. 그러니까 우리에게 팔지. 이거 다 돌아가는 기계잖아. 네 정상 운영되는 거 맞아요. 전기 넣지 않은 기계 빵 둘러 보네. 요리조리 만져보고 꾹꾹 눌러 보네. 안성에 친구가 있는데 말이지 버섯 공장을 해. 이 친구 어찌나 기계 타령 하는지 말이야. 있을 땐 말 없고 없을 땐 자꾸 구해달라는데 아주 그냥 미치겠어. 이야기 들으며 바깥에 나갔네. 마구 어지른 가게가 답답해서 바깥 공기 쐬며 있었지. 배춧잎 부르기도 뭐하고 안 부르기도 뭐하고 그냥 있었지. 그러니 안쪽에서 기계만 보는 윤 과장 한마디 하네. 이거 버튼 하나가 맛 갔어! 코나 사장, 이거는 갈면 되는 거 아냐. 그러고 있다가 커피 얘기 나왔네. 아까는 몸이 별 좋지 않아 종일 퍼졌다며 얘기했지. 코나 사장은 얼마 전에 바닥 헛디뎌 넘어졌다네. 한쪽 팔 깁스했다네. 뼈 부러진 게 아니라 으스러졌다 했네. 그러고 한 십 분 더 얘기하다 갔네.

압량, 볶은 커피를 사가져 간 손님 있었고 아메리카노, 아이스 아메리카노 사가져 간 손님 있었다. 바깥은 여전히 보슬비 내리고 있었다. 손님 가시고 나면 나는 당 왕조의 시대상을 읽었다. 중국 역사에서 문화와 문학 그리고 상업에 이르기까지 대외적으로 이룬 학술과 상업 교류 또한 역대 어느 왕조보다 뛰어났다. 그 당시 가장 번성한 도시는 강남이 아니라 서북쪽 둔황 같은 도시였는데 둔황에서 수도인 장안까지는 눈부시게 찬란한 보석들을 이어놓은 것처럼 화려했다고 하니 지금 자본주의 시대에 밤거리를 생각하게 한다. 당은 어느 나라보다도 개방주의였다. 이 개방의 물결이 당 문화를 더욱 발전시켰다는 것은 두말할 이유가 없겠다. 카페, 카페는 보시다시피 개방 아닌가! 많은 사람이 오가는 곳이자 부담 없는 이야기를 나눌 수 있는 곳이며 여유를 가지며 공부도 할 수 있거니와 영혼을 잠시 맡겨 보는 커피 한 잔은 둘도 없는 종교 같은 친구다. 한 잔의 커피와 만나는 영혼, 화려한 밤거리와 같은 휘황찬란한 개인의 문화를 만들라! 문화의 꽃은 무엇인가! 당에 이르러 백화문이 나오기 시작했다니 우리는 구태여 그럴 이유도 없는 말글 아닌가 말이다. 말글, 잘만 다듬어 놓으면 개인의 역사뿐만 아니라 시대상까지 반영하여 두루두루 복에 이르게 되니 말이다.

사동, 동원이가 사동에 정식 출근했다. 언제, 보고가 있었다. 집에 아직 세입자가 나가지 않아서 당장 가게를 열 수 없지만, 일단 나갈 때까지 기다려야 한다고 했다. 밤늦게 문자 보냈다. '그래 동원아 늘 고맙구먼! 창업 너무 서두르거나 조급한 마음 갖지 마라. 조급하면 오히려 일 그르칠 때가 많아. 십 년이고 이십 년이고 오십 년 바라보아야 할지도 모르니 배우는 길은 젊을 때 그래도 낫지. 때 되면 그때 받아들이려무나(그래도 크게 늦지는 않지).' 넵! 감사합니다. 본부장님 새겨듣겠습니다. 수요일 날 뵙겠습니다.

鵲巢日記 15年 04月 14日

여느 때와 다름없이 평화로운 날이었다. 날도 맑아서 마음이 참으로 여유로웠다. 저녁에 어느 곳은 아주 심하게 비가 왔었는데 마치 깨끗하게 씻으라는 하늘의 뜻인가 보다.

오전, 어제 가져왔던 기계를 다시 포장했다. 늘 거래하던 건영에 전화하여 물건을 실어 가시게끔 했다. 그라인더 포장하고 줄로 다시 묶는데 웬 8톤쯤 되는 차가 본부에 대고 있었다. 가만 보니까 몇 주 전에 주문했던 아이스 컵과 뚜껑이었다. 모두 80여 상자다. 이 물건 내리고 창고에 정리하며 재 놓는 것만도 기진맥진할 일이다. 무게도 무게지만 부피도 만만치 않은 품목이다. 마침 점심시간이라 압량에 머물고 있던 서 부장이 와서 이 많은 물량을 내릴 수 있었다. 용달 오신 기사는 육십 가까워 보였는데 제법 힘 쓰이는 일도 그리 어렵지 않게 하였다. 서 부장은 두 상자 들고 가다가 한 상자를 떨어뜨려서 그만 한 상자씩 들고 가게끔 했다. 용달 기사께서 두 상자를 들고 창고까지 가는 데 몇 차례, 지며 오며 했지만 물건 떨어뜨리는 일 없으니 일은 요령이 있어야겠다. 영주에서 이곳까지 오셨으니 많이 피곤하실 만도 한데 말이다. 싣고 온 물건 반 내렸다. 반은 또 어디에 가시는지 짐 보듬으며 가신다.

오후, 지난번 화원에 개업했던 후배 가게에 가려고 했다. 모 분점에서 에스프레소 기계 버튼 하나가 작동하지 않는다며 AS가 들어왔다. 서 부장께 화원을 맡기고 분점에 다녀왔다. 작년 연말쯤 임대로 나간 기계다. 새것 설치했지만, 오늘 기계를 보니 연식 더한 압량보다 더 오래된 듯했다. 그만큼 기계에 대한 애착이 덜하거나 아니면 아르바이트로 일하는 분이 그간 많았거나 하겠다. 기계는 청소만 잘해도 어느 정도 수명은 보장받을 수 있다. 본점 기계는 만 오 년을 사용해도 그대로며 잔고장도 없었다. 그만큼 철저하게 관리하며 쓰는 기계라 별달리 고장이 없었다. 점장은 기계 청소하는 방법을 알고는 있다지만 그렇게 꼼꼼하게 청소하는 분은 잘 없다. 본점과 직영점은 담당 통제권 아래에 있으니 청소하지 않을 수 없어 몇 년을 사용해도 새것처럼 사용한다. 그러니 마감이 얼마나 중요한가! 기계 버튼이 잘못된 게 맞았다. 다시 관련 버튼을 세팅하며 세팅방법을 가르쳐 드렸다.

본점과 사동에 일하는 직원 모두께 한 달간 수고하심에 고마움을 전했다. 일일이 만나 뵙고 감사함을 전했다. 우리 가게에 찾아오시는 고객께 더욱 친절히 배려하시고 살피라며 부탁했다. 하나같이 내 일 같이하여 더욱 안전한 직장이 되길 바라는 뜻에서다.

직원의 마음을 다 읽을 수 없으나 모두가 일을 만족하지는 않을 것이다. 하지만 일은 최선을 다했으면 하는 게 경영자의 마음이다. 어느 업종이든 안 어려운 게 있을까마는 이 커피 업종은 더욱 경쟁이 심하니 직원의 친절한 마음은 곧 가게의 얼굴이다. 모두가 직장만큼은 자유스러우며 편안한 마음을 가지되 엄격히 구분이 되어야 한다. 서로가 미루는 일 없이 먼저 하는 마음을 가져야 하며 상대방을 챙겨줄 수 있는 마음이면 일도 즐거울 것이며 보람도 있을 것이다. 다 함께 노력하는 자세를 갖추어야 한다.

恥

담은 것도 한 모금 담은 잔 같아

느낀 것도 쓴 것도 비운 잔 같아

오늘도 커피 한 잔 허허 잔 같아

담고 비우고 씻고 내나 잔 같아

같은 경산 지역도 아주 먼 지역처럼 느낀 하루였다. 사동과 본점과의 거리는 약 삼 리나 사 리쯤 된다. 압량에 억수같이 비가 왔다. 압량 마감하고 본점에 잠깐 들렀을 때도 비가 왔는데 사동에 들르니 거짓말처럼 비가 오지 않았다.

자정, 경산에서만큼은 제대로 경영하는 카페 주인장으로 자리매김하고 싶었다. 그 어느 곳보다도 보수를 많이 지급하는 카페, 그래도 내가 노력하면 받을 수 있는 카페로 말이다. 3년 전, 모 점장께서 본점에서 독립할 때였다. 나는 별도로 퇴직금이라는 명목은 두지 않았지만, 예우 차원으로 조금씩 통장에 모아두었던 것이 있었다. 나가실 때 챙겨 드렸다. 하지만 우리 교육생은 어느 곳 어느 카페에서 일해도 퇴직금이라는 명목으로 보수를 받았다는 분은 보지 못했다. 이 업계가 영세하다 보니 관례가 그렇다. 하지만 본점과 직영점은 모두 바리스타 예우라는 명목으로 지급한다. 이 말도 분란이 있을까 이제는 분명히 기재한다. 하지만 오늘 이 일로 정말 실망스러운 일이 있었다. 같은 물을 마셔도 뱀은 독을 만들고 소는 젖을 만든다. 그래 경영, 참 우스운 일 아닌가! 인륜도 도덕도 모르는 이가 어찌 커피를 한단 말인가! 예우를 다하고도 욕먹는 일이 생겼다. 참으로 어처구니없는 일이다.

참고

이 나라가 최저임금을 정한 이유는 무엇인가! 그 임금도 못 받는 이가 많으므로 정한 기준이다. 하지만 우리 카페는 이 최저임금보다 더 나간다. 최저임금뿐인가! 하지만 다른 카페를 보자. 대구 경북 지역 그나마 이름 있는 카페를 제외하면 모두 일용직 임시직이며 아르바이트다. 한두 달 하고 그만두고 가는 사례도 많지만, 오래 일한 사람도 대우를 제대로 못 받는 경우도 생각보다 많다. 아직도 일하다 그만두면 관례상 인사치레로 예우 정도지 퇴직금이라는 것은 없다. 또 나가는 자도 자기가 머물렀던 곳이 잘 되기를 바라지 그렇지 않기를 바라는 사람은 없다. 서로 인사치레라도 하였다는 것은 그나마 인륜의 정이 남은 곳이다. 웬만한 소규모 사업체를 경영하는 이를 보자. 모두가 가정 부채가 삼사천만 원 안 되는 곳이 없다. 삼사천만 원이면 양호한 편이다. 요즘은 은행도 너그러워서 신용이 어느 정도 괜찮으면 무작정 빌려주는 곳이라 일억이나 이억 정도는 여사다. 직원 여럿이 있는 사업체보다 한두 명 정도 소규모로 하는 사업은 알짜배기다. 그러니까 사람 많이 쓴다고 해서 진정한 자본가는 아니듯이 말이다. 그러니 기획사와 모텔사업은 얼마나 알짜기업인가! 고부가가치며 사람 많이 쓰지 않는 일이니 말이다.

매달 살얼음판 걷는 나도 우스운 일이다. 오늘 망하더라도 비난을 덜 받기 위해 매달 정한 퇴직금이다. 똑같은 보수를 받아도 고맙고 감사하다는 말을 하는 분 있는가 하면 그렇지 않은 분도 있으니 경영자로 얼마나 어려운 일 아닌가! 그저 무심코 넘어가기에는 속상한 일이다. 돈을 다 주고도 예우는커녕 싫은 말은 듣지 말아야 하는데 말이다. 대표라는 것은 듣지 말아야 할 말도 듣는 위치라 그래서 힘든 것이다.

鵲巢日記 15年 04月 15日

맑은 날이었다.

사서삼경 중『대학』이라는 책이 있다. 격물치지성의정심 수신제가치국평천하格物致知誠意正心 修身齊家治國平天下라는 말이 있다. 한마디로 말하자면 사물에 대하여 깊이 연구하여 지식을 넓히고 제 뜻을 진실되게 하여 마음을 바로 정하고 몸을 닦아 수양하고 집을 가지런히 하고 나라를 다스리면 천하를 평한다는 말이다. 커피를 일 년 하든 십 년 하든 커피는 커피라서 커피로 보아서는 안 된다. 더 깊이 생각하고 내 마음을 얻어야 한다. 마음을 고이 닦으며 제 몸을 다스릴 줄 알아야 집안도 보살필 수 있으며 더 나아가 내가 이룬 사회도 곱게 볼 수 있음이다.

내 몸도 가지런하지 못하는데 어찌 사회를 두고 싸울 수 있으며 더구나 남을 보살피며 살 수 있을까! 압량에 일하는 오 씨께도 본점장 성택 군에게도 월급에 관한 명세를 분명히 했다. 내가 열심히 일할 수 있는 직장이 있으면 노력해서 분명한 결과를 가져야 하겠지만, 과열경쟁과 소비경기 위축은 내가 자리를 보전하는 것만도 행운이 돼버렸다. 하루 근근이 살아가는 것이 아니라 고객께 더 활력적이며 더 능동적인 모습을 갖춰, 다가가야 하겠다. 압량에 오 씨는 '본부장님 이렇게 머무르게 해주신 것만도 감사하다' 며 인사 주신다. 오 씨는 아르바이트로 들어온 직원이다. 예전, 부산 점장으로 일한 바 있는데 영업이 되지 않아서 모두 정리하고 다시 경산으로 올라오게 되었다. 카페 경영을 누구보다 잘 아시는 분이다.

본점장 성택 군과 대화할 때였다. "본부장님 본점 매출로 보아서는 실질적으로 제가 있을 필요가 없습니다. 본부장님이나 오 선생이 있어야 할 자리입니다." "음 알고 있지, 하지만 자네 인건비만큼은 자네가 노력해서 나올 수는 있지 않은가!" 경쟁에 살아남으려고 부피를 키운 것이 도로 위험하게 빠지는 경우도 잦다. 조직원이 하나같이 단합하고 이해하고 살려는 욕구가 있어야 한다. 그렇지 못하면 그 조직은 희망이란 없다. 작은 업체보다 큰 업체가 더 조직적이고 체계적으로 일을 분담하니 나아가는 길도 더 수월한 것은 분명하다. 서로가 도덕이 있어야 한다. 한 푼의 월급을 받는 것도 그에 대한 응당 노력에 합당한지 다시 살펴야 한다. 몇 명이 모여도 사회를 이루니 이 조그마한 사회도 말이 혼란스럽고 이해를 못 하는 경우가 잦아 잔잔한 입씨름도 많다. 입씨름하기 전에 먼저 그 근본을 바르게 했는지 살펴야겠다. 내가 대우를 받으려면 먼저 남을 살펴야 한다. 남을 살폈는데도 합당한 예우를 못 하는 이는 그건 파렴치한 인간에 불과하다. 이러한 일이 다시 일어나지 말라는 법은 없기에 가족 일일이 이 일을 두고 서로 대화를 나누었다.

내부공사를 맡는 장 사장 만났다. 결혼한 후로 일이 별로 없어 보이는 것 같았다. 언제부터 밥 한 끼 하자며 했는데 강변 고등어정식 집에서 식사했다. 그리고 기획사 정문에 들렀다. 정문기획사 위층 자리가 비었던 일이 생겼다. 세들어 사는 업체가 그간 장사가 되지 않아서 권리금도 포기하고 빠져나갔다. 정문 사장님은 언제부턴가 가게와 더불어 카페를 했으면 했다. 이러한 이유로 들른 건 아니지만, 아무튼 장 사장과 잠깐 들러 커피 한잔했다. 이왕이면 기획사를 운영하더라도 카페로 모양을 갖춰 한 십 년 내다보는 것도 괜찮지 싶어 여러 조언을 드렸다. 기획사 일은 나름으로 잘 된다. 요즘 모두 불경기라 힘들어하는 업체에 비하면 여기는 대학가 앞이라 경기와는 상관없다. 더욱이 지금 운영하는 집도 여러모로 낙후한 모습이라 새로 단장할 필요는 있어 위층과 더불어 모양새를 갖춘다면 영업에 더 도움이 될 거라는 얘기였다.

어쩌다가 직원 이야기가 나오고 월급과 상여, 퇴직에 관한 이야기가 나왔다. 기획사 사장님도 생판 모르고 사람을 고용하니 알고는 있어야 할 것 같아 여러 조언을 드렸다. 우리는 가족적 관계이기 때문에 그리 어려운 일은 닥치지는 않을 거야, 한다. 물론 경영하는 사람으로서 친히 아끼고 보살피겠다. 하지만 뒤돌아서는 순간 뒤통수 맞는 사회라는 것도 알아야 한다. 사회는 엄연히 계약이다. 계약관계다. 갑이 제시한 조건에 을이 마땅하지 않으면 이행하지 않으면 그만이다. 그 조건을 번복하며 일하는 을은 없다. 하지만 병도 있다는 것을 알아야 한다. 재밌는 것은 갑과 을은 병을 모르고 있다는 것이 문제다.

실습생 이 씨와 빈 씨를 만났다. 이 씨와 상담했다. 교육 끝나고 실습도 오래 했다. 물론 창업이 그리 쉬운 일은 아니라서 고민되는 것도 물론이지만, 마땅한 일자리 있으면 먼저 일을 하겠다고 했다. 그 일자리도 나오지 않으니 마냥 실습 나오는 것이 미안했던가 보다. 나는 괜찮다며 위로의 말을 했다. 하루라도 거르면 교육받은 것도 잊게 되니 틈나는 대로 나오셔도 된다는 말씀을 드렸다. 빈 씨는 분점 어느 한 곳에 면접을 보았다. 물론 점장께서 요구가 있었다. 마땅한 사람 있으면 소개해 달라며 언제부터 말씀이 있었다. 서로의 약속을 맞춰 면접을 보게 되었는데 빈 씨는 시간이 맞지 않아서 일단 보류했다는 거다. 또 일 있으면 소개하기로 했다. 마침 본점에 계시기에 말씀을 건넸는데 교육받으셨으니 어떻든 간에 일은 한번 해보는 것이 이로울 거라며 조언을 했다.

甕 2

좁은 무대 환하다 가릴 것 없다
시간도 너무 짧아 보잘 것 없다
한 번 스쳐 가는 길 상처만 깊다
비우고 또 비워서 옹이 샘 같다

참고

대구·경북 지역 체불임금이 작년 12월 말 기준, 840억 원에 19,823명에 이른다고 했다. 노동청에 보고된 자료다. 체불 원인은 경영악화가 54%, 도산 폐업이 84%로 나타났다. 작년 본점도 개점 이래 최대의 위기를 맞은 바 있다. 폐점하겠다는 것과 아니면 시간 조정을 해서 저녁은 폐점한다는 내용이었다. 임금 조정하면서 그래도 버텼지만, 시간제 보수와 퇴직금만큼(바리스타 예우)은 고수했다. 일은 반드시 서류를 남겨야 한다. 그렇지 않으면 뒷날 크게 후회할 일 생기는 법이다. 예전 무역회사에 다닐 때였다. 전화로 상대국 오퍼상과 주고받다가 사장님께서 이 일을 보시고는 질책을 하셨다. 전화로 몇 번 얘기해도 다 헛것이니 반드시 증빙을 남기라는 말이었다. 세무보고 자료와 소득세 관련 제출용 자료로 월급명세서는 늘 따로 한 장씩 보관한다. 매년 부가세신고 자료도 몇 년을 보관해야 하니 서류업무도 적지 않은 일이다.

바리스타 임금은 연봉제도 있고 월급제도 있으며 아르바이트도 있다. 카페는 연봉제로 일하는 사람은 그리 많지 않다. 대기업, 그러니까 기업적으로 운영하는 카페 한 분점을 맡는 경우는 예외가 되겠지만 그렇지 않은 중소규모의 카페는 꿈도 꾸지 못한다. 월급제나 아르바이트로 일하는 경우가 대부분이다. 이 월급제도 순수 월급제로 받는 경우는 그래도 우량업체다. 시간제를 바탕으로 하는 월급제는 그 아래인데 이유는 카페자본금이 미약하거나 없는 경우다. 그때그때 영업으로 먹고사는 업체라 시간제 외에 별달리 좋은 방법은 없다. 왜냐하면, 사람을 더 쓸 수도 없거니와 일과 보수에 형평을 맞추며 운영해야 하는데 이는 인원조정을 예고하는 것과 마찬가지다. 경기가 불안할수록 시간제를 많이 채택한다. 임금 차별은 시간당 보수 금액으로 한다. 아르바이트는 요즘 들어 일에 대한 구속력이 없어진 것도 사실이다. 정말 참된 아르바이트를 구하는 것도 업주로서는 복인데 장기근속하면 대가를 더 생각하여야 한다. 아르바이트도 그런 업주를 만난다면 복이다. 내가 어떤 제도로 일하게 되든 분명한 것은 내 품삯은 내가 일한 것에 바탕을 둔다. 그러니 일의 의미를 아는 것이 중요하며 경영자는 이러한 사람을 만난다면 더없는 복이겠다.

더욱 이러한 관계를 서로가 이해하고 받아들인다면 더없는 아름다운 사회라 하겠다. 먼저 인의가 있어야 하며 도덕이 따라야 한다. 그렇지 않으면 법이 따라가는데 이 나라는 법의 천국이 돼버렸다. 법을 앞세운 진나라도 일찍 망했듯 법은 또 다른 법을 낳으니 법을 앞세우기 전에 내가 정말 도덕적이었는지 한번 생각해보아야겠다.

鵲巢日記 15年 04月 16日

오전 맑았으나 오후 흐렸다. 오후 늦게 비가 왔다.

카페에 일하는 직원(그러니까 아르바이트까지 포함한다) 월급은 수도권이나 지방이나 별반 차이가 없다. 수도권이라 해서 커피값을 더 받고 지방이라서 덜 받고 하는 차이는 아니기 때문이다. 커피전문점은 영업이 잘 되어서 많은 사람이 창업하기보다는 카페가 갖는 여러 가지 매력으로 인해 시대에 변함없이 뜨거운 열풍이 일었다. 하지만 이 속에 일하는 점장과 임원은 여타 일반음식점과 크게 다를 바 없었다. 고상한 인격과 품위 하나쯤은 있었지만, 결국 주방은 노동이나 다름없기 때문이다.

커피전문점은 비교적 영세종목이다. 몇몇 업체를 제외하고는 모두 하루 매출이 고작 몇만 원에서 이삼십만 원 수준이니(약 삼십 평 기준), 비교적 간이과세자다. 그러니 커피전문점 포함해서 패스트푸드, 제과제빵, 레스토랑, 프랜차이즈 관련 업종은 임금 노동이 체납되는 경우도 많으며 1년을 일해도 퇴직금을 못 받는 경우도 비일비재하다. 임금은커녕 사업주가 폐점에 이르는 일도 생각보다 많은 것이 현실이다. 이러한 폐단을 적는 이유는 현실을 똑바로 알자는 뜻에 글을 남기는 것이며 그나마 우리 카페는 매월 월급과 퇴직금과 매출에 따른 상여를 정산하는 바른 업체다.

하루는 세무서에서 일이다. 한 해 부가세 신고 금액이 많아 부담 가진 적 있었다만, 만약 매월 정산하면 금액은 얼마 되지 않았다. 월급쟁이는 세금을 모두 정산하여 지급하니, 사업주에 비하면 부당한 처사로 보일 수 있음이다. 퇴직금 문제도 마찬가지다. 분명 노동청에서는 시간당 최저임금 또한 지정해 놓고 있음과 월급명세서에 관한 항목도 분명히 기재하라고 지시해 놓고 있다. 이에 우리 카페는 최저임금 그 이상으로 몇 년간 지급하고 있다. 실은 이것도 경제논리에 맞지 않은 일이다. 왜냐하면, 커피값은 매년 오른 것도 없이 몇 년은 종전가격으로 유지하고 있으니 말이다. 경쟁에 커피 가격을 올린다는 것은 웬만한 배포가 없으면 실로 어렵다. 시장 상황을 잘못 파악했다간 경쟁에 밀려 문 닫을 수 있으니 말이다. 그러니 업주가 이끄는 사업체가 여간 신경 쓸 일이 한두 가지 아님을 알 수 있다. 더구나 정부에서 매년 최저임금을 올리는 경우는 시장의 물가도 암묵적인 조정에 들어가는 것과 마찬가지다. 이는 하나같이 경쟁과 생존에 부닥치는 일이다.

인생 사십 무겁다 못 견디겠다
오십은 또 육십은 첩첩 무겁다
아직 닥치지 않은 오는 일까지
미리 와 잡은 발목 쓰러지겠다

사람은 참으로 청렴결백해야 한다. 어떤 한 일을 처리할 때도 형평에 맞아야 하며 공정해야 한다. 그리고 한 가지 더 들자면 겸손해야 한다. 나는 매번 그것을 느낀다. 요 며칠 전에 퇴사한 강 선생 일로 마음이 꽤 언짢았다. 이 일로 함께 있던 모 씨에게 자초지종을 얘기했더니 한마디 한다. "서울 사람은 다 그런 거 아닌가요." 가만히 듣다 보니 썩 기분은 좋지 않았다. 나는 서울 사람이건 광주 사람이건 지역감정을 가져본 일이 없었기 때문이다. 물론 나쁜 뜻으로 한 말은 아님을 잘 안다. 실은 나도 타지 사람 아닌가!

나는 대단한 사람도 아니고 그렇게 특출하게 부를 일구었거나 또 유명세 타며 사는 사람은 더욱 아니다. 또 그렇게 위세를 내세우며 이 지역에 산 것도 아니며 그저 하루 일 열심히 하며 근근이 먹고 사는 평범한 사람이다. 아마 앞으로도 변함없을 것이다. 매일 어떻게 살아야 하는 생각을 한시도 잊은 적 없으며 근심·걱정을 단 일 초도 놓은 적 없으니 참 불행한 사람일지도 모르겠다. 그만큼 사회생활은 힘든 것이다. 지난주 85세 고령의 문중 어른께서 하신 말씀이 생각난다. 칠순 넘어 모든 일을 접었을 때 진정 삶이 보였다고 했다. 붕정만리의 인생이라 하지만 하루가 가시밭길이니 무슨 재미가 있나!

오후, 몇 군데 커피 배송 다녀왔다. 서 부장과 동행하여 다녀왔다.

사동에서다. 실습생 이 씨와 상담했다. 모 분점에 일자리가 생겨서 일해보시라는 뜻에 건의했다. 다음은 이 씨로 인해 적는 글은 아니다. 나는 여러 교육생께 바깥에 일자리가 나오면 해 보라며 적극적으로 얘기한다. 하지만 대부분 조건을 내세운다. 나는 오후가 안 되며 어떤 분은 오전이 안 된다. 그리고 조건이 다 맞으면 시간당 보수가 또 걸리는 문제다. 고용관계는 사업주가 편하기 위해 사람을 쓰는 경우가 실은 많다. 고용인을 위해 사업하는 것은 아니지 않은가! 물론 교육목적은 창업이라는 큰 주제도 있겠지만 배워서 사용하지 않으면 다시 원점으로 가는 것은 분명한 일이다. 세계를 알고자 하면 교육만 가지고는 어렵다. 직접 세계에 뛰어들어야 그 세계를 알 수 있다. 그리고 나의 세계를 어떻게 만들 것인지 최소한 구상이 잡힌다. 교육과 실습은 동굴 안에 있는 것과 다름없다. 현장에 일하면 세상이 보이기 시작한다. 만약 처지 바꿔 내가 사업주라면 나는 어떤 사람을 쓸 것인가! 생각해보라! 사업주에게 맞는 사람으로 다가가기 위해서는 어떠한 노력을 해야 할 것인가!

방금 문자가 왔다. 이 씨다. '본부장님? 오 쌤? 일단 내일부터 며칠간 분위기 익히며 하기로 했어요.' 그래서 답변을 올렸다. '아! 정말 잘했어요. 모모 씨 정말 기쁩니다. 일은 처음부터 천천히 해나가며 카페 분위기 익혀가는 거예요. 색다르게, 많은 것을 배우게 될 겁니다. 첫발 진심으로 축하합니다.' 그러니까 몇 분 뒤 답장이 왔다. '감사해요. 신경 써주셔서 더 고맙고요. 내일 보고 한번 들르든가 할게요.'

압량, 단골이다. 고 씨다. 그의 고향을 알았다. 서울이다. 결혼은 한 것 같은데 여기서 혼자 산다. 나는 늘 오면서도 아주 궁금했다. 목소리나 낯빛이 어두웠는데 꼭 무슨 사연 많은 사람으로 보였기 때문이다. 오시면 아메리카노 아니면 라테 주문이었는데 오늘은 모카라테 한 잔 달란다. 초콜릿 소스 듬뿍 넣고 따뜻한 우유도 잔 가득 따라 넣었다. "돈을 벌어도 재미가 없어요. 사는 데 돈이 얼마나 들어가는지." 아마도 이혼한 것 같지는 않았지만, 별거하며 사는 듯 보였다. 매일 늦은 시각 작은 배낭 하나 이며 지나간다. 들르면 운동 다녀오시느냐며 인사한다. 그는 운동이 아니면 이 시간에 지나지 않기 때문이다.

사동, 상현이 다녀갔다. 일에 관해서 여러 가지 묻고 갔다. 손님이 일찍 끊겨 동원이와 정의, 모두 함께 앉아 커피 한 잔 마셨다.

모처럼 동생으로부터 전화가 왔다. 어머님 모시고 병원에 다녀왔다고 했다. 당뇨 합병으로 인해 시력을 잃으셨는데 주사와 치료를 받았지만, 좋지 않다는 말만 한다. 당장 찾아가 뵙지 못해 송구했다.

鵲巢日記 15年 04月 17日

아주 맑은 날이었다.

母

커피처럼 어둡다 한 통의 전화
밤과 같은 어린 길 달처럼 뜨다
눈 뜨고 펼쳐보아 볼 길이 없어
환한 낮도 밤이라 눈물 어린 길

어머님께서 아침 전화 주셨다. 내일 병원에 다시 진료 받으시러 들어가신다고 했다. 동생은 어머님 모시고 병원에 다녀오겠다고 했다. 내일 오전 교육 끝나면 동생 집에 들러 어머님 뵈러 가겠다며 말씀드렸다. 동생 집에서 고향까지 모셔드리고 어머니 눈 상황도 보아야겠다. 당뇨 합병증으로 인한 시력 저하다. 엊저녁 동생 전화 받고 고생하시는 어머님 생각하니 가슴 답답했다.

어머니 살았을 제 만져 보라고
다시 더 한 번 꼬옥 안아 보라고

카페 오신 님께서 부탁합니다
결코 잊지 말라고 당부합니다

오전, 권 선생 커피 이론 교육 마쳤다. 배전에 따라 커피 맛이 어떻게 다른지, 배합과 추출방식에 따라 커피 맛이 어떻게 다른지 설명했다. 그 외, 일본 요식업 문화를 통한 직업관을 간단히 설명했는데 우리의 커피 문화도 앞으로 점차 바꿔 나가지 않을까 하는 생각이다. 그러니까 아주 소규모 카페라도 말하자면 커피 전도사와 같은 바리스타 말이다. 한 분이 오시더라도 커피의 전체적인 공정을 일일이 보여드림과 한 잔의 커피를 내리고 내린 커피를 마시며 커피와 엮인 사회, 문화, 철학, 문학 같은 이야기를 하는 것이다. 그러니까 한 잔의 커피값이 제법 되더라도 진정한 철학적 이야기가 담긴 소크라테스 카페가 될 것이다. 물론 앞에 글로 한 번 쓴 적 있다.

권 선생께 어머님 이야기해 드렸더니 살아계실 때 꼭 안아 보세요, 하신다. 어머니는 삼십 년 전이나 지금이나 목소리는 변함없는데 몸은 바짝 마르셨다.

오후, 본점 '커피 볶는 집' 간판 등이 나갔다. 이 간판은 정삼각형 모양을 하는데 본점 입구 오른쪽 사람 두 길 정도 자리에 벽에 붙었다. 본점 건물 옆에 긴 사다리 하나를 여비로 갖춰놓고 있는데 이 사다리를 빼내었다. 이것도 몇 년 만에 뺀 것인데 그간 빼 쓰지 못한 이유는 사다리가 길어서 빼기가 여간 힘들지 않았다. 오늘은 생각보다 아주 수월하게 빼내어 바깥벽에다가 걸쳐놓고 작업했다. 전동 드라이브로 간판을 풀어헤쳐 보니 안정기와 배선이 모두 삭았다. 이 전등을 해 넣은 지 오 년이 넘었으니 삭을 만도 한데 인건비 아끼자고 두 시간 동안 풀고 끊어내고 다시 잇고 했다. 괜한 작업이었다. 결국, 수리 못했다. 배선이 너무 삭았다. 장 사장께 간판을 새로 해야겠다며 전화했다.

간판 등 갈겠다고 두 길 족히 되는 높이에서 작업하고 있을 때였다. 어제 모 분점에 일하기로 했다며 문자 주신 실습생 이 씨께서 전화가 왔다. "본부장님 통화돼요?" 상황이 어정쩡해서 바쁘다는 말은 못하겠고 그저 어물쩍거렸더니만 "그러면 다음에 전화하고" 끊으려고 했다. 그래서 전화하셨으면 말씀해보세요? 했다. 실은 무슨 내용일까 궁금했는데 말을 이었다. "근데요, 일은 참 재밌을 것 같아요. 점심때는 바쁘던데요. 손님 많이 와요." 네, 그렇지요. 본점 매출 세 배는 될 겁니다. "아 그래요. 근데요, 점심은 어떻게 해요?" 거기 식당이 있어요. 식당에서 식사하시라고 점장께서 말씀 안 하시던가요. "도시락 싸 갖고 오라 하던데요." 아, 네에. "본부장님 차 타고 와야 하고 도시락도 싸야 하고 그러면 이럴 땐 어떻게 되나요." 아마도 이 씨는 보수관계를 여쭙는 것이었다. 나도 별달리 어떤 답변을 못 했다. 분점의 경영은 각 점장이 하는 것이라 아르바이트 비용은 각 점장이 결정하기 때문이다. 실은 바깥의 돌아가는 상황은 모두 최저임금에 따르는 수준으로 모두 나간다. 그 이상도 이하도 아니다. 카페를 오래 한 곳일수록 더욱 확고하게 잡혀가는 것 같다. 그러니까 이 보수는 젊은 사람에게는 돈의 가치가 맞을지는 모르겠지만, 나이가 많은 세대는 맞지 않는다. 가정을 이끄는 주부의 처지는 변변찮은 금액이라 당기는 보수는 아니다. 하지만 일의 경험을 쌓거나 어떤 목적을 위해서 일의 가치를 더 높여야 한다. 어쩔 수 없는 일이다. 나중에 창업으로 가면 이 이해를 그때 알 수 있을 거니까! 그냥 어물쩍거렸다.

은행잎 파릇한 데 눈 감깁니다
감은 눈 다시 뜨면 은행잎 한 잎
바람도 좀 불어서 잎 흔드는데
가지에 새파랗게 피는 은행잎

압량, 토요문화강좌에 오셨던 모 씨께서 오시어 볶은 커피 사가져 갔다. 시간 괜찮으면 내일 오시라고 했다. 그 외 띄엄띄엄 손님 오시어 책을 잘 볼 수 없었다. 마감하고 아이들과 함께 내당동에 다녀왔다. 처가에 동서가 왼쪽 팔이 목 부위와 더불어 신경이 눌렸던지 수술했다. 아직 완치되지 않았는데 손은 쥐었다 펼 수 있지만, 그 위 어깨에서 팔꿈치까지 움직일 수 없다. 병문안 잠시 들렀다. 수술부위와 상황을 들었는데 끔찍했다. 앞쪽 목 부위에 약 오 센티 가량 찢고 깊이는 뒤쪽 목뼈까지 칼이 들어간 것 같다. 그러니까 아주 위험한 수술이었다. 병원에서 이 번가 도로 어느 밥집에서 모두 함께 고기와 밥을 먹었다. 지하철을 오래간만에 탔다.

鵲巢日記 15年 04月 18日

흐렸다. 때론 비 왔는데 그렇게 많이는 오지 않았다.

돈 생각하면 사람 마음을 옹졸하게 만든다. 옛 성인도 가진 것이 넉넉해야 예가 나온다고 했다. 예를 표하자니 가진 것이 없다. 어제 만나 뵈었던 처형도 오늘 만나 뵌 어머님 병원비도 모두 돈이다. 이런 와중에 거래처에 깔린 미수는 나를 불안케 하고 각 분점과 본점의 매출은 더욱 불안케 하고 포승줄 같은 은행 대출 이자는 더더욱 불안케 한다. 어느 것 하나 끄집어 놓고 생각해도 내 마음에 비수를 생각게 하고 살기를 느끼게 한다. 사회와 경제를 어렵게 만드는 그 장본인은 누구인가! 정치, 그래 정치를 관심에 둔 일은 없으나 피부로 닿는 이 경제 심리에 정치를 생각 안 할 수 없는 처지다. 가진 자의 횡포 같은 것이다. 나는 돈을 받지 않았습니다, 라고 했던 정치인, 말이다.

이른 아침, 아침을 먹으려니 밥솥에 밥이 없다. 어제 아침에 해놓은 프라이팬에 치즈 듬뿍 넣고 비벼 놓은 식은 밥이 꾸덕꾸덕 굳었다. 숟가락 들고 한 숟가락 먹었는데 새콤했다. 맛이 이상해서 입안에 넣은 것을 뱉었다. 사동 가는데 클래식은 제 홀로 눈물 흘린다. 35세 산 볼프강 아마데우스 모차르트 클라리넷 협주곡 2악장, 미세하게 들려오는 바이올린 소리는 심장에 칼을 대며 죽죽 긋는 것 같았다. 인간의 감정이 얼마나 무한한 상상에 빠뜨리는가! 사동에 시재를 맞춰놓고 다시 본점에 가, 문화강좌 소개를 했다. 교육생 한 분 질문 있었다. 고지혈증 있는 사람도 커피가 괜찮은지 물으셨다. 선생께서는 아주 달달한 커피를 좋아하신다고 했다. 단 것보다는 드립을 추천해드렸다. 커피는 몸에 그리 나쁜 음료가 아님을 여러 가지 예를 들어 설명했다.

즐거움과 고통은 천당과 지옥이다. 천당과 지옥은 내세에 있는 게 아니라 현재에 있다. 이는 뜨거운 물에 온전히 삶은 달걀과 전자레인지에 넣어 달구다가 빵 터진 달걀의 차이다. 그러니까 즐거움은 완벽한 문장이며 온전한 달걀이며 상처받지 않은 동심 어린 마음이다. 지옥은 껄끄럽기 그지없는 비문과 풍비박산이 난 달걀 껍데기와 사악한 도깨비로 점철된 세속적 마음이다. 천당은 깨끗한 행주로 축축한 그릇을 닦더라도 때로는 뜨거운 태양 빛에 널어 말릴 수 있는 여유며 흠 많은 구두라도 잘만 걸어 다닐 수 있다면 더할 나위 없는 곳이다. 지옥은 구토와 각종 변과 온갖 구정물을 닦은 지울 수 없는 걸레와 같은 것이다. 천당은 아우토반이며 위기를 교묘히 빠져나가는 드라이브 기술이며 쫓고 쫓기며 뒤쫓는 수많은 군사를 모는 수레의 긴장이다. 지옥은 제한속도로 규정된 고속도로며 귀싸대기 후려갈겨도 꾸벅꾸벅 조는 눈꺼풀이다.

병원에 다녀왔다. 어머님 모시고 고향 땅 어느 내과에 들러 진찰받았다. 어머님은 몇 년 만에 들렀지만, 의사께서는 알아보셨다. 세상이 아주 편해진 것만은 사실이다. 예전은 병원 가려면 시내 중심가에 들려야 했는데 요즘은 동네에서 그리 멀지 않은 읍내에 가도 개인병원이 있으니 말이다. 어머니는 공복에도 당 수치가 500이 훨씬 넘는다. 의사께서는 여러 가지 말씀을 해 주셨다. 나는 옆에 있었는데 당뇨가 얼마나 무서운 병인가를 새삼 느낀 하루였다.

어머니는 당뇨 합병이 이미 진행 중이시라 별다른 특별한 처방 같은 것은 없다. 의사께서는 진찰하시며 바로 인슐린 주사 한 대 놓는다. 어머니는 이 주사도 맞지 않으려고 했다. 의사께서 내려준 처방 약 들고 어머님 모시고 집에 태웠다. 부모님 모두 당뇨가 있으니 나도 언젠가는 당뇨가 오겠지. 의사께서는 뱃살 줄이고 단것을 피하라 했다.

조감도에서 음악회 개최했다. 올해 들어 가장 조용한 음악회였다. 언제나 조용했기에 그리 부담 가는 것도 아니었다. 연인이지 싶은데 두 팀과 가족인 오 선생과 두 아들, 직원도 앉아 감상했다. 단원은 '비올라 다모레' 였다. 현악기는 바이올린, 비올라, 첼로, 베이스라고 했는데 비올라는 바이올린과 비교해도 크기는 비슷하다. 소리는 바이올린보다는 무겁게 느꼈다. 연주자는 남자 한 분과 여자 네 분이었다. 그중 사회를 보신 분은 김천 시립악단 소속이다. 손님 중에는 압량 단골손님이었는데 부부가 함께 오시어 감상했다. 전에 압량에서 커피 만들어 드리며 사동 조감도를 소개한 적 있다. 손님께 음악회 가지니 시간 괜찮으시면 한번 오셨으면 하고 말씀드린 적 있다. 신혼이다. 남자 분은 지난해 연말 두 번 중국에 출장 다녀온 적도 있다. 출장 가기 전 카페에 오셔 인사 주셨다.

붕정만리 인생길 먼먼 구만리
펼쳐 날면 다다른 어둔 저승길
지난 자국 밟으며 걸어 넘는 길

바른 인생 뜻이면 붕새 같은 길

鵲巢日記 15年 04月 19日

흐리고 비 왔다.

헐렁한 바지를 입고 운동화 신고 들어갔다. 이제 이파리가 무성한 나무를 본다. 조폐창 지나 어느 습지대 옆, 선생님의 들판을 보며 지나간다. 철문은 늘 굳게 닫혀 있으니 말이다. '그러지 마요. 그냥 내려놓으세요. 세상 바뀌었단 말이에요.' 스타킹 양말 신어서 더 헐렁한 운동화는 발과 따로 놀았다. 가속기는 살짝만 밟아도 소리부터 내지르니 일절 속도감을 느낄 수 없었다. 하기야 여기는 조폐창 앞 도로니까. 시속 60, 한쪽은 감시카메라가 있고 한쪽은 모양으로 달아놓은 감시카메라가 있다. 오른쪽으로 꺾으세요. 핸들 잡고 한쪽으로 쏠리지 않기 위해 소파 움켜잡는다. 지용의 글을 화장실에서 읽은 적 있다. 영랑에 관한 시평 같은 것인데 영랑은 이런 말 했다. 그러니까 내 시의 독자가 다섯은 될까? 그러니 지용은 한마디 덧붙여 써놓았다. 그러면 셋은 있단 말인즉슨 그 둘은 누구란 말인가? 지나가는 관객 1, 지나가는 관객 2, 언제나 세상은 자본주의와 사회주의였다. 앞으로 신용사회로 간다. 이 점에 대해서는 나는 불행아다. 가속도로 모는 최신식 바라봐라 밥도 헬멧 같은 것도 없으니까! 비 오는 도로바닥 훑으며 천천히 숨 몰아가며 선생님 얼굴만 떠올렸다.

珈琲景

봄비 모인
한 탁자
상큼한 봄을 놓고
모이 쫓는 병아리처럼
수군거립니다

쫓는 병아리 피는 봄은
뙤약볕 오른 여름과
황금물결 일렁이는 가을과
뜨끈한 구들을 놓습니다

한 탁자 모여 피는 봄은
약관도 이립도 불혹도 지천명도 있었지만
옹달샘처럼
병아리처럼
한 사발 봄비 마시며
하늘 봅니다

본점은 점심시간 이후 잠깐 바빴다. 아무래도 대학생들 중간고사가 임박

했나 보다. 학생들이 많이 찾았다. 최 선생은 주문을 받았고 동원이는 메뉴를 만들었다. "바닐라라테 한 잔 해주세요." 최 선생의 목소리는 1층 어디든 들을 수 있었다. 1층 서재 옆에 앉아 있었지만, 단체손님 오시어 자리를 내주었다. 나는 잠시 위층에 올라 빈자리가 있는지 확인했지만, 모두 학생들이었으며 공부하는 모습을 보며 내려왔다. 카페는 말 그대로 도서관이었다. 사동은 아이들의 놀이터와 같았다. 오후 손님 오시는 상황 보아서는 다음 주 시마을 모임도 그리 나쁘지 않게 행사를 치를 수 있을 것만 같았다. 위층도 아래층도 손님의 화기애애한 모습을 지켜볼 수 있어 기분 꽤 좋았다. 어제 음악회 가졌던 모습과는 대조적이었다.

저녁 먹을 때였다. 어제 음악회 끝나고 난 상황은 솔직히 잘 모른다. 오 선생은 상추에 밥 한 옴큼 싸면서 이런 말 했다. 예지가 어제 음악회 모습 보고는 '뭐하자는 건가요.' 하며 한마디 했다는 거다. 그러니까 음악회 보시러 오시는 고객도 없는데 단 몇몇 앉아 감상하기에는 카페로서는 아까운 낭비 아니냐는 것이었다. 밥 먹다가 뜨끔했다. 예지는 늘 조용하다가도 때로는 뜨끔한 말 한마디씩 하는데 모두 옳은 말이었다. 다른 분은 카페 일로 인해, 이러니저러니 하는 분 없어 그러느니 하며 진행해 왔다. 다음 달 음악회는 심사숙고해 보아야겠다. 차라리 그 돈이면 연말 크리스마스트리 대용으로 조형물을 계획하는 것이 오히려 영구적이며 카페 위상을 드높이는 일일 수도 있음이다.

압량, 단골 고 씨가 다녀갔다. 그 외 별다른 일 없었다. 본점, 여느 때 없이 평화로웠다. 압량 마치고 본점에 들렀을 때였다. 내가 앉는 자리는 꽤 밝았는데, 요 며칠 전, 오 선생께서 등 세 개를 갈아 끼웠기 때문이다. 말하자면, 갓 등이었는데 갓을 뺑 둘러 빼고, 주먹만 한 등을 거기다가 쏙 끼워 넣었다. 서재는 확연히 달랐다. 주방도 여느 때 없이 평화를 찾았다. 마치 카페 역사 4년 전 모습으로 되돌렸다고 해도 과언이 아니지 싶을 정도로 웃음이 일었다. 4년 전과 비교하자면 그때는 여자로만 이루었지만, 지금은 멋있는 남자 바리스타로 이루었다는 거다. 동원이는 갓 오른 은행잎처럼 밝게 손님을 맞았고 그 옆에 새파랗게 오른 정석이도 있다는 거였다. 동원이는 날쌘 제비 같았다. "본부장님 이렇게 비 오는 날에는 예가체프 한 잔 드셔야 하는 것 아닙니까?" 하며 마치 석가모니처럼 웃음을 머금고 얘기했다. 나는 그의 얼굴만 보아도 아주 반갑고 흐뭇했는데 "어어 됐다. 괜찮다." 하다가도 "그래, 예가체프 한 잔하지." 했다. "네, 본부장님 탁월한 선택입니다." 그러고 있다가 중국사 읽으며 있었다.

임진왜란 당시 상황을 중국의 처지에서 읽었는데 명나라는 대국이라는 명분에 따라 조선 지원군을 보냈다. 그때 명 황제는 주익균(신종, 만력제 1573~1620)이었다. 주익균은 아편 중독자 아니었나 하며 역사서에서는 기술해놓고 있다. 그는 약 30년간 국가의 정무를 돌보지 않았다. 그러니까 황궁에만 있었는데 처음으로 내전에 나와 정무를 볼 때 신하들이 놀랐다고 했다. 신하를 보자 처음으로 뱉은 말이 '끌어내라' 였다. 이런 황제가 조선에 구원병을 파병한 것은 참으로 신기할 정도라며 얘기해 놓고 있는데 참으로 우리의 선조 이연은 바람 앞에 등잔불이었다. 국가가 하마터면 없어질 뻔한 일이었다. 커피가 왔다. 주홍빛 나는 꽃받침에 주홍빛 나는 꽃문양으로 수놓은 잔에다가 까맣게 한 잔 담았다. 나는 웃음을 금치 못했다. 호 예쁘구나!

등燈

천장 보며 보드득 만세 불러요

불빛이 하도 밝아 달만 같아요

개미처럼 쓴 글도 불빛 읽으니

공자도 한비자도 안 부러워요

鵲巢日記 15年 04月 20日

온종일 비 내리다가 또 그쳤다가 보슬비가, 보슬비가

사동 가는 길 베토벤 황제 이 악장 듣다. 구슬이 데구르르 구르는 피아노 음반 소리는 강렬한 섹스에 비교할 수 없으며 짜르르 흐르는 현악기 부드러운 선율은 여인의 피부에 비할 바는 더욱 아니겠다. 살짝 쥐어뜯는 바이올린 탱 거리는 소리와 어느 악동이 마치 뜨거운 동판을 뛰어다닌 듯 미친 듯한 손가락은 그야말로 카타르시스의 절정이 따로 없겠다.

사동에 도착했어도 나는 차 안에 앉아 예술가의 삶을 읽었다. 그의 외로움을 몸으로 표현해 놓은 작품 아닌가! 불후의 명작 말이다. 비가 내린다. 전선 같은 저 선율이 차창 유리 닦는구나. 섬세한 저 피아노 건반, 흰색과 까만색의 조화, 백지와 그 위 죽죽 긋는 볼펜의 질감, 넣고 빼고 자유스러움의 저 현란한 손가락의 춤, 그저 정의의 손이 따로 없겠다. 강렬한 몸동작인 것 같아도 절대 강렬하지 않은 저 부드러움, 소리는 아주 명쾌해서 여인의 그 어떤 숨소리와도 비교할 수 없는 그저 꾀꼬리 같은, 지금은 비가 오누나. 비 오면 한 닷새 왔으면 좋지 했던 소월아! 이제는 닷새는 왔지 않았는가 말이다.

베토벤은 악보 하나로 대통일을 했다. 바이올린과 북 북과 피아노와 그리고 남 피리와 색소폰과도 같은 저들을 하나로 묶었다. 절대 왕정 시대가 가고 자본주의가 도래했다. 어느 시간이 흘러도 통일된 제국을 우리는 듣고 있다. 베토벤의 추종자는 시대 불문하고 저들을 지휘할 것이다. 암울한 현실을 타파하고 미래를 여는 꿈 하나, 그 열쇠를 쥐며 상상나라에 가 닿도록 수만 승의 수레에 거꾸로 매단 콩나물을 잔뜩 싣고 오는 것이다. 우리는 저들을 믿고 흰 구름 쪽 하늘가 넘어 붉은 태양에 오로지 미친 듯 뛰어들면 되는 것이다. 뭐 어렵고 두렵단 말인가! 가자 오늘도 하루 대통일하자.

사동 직원과 조회했다. 건의사항은 있는지 또 보고할 사항이 있으면 듣고자 잠시 직원과 상면했다. 문제는 식사다. 이 문제는 예전 본점에서도 의논한 바 있었다. 전에는 따로 식대가 나갔다. 그런데도 본점 경비로 식사하는 일이 잦아 아예 식비 없이 그날 비용으로 처리하자며 논한 적 있다. 사동은 본점과 다르게 종일 일하는 경우도 많아서 한 끼만의 문제가 아니라 두 끼다. 이럴 때는 어떻게 해야 하는가였다. 직원 모두 있는 상황에서 의논을 가져야 하는데 점장과 박 실장이 빠진 가운데 성급히 말하는 것은 아닌 것 같았지만 일단 본점(사동) 경비로 하자며 얘기했다. 직원의 노고를 모르는 바는 아니다. 실은 카페에 손님 많이 찾기라도 하면 밥 먹는 시간마저 내기 어려울 때도 있다. 결정은 내일 이야기하기로 했다.

청도에 다녀왔다. 빗길이다. 안개 덮인 듯 비구름에 쌓인 산 보며 내달렸다. 역대 왕들과 역대 성현들과 역대 쿠데타의 주모자와 민란 봉기군의 대장이 보인다. 쿠데타도 성공하면 역에서 정으로 돌아서는 것이다. 그러니 역사는 승자의 것이다. 헤겔의 변증법적 사관에 의한 주체와 객체의 문제다. 세계변화에 대한 소외감을 없애고 일치감을 이끌어 내는 것이 진정한 경영자의 몫이다. 그러니까 이는 우리의 일의 시작과 결말에 대하여 모순적 사항이 있으면 서로 파헤치며 들여다보아야 하지 이를 숨기고 은폐해서는 안 된다. 이로써 진정한 발전을 꾀할 수 있음은 두말할 여지가 없겠다.

점장께서 주문한 커피를 내렸다. 청도는 한 번씩 와도 재미가 있다. 왜냐하면, 내가 돈 버는 일은 아니지만, 그나마 카페리코를 운영하면서 수익을 내는 몇 안 되는 카페 중 하나다. 점장도 그에 대해 고마움을 표하고 합당한 노력으로 보답하신다. 작년이었다. 동호점 문 닫을 때 이야기다. 점장께서는 하루 매상이 93,500원이 올라야 한 달 유지할 수 있다고 했다. 본인의 인건비 제외한 금액이다. 그러니까 한 달 임대료와 전기세 포함한 각종 세금 그리고 재료비가 나온다는 거다. 하지만 실지로 매출은 그의 반 정도 올렸다. 원인은 주위에 카페가 너무 많고(카페베네 포함해서 무려 십여 개가 들어와 장사하고 있었다) 주차할 수 있는 그런 위치도 아니거니와 커피는 더욱 주식이 아니라 음료였다. 가게를 인수하고 몇 달 운영한 점장의 얼굴은 지옥이 따로 없었다. 그만큼 죽음의 그림자가 그의 얼굴을 덮고 있었다. 이런 상황에서 나는 그 어떤 위로의 말을 해도 최선의 방안은 아니었다. 본점도 마찬가지였지만, 내가 죽겠다는 것을 도마 위에 올려놓고 거론할 필요도 없거니와 주제넘은 일이었다. 그리고 몇 달 뒤 가게가 팔렸다. 물론 권리금과 기기대금 일절 포기하고 점포 보증금만 빼 가져갈 수 있는 조건으로 계약했다. 그리고 한 며칠 뒤 점장 얼굴은 천국이 따로 없었다. 각종 꽃에 비유할 바가 아니었다. 그만큼 사람을 억압한 것이 영업이다.

오늘, 백천점 간판 내렸다. 의자와 탁자, 기계와 잡다한 부자재와 숟가락과 숟가락 통까지 본부로 옮겼다. 그야말로 본부는 한마디로 쓰레기통이 되었다. 백천점은 전 주인 1년, 현 4년, 만 5년의 영업을 끝으로 고객께 고별인사를 했다. 문 닫기 며칠 전에는 커피 행사 가격으로 2,000원 했다. 백천점장 "아! 본부장님 요 며칠 이천 원 행사했는데요. 하루 백 명 오던데요." 정상가격으로 판매할 때는 하루 십만 원이 넘지 않은 곳이 2,000원 행사하니 이십만 원 매출로 매일 찍었다는 것이다. 사장님 그간 많이 힘드셨죠. 염치없는 말이지만, 카페리코 하시며 괜찮으셨는지요? 백천 사장은 싱긋이 웃으며 진지하게 한마디 했다. "처음 일이 년은 괜찮았습니다. 그때는 세가 80만 원이었죠. 그러고 재작년부터 세가 100만 원 넘고부터는 힘들데요. 올해는 150이고요. 거기다가 주위에 카페가 너무 들어왔습니다. 지금껏 적자 감수하며 영업했어요. 이제는 아무 미련 없어요. 속 후련합니다." 이곳 후임으로 뭐가 들어옵니까? "맘스터친가 하는 브랜드라고 하대요. 저도 자세히는 모릅니다." 네에.

기계를 서 부장과 함께 빼느라 용쓰고 있었다. 건물주께서 오셨다. 칠순 안 되어 보였는데 이 동네 사람은 아닌 듯하다. 아주 멋쟁이셨다. 정장에 머릿기름에 말씀도 아주 정중하셨다. 사모님께서도 오셨는데 그릇과 잔 모다 놓은 어느 상자를 들여다보며 괜찮은 잔 있는지 있으면 가져가시려고 이것저것 만지셨다. '모두 본부 들어갈 물건이니 만지시면 안 됩니다' 라고 말하고 싶었으나 그냥 지켜보았다. 그러니 한참 후에 괜찮은 잔 있었던가 보다. "이것 제 가지면 안될까요" 하는 거다. 옆에 어렵게, 어렵게 세 맞추며 살았던 세입자 있었고 에어컨 떼러 오신 사장 있었고 서 부장과 나는 기계 들고 있었다. 분점 사장께서는 웃으시며 네 하세요, 하며 한마디 건넸고 건물주 사장께서는 옆구리 쿡쿡 찌르며 있었다. 그러니까 그 사모님은 아무렇지 않게 그것을 마냥 잘 닦아서 고급 백에다가 슬그머니 넣는 것이었다. 세 깎아달라고 해도 아주 야멸차게 딱 잘라 말씀하시던 분이었다. 장사 안 되면 나가세요. 다른 업종도 서로 달라고 하는 자리입니다. 얼마 전 점장께서 하신 말씀이 아직 귓가에 생생하다. 그러고 오늘 문 닫았다.

저녁에 코나 사장 오셨다. 이 일로 저녁을 못 먹었다. 마침 분점에서 가져온 물건을 다 내리고 압량 가려는 순간이었다. 가져오신 커피를 모두 내리고 압량에 가서 커피 한잔하자고 했다. 언제나 안 보면 조금 궁금하기도 하고 보고 싶기도 하지만, 이렇게 만나기라도 하면 어찌나 말씀이 많으신지 한 마디 뱉으면 열 마디는 그냥 족히 하시는 분이다. 그러다가 일이 있어 그만했으면 싶어도 줄곧 들어야 할 때도 있다. 오늘도 똑같은 문제다. 무엇을 하며 살아야 하는 것이냐다. 커피를 잘 볶으시면서도 말이다. 아들 이야기, 공장 이야기, 직원 이야기, 이제는 촌사람도 커피를 많이 마신다는 것과 건강 그리고 전에 못 받았던 돈을 받았다는 얘기였다. 결국, 내용증명 띄워 받아냈다. 그러는 나는 무엇을 위해 일하며 무엇으로 이 많은 빚을 갚아야 하는가 말이다.

가네 이제 후련히 잊으며 가네
더는 카페 못하지 아니야 안 해
껌처럼 진득하게 한 사 년 했어
단물 씹물 쓴물도 어의 다 봤네

사동에서 점장과 오랫동안 대화 나눴다. 마치고 집에서 라면을 먹었다. 달걀은 아주 고급 식품이다. 언제나 달걀을 안 믿은 적이 없다. 달걀껍데기는 구석기 시대에도 신석기 시대에도 저 이스터 섬에도 중요한 단백질이라 어느 곳에서나 발견되었기에 나는 오늘도 믿고 두 개 깨뜨렸다.

鵲巢日記 15年 04月 21日

모처럼 맑았다. 하지만 세상 너무 조용했다.

옛 정평 점장 다녀갔다. 세금계산서 발행과 폐업신고에 관해 몇 가지 방법을 일렀다. 함께 오신 분도 있었는데 본부를 보시고는 꽤 흠 보지 않았을까 보다. 백천에서 가져온 물건과 몇 달은 청소하지 않아서 지저분하기 짝이 없었다. 내 자리는 더욱 지저분했는데 컴퓨터 들여다보며 세액 정리할 때 두리번거리며 주위를 보는 듯했다. 아마도 조금은 놀란 듯하다. 책이 난무한 데다가 어느 곳이든 파지가 안 보이는 곳이 없어 쓰레기통도 이러지는 않을 거니까!

오전 잠깐 압량에 있을 때였다. 영대 성악과 대학원생이었다. 아이스 아메리카 한 잔 주문이었다. 꽤 미인이었다. 커피 만들며 책 좋아하시느냐고 물었더니 좋아한다고 했다. 『구두는 장미』 책 한 권 드렸더니 꽤 좋아했다. 미인은 대체로 책을 좋아하지 않은 법인데 의외였다. 책 보지 않아도 살 수 있는 조건을 갖춘 셈 아닌가! 시원한 느티나무 한 그루 밑에 앉아 쉰 듯한 느낌이었다.

점심, 서 부장과 햄버거 사서 먹었다. 영대 음대에 들어가는 동문 입구에 차를 주차하고 가로수 아래에 앉아 천천히 먹었다. 날이 맑아서 꼭 소풍 나온 듯했다. 이제는 주위에 나무들이 제법 무성하게 자랄 듯 이파리 꽤 성성하게 피었다. 동문 주차장에 어느 부부이거나 연인이거나 잘 모르겠지만, 강아지 풀며 쫓고 쫓으며 노는 모습이 평화롭기까지 했는데 요즘은 애완견이 어느 집 어느 세대 할 것 없이 더욱 많이 키우는 것 같다. 어느 장소든 쉽게 보는 풍경이다.

백천에 어제 마저 싣지 못한 물건을 가지러 갔다. 하부냉장고와 하부냉동고를 서 부장과 함께 차에 실었다. 칠성시장 늘 거래하던 싱싱에 가져다 드렸다. 전에 반죽기를 여기서 가져온 적 있는데 반죽기 볼이 결함이 있음을 얘기했다. 관련 부품이 있어야겠다며 사장께 말씀드렸다. 갖추겠다고 했다.

분점이 올해 들어 몇 점 문 닫았다. 마음은 한결 홀가분한 것 같아도 꼭 그렇지만은 않다. 자본시장 아래 그만큼 나의 시장이 죽었다는 것이다. 새로운 물결이 이미 시장에 잠식했을 뿐 아니라 잠정적인 고객마저 잃은 것이 된다.

하나가 죽는다고 해서 하나가 더 나아지는 것도 아니다. 상표의 영향력이 떨어짐으로써 오히려 고객의 친밀도마저 떨어지게 되었으니 매출은 보지 않아도 뻔한 사실이다. 책임은 그만큼 준 것이 되니 준 만큼 다른 것을 모색해야 한다. 전에는 플라톤급이었다면 이제는 한 시대 오른 소크라테스다. 그만큼 생각을 더 가져야 할 때다.

오후 허 사장 다녀갔다. 시내 요즘 뜨는 상표 몇몇 이른다. 아이스크림 관련 상표와 커피에 관한 것도 이야기하지만 커피는 들어도 그리 신통찮다. 서울 보내려고 물건을 쌓았다. 기계와 그라인더다. 오전, 어느 업자께서 기계 중고 없느냐고 물었는데 중고야 있지만, 지방은 가격이 터무니없으니 판매해도 별 재미가 없다. 낮은 가격이라도 서울에 보내면, 오히려 더 안전하다. AS에 대한 책임을 지지 않으니 편하고 재고 부담도 가질 필요 없어 편하다. 지방은 판매해도 후속조치로 인해 수지 타산이 맞지 않을 때가 많다. 팔아서 얻는 이익보다 뒤에 따르는 AS가 더 드는 경우도 있기 때문이다.

사동 직원과 조회했다. 월급에 관한 일이다. 첫째 식비에 관해서 논하고 둘째 퇴직금에 관해서 논했다. 종전에는 주방에서 서로가 적당히 알아서 맞춰 해 먹었다. 이제는 식비를 정확히 산정해서 정산하기로 했다. 퇴직금 산정 내용을 일렀으며 매월 바리스타 예우비로 정산하는 이유를 설명했다. 실질적으로 법정 퇴직금보다 더 받아가는 사실도 확인했으며 거기에 대한 노력으로 카페에 대한 사랑이 더 있었으면 하는 바람뿐이다. 모두 꿀 먹은 벙어리처럼 가만히 있었다. 점장의 발언으로 인해 나온 조회였지만, 정작 도마 위에 올려놓고 이야기하니 아무도 말하지 않으니 카페가 제대로 돌아갈지 또 돌아가는 건지 도로 의심을 품게 했다. 매출은 여전히 위험 수준을 걷고 있지만, 대외 사정과 옆집 사정을 모르는 직원이다. 어찌 대표의 마음을 알 수 있을까! 답답한 실정이다.

사동 개점하고 처음 몇 달은 힘들어도 직원과의 관계는 좋았다. 서로 웃으며 이야기하며 커피 한 잔 마시며 세상 이야기도 하면서 말이다. 하나씩 따지며 하나씩 챙겨야 하며 그에 맞는 새로운 규칙이라고 할까 규율 같은 것은 도로 분위기를 딱딱하게 만드는 일이다. 카페는 성숙하지도 않았는데 요구는 벌써 많아졌다. 그렇다고 이러한 요구가 피해가거나 은폐한 것도 아닌데 성급히 의논을 가진 건 안 된 일이다. 이미 옆은 갤러리 카페 신축 개업을 앞두고 있는 상황이며 그 규모도 우리를 앞서고 있으니 그야말로 걱정이 태산 같았다.

점점 줄어든 파이 한 입도 안 돼
사바나 공원처럼 죽고 죽이는
살피지 않은 시장 스스로 죽어
에구 죽을지언정 미친 듯 놀아

鵲巢日記 15年 04月 22日

맑았다.

오전, 진량에 다녀왔다. 커피 주문이었다. 기계도 이상이 생겨 좀 보아달라는 부탁이었다. 현장에 들러 기계를 보니 각 버튼 세팅이 또 지워졌나 보다. 세팅방법을 일러드리고 에스프레소 분도 조절을 다시 확인했다. 생각보다 이 집은 추출이 너무 빠른 데다가 맛이 싱거웠다. 전에 맛이 싱겁다는 어느 고객의 말씀을 들었다. 그때 기계를 보아야 했었는데 그저 그러느니 하며 보아 넘겼다. 기계 처음 설치한 이후 한 번도 그라인더 조절을 하지 않았다고 했다. 분도 조절을 될 수 있으면 하지 말라는 부탁을 한 바 있었는데 너무 믿고 따른 것 같다. 어느 집은 너무 조절하며 쓴 집도 있어 분쇄기가 일찍 고장 나 노파심에 이른 말이었다.

오후, 잠시 본부에 있었는데 코카콜라에서 오신 영업사원을 뵈었다. 몇 년 전에 한 번 거래한 적 있다. 그러니까 한 칠 년이나 팔 년 전쯤에 거래했다. 아직 근무하였는데 코카콜라 판로를 개척함에 이곳저곳 다니는가 보다. 카페에도 탄산음료를 쓰지 않느냐며 묻는다. 코카콜라는 대기업이나 마찬가지다. 어디든 판로가 없어 어디든 들러 영업하는 영업사원을 본다. 소비시장에서 한 사람은 얼마나 많은 것을 안고 있나! 한 사람은 참으로 중요한 자원이다.

정평, 그라인더 수리 다녀왔다. 핸드드립용 분쇄기다. 더치분도와 드립분도는 약 삼 포인트 간격으로 차이를 두고 간다(분쇄한다). 숫자가 적힌 원판을 잡고 왼쪽으로 그러니까 시계 반대방향으로 돌리면 굵은 것이 되고 시계 방향으로 돌리면 조밀하다. 이 원판이 베어링 문제인지는 모르겠지만 굳은 것처럼 돌리면 힘 꽤 쓰이는데 분해하여 윤활유 좀 넣었다. 그러고 나니 종전보다 조금 더 부드러웠다. 옛 점장도 함께 있어, 커피 한잔했다.

도자기 업을 하시는 이 씨 가게에 다녀왔다. 에스프레소 기계 4번 버튼이 물이 나오다가 만다며 한 번 보아달라는 부탁이 있었다. 정평에서 꽤 가까운 곳에 있어, 들러서 봐 드렸다. 도자기 배우시는 분이 세 분 있었다. 모두 화분을 만들었는데 한 분은 작은 것, 한 분은 아주 큰 항아리, 또 한 분은 네모난 것으로 낮고 조금 긴 것을 만들고 있었다. 이 씨가 일일이 조언을 한다. 곧, 전시회 하겠다고 했다.

시냄비뚜껑

찌그러진냄비뚜껑보면슬프지김치찌개든라면이
든끓이면김모락모락새나니까하지만찌그러진냄
비뚜껑은나름으로멋있지버리면안돼냄비뚜껑꼭
지잡고라면없어먹어도좋아그래들썩거리며나가
는김보며있어도뚜껑은무게를잡지그래뚜껑은그
저찌개든라면이든안전하게덮어주니까다쏟기거
나날아간건없잖아김만빠져나가니까냄비뚜껑구

멍나지않으면그냥써들썩들썩하는춤바라보는것
도재밌어냄비는거저천장바라보면서허하고웃지

서 부장은 밀양까지 다녀와야 했다. 본점 오 선생은 시지 곧 창업하는 이씨를 위한 교육을 밤늦게까지 지도했다. 교육 끝나고 사동에 가, 빵도 구워야 했다. 압량은 대체로 조용하지만, 늦은 밤에 오신 손님이 몇 있었다. 더치커피 사가져 가신 손님 있었는데 연인이었다. 남자분이 한 병 달라고 했다.

鵲巢日記 15年 04月 23日

맑았다.

오전 세차했다. 날이 며칠 맑았지만, 며칠 더 맑겠다는 기상예보에 따랐다. 가끔 늘 가진 것에 소중히 여기지 않는 버릇이 있다. 조금 더 관리하고 신경써서 보면 모든 것이 새롭기만 한데 가진 것에 애착이 없음이다. 잃으면 잃은 것이 모든 것이듯 매사 신중히 다루어야 한다. 깨끗하게 정리한 차를 보니 다시 조심히 타야겠다는 마음이 생겼다.

은행 다녀왔다. 전무님께서 바리스타 수강비가 얼마쯤 하는지 물으셨다. 주위 아시는 분인데 나이가 예순쯤 되었다고 했다. 수강료가 80만 원 한 적 있었는데 이때 배우려고 했었다. 지금은 백오십만 원이라고 말씀드리니 많이 놀라셨다. 수강료를 조금 더 깎아달라며 부탁하시려다가 입이 쏙 들어갔다. 물론 수강료는 DC가 되는 것도 아니지만, 여기는 촌이라 이웃지간과 아는 사람 통해서 어찌하다 보면 잘 엮지 않을까 하는 마음은 모두 갖고 있다. 하지만 토요 커피문화강좌 있으니 이때 오시면 좋을 것 같다며 말씀드렸다. 전무님과 차 한 잔 마시며 커피 문화에 관해서 몇몇 얘기 나누었다.

정오 지나 서 부장과 함께 영천 거쳐 포항에 다녀왔다. 지난주 버튼 하나가 이상 있다고 해서 내려갔다. 또 기계 설치한 후 운영은 잘 되는지 확인하기 위함이다. 현장에 들러 기계를 보았다. 오른쪽 네 번째 버튼이 잘 먹지 않았는데 비스듬히 누르면 신호를 받아들였다. 새 기계라서 버튼 갈아 끼우는 것도 낭비라 좀 쓰시다가 더 큰 이상이 있으면 그때 무상으로 처리하겠다고 했다.

포항 사장님은 교회 다니신다. 신앙을 갖는 여러 이유도 있겠지만, 나이 들어 교회에 다니는 맛도 즐겁다고 얘기하신다. 그러니까 동년배의 사람을 만나는 곳도 교회다. 사람 만나고 대화하며 사는 것이 인생의 참된 맛이라고 했다. 교회 가실 때는 항상 깔끔하게 옷을 차려입고 간다. 남들 보기에 뒤처지거나 보기에 흉하지는 말아야 인사하며 얘기를 나눌 수 있기 때문이다. 그러고 보면 사람은 사회가 필요하다. 자주 뵙지 못해 그런지 아주 수척해 보였다. 그간 몸 관리를 좀 하셨는가 보다.

사장님은 나에게 커피 오래 하라며 충고 어린 말씀을 주신다. 이렇게 기계 바꾸는 곳도 함부로 처리하지 않는다고 했다. 그래도 카페리코와 오래 거래하고 오래 일하다 보니 믿고 산 거라며 말씀 주신다. "요즘 바깥은 하도 많이 생기고 또 하도 문을 닫으니 믿을 수 있어야지." 그래서 한마디 했다. "사장님 커피밖에 모릅니다." 했다. 오늘은 아드님도 나와 일하고 있었다. 알고 보니 서 부장과 동갑이다. 포항은 오랫동안 거래하다 보니 왠지 친구 같은 느낌도 없지는 않았다. 나이를 떠나 동시대에 살고 있지 않은가!

오후 늦게 본부에 들어왔다. 시내 무봐라 카페와 한학촌, 인톡, 커피 주문 있어 급히 분담해서 다녀왔다. 서 부장은 오늘 퇴근이 꽤 늦었다. 다섯 시 훨씬 넘어 시내에 갔으니 다녀오는 시간이 꽤 걸렸다. 차가 많이 밀린 시간이었다.

조감도 사동에서 커피 마신 손님이었다. 카톡으로 인사 주시기에 그저 고맙고 감사하다며 답례했다. 그 후 계속 문자가 왔는데 흔히 말하는 유머라든가 그 유머와 또 유익한 말을 다루는 사이트를 나에게 보내며 종교적 발언을 조금씩 보내는 것이었다. 나는 손님으로 오신 분이라 쉽게 끊지 못하고 한동안 무관심 조로 바라보다가 점점 도가 지나치는 것 같아 아예 끊었다. 종교는 여전히 머리 아픈 조직이다. 그러니 책이 얼마나 중요한가! 95세 사신 남회근 선생도 책을 가까이하시며 마음을 수양하셨다. 친구가 없는 것 같아도 주위에 보면 친구가 얼마나 많은가! 내가 조금 더 관심으로 열어보면 친구는 늘 가까이 내게로 온다. 그러면 마음은 안정된다. 그리고 자연을 보라! 하늘을 보고 땅을 보며 조금만 걸어서 주위를 보면 나는 자연과 함께 묻혀 있으니 무엇이 그리 외로운 것이 있을까!

지금은 89세의 일기로 마감하신 백양 선생 만나며 보고 있다. 그가 쓰신 중국사를 읽으니 또 세상이 달리 보인다. 역대 시대상을 들여다볼 수 있으며 각 시대의 정치와 경제와 사회와 문화를 본다. 역대 제왕들의 치세를 보며 그들의 잘잘못을 파헤치며 경제와 사회에 미치는 영향을 들여다보니 그 기분도 새롭거니와 세상 보는 안목까지 넓으니 어찌 좋은 친구라 하지 않을 수 있겠는가 말이다.

生
깨끗한 백지 한 장 뚫어라 본다
심어도 또 심어도 허접한 숲길
빼고 넣고 보아도 다시 막은 길
도로 나올 수 없어 꺽꺽 문자옥

밤늦게 중국 역사를 읽었다. 패배자의 유혈 참극을 글로만 읽다가 현대사 부분에 정말, 목이 떨어진 사진 몇 장 보았다. 그러니까 사람을 도살한 사진이다. 한 사람은 그러니까 군관은 피 뚝뚝 떨어지는 긴 칼을 가지고 섰고 주위는 많은 민중이 구경으로 나와 서 있는 사진이었다. 뒤늦게 저녁 먹은 것이 울렁거렸다. 현대는 그나마 인권은 보장된 사회다. 인류역사를 들여다보면 모두 피의 역사다. 서로 죽이고 죽는, 참담한 역사를 서술한 백양 선생을 보았다.

鵲巢日記 15年 04月 24日

맑았다.

아침, 사동에 잠깐 있었다. 직원 출근하는 모습을 보고 영업 준비하는 모습도 지켜보았다. 영업장 청소 끝난 후 커피 한 잔 마셨다. 예지더러 커피 한 잔 마시자며 얘기했다. 배 선생도 계시면 함께하자며 했다. 그러니까 한 십 분 뒤, 배 선생은 어제 점장께서 대전에서 산 샌드위치라며 조금 썰어서 가져왔다. 역시 모닝커피는 아침에 떠오르는 태양처럼 둥글고 환하게 다가온다.

지난번 식비 관한 문제를 다시 끄집어냈다. 경영자로서 또 한편으로는 기득권이라는 특혜 같은 것은 이 속에는 없다. 직원 네 명은 매출대비로 보면 많은 수다. 하지만 경영은 되지 않는 것도 아니나 투자 매력은 없게 된다. 경쟁과 미래를 대비하는 것도 큰 문제다. 직원 처지로 보면 한 푼이라도 더 받아가는 것이 이로운 일이나 경영자 처지로 보면 사활이 걸린 문제다. 어떤 비난을 받더라도 선은 지켜야 하는 것이 내 바람이다. 한씨 문중 땅에 자리 잡아 영업하는 세 곳 중 매출액 가장 낮은 곳이 조감도다. 업계와 비교해도 동종업계로 보면 우리 조감도는 대우가 그리 나쁘지는 않으나 옆집 오릿집 남자 직원에 비하면 턱없이 낮은 보수다.

오릿집 남자 직원은 월 OOO은 너끈히 받는다. 그는 칼을 잡는다. 하루에도 오리 수십 마리의 목을 쳐야 하며 먹기 좋게 갖가지 다듬어 놓아야 한다. 한마디로 현대판 백정이다. 덩치 제법이며 힘 꽤 쓸 뿐만 아니라 아예 숙식까지 하며 지낸다. 몇 년 일하면 집 한 채 충분히 살 수 있다. 그러니까 밥값이 따로 나가거나 숙식비 따로 나가는 것이 아니라 버는 족족 저축할 수 있다. 하지만 카페는 그렇지 않다. 객 단가가 낮을뿐더러 하루 들어오는 현금 총액도 세집 중 가장 낮다. 하루는 체인상담을 한 바 있는데 어느 중년 부부께 객 단가 얘기하다가 그만 자리 일어서서 가시는 분도 뵈었다. 그분은 장사에 도가 있었다. 시장을 파악하고 돈을 버는 것은 상인의 예리한 통찰력이 먼저 앞서야 한다. 외식업종 중 객 단가가 높은 것은 그만큼 힘도 몇 배가 든다. 투자비는 말할 것도 없고 인원관리도 몇 배 더 들며 더욱 홍보와 매출 신경도 마찬가지다. 이에 비하면 커피는 거저먹는 일이다. 하지만 영업과 비교하면 매출은 턱없이 낮아 힘 드는 것은 마찬가지라 대다수 떠나는 사람도 적지 않다.

식비 관한 문제는 예전처럼 카페에서 해결하며 종일 근무자는 경비로 하자며 했다. 지금 받는 월급은 식비 포함해서 나가는 것이니 식비 문제를 따로 거론할 이유는 없다. 단, 매출 이천오백 넘으면 상여로 월 얼마를 산정해서 적용한다.

조직을 이끌면 조직원의 소리는 늘 있게 마련이다. 귀담아들어야 한다. 그들의 말을 무시하거나 듣지 않는 것은 경영자로서 바른 태도는 아니다. 서로가 다른 세계라 이해를 못할 뿐 상황을 모르는 것이 되니 충분히 대화를 나누어야 한다. 실은 이렇게 큰 카페를 할 수 있으리라고 생각해 본 적도 없다. 잔잔한 유통업으로 시작하다가 나이가 드니 맞는 일로 조금씩 바꿔 하다가 갖게 되었다. 예전, 직장 다닐 때였는데 이 업체에 매출 크게 이바지한 바 있었지만, 그 가게는 1년을 못 버텼다. 다른 사람에게 매각하는 사장을 보았다. 나는 실업자가 되었지만, 사장을 탓할 수는 없었다. 사장은 그저 나에게 미안하다는 말씀 한마디뿐이었다. 순간 낙동강 오리알이 되었지만 말이다. 지금은 내가 사장이 되었고 사람을 쓰고 있다. 시대는 많이 바뀌었고 그때보다 조건은 더 안 좋다. 여기서 무슨 큰돈을 벌며 어떤 욕심을 내겠는가! 적자가 나지 않았으면 하고 빚이 더 쌓이지 않았으면 싶고 하루 세끼 제대로 찾아 먹었으면 싶은 게 나의 조그마한 희망이다. 하루가 거듭할수록 검소하게 살아야 한다는 것도 뼈저리게 느낀다. 아무것도 없이 자연으로 돌아가는 노자의 도를 깨달으며 최소한의 옷 가짐과 최소의 먹거리와 그저 잠잘 수 있는 공간 하나쯤이면 나는 이미 성공한 인생을 산 것이다. 이것은 아주 평범하며 아주 평범한 일이지만 이것을 지키는 것은 몹시 어려운 일이다.

내 처지는 누구보다 내가 더 잘 안다. 그러므로 내 몸에 맞는 일을 하며 술과 담배를 하지 말며 적당한 사람을 사귀며 검소하게 살아야 한다. 몸에 맞지 않는 일을 하고 욕심을 부리면 먼저 몸이 망가지며 결국 모든 것을 잃게 되니까.

돈 문제를 거론할 때는 서로가 껄끄럽다. 돈 문제가 나온다는 것은 조직에 이상이 생긴 것이다. 당사자가 들어가 있지 않은 조직은 위험하기 짝이 없다. 점장이 있으나 이도 월급 받고 일하는 직원이지 그 이상은 아니기 때문이다. 나는 참, 닥치지 않은 일을 갖고 근심·걱정을 한다. 가끔 극단적 생각으로 모는 나 자신을 발견할 때쯤이면 이미 몸도 상했다. 신경쇠약은 온몸에 퍼져 뼈마디가 쑤시며 시름시름 앓게 된다. 믿음은 없으며 오로지 자본만이 있게 되었다. 그러니까 1+1=2의 세계다. 단순하게 생각하자.

어차피 직원은 떠난다. 만년 함께 하는 것은 아니니 경영자는 이를 생각해야 한다. 좋은 일도 오래 하면 재미없으며 단순한 일도 오래 하면 지겨운 법이다. 한 가지 옷을 사계절 입고 있을 수는 없다. 만약 오래 일하는 직원이면 합당한 대우를 한다. 그러므로 이를 법으로도 정하는데 퇴직금은 그 예우다. 이것도 매월 산정해서 나가니 조삼모사가 되었다.

어느 가게다. 여기 아주머니는 밑에 일하시는 분이 딱 한 분 있다. 내가 이 분을 알게 된 것도 10년 넘었다. 10년 전에도 일하시는 아주머니는 여전히 있었다. 일하시는 아주머니는 결혼도 하지 않고 이대로 나이 들어가고 있었다. 지금은 오십인데 언니(주인아주머니) 밑에 일하는 것을 자랑스럽게 생각했다. 그렇다고 일이 남들 보기에 존경받을 만한 직종도 아니거니와 보수가 많은 것도 아니지만 나름으로 열심히 사는 모습을 보았다. 나는 이와 같은 사람을 만날 수 있을까 하는 생각이었다. 가게 홍보와 마케팅, 내부 인사문제, 사기충천士氣衝天과 인사성, 밝게 웃으며 가시는 손님과 다시 찾는 손님은 경영자의 책임이 아주 크며 함께 일하는 직원의 역량도 많다. 모두가 한배를 탔다. 파도를 어떻게 헤치며 우리가 뜻하는바 목적지까지 안전하게 갈 수 있을까!

압량에 오면 좋은 점이 딱 하나 있다. 손님 대할 때다. 손님 대하며 커피 한 잔 만들고 있으면 경영이고 뭐고 없다. 계산적이며 어페며 말놀이 같은 것은 여기서는 없다. 구태여 던지는 말 한마디에 상처받을 이유도 없으며 신경 쓸 일도 없으니까! 방금 더치 한 병 사가져 가시는 손님 있었다. 남자며 학생이다. 그의 이름을 알기 위해서 책을 선물했다. 그의 이름은 황경업이라고 했다. 나는 자주 오시는 단골인지도 솔직히 몰랐다. 저기 본점에도 한 번씩 간다고 했다. 여기도 전에 일했던 혜정 님 있을 때도 자주 왔다고 했다. 나만 까맣게 몰랐다. 정말 반가운 손님이었다.

밤늦게 사동에서 오 선생과 대화했다. 오 선생과 대화 나눌 때는 많은 인내력이 필요하다. 상황설명을 너무 자세하게 하다 보니 끝까지 들어야 알 수 있기 때문이다. 실습생 모 씨에 대한 이야기와 실습 기간에 관한 내용, 본점 영업에 관한 내용이었다. 사동 점장과 대화했다. 월급에 관한 내용으로 다른 업체는 어떻게 계산하는지 물어보았다. 그러니까 비교적 매출규모가 큰 모 카페를 더러 얘기했다.

11시쯤 동네 마트에서 돼지고기 샀다. 찌개로 한 번 해먹을 수 있게 소량 포장으로 해놓은 상품이 있는데 두 개 샀다. 랩 벗겨서 냄비에 넣고 김치 넣고 전에 이번에는 아예 그 라면 스프를 큰 봉지 한 봉지 산 적 있는데 그 스프도 한 숟가락 넣고 파 넣고 마늘 넣고 간장 조금 넣고 그냥 끓였다. 맛있는 김치찌개 완성이다. 허겁지겁 한 숟가락 먹었다.

그 외 오늘 한 일: 댄스강습소 이 씨 가게에 기계 설치했다. 이 일로 본점 기계를 바꿨다.

鵲巢日記 15年 04月 25日

맑았다.

詩 찌개

김치는 서늘하게 잠자고 있었다. 끄집어놓는다. 이불 같은 밀폐 통 뚜껑 연다. 김치 한 옹큼 냄비에 넣는다. 이천 년 전에도 천 년 전에도 오백 년 전에도 백 년 전에도 죽은 돼지, 한비자가 한 번 거론했던 돼지, 우리의 세종께서도 중국과 서로 맞지 아니한 돼지로 인해 우리의 돼지를 만들었다. 어제 죽은 돼지고기 피 쪽 빠진 살점도 한 살점 넣는다. 김치는 너울거리며 춤추며 있었다. 돼지고기는 '저는 냄새 나요. 넣지 말아 주세요.' 속으로 얘기했다. 딱딱하고 긴 젓가락은 '괜찮아, 넣어보자.' 한 옹큼 집는다. 냄비는 아무렇지 않게 그를 받아들였다. 냄비는 일단 넣고 보자는 뜻이었다. 돼지는 여전히 반항했고 정말 냄새 폭폭 풍기며 어느새 김치와 악수하며 있었다. 마늘 들어가고 간장 들어갔다. 오합지졸을 더욱 당긴 것은 파였다. 파는 성질이 한마디로 매운 녀석이다. 하지만 뜨거운 물에 들어가면 온몸을 푼다. 더욱이 그 어떤 녀석이 와도 정답게 지내며 냄비의 세계를 더욱 안전하게 만든다. 돼지고기는 여전히 못마땅하다. 기름기를 온 냄비에 퍼뜨렸고 걸쭉하게 만들었다. 살점은 폭 익혀서 이제는 딱딱하게 굳었다. 냄비는 어이가 없었다. 뚜껑은 들썩거리며 춤추고 하늘만 바라보았다. 맛있는 김치찌개는 거저 만드는 것이 아니다. 뜨거운 불이 있어야 한다. 그 뜨거운 불은, 물을 뜨겁게 만든다. 뜨거운 물은 이 속에 든 그 어떤 성질도 잘 융합하며 맛나게 우려내는 그러니까 돼지가, 돼지가 아닌 한 숟가락 폭 떠먹는 찌개가 된다.

사동 조감도에서 시마을(시와 그리움이 있는 마을) 동인 모임 했다. 모임은 1년

두 번 가진다. 봄과 가을에 전국 여러 선생님께서 한자리에 모여 인사 나누며 삶과 문학을 논한다. 오늘은 모두 16명 오셨다. 동인에서는 내가 가장 나이가 어리다. 그래서 더욱 편하게 느낀 것은 아닌지 모르겠다. 조감도에서 시 낭송 행사했다. 봄이라 꽃의 주제로 각 선생님께서 지은 꽃 시 한 수씩 낭송 가졌다. 또 이 시를 모아 시집을 엮어 주신 동인 선생, 이승민 형께 감사하며 사회를 보신 허영숙 누나께도 감사하다. 허영숙 선생은 일일이 배경음악을 선별하시고 반주로 띄워주시어 시가 더욱 빛을 발했다. 이미 세상 달리하신 고 김종성 선생님 시를 아주 감칠맛 나게 낭송해 주신 시마을 낭송반 향일화 전명숙 선생께도 진심으로 감사할 일이다.

행사를 마치고 옆집 두붓집에서 식사 한 끼 했다. 그리고 카페에서 커피 한 잔 마셨다. 오늘 아주 기억에 남는 일은 박영수 형과 김부회 형께서 기타 반주에 부르신 노래다. 정말 멋있었다. 박영수 형은 전에 동인 모임에서 노래 부르신 모습을 뵌 적 있었다. 오늘도 여전히 멋있었다. 부회 형께서도 기타 노래 부르셨는데 형의 새로운 면을 보았다.

사동 조감도 현관문 경첩이 빠진 일이 생겼다. 시공사 한성 사장께서 직접 오시어 손보아 주셨다. 위층 옥상 방수와 화장실 문도 손보아 주겠다며 약속했다. 한성 사장께서는 매출 어떠냐고 묻는다. 빚을 못 갚아서 그렇지 운영은 된다고 했다. 좋은 자리에 카페 하게 해주셔 감사하다며 인사했다.

압량 마감하고 동원이랑 본점에서 커피 한 잔 마셨다. 동원이는 친구 얘기를 했다. 요즘 한창 선 보는가 보다. 그러고 보니 십오 년 전이 생각나는 것이다. 그때 선을 참 많이 보았지. 대학친구들이 모두 결혼하고 나만 장가를 못 간 시기가 있었다. 그때 생각이 났다. 동원이 친구 얘기를 듣다 보니 그렇게 외모나 능력에 뒤지는 것도 아닌데 마땅한 여자를 못 만나나 보다. 그 친구는 끝내 외국 여자까지 보겠다며 한다. 그러니 옛 생각이 더욱 났다.

아버님께서 나의 책을 읽으셨다고 했다. 『가배도록 1』 보시고 『커피향 노트』를 찾으셨다고 했다. 이 책도 보셨다. 『가배도록』 읽을 때마다 아버지께서는 '야야 카페 힘들다고 하는데 괜찮나!' 하며 말씀 주셨다고 했다. 『가배도록』을 다 읽을 때까지 같은 말씀을 모두 네 번 하셨다. 그래서 동원 군에게 한마디 했다. 글은 솔직해야 하네. 그러니까 글은 좋은 공부라 미래를 준비할 수 있지. 그리고 한 가지 더 바랄 게 있다면 솔직한 사람과 친구 하세. 득이 되었으면 되었지 실은 없을 걸세.

별이 별 보며 환히 내려 봅니다
캄캄 어둔 절벽도 밝게 보이니
한자 걷는 마음은 가로등이라
씽씽 지나는 차는 안전하외다

鵲巢日記 15年 04月 26日

맑았다.

송홧가루 날리는 계절이다. 아침, 차 타려니 차에 소복이 앉은 송홧가루 본다. 송홧가루 폴폴 날리는 계절은 춥지도 덥지도 않다. 춥지도 덥지도 않은 계절에 소나무는 밤새 저리도 흩뿌려놓았다. 여느 때와 다름없이 본부 거쳐 본점 거쳐 압량 지나 사동에 왔다. 이른 아침 손님이 먼저 왔다. 커피 한 잔 내려드리니 직원 출근한다.

오후, 그저께였다. 시지에 기계를 가져다 놓고 설치하지 못했다. 설치조건이 맞지 않아서 현장에 놓아두고 조건이 맞으면 다시 불러 달라고 했다. 그러니 일요일쯤이면 다 될 것 같다며 그때 다시 부르겠다고 했다. 일요일, 학원 주인장은 아주 투박한 목소리로 한 소리 쏘아붙이듯 말을 했다. 동생 집 기계는 이것보다 나은데 가격은 더 싸니 어서 와서 청소해달라며 애걸복걸이었다. 나는 전화 받고 기분이 아주 안 좋았다. 기곗값도 깎을 대로 깎아놓고 또 거친 저 말소리는 뭐란 말인가! 마음에 안 들면 지금이라도 반품해 드리겠다고 도로 말씀드리니 또 설치까지는 해주셔야 하는 것 아닌가요, 하며 말을 한다. 이 집은 내부공사도 자기 방식대로 해놓은 지라 배수 호스가 그만큼 닿지 않은 게 또 문제다. 기계제조 회사에서 제시한 규격 호스로는 턱도 없는 일이라 사제품을 사서 연결해야 할 판이다. 더욱이 하나같이 짜증 어린 말은 정말 참기 힘든 일이었다. 아무리 친절히 답변하고 상냥하게 말씀 드려도 상대로부터 받는 까칠한 답례는 거래에 아주 손실 가는 행위임을 모르는 사람이다.

그러고 보면 허 사장은 목소리가 아예 저음인 데다가 얼굴상도 그리 썩 좋은 편은 아니라서 상대에 강한 인상을 준다. 어떤 주제로 만나서 이야기하면 주눅이 드는 상이다. 실지로 그는 까칠하게 대하거나 터무니없는 말에는 바로 직격탄으로 응수하는데 싸움 일보 직전까지 가는 일이 잦다. 그러면 오히려 상대는 꼬리 내린다. 나는 가끔 그에게 한마디 한다. 좀 부드럽게 대하라! 그러면 능글능글하게 웃는다(솔직히 그가 부럽다, 일종의 처세니까).

현장에 들러 배수 호스를 연결하고 기계도 한번 봐 드릴까 싶어도 그만 가기 싫었다. 마침 서 부장 조감도에 나와 일하기에 그를 보냈다. 근데 서 부장은 배수 연결을 해 본 일이 없어 못 하겠다며 얘기한다. 그러니 연결하는 방법을 조감도 내에 영업장 기계를 보며 배수구까지 연결하는 방법을 일렀다. 그래도 미심쩍은 눈치였으나 나는 그를 보낼 수밖에 없었다. 내가 가게 되면 아무래도 한바탕 싸움이 일지도 모르니까!

가는 말이 고와야 오는 말 곱지
턱없는 짜증 턱턱 뱉는 불친절
한마디 말은 인격 내 가진 교양
거래는 오고 가는 붙임 정이라

말 한마디 천 냥 빚 갚는단 말도
틀린 말 영 아니라 벌처럼 뱉는

그 말에 꽃과 같이 대하진 않아
쪼매 덕 좀 보려면 말부터 닦아

서 부장이 다녀오고 현장에서 전화가 왔다. "아니 간다는 말도 없이 그냥 가면 어쩌란 말입니까." 나는 서 부장이 인사도 없이 그냥 나왔나 싶어 일단 죄송하다는 말씀을 드리고 서 부장에게 물어보았더니 거기 여자분이 주인 아닌가요, 하며 묻는다. "음 맞아." 인사했는데요. 이번에는 그 남자분이 시비를 걸었다. 별것 아닌 일로 이모저모로 마음을 심란하게 한 하루다.

뭐 그렇다고 커피를 저버릴 수는 없는 일이다. 한나라 무제 때 기인 동방삭(기원전 154~93)은 별명이 여러 있겠지만, 우리가 흔히 아는 삼천갑자三千甲子가 있다. 그러니까 이 말은 갑자년을 삼천 번 겪으면 18만 년이 되는데 그만큼 오랜 시간을 두고 하는 말이다. 실지로 동방삭은 오래 살았다. 절대왕정 시대에 잘못된 간언에 죽어간 신하도 꽤 많았지만, 그는 유머 감각으로 왕의 노여움을 사기는커녕 웃음보였다. 그 유머감각은 아무래도 그의 성격 탓일 것이다. 낙천적이며 말솜씨가 뛰어났으며 지혜롭고 익살스러워 늘 우스갯소리로 황제 무제를 즐겁게 했다. 사회, 나만 사는 게 아니다. 그렇다고 뚝 떨어져 혼자 사는 건 더욱 힘들다. 서로 웃으며 능글능글 성글성글 그렇게 하루 보내자.

鵲巢日記 15年 04月 27日

맑았다.

오전, 사동 여자 화장실 문고리가 부서져 수리하려다가 나사와 구멍이 맞지 않아 한성에 전화 넣었다. 에어컨 사장과 기사가 다녀갔다. 직원이 에어컨 틀었는데 더운 바람이 나온다는 말에 잠깐 다녀갔다. 장 사장도 함께 내왕했는데 커피 한잔 마시며 바깥에 돌아가는 일을 서로 여쭙고 대답했다. 근래, 장 사장은 커피에 관해서 많이 묻는다. 얼마 전에는 친구네 집에서 커피를 샀는데 드립할 때 봉긋하게 오르지 않아 실망했다는 말과 커피 볶음 정도가 강했던지 기름기 보여 믿음 가지 않았다고 했다. 산패가 다소 빨라 맛이 제맛 나지 않았음이 틀림없다.

오후, 병원에 일하는 이 씨가 왔다. 실습생 빈 씨도 함께 왔는데 본점 바 안이 훈훈할 정도로 반가웠다. 용모도 그간 많이 바뀐 듯했다. 단발머리 해서 그런지 더 젊어 보였는데 입담은 역시 속일 수 없는 나잇값이다. 대체로 보면 밝고 즐겁다. 언제나 허허 하시는데 함께 있으면 이야기보따리가 꽤 있어 하나 풀면 또 하나가 있고 또 하나 풀면 또 하나가 있어 마트료시카다. 오늘은 많은 이야기를 들을 수 없었다. 마침 봉덕동에서 곧 사업하시려는 모 선생께서 오시었다. 이 분은 정평에서 강 선생 통해 교육받았다. 이미 우리 커피에 맛이 익었다. 앞으로 줄곧 우리 커피를 쓰시겠다고 했다. 그 외 드립과 그라인더와 아메리카노 원두 등 여러 가지 묻고 가셨다. 모레 수요일쯤 가게 들러 봐 드리기로 했다.

나이 들어도 가벼운 일은 있어야 한다. 그래야 주위 사람에게 폐 끼치지 않는 법이다. 이제 불혹이거늘 어찌 따분한 삶이라고 한탄할까? 조금 바쁘면 몸이 힘들고 일 없으면 지루하고 단조로우니 혼자 즐거이 쌓을 수 있는 지혜와 그 지혜를 풀어쓰는 일도 갈고 닦아야 함이다. 고목후주枯木朽株라는 말이 있다. 마른 나무와 썩은 등걸이라는 뜻이다. 마를 고 자와 나무 목, 썩을 후 그루 주로 형성한 사자성어다. 이렇게 풀이해 놓으면 한번 따라 써 보라! 읽는 것과 써 본 것과는 효력이 몇 배 아니 몇백 배 난다. 그러니까 늙고 쓸모없는 사람 혹은 쇠약한 힘을 비유한다. 어찌 보면 늙고 쓸모없는 사람은 노인을 두고 하는 말일 수도 있다. 경제인으로 사회활동 하다가 은퇴라도 하면 이제는 사회에 아무런 영향력을 가할 수도 없거니와 필요가 없는 사회악으로 전락하고 만다. 물론 비약적이거나 심하게 쓴 말일 수도 있다. 그러니 조금이라도 젊어서 자기 철학을 완성하고 젊은이에게 폐가 되지 않는 나만의 소일거리는 있어야겠다. 차 한 잔 오랫동안 마실 수 있는 철학 말이다.

지난주 토요문화강좌 가질 때다. 교육생 앞에 서서 교육 안내를 위한 말을 잇다가 사업에 관한 말을 한 적 있다. 그러니까 제로섬게임 같다며 얘기했더니 그러면 잘한 거라고 한 말씀 덧붙이는 선생이 있었다. 경영은 한마디로 관리다. 제로섬이면 넉넉하다. 마이너스 나지 않으면 잘한 일이다. 오늘 밤은 왜 이 말이 자꾸 생각이 나는 건지!

불혹도 지천명도 더 나간 세도
남아면 사랑방도 있어야 하네
잡은 필봉도 있어 갈고 닦아야
오래도록 바른 뜻 세워 지키네

鵲巢日記 15年 04月 28日

맑았다. 여느 때 없이 평화로운 날이었다. 저녁, 비도 아닌 것이 조금 내렸다.

볶은 커피를 포장했다. 납품용은 납품용 새 봉투에다가 담아놓고 직영점에 쓸 것은 따로 담았다. 생두는 마라와카산 블루마운틴 커피다.

본점, 오 선생은 시청 위생팀 교육했다. 본부 바깥에 주문 들어온 게 없어 조용했다. 카페도 본점, 조감도 할 것 없이 조용했다. 아무래도 월말 다가오니 그런가 보다 하며 생각한다.

본부, 코나 안 사장께서 다녀갔다. 볶음 커피를 내려놓고 가셨다. 에스프레소 커피 배합용은 코나에 위임해서 볶는다. 드립용과 순수 스트레이트 커피는 본점에서 직접 볶지만 말이다. 코나는 올해로 거래한 지 십 년이 넘었다. 십 년이면 강산도 한 번 바뀌는 세월이다. 그러므로 얼마나 소중한 사람인가! 서로가 큰돈은 못 벌어도 서로의 일에 꽤 보탬이 되었던 것만은 틀림없다. 가끔 오시면 바깥에 돌아가는 사정과 다른 업계 동향을 이야기해 주시니 시장을 대충 읽을 수 있음이다. 나는 안 사장 뵈면 콩 볶아 배송하는 일이라 편할 줄만 알았다. 여기도 군데군데 깔린 미수 이야기 들으면 보통 일이 아니다. 사람 사는 사회 그 어디든 편한 곳이 있겠는가 하는 생각으로 또 깨친다.

한쪽 팔은 깁스로 움직이지 못해 한쪽 손으로 상자를 이리저리 흔들며 차에서 빼낸다. 그냥 놔두시라 하며 직접 가져온 상자를 모두 내린다. 우리는 바깥에 서서 이야기했다. 커피만 볶고 배송하는 일이라 그리 어려운 일은 아니리라 생각했다. "잘 아는 사람이 더 애를 먹입니다." 돈은 두 얼굴을 가진 것만은 틀림없다. 한쪽에 어렵게 노력한 일이 한쪽으로는 깁스로 왔다. 깁스의 원인은 분명히 있다. 그것을 자세히 들여다보면 사람의 욕심이 보인다. "사무실에 앉아 휴대전화기 노닥거리는 오락만 보니 어찌 돈이 나오겠습니까?" 담배 한 대 물며 연기 연거푸 뿜어낸다. 안 지 십 년, 끊을 수 없는 수족이다. 다 피운 담배 탁탁 털며 담배 심지를 손으로 뭉갠다. 거친 숨결 둘둘 말았다가 꼬닥꼬닥 찢다가 땅바닥에 내동댕이친다. 확 끊어버릴 수도 없고, 정말 뭐하자는 건지 말입니다. 아! 저는 욕심 없잖소! 마냥 글만 읽고 글만 쓰려고 하니! 사장 한마디 한다. 그러면 안 됩니다. 이 사장이라도 많이 팔아야 하지 않겠소!

글은 자기 수양이다. 글을 읽어서 알아주면 덕이고 알지 못해도 최소한 내 마음은 닦았으니까 손해볼 일은 없다. 모수자천毛遂自薦과 같이 굳이 나서서 내 글을 알릴 이유도 없다. 글이란 말보다 더 못한 일이라 허점투성이다.

葉

잎 죄다 핀 사월에 마저 한 잎도

피워 하늘 보았네 햇볕도 짱짱

이내 바람도 짱짱 작은 소쿠리

떨어 담는 마음에 쩍쩍 붙는 길

鵲巢日記 15年 04月 29日

비가 좀 내렸다. 저녁에 그쳤다.

어제 자정쯤 여 앞에서 돼지고기 조금 샀다. 오늘 아침, 점심, 저녁 모두 걱정되어서 찌개라도 해놓을까 싶어 샀다. 계산대에서 계산하려니 계산대 보는 아르바이트 분이 "이거는 안 되겠어요." 하며 옆으로 재꼈다. 나는 왜 안 되느냐며 물었더니 색깔이 탈색되었는데 다른 부위는 빨간데 유독 살점 몇 점이 썩은 것 모양 색깔이 까만 것도 아니고 그렇다고 회색도 아닌데 희스무레하다. 그러니까 마저 하나 산 것도 여간 찝찝했지만, 들고 올 수밖에 없었다. 자정쯤 김치 조금 넣고 마늘 넣고 파 넣고 요리해 놓는다. 맛을 보니 아! 냄새가 아주 짙은 것이 내일 아침 먹을 수 있을까 하며 뚜껑 덮었다. 아침, 여간 비위가 맞지 않아 국물 조금 떠먹다가 덮었고 점심은 서 부장과 여 앞에 보쌈집에서 사 먹고 저녁에 제법 한 숟가락 떠먹었는데 냄새는 여전히 짙었다. 나는 이 돼지고기가 상한 것은 아닌가 하며 생각한다. 그러면서도 식품위생에 관한 법률이 왜 까다로워야 하는지 생각했다. 돼지고기는 서민 식품이지만, 이것도 돈이 있어야 사 먹는 식품이다. 마트에 들어온 상품은 언제 건지는 모르나 유통기한도 불분명하고 색깔까지 간 것을 해먹으려니 여간 마음이 불편했다. 신선한 고기는 이렇게 냄새가 날까 하며 의심증이 생겼다. 뭐! 그렇다고 죽기야 할까? 전에는 동태 썩은 것도 국 끓여서 먹은 적 있는 나였다. 썩은 동탯국 끓여보라! 살점이 하나도 없다. 마치 어죽을 끓인 것처럼 희스무레하니까.

오전, 한성 직원 둘, 조감도에 들렀다. 여자 화장실 문 수리했다. 카페 들어가는 정문도 조금 손보았다. 출근한 직원보고 한성에서 오신 인부들 작업내용을 설명했다. 그러고 나는 나왔다. 정문에 다녀왔다. 커피봉투 제작 일로 잠시 다녀왔다. 마침 사장님 계시어 커피 한 잔 얻어마셨는데 커피 향이 늘 마시는 커피와 조금 달랐다. 나는 게이샤커피가 아닌가 하며 생각했다. 여전히 안은 바쁘게 돌아가는 모습 보며 최 과장과 함께 봉투 디자인 작업을 했다. 작업한 파일은 바로 봉투 제작 업소에 메일로 전송했다. 근데 관련 봉투 재고가 없다. 수입해서 작업하는 것까지 약 2주 정도 걸린다고 했다. 들어오는 대로 작업을 부탁했다.

오후, 대구 남구 봉덕동에 다녀왔다. 정평에서 강 선생으로부터 교육받은 모 선생께서 인수한 가게에 다녀왔다. 가게는 십여 평쯤 되었다. 카페는 약 이 년 한 곳으로 지금 인수받은 선생은 세 번째 주인이다. 하루 매상은 십여만 원쯤 되며 가게 인수 금액은 이천삼백만 원이다. 월세는 오십만 원으로 테이블은 모두 네다섯이다. 주방은 비교적 솔았는데 에스프레소 기계가 상당히 위에 놓여 있었다. 자세히 보니까 밑에 제빙기 놓는다고 그랬던가 보다. 나름으로는 주방 공간 활용 때문에 높게 올려놓은 것 아닌가 하며 생각했다. 같은 위치에 얼음 깨뜨릴 수 있는 크레샤가 아닌 빙삭기가 있고 그 옆에 가정용 믹스기 있었다. 그 앞에 하부 냉장고가 있으며 그 옆에 아주 작은 이상한 진열장 한 대 있었다.

주방에서 정면으로 보면 좌·우측은 모두 벽이라 답답해서 이번에 새로 꾸미려고 했다. 가게 문 열면 사람이 걸어 다니는 폭 1m 될까 하는 보도블록이 있고 그 앞은 바로 이 차선 도로다. 이 차선 도로는 차가 아주 많이 다닌다. 잠깐 주차할 수 있는 여건 같은 것은 없으며 커피 사가져 갈 수 있는 분위기 같은 것은 전혀 없다. 조금만 서면 바로 뒤에 차가 따라오니까! 통행에 있어 진로 방해가 되니까! 주방 뒤에는 약 한 평쯤 되는 공간이 있는데 쓰지 않는 개수대가 있고 라면이라도 하나 끓여 먹을 수 있는 화덕(버너)이 보였다. 가게에 들어와 이것저것 이야기하는데 정문은 걸어 잠겨있었다. 그러니까 지나는 사람이 커피 마시려고 문을 밀려고 하는 모습이 보여 나는 한마디 했다. 내부공사를 할 때 다시 하더라도 우선은 아메리카노 한 잔이라도 파셔야 한다고 충고 어린 말씀을 드렸다. 마침 친구 두 명 오셨는데 어딘가 안면이 꽤 있었던 분이다. 알고 보니까 모두 경산 사람인데 옛 정평점장도 알고 있었고 옛 백천점장도 알고 있었다. 나만 까맣게 모르고 있었는데 그분은 나까지 알고 있었다.

가게 운영에 필요한 기계 상담했다. 여기 인수한 것으로 하면 되지만, 빙삭기와 믹스기는 있어야겠다는 생각이다. 에스프레소 기계까지 권할 수는 없었다. 여기 있는 것도 후하고 낡았지만, 이 기계까지 바꾼다는 것은 여간 낭비일 터 쓸 때까지 쓰자 했다.

봉덕동에서 신매동으로 자리 옮겼다. 지난번 설치했던 기계였다. 손 좀 보아달라며 부탁 있었다. 여전히 그라인더 초점을 못 맞춰 며칠 끙끙 그렸던가 보다. 달구벌 대로변에 파리바게뜨 위치한 건물 5층이다. 댄스학원인데 여기 오기까지 여간 마음이 불편했지만, 그래도 거래를 트는 처지라 가보았다. 오늘은 상냥하게 맞아주었는데 가게 안에는 여자분만 셋 있었다. 주인장 이 씨는 댄스 출신이라 어떤 춤이든지 소화한다. 내가 기계를 봐 드리고 라테 아트를 선보였다. 솔직히 주인장께서 하시는 춤을 한번 보고 싶었다만, 부탁할 수는 없었다. 이곳은 춤출 수 있는 두 개 방을 가지고 있다. 탈의실과 욕실도 있었으며 입구에 조그맣게 카페를 두었다. 의자와 테이블도 마련해 두었는데 아까 봉덕동보다 전망은 훨씬 좋다. 창밖을 보면 달구벌대로가 훤히 보이며 동네 웬만한 차와 건물, 사람까지 내려다볼 수 있어 좋다. 보증금 오천에 월 200이라 했는데 너끈히 마련할 수 있는 자리다. 주인장 이 씨로 보면 처음 사업하는 것도 아니었다. 이미 달서구에 1호점이 있는데 그곳에 일한 경험이 다분해서 이곳도 충분히 성사시킬 수 있다며 자신만만했다. 특별한 마케팅은 있느냐며 꼬깃꼬깃 물었는데 춤은 모두 특수 카메라로 찍어 인터넷으로 올리기 때문에 검색도 가능해 누구나 찾아볼 수 있고 또 찾아온다고 했다. 젊은 사람으로 참 좋은 일이라 이것만 한 일이 있을까 하며 생각했다. 그러니까 운동이면 운동이고 춤은 따로 노는 것이 아니라 그 자체며 남에게 보여주는 쇼맨십까지 갖췄으니 이 얼마나 복된 일인가!

압량, 더치가 몇 병 나갔다. 오 씨가 팔았나 보다. 날이 조금씩 더워지니 압량이 조금 나아지는 모습 본다.

시원한 커피 한 잔 마음은 두 잔
속 시원 터뜨리는 봄날 한마당
꽃처럼 손 다루며 땅벌 같은 일
소처럼 곱씹으며 뱉는 거미집

압량 마감하고 사동 가는 길, 대백에 들러 찬거리로 여러 가지 샀다. 실은 쿠키 사러 갔다가 갈치와 오징어, 그리고 채소를 더러 샀다. 압량 오 씨가 사 놓은 쿠키가 있다. 출출할 때 하나씩 꺼내먹는 것인데 생각보다 맛이 괜찮다. 나도 하나씩 꺼내먹은 일로 미안해서 몇 통 샀다.

鵲巢日記 15年 04月 30日

맑았다.
댄스학원에 다녀온 일과 본점에서 기계 상담한 일 외에는 별달리 없었네.

서 부장과 함께 욱수골 할매 묵집에서 점심 한 끼 했네.

기계 나간 곳이라 해서 우리 커피 쓰는 것도 아니다. 대체로 기계 산 집은 다른 집 커피를 쓰는 것이 아니라 기계 설치한 집의 것을 택하는 경우가 많다. 기계 후속관리 차원도 있어 커피 쓰는 경우가 많은데 이 집은 아니다. 대구 모 커피집인데 상표를 보니 생판 처음 들어보는 곳이었다. 나중에 인터넷 검색해 보니 제법 큰 회사인 것 같았다. 알고 보면 커피는 모두 잔잔하다.

대구 봉덕동에서 오신 손님 있었다. 어제 다녀온 집 주인장이다. 오늘 아메리카노 몇 잔 파셨다고 했다. 다음 주 내부공사를 새로 할 계획이었다. 주인장 바깥어른도 함께 오시었는데 기계를 두루두루 보고 가셨다. 결정은 다음 주 하겠다며 미루었는데 인수한 가게지만 제대로 마음 맞게 하려니 적지 않게 돈이 쓰인다고 했다. 저녁에 다시 전화 왔다. 아는 분이 커피전문점 두 달 하고 문 닫았다며 내일 그곳에 가 보아 쓸만한 것 있으면 가져오겠다고 했다. 사진 찍어 보내며 적당한 가격은 얼만지 문의하겠다고 했다.

압량, 옆집 새로 지은 건물 있다. 5층 빌딩에 1층 내부공사하고 있어 옆집에 뭐가 들어오는지 물었다. '레스토랑' 들어온다고 한다. 차만 다니는 이 대로에 '레스토랑' 이라! 영대 대학가 정문에서도 꽤 먼 곳이다. 새로 지은 건물이라 세도 만만치 않을 텐데 어떻게 승부를 걸 것인지 관심 있게 보게 되었다. 옆집이라서,

압량에 앉아 있으면 주로 단골만 오시는 것 같아 흐뭇하다. 가끔 소식 전해주고 가시는 단골 대하면 재밌다. 본부 건물 지을 때 철 작업했던 모 씨도 얼

마 전에 어느 분점 내부공사 철 작업했던 모 씨도 다녀갔다. 서울이 고향이신 고 씨도 다녀갔는데 며칠 보이지 않아 어디 다녀오셨냐고 물었더니 집에 제사라 잠깐 고향에 다녀왔다고 했다.

밤늦게 시에 관해 생각했다. 작년 이맘때였는데 시집을 읽고 시 감상문 적으며 공부한 적 있었다. 일기는 나의 시다. 한 문장을 갈구하며 잘 쓰고자 하는 이유는 현실을 잘 묘사하기 위함이며 시 공부하는 이유는 그러한 문장을 잘 만들기 위함이다. 가끔은 일기도 막힐 때가 있다. 우선은 나를 속이지 말아야 하며 어떠한 일이라도 현실을 잘 묘사할 수 있는 능력이 있음을 스스로 위안 삼아야 한다.

압량, 예전 커피를 함께 공부했던 김 씨가 다녀갔다. 여전히 외모는 준수하다. 어찌 늙지 않는가 보다. 친구가 건강식 관련으로 가게 하나 내게 되었는데 중고 관련 기계 문의 목적으로 오게 되었다. 조금 오랫동안 이야기 나누었다.

사동, 월말이라 조용한 카페를 본다. 올여름 지나면 IMF 때보다 더한 세상이 올 거라며 이구동성인데 미리 그 느낌을 받는 듯했다. 경제는 시곗바늘처럼 맞물려 있기에 시계를 보며 걱정하며 각 톱날을 보며 안심 아닌 안심을 한다.

자정쯤 동생이 전화 왔다. 어머님 모시고 병원에 다녀왔다고 했다. 당뇨가 심하시어 주사 한 대 맞았다고 했다. 병원은 당분간 계속 다녀야 하는데 동생은 오늘 일 제대로 못했나 보다. 부동산 계약과 수수료 받는 일을 잠시 들었지만, 여간 힘든 일이 아님을 얘기했다. 동생 말마따나 사는 것이 전쟁이다. 경제인은 모두 삶과의 전투 병사나 다름없다.